宠物公墓

〔美〕斯蒂芬·金 著 赵尔心 译

PET SEMATARY
STEPHEN KING

斯蒂芬·金作品系列

人民文学出版社
PEOPLE'S LITERATURE PUBLISHING HOUSE

著作权合同登记号：图字 01-2024-0237

PET SEMATARY
by Stephen King
Copyright © 1983 by Stephen King
This edition arranged with The Lotts Agency Ltd.
through Andrew Nurnberg Associates International Limited
Simplified Chinese edition copyright ©
Shanghai 99 Readers' Culture Co., Ltd., 2018
All rights reserved.

图书在版编目(CIP)数据

宠物公墓/(美)斯蒂芬·金著；赵尔心译．—北京：人民文学出版社，2018(2024.5 重印)
（斯蒂芬·金作品系列）
ISBN 978-7-02-013657-5

Ⅰ.①宠… Ⅱ.①斯… ②赵… Ⅲ.①长篇小说-美国-现代 Ⅳ.①I712.45

中国版本图书馆 CIP 数据核字(2018)第 006169 号

出 品 人	黄育海
责任编辑	卜艳冰　张玉贞
封面设计	陈　晔

出版发行	人民文学出版社
社　　址	北京市朝内大街 166 号
邮政编码	100705

| 印　　制 | 上海盛通时代印刷有限公司 |
| 经　　销 | 全国新华书店等 |

字　　数	300 千字
开　　本	890 毫米×1240 毫米　1/32
印　　张	13.375
版　　次	2016 年 10 月北京第 1 版
印　　次	2024 年 5 月第 6 次印刷

| 书　　号 | 978-7-02-013657-5 |
| 定　　价 | 79.00 元 |

如有印装质量问题，请与本社图书销售中心调换。电话：010-65233595

献给科比·麦考利

自　序

当我被问到（我经常被问这个问题），我认为自己写的哪本书最恐怖时，我总能毫不犹豫地立即给出答案：《宠物公墓》。这也许并非读者觉得最恐怖的作品——我根据读者来信猜测，读者觉得最恐怖的书可能是《闪灵》。我想恐怖点和笑点一样，因人和地的不同而不同。我只知道，我一度把《宠物公墓》锁进抽屉，觉得自己这次大概走得太远了。从公众接受度这方面来说，我或许并未逾矩，但从个人情感这方面来说，我敢肯定自己有些过分了。简单地说，我被自己写的故事、得出的结论吓到了。我以前谈过这本书的创作过程，但想再谈一次，最后一次。

二十世纪七十年代晚期，我受邀去母校缅因大学待一年，做驻校作家，也教一门叫"幻想文学"的课（我为这门课所做的讲义，后来成为《死之舞》(*Danse Macabre*) 的素材，《死之舞》于两年后出版）。妻子和我在奥林顿租了栋房子，离大学十二英里远。房子很棒，位于缅因风景如画的乡下。唯一的问题是我们房子前面的那条路。那条路上交通繁忙，车辆很多，其中包括来自沿路化工厂的重型油罐车。

在我家路对面开商店的夏利奥老早就告诫我和妻子，要看好孩子，孩子如果有宠物，也要看好宠物。"很多动物在这条路上没了。"这句话后来被我写进故事里。在路上没了的那些动物，都被埋在树林里，树林在我们租来的房子的后面。一条小路穿过社区，通往树林里小小的宠物公墓。这个迷人的临时坟场外面的一棵树上刻着"宠物公墓"几个字，这是这个地方唯一的标记。这个短语不单进了书中，还成了书名。那里埋着狗、猫、几只鸟，以及一头山羊。

我们的女儿当时八岁左右，有只叫斯莫基的猫。我们搬进奥林顿的房子不久，我就发现斯莫基死在路对面一栋房子的草坪上。在五号公路上没了的最新一只动物，是我女儿很喜欢的宠物。我们把斯莫基埋在宠物公墓。我女儿为它立了块墓碑，墓志铭是"斯莫基：它很乖"。斯莫基当然一点都不乖：老天在上，它是只公猫。

然后一切平安无事，直到那天晚上。那天晚上，我听到车库里传来乒乓响，伴随着哭泣和好似小爆竹爆炸的声音。我出去看个究竟，看到了愤怒、悲伤又美丽的女儿。她发现了几块有时用于包装易碎品的泡泡纸。她在泡泡纸上蹦跳，泡泡啪啪作响。她喊道："它是我的猫。让上帝去找他自己的猫！斯莫基是我的猫！"我想，这种愤怒，应该是有思想与感情的人类遭遇悲伤后最先产生的也是最理智的反应。我永远爱她那句挑衅的呼喊：让上帝去找他自己的猫！这句话直截了当，优美，绝对正确。

我们最小的儿子当时不到两岁，刚学会走，正在练习奔跑技能。斯莫基死后不久的一天，我们在社区的运动场上玩风筝，这个小家伙忽然想往路上跑。我去追他，但是该死，谢恩布洛公司（在小说里，是奥林克公司）的一辆卡车正开过来。我也许抓到他、将他推倒了。他也许是自己跌倒了。直到今天，我也不确定事实究竟是怎样的。你如果极度害怕，对可怕时刻的记忆通常是空白的。我唯一确定的是，他还好好的，现在是个大小伙子。但我的一部分意识永远没能从那可怕的"如果"中逃出来：如果我没抓住他呢？如果他是在路中间而不是路边跌倒的呢？

我想你已经明白，这部生发自这些事件的书为何令我如此困扰。我运用现有的元素，进入可怕的"如果……"模式。换句话说，我不但思考了不应该思考的事，还把这不应该思考的事写了下来。

我们在奥林顿租的房子里没有可供我写作的地方，但夏利奥的商店里有个空房间，我在那里写《宠物公墓》。我按照定额，一天天往下写，很享受这部作品，也知道自己正在讲述一个"热门"故事，这个故事吸引了我的注意力，也将吸引读者的注意力。但是你每天干同样的工作，就会看不到未来。你只见树木，不见森林。我写完后，把稿子晾在一边六周——这是我的工作方式——然后重读稿子。我发现这部稿子太吓人、太令人毛骨悚然，于是把书稿锁在抽屉里，心想它永远都不该被出版。至少在我还活着时不应该被出版。

这本书的最终出版是个意外。我已经终止与自己早期作品出版商道布尔迪出版社的合作，但我还得交给他们一部小说，双方才能两清。我只有一本小说尚未被预定，也就是《宠物公墓》。我和妻子谈起这本小说。我不知道怎么办时，妻子总是我最好的顾问。她说我应该把稿子完成，出版它。她认为书挺好。可怕，但挺好，不能被更多读者读到太遗憾了。

我早先在道布尔迪出版社的编辑比尔·汤普森当时已经离职，去了埃弗里斯特出版社。是比尔首先建议出版《死之舞》，然后编辑、出版了那本书。所以我把《宠物公墓》的稿子寄给了萨姆·沃恩，他当时已经是个大编辑。是萨姆最终拍板的——他想做这本书。他亲自编稿，对这本书得出的结论尤其关注。他的付出让一本好书变得更好。我永远感谢萨姆那支灵感泉涌的蓝色铅笔。我不后悔自己最后让这本书出版了，但这本书在很多方面至今令我困扰、不安。

小说主人公刘易斯·克里德年迈的邻居贾德森说过的那句全书最振聋发聩的话最让我不安。"刘易斯，有时候，"贾德森说，"能够死掉更好些。"我满心希望这句话不是真的，但根据《宠物公墓》噩梦般的情境来看，这句话似乎是对的。这样想也许没什么。也许，"能够死掉更好些"是悲伤的最后一课。我们在塑料泡泡上跳累了，叫喊让上帝去找他自己的猫（或自己的孩子），让我们自己待着也喊累了，就会上这堂课。这堂课暗示，我们只有接受宇宙的意志，才能求得属于人类的安宁。这话听起来似乎是陈词滥调，或新时代的垃圾，但对我而言，这一选项如此黑暗而可怕，就像我们必须永远背负的一种怪兽。

斯蒂芬·金
二〇〇〇年九月二十日
（仲召明　译）

下面这些人通过写书告诉人们他们做了什么,为什么那么做:

约翰·迪恩①。亨利·基辛格。阿道夫·希特勒。卡里尔·切斯曼②。杰布·马格鲁德③。拿破仑。塔列朗④。迪斯雷利⑤。罗伯特·齐默曼,也就是鲍勃·迪伦。洛克⑥。查尔顿·赫斯顿⑦。埃罗尔·弗林⑧。赛义德·鲁拉霍·霍梅尼⑨。甘地。查尔斯·奥尔森⑩。查尔斯·科尔森⑪。维多利亚时期的绅士。某某某博士。

大多数人还相信上帝写过一本或者好多本书,讲述他做了什么以及——从某种程度上来说是这样——为什么那么做。而这类人中的大部分又相信人类是上帝根据自己的样子造出来的,所以

---

① 约翰·韦斯利·迪恩三世(1938—),曾任尼克松的白宫顾问,与"水门事件"有莫大关系。
② 卡里尔·切斯曼(1921—1960),美国臭名昭著的银行抢劫犯和强奸犯。
③ 杰布·马格鲁德(1934—),曾任尼克松竞选班底副主管。
④ 夏尔·莫里斯·塔列朗(1754—1838),法国改革家。
⑤ 本杰明·迪斯雷利(1804—1881),英国保守党领袖、首相和小说家。
⑥ 约翰·洛克(1632—1704),英国哲学家。
⑦ 查尔顿·赫斯顿(1923—2008),美国电影演员,常扮演英雄人物。
⑧ 埃罗尔·弗林(1909—1959),澳大利亚电影演员。
⑨ 赛义德·鲁拉霍·霍梅尼(1902—1989),伊朗宗教学者,是1979年伊朗革命的政治和精神领袖。
⑩ 查尔斯·奥尔森(1910—1970),美国黑山诗派开山鼻祖。
⑪ 查尔斯·科尔森(1932—2012),宗教学家和作家,水门事件相关人。

也可以把上帝当成一个人……也许更准确的说法是"大写的人"。

下面这些人没写过书,也没告诉别人他们做了什么,看到了什么:

埋葬了希特勒的那个人。解剖了约翰·威尔克斯·布斯①尸体的那个人。给猫王的尸体做防腐处理的那个人。给教皇约翰二十三世的尸体做防腐处理的那个人——大多数殡葬人说他的活儿很差。负责清洗琼斯敦②的那四十个殡葬人,他们拿着裹尸袋,甩着公园看门人用的那种纸蝇拂驱赶苍蝇。火化了威廉·霍尔登③的那个人。把亚历山大大帝的尸体放在金棺里防止腐烂的那个人。把法老制成木乃伊的那些人。

如果说死亡是谜题,葬礼就是秘密。

---

① 约翰·威尔克斯·布斯(1838—1865),美国戏剧演员,他同情南部联盟,对南北战争的结局不满,于1865年4月14日刺杀了林肯总统。
② 1978年11月18日,美国邪教组织"人民圣殿教"的信徒在教主吉姆·琼斯的胁迫下,在南美洲圭亚那琼斯敦镇集体自杀。共有913人喝氰化物中毒身亡,其中包括276名儿童,那些拒绝自杀的人被强行灌下氰化物,或被枪杀、勒死。吉姆·琼斯本人最后开枪自杀。
③ 威廉·霍尔登(1918—1981),美国演员、商人。

目录

第一部　　　宠物公墓　　*1*

第二部　　　米克马克族古葬场　　*233*

第三部　　　伟大而恐怖的欧兹魔法师　　*379*

尾　声　*413*

第一部　　　　　宠物公墓

耶稣对信徒说："我们的朋友拉撒路沉睡了,但我还是要去,我可以将他从沉睡中唤醒。"

信徒看看彼此,有些人还面带微笑,因为他们不懂耶稣用的是比喻。"主啊,他如果睡着了,那病情应该还好。"

因此,耶稣更明白地告诉信徒:"拉撒路已经死了……不过,我们一起去找他吧。"

——《圣经·约翰福音》(改写)

1

刘易斯·克里德三岁时父亲就过世了,他也从来没见过祖父。他没想到自己在步入中年之际,认识了一位亲如生父的朋友……他称对方为"朋友",一般成年人在活了一把年纪后,如果结识一位亲如生父之人,通常会称对方为朋友。刘易斯遇见这人的傍晚,正带着妻子和两个孩子准备搬进绿洛镇的一幢木造白色大宅。前英国首相丘吉尔也跟着他们一家人搬来了——丘吉尔是他女儿埃莉的猫,小名啾吉。

学校负责帮他找房子的部门办事效率低下,过了很久才找到一处离校园不远的住宅。刘易斯在觉得应该已经抵达目的地时,脑中突然萌现一个病态的联想——*所有标志看来没错……就像恺撒大帝被暗杀前一晚的星象。*

全家人都累坏了,神经也都紧绷到崩溃边缘。凯奇正在长牙,难受得吵个不停,不管雷切尔唱多久的摇篮曲,他就是不肯睡。因此虽然还没到吃奶时间,雷切尔还是将乳头送进他嘴里。凯奇和她一样清楚自己的用餐时间——说不定比她还清楚,而他也立刻用新长出的细牙咬住雷切尔。

雷切尔突然哭了起来,心里对于搬到缅因州这件事还有点儿忐忑,毕竟她在芝加哥住了一辈子。埃莉见到妈妈流泪,也跟着哭了起来。而在旅行车后座,啾吉还在不停地来回踱步,从芝加哥开到这里的三天内完全没停过。他们先前被它待在猫笼里喵喵叫得受不了；结果把它放出来后，它无一刻稍止的踱步也同样令人抓狂。

刘易斯自己也想哭，他脑中突然闪过一个疯狂但不讨厌的念头：他可以提议趁着等待家具搬运车到来的空当，一家人掉头回班格尔市吃点东西，然后一等他生命中的这三个羁绊全都下车后，他就立刻踩下油门把车开走，头也不回扬长而去；他可以一路往南开，直接开到佛罗里达州的奥兰多，然后改名换姓，到迪士尼乐园当医护人员。不过在将车子开上宽阔而老旧的南下九十五号州际公路前，他一定会先在路边停下，把这只该死的猫扔出去。

他们转了最后一个弯，房子在眼前出现，到目前为止，只有刘易斯见过这幢房屋。缅因大学的工作一定下来之后，他们先从照片上挑了七幢屋子，刘易斯曾搭飞机专程来看过每一幢。最后他选中了这一幢：新英格兰殖民时代的古老大宅（外墙刚加上一层铝皮，又经过保暖处理；冬季的暖气费用虽高，但就他们的经济能力而言还不算太离谱），楼下三个大房间、楼上四间，此外还有个长形棚屋，将来也可以改建成房间——房子四周是厚厚的草坪，即使在八月的高温下，草坪仍是绿油油的。

后院有一大片草地可供孩子玩耍，草地再往前则是一大片绵延到不知什么鬼地方的森林。他们的房子紧邻州政府的土地，据地产经纪人说，公家的这块土地未来数十年内都不太可能被开发。少数加拿大米克马克族印第安人后裔曾宣称这近八千英亩的土地属于他们，包括绿洛镇及其东边的几个城镇，不过这桩牵涉联邦政府与州政府的复杂官司，可能到下个世纪都不会有定论。

雷切尔收住眼泪，坐起身来说："那就是……"

"就是这儿了。"刘易斯说。他有点担心——不，是害怕。事实上，他吓坏了。为了这幢房子，他抵押上十二年的生命，要到埃莉十七岁时才能还清贷款。刘易斯紧张地咽了口口水。

"你觉得怎么样？"

"我觉得很美！"雷切尔说。刘易斯觉得压在胸口的大石不见了——不用再担心了，他看得出雷切尔不是随口说说。车子拐上柏油车道，车道一路蜿蜒到长形棚屋后面，雷切尔扫视后面空无一物的窗户，心里盘算着该挂什么花色的窗帘，橱柜里该铺哪一种防潮油布，以及其他一些只有天知道的事情。

"爹地？"坐在后座的埃莉唤道。她也不哭了，连凯奇也不再吵闹。刘易斯享受着这片刻宁静。

"什么事，乖女儿？"

刘易斯从后视镜里可以看到，她金发覆盖下的那双褐色眼珠也在环视着房子和草坪、左边远处另一栋住宅的屋顶，以及延伸到森林边缘的那一大片草地。

"这是我们的家吗？"

"马上就是了，宝贝。"刘易斯说。

"万岁！"埃莉大声欢呼，差点把刘易斯的耳朵给震聋。虽然埃莉有时候会惹他发火，但他此刻觉得，哪怕让他再去一次迪士尼乐园，他也不在乎了。

刘易斯将旅行车停在长棚前，熄了火。

引擎发出滴答声，他们习惯了芝加哥以及拥挤喧闹的环城大道后，觉得这里格外宁静，黄昏中传来一只小鸟的甜蜜鸣叫。

"家。"雷切尔仍注视着房子，轻声说道。

"家。"凯奇舒服地坐在她膝上跟着说。

刘易斯和雷切尔瞪大眼睛对望着，刘易斯看见镜中的埃莉也瞪大了眼睛。

"你有没有听……"

"他是不是说……"

"那是不是他……"

他们三人同时开口,接着一起笑了起来。凯奇没理他们,自顾自地吮吸着自己的大拇指。最近一个月,他已经会开口叫"妈",还有一两次发出接近"爸"的声音——至少刘易斯很希望是那个音。

但现在,不管这是碰巧或是凯奇的模仿,这是凯奇说出的第一个真正的词汇:"家"。

刘易斯从妻子的膝上将凯奇抱了过去,紧紧搂着他。

这就是他们搬到绿洛镇的经过。

2

在刘易斯·克里德的记忆中,那短暂的时刻相当美妙——或许是因为那一刻确实很美妙;然而更主要的原因可能是,在那之后的大半个傍晚,一切都乱成一团。接下来那三个小时,既不平静也不美妙。

刘易斯早就将房屋的几把钥匙收在小牛皮纸信封里(刘易斯·克里德是个做事干净利落、有条有理的人),信封上写着"绿洛镇房屋钥匙——六月二十九日收"。他记得自己把信封放进了旅行车仪表板旁的置物箱,绝对没错,但现在钥匙竟然不在里面。

刘易斯东找西找,心里越来越恼火。雷切尔把凯奇抱在腰下面,跟着埃莉一起走向草地上的树木。刘易斯第三次摸索车里座椅下方时,他女儿尖叫一声,接着便哭了起来。

"刘易斯，她受伤了！"雷切尔喊道。

埃莉从废轮胎做的秋千上跌了下来，膝盖碰在一块石头上。刘易斯（略带恶意）心想：伤口明明很浅，她却哭得跟断了条腿似的。刘易斯望望道路那头的那栋屋子，客厅里有灯光。

"好了，埃莉。"他说，"别哭了，住在那边的人会以为发生命案了。"

"好痛啊！"

刘易斯竭力控制自己别发脾气，一声不响地走回旅行车。置物箱内虽然没有钥匙，但急救药包倒还在。他拿着急救包走向埃莉，她一见到药包，便哭得更起劲了。

"不！我不要那个痛痛药！爹地，我不要那个痛痛药！不要……"

"埃莉，这只是红药水，不会痛的……"

"你已经是大姐姐啰！"雷切尔说，"这只是……"

"不要，不要，不要，不要！"

"你给我住嘴，不然你的屁股要遭殃了。"刘易斯说。

"刘易斯，她累了。"雷切尔静静说道。

"是，我知道累的感觉。按住她的腿。"

雷切尔放下凯奇，抓住埃莉的腿。刘易斯不管埃莉怎么叫，硬是把红药水涂在伤口上。

"那户人家有人走出来了。"雷切尔说着抱起凯奇，他正要从草地上爬过去。

"好极了。"刘易斯低声说。

"刘易斯，她……"

"累了，我知道。"刘易斯盖上红药水瓶，冷冷地看着女儿，

"好了，埃莉，真的一点都不痛吧，大惊小怪。"

"痛！真的好痛！好痛……"

刘易斯很想甩她一巴掌，他紧紧抓住自己的腿才好不容易忍住。

"你找到钥匙了吗？"雷切尔问。

"还没有。"刘易斯说着收起药包站起来，"我要……"

这时凯奇放声大叫，但不是闹也不是哭，只是尖叫，同时在雷切尔的臂弯里不停扭动。

"他怎么了？"雷切尔叫道，看也不看就把孩子塞给刘易斯。刘易斯想，这就是嫁给医生的好处之一——任何时候，只要孩子看起来像生了病，就可以往丈夫身上一塞了事。"刘易斯！怎么……"

凯奇发狂似的一直抓脖子，同时尖声怪叫。刘易斯把凯奇转过来看，才发现他颈侧肿起一个白色的包。童装的裤子扣带上有东西——毛毛的，还在蠕动。

本来已经稍稍安静下来的埃莉又尖叫一声："蜜蜂……蜜蜂！"她往后一跳，刚才让她受伤的那块大石头又把她绊倒，她一屁股坐在地上，因为伤痛、惊讶和恐惧，她又哭了。

我要疯了，刘易斯想道，天啊！

"刘易斯！想想办法！你不能做点什么吗？"

"得先把刺取出来。"有人在他们背后慢吞吞地说，"要小心处理，先取刺，再抹一层小苏打，自然就消肿了。"说这话的人带着浓重的东部土腔，刘易斯的脑袋既疲乏又混乱，一时间还搞不太清楚那人在讲些什么。"先取刺，再抹一层小苏打，自然就消肿了。"

刘易斯转过身,看见一位年约七十的老人——强壮健康的七旬老翁——站在草坪上。老人身穿一件蓝色条纹衬衫,露出满是皱纹的厚实颈子。他有张长年曝晒在太阳下的脸,正抽着一支不带过滤嘴的香烟。刘易斯打量着他时,他用拇指和食指将烟头捻熄,然后利落地把烟收进口袋。老人伸出双手,歪着嘴笑了。刘易斯对这个笑容立刻产生好感,他可不是那种容易"亲近"别人的人。

"没有班门弄斧的意思,大夫。"老人说。这就是刘易斯认识贾德森·克兰德尔——这位亲如生父的朋友的经过。

3

贾德森在马路对面看着刘易斯一家开车到这儿,当他发现他们似乎遇到一点小困难时,便走过来看看能否帮得上忙。

刘易斯把凯奇扛在肩上,克兰德尔走近他们,仔细看着凯奇脖子上的肿包,然后伸出一只结实而弯曲的手抚摸着。雷切尔正要开口抗议——因为老人的手看来极其笨拙又巨大无比,仿佛一掌就能包住凯奇的头——但在她开口前,老人的手指毫不犹豫地一动,手法之灵巧熟练,就像能使纸牌在指节上行走或使钱币不翼而飞的魔术师。接着,那刺针便已躺在老人的掌心。

"蛮大的呢。"老人说,"赢不了金牌,但也能得个小奖。"刘易斯哈哈大笑。

老人贾德森挂着他那歪嘴的笑容,望着刘易斯说:"他很不赖,对吧?"

"妈咪,他在说什么呀?"埃莉问道,雷切尔也跟着大笑起来。这当然是相当不礼貌的举动,好在无伤大雅。贾德森掏出一盒切斯特菲尔德牌长烟，在这家人的笑声中——连凯奇都咯咯笑着，虽然他被蜂刺的肿包还没消——抽出一支塞进嘴角，然后拿出火柴往大拇指一擦，点着香烟。刘易斯心想：老人的小把戏，虽是雕虫小技，但玩得挺高明。

刘易斯止住笑声，伸出一只没有托住凯奇屁股的手——凯奇的屁股已经尿湿了。"很高兴认识你，请问你是……"

"贾德森·克兰德尔。"老人一面说一面和他握手，"我猜你就是那个医生吧。"

"是的，刘易斯·克里德。这是我妻子雷切尔，女儿埃莉，被蜜蜂蜇的小子叫凯奇。"

"很高兴认识你们。"

"我不是故意要笑……我是说，我们都不是故意的……因为我们都……都有点累了。"

刘易斯讲出这段词不达意的话，又笑了出来。他觉得自己真的累坏了。

贾德森点点头。"你们当然累了。"他说道，听起来像是"你们'单兰'累了。"他看了雷切尔一眼。"克里德太太，为何不带着你儿子和女儿到我家歇歇？我们可以用泡过小苏打的毛巾为他消肿。我老伴也想见见你们，她不大出门，这两三年她的风湿关节炎越来越厉害了。"

雷切尔望向刘易斯，他点点头。

"克兰德尔先生，你真是太好心了。"

"哦，叫我贾德森就好。"老人说。

突然传来震耳的汽车喇叭声，接着一辆庞大的蓝色搬家货车转了个弯，隆隆地开上车道。

"哦，糟了，我还没找到那串钥匙。"刘易斯说。

"不要紧。"贾德森说，"我这儿有一套，这房子从前的主人柯利夫兰夫妇交给我的，哦，大概十四五年前的事了吧。他们夫妇在这儿住了好多年，乔安妮是我妻子的好朋友，她两年前去世，然后比尔就搬到奥林顿市的老人公寓去了。我去把钥匙拿来给你，那套钥匙本来就属于你们。"

"克兰德尔先生，你人真是太好了。"雷切尔说。

"哪儿的话。"老人说，"我一直盼望能看到附近有年轻娃儿走动。"在雷切尔的中西部人耳朵听来，老人讲的简直就是外国话：年请哇儿。"克里德太太，你要小心别让孩子跑到公路边，很多大卡车会打这儿经过。"

搬家工人下了车，把车门砰然关上，朝他们走来。

埃莉走远了些，这时开口问道："爹地，这是什么？"

刘易斯正要上前迎接搬家工人，听见女儿叫他，就转身往后看。在草地边上，夏季里长得很高的杂草丛里有一条约四英尺宽、铲得十分平整的小径。小径蜿蜒爬上丘陵，穿过灌木丛和桦树林，看不见了。

"像是一条小路。"刘易斯说。

"哦，对啊。"贾德森笑道，"小姑娘，等过一阵子我再告诉你。回到这边来，我们先来治你弟弟的肿包，好吗？"

"好！"埃莉说完，又以怀着期望的口吻加上一句，"小苏打会让他痛吗？"

4

贾德森送钥匙过来时，刘易斯已经找到了自己的那一串。原来是杂物箱顶端有个空隙，装钥匙的小信封滑了进去。刘易斯用手把信封摸出来，把门打开让搬家工人搬东西。贾德森还是把钥匙交给刘易斯，那几把旧钥匙挂在一节旧得发黄的短链上。刘易斯谢过他，将钥匙胡乱塞进口袋，然后一面看着工人把梳妆台、五斗柜、纸盒以及他们结婚十年来积累的所有大小物品一一搬进屋子。这些东西离开原本的位置后，此刻看来似乎身价大减。刘易斯心想：这些不过是堆塞在纸箱里的东西而已。他不禁感到怅然和沮丧——也许他的感觉就是人们常说的思乡病吧。

"拔了根，迁移到他乡。"贾德森突然在刘易斯身旁说道，他吓了一跳。

"听起来你好像很了解这种感受。"刘易斯说。

"不，事实上我不了解。"克兰德尔点燃香烟——又是嚓的一声就点着了火柴，火柴在晦暗的黄昏中明亮地闪耀着。"那边的房子是我老爸建的，然后他带着怀孕的老婆住在那儿，她肚里的孩子就是我，一九〇〇年出世。"

"所以你今年……"

"八十三岁了。"克兰德尔说。刘易斯很庆幸没插上一句人生八十才开始之类的话，他自己对这种话并无好感。

"你看起来比八十岁年轻很多。"

克兰德尔耸耸肩。"总之，我从生下来就住在那里。一次大战时我从军了，但最远只到过新泽西的拜咏市。那地方很糟糕，早在一九一七年就是个糟糕的地方。我很高兴能回到家，跟诺玛结了婚，之后就一直在铁路公司工作。我们虽然至今仍以此处为家。但这辈子在绿洛镇，什么人生百态也都亲眼见过了。"

搬家工人抬着刘易斯和雷切尔的双人床垫，在进门处停下问道:"克里德先生,你想把这床垫放在哪里?"

"楼上……等等,我来带路。"刘易斯说着朝工人走去,但很快又停下脚步,回头看了一下克兰德尔。

"你带他们去吧。"克兰德尔微笑着说,"我去看看你的家人,等会儿再送他们回来,不妨碍你做事了。搬家会让人口干舌燥,平常我晚上九点会出来坐在门廊上喝啤酒,天气暖和的季节,我喜欢看着夜色降临,有时候诺玛也会和我一块儿坐坐,如果你有这兴致,不妨过来。"

"这个,再看看吧。"刘易斯这么说,其实心里一点都不想去。如果去了,接着就得在门廊上顺便(免费)替诺玛诊断风湿病。刘易斯对克兰德尔颇有好感,喜欢他歪嘴的笑容,喜欢他毫不拘束的谈吐以及那种北方佬含混不清、松软、拖着长音的口音。刘易斯觉得这是个善良的老人,可是做医生的对人总是容易产生防备。这是种令人遗憾的心态,但哪怕是最好的朋友,迟早都会向你提出和医学相关的问题,而老人在这方面更是没完没了。"不必等我了——我们今天忙坏了。"

"只是跟你说一声,只要想来,不用打什么招呼,随时过来就行。"克兰德尔说道。他歪着嘴的笑容中似有深意,刘易斯觉得他似乎完全明白自己心里在转什么念头。

刘易斯走向搬家工人前,又望了那老人一会儿。克兰德尔挺直身躯往前走,步履轻松,像是只有六十来岁,刘易斯感觉到那正在滋生的微妙情感。

5

搬家工人大约九点左右离开。筋疲力尽的埃莉和凯奇已在他们的新房间里熟睡，凯奇睡在婴儿床里，埃莉睡在地板上的弹簧床垫上，周围堆满纸盒——她的数不尽的蜡笔，有整支的、有半截的，还有笔头已经写平了的；她的芝麻街电视节目海报；她的图画书；她的衣服；还有一堆杂七杂八的东西。当然，啾吉也在她身边，它也睡着了，喉头发出嘶哑的声音，这刺耳的喉音是这只大雄猫所能发出最接近呼噜声的声音了。

稍早前，雷切尔抱着凯奇在房子里悄悄地四处查看，不断揣测刘易斯吩咐工人把什么东西放在什么位置，找到后又重新整理、换地方或重新堆置。刘易斯没把要付给搬家工人的支票弄丢，还好好地放在他的上衣口袋里，另外还有五张十元现钞是用来当作小费的。等卡车都搬空后，他将支票和现钞同时交给搬家工人，点点头回应他们的道谢，又在收据上签了名，然后站在门廊上望着他们走向卡车。刘易斯猜想他们可能会在班格尔市稍停，喝几杯啤酒，这时有几杯啤酒下肚倒挺不错的。这让他又想起了克兰德尔。

刘易斯和雷切尔一起坐在厨房的桌旁，他看到雷切尔眼睛下面冒出了黑眼圈，于是说："你上床睡觉吧。"

"这是医生的命令吗？"她问道，露出浅浅一笑。

"是的。"

"遵命。"雷切尔说着站了起来，"我真的累了，而且今晚凯奇一定会醒。你也睡吗？"

刘易斯犹豫一下。"暂时不睡。街对面那个老头……"

"那是条马路，荒郊野外的一条马路。如果你是贾德森·克兰德尔的话，我猜你会念成'亩'路。"

"好好好，'亩'路对面那位老先生请我过去喝杯啤酒。我想恭敬不如从命。我也累了，可是今天太兴奋，睡不着。"

雷切尔笑了笑。"诺玛很快就会开始跟你说她身上哪里痛，睡的又是哪种床垫了。"

刘易斯哈哈一笑，心想真是滑稽——滑稽而又可怕——日子久了，做妻子的总能看穿丈夫的心事。

"我们需要他的时候他出现了。"刘易斯说，"我想我也可以帮他一点忙。"

"交换制度？"

刘易斯耸耸肩，不愿意也不知如何对她解释自己在片刻间就对克兰德尔产生了好感。"他太太怎么样？"

"很亲切。"雷切尔说，"凯奇一直坐在她腿上，这让我很意外，因为他折腾了一整天，再说你也知道，他不管怎么样都不可能才一会儿工夫就对陌生人产生好感。而且她还拿了个洋娃娃让埃莉玩。"

"你觉得她的风湿严重到什么程度？"

"相当严重。"

"她坐轮椅吗？"

"没有……但她走路非常缓慢，她的手指……"雷切尔用自己纤细的手指曲成弯钩状。刘易斯点点头。"不管怎样，你别太晚回来，在陌生的屋子里我会害怕。"

"慢慢就不陌生了。"刘易斯说道，给了她一个吻。

6

刘易斯稍晚回来时觉得实在很不好意思。因为没有任何人请他替诺玛·克兰德尔诊断风湿。他穿过街道（"亩"路，刘易斯微笑着提醒自己）去克兰德尔家时，克兰德尔太太已经就寝了。门廊纱窗后只有老人贾德森的模糊身影，地板上的油毡上传来摇椅嘎吱嘎吱的悦耳声响。刘易斯敲敲纱门，纱门轻柔地撞着门框。克兰德尔的烟头一闪一闪，就像夏夜里一只硕大安静的萤火虫。广播正低声转播着红袜队的比赛实况，而这一切都让刘易斯有种回到老家的奇异感觉。

"克里德大夫。"克兰德尔说，"我就猜是你。"

"希望你的啤酒之约不是随口说说。"刘易斯说着走进门廊。

"哦，我从不说和啤酒有关的假话。"克兰德尔说，"在啤酒这档事上说话不算话是很容易跟人结仇的。大夫，你请坐。我怕不够，还多冰了两罐。"

门廊狭长，摆着藤椅和沙发，刘易斯才一坐下，就惊讶着怎么会如此舒服。他的左手边放着一个装满冰块的铁皮桶，里面有几罐黑牌啤酒，他顺手取了一罐。

"谢谢。"刘易斯边说边拉开拉环。头两口啤酒流过喉咙时，刘易斯感觉简直如饮琼浆玉液。

"别客气。"克兰德尔说，"大夫，希望你在这里住得愉快。"

"我也希望。"刘易斯说。

"嘿！如果你要点下酒的饼干什么的，我去替你拿。我有一块'老鼠'，差不多也该熟了。"

"一块什么？"

"老鼠起司，就是硬奶酪。"克兰德尔的语气中略带愉悦。

"谢了，我喝啤酒就行。"

"那我们只好饶了它。"克兰德尔满足地打个嗝。

"你太太睡了吧？"刘易斯问道，一边猜想他的门为什么这样开着。

"唉。有时候她会晚睡,有时候早早就上床了。"

"她的风湿痛得厉害吗?"

"你有见过不痛的例子吗?"克兰德尔问。

刘易斯摇摇头。

"我猜痛苦还在可以忍受的范围内。"克兰德尔说,"她不大抱怨,我的诺玛是个老好人。"他的语气中带着深厚单纯的情感。纱窗外的十五号公路上有辆油罐车隆隆驶过,车身又大又长,遮住了刘易斯的视线,他一时间看不见对面自己的房子。在微光中看得出车身上"奥林科"这个标志。

"好大一辆卡车。"刘易斯说道。

"奥林科离奥林顿不远。"克兰德尔说,"这是家化肥厂,他们来来去去,油罐车、倾卸车,还有那些白天去班格尔和布鲁尔做工、晚上回家的人。"他摇摇头。"这是绿洛镇唯一让我失望的一点,这条车子川流不息的公路让人不得安宁。日夜不停,有时候诺玛睡着了又被吵醒。混蛋!有时候我自己也会被吵醒,我一般可是睡得像根他妈的木头一样沉呢!"

对于在喧嚣的芝加哥生活惯了的刘易斯来说,缅因州这地方简直清静得近乎阴森。所以他只是点了点头。

"很快阿拉伯人就会控制石油产量,公路上的黄线上就可以种一整排非洲紫罗兰啦。"克兰德尔说。

"你说的也许没错。"刘易斯仰头一饮,惊讶地发觉罐子已经空了。

克兰德尔笑着说:"大夫,喝得舒服就再来一罐吧。"

刘易斯稍稍迟疑。"好,就一罐,我也该回去了。"

"当然。搬家真是件麻烦事,对吧?"

"是很麻烦。"刘易斯说,接下来两人都沉默无语。这是种惬意的沉默,好像他们早已相交多年。刘易斯曾在书上读到过这种感觉,却从未亲身体验过。这时他因自己稍早竟有对方想让他免费看诊这个想法而惭愧。

一辆轻型卡车飞驰而过,头灯闪耀宛如球状花。

"真是条凶恶的公路。"克兰德尔若有所思,几乎悄无声息地说道。接着,他转头面对刘易斯,起褶的嘴上挂着一抹微笑。克兰德尔将一支切斯特菲尔德牌香烟塞进嘴角,用大拇指擦亮火柴。"还记得你女儿问起的那条小路吗?"

刘易斯一时间不知他指的是什么,因为埃莉困极入睡前问了一箩筐事情。过了一会儿,他终于想起来了:那条铲得平整、穿过灌木丛、转上小丘后不见的小路。

"我记得,你答应改天讲给她听的。"

"我答应了就会照办。"克兰德尔说,"那条小径伸入森林一英里半远,住在十五号公路附近和主街的孩子常走那条小径,所以小路被踩得很干净。孩子来来去去……现在人们经常搬来搬去,不像我小时候,挑中一个地方就永远住下去。虽然如此,孩子却好像办理交接似的,即将搬走的都会告诉新来的,每年春天都会有一大群孩子来除草清理,整个夏天小路都保持得好好的。镇上的大人不一定全知道小路的存在——当然,知道的大人也不少,但不是人人皆知——但我敢打赌,每个孩子都知道它在那儿。"

"知道什么在那儿?"

"宠物公墓。"克兰德尔说。

"宠物公墓。"刘易斯照着复述,心里只觉得好笑。

"其实那个地方并不像听起来那么奇怪。"克兰德尔说,他一面吸烟一面摇着摇椅。"都是因为这条公路上有过太多被碾死的动物,大多数是猫、狗,但不全都是。奥林科工厂的大卡车碾死过莱德家孩子养的浣熊。那是——哦,七三年的事了,或许还要再早一点。总之,是在州政府规定禁止饲养浣熊或黄鼠狼之前。"

"为什么定这么一条法律?"

"为了防止狂犬病。"克兰德尔说,"现在缅因州有许多狂犬病病例,两年前,下州一只圣伯纳犬得了狂犬病,咬死了四个人,那真是轰动得要命的大事。那只狗没打预防针,如果那些蠢家伙给狗打了针,这种病自然不会发生。对浣熊或黄鼠狼一年可以注射两次,但不一定有效。莱德兄弟养的那只浣熊,是老人家所谓的'讨喜浣熊'。它会摇摇摆摆朝你走来——嘿,还真胖——像狗一样舔你的脸。莱德家的父亲还特别找兽医帮它做结扎和去爪手术,手术肯定花了不少钞票!

"莱德先生在班格尔市的 IBM 做事,五年前搬到科罗拉多州去了……也可能是六年前吧。想起来好笑,那两兄弟都快到可以开车的年龄了,两个小家伙是不是因为浣熊才闹翻的?我想是。麦蒂·莱德哭了好久,哭得他妈妈着慌了,要带他去看医生。但我想他现在不会再伤心了,不过他们永远都不会忘记。心爱的动物惨死轮下的景象,小孩子永远忘不了。"

刘易斯的心思立即转到埃莉身上,今晚最后一眼看见她时,她已经睡着了,啾吉带着浓浊的喉音睡在床脚。

"我女儿有只猫。"刘易斯说,"我们都叫它啾吉。"

"它走动时那两个玩意儿是不是往上翘?"

"你说什么?"刘易斯完全听不懂。

"它的睾丸还在吗？还是已经动过手术了？"

"没，它没动过手术。"刘易斯说。

事实上，他们在芝加哥时这件事给他们惹过一些麻烦。雷切尔要把啾吉阉掉，已经和兽医约好时间，但刘易斯把约定取消了。即使到了今天，他也不很明白是为了什么原因。原因不单是他愚蠢地把公猫的雄性特质和自己的男子气概等同看待，也不仅仅是因为他对于啾吉必须结扎的现实理由有所不满（啾吉阉掉之后，邻居家的胖太太就不必再盖紧她的塑料垃圾桶）——这些也许都算是部分原因，不过最主要的原因还是他内心那种强烈而模糊的感觉：阉割会毁掉啾吉身上某种刘易斯很重视的东西——绿色猫眼中那副"闪一边去"的睥睨眼神。最后，刘易斯对雷切尔说，他们马上就要搬到乡下去，在那里公猫不结扎也不会出问题。谁料到现在冒出个贾德森·克兰德尔，告诉他绿洛镇的乡村生活包括该如何应付十五号公路，又问他有没有为猫动过手术。克里德大医生，不妨试试命运的嘲弄吧——有助你的血液循环哦。

"最好给它动个手术。"克兰德尔说话时用拇指和食指捻熄烟头，"阉过的猫不大会乱跑，如果让猫一天到晚来来去去穿越公路，好运迟早会用完的。到头来，就会像莱德兄弟的浣熊，或蒂米·戴斯勒的柯卡犬，或者布莱德雷太太的鹦哥一样长眠在那儿。那只鹦鹉不是丧生轮下，你知道的，只是大限到来，就两脚朝天，一命呜呼了。"

"让我仔细考虑考虑。"刘易斯说。

"你考虑吧。"克兰德尔说着站起身来，"啤酒罐空了？我要去切片老鼠起司尝尝。"

"酒喝完了。"刘易斯答道，随即站了起来，"我也该回去了。

明天事情很多。"

"开始在大学上班了？"

刘易斯点头。"学生还有两星期才开学，不过在那之前我得先把工作的事弄清楚，对吧？"

"当然啰，如果你不知道药放什么地方，那麻烦可就大了。"克兰德尔伸出手，刘易斯握住，再次想到老人家容易觉得骨头痛。"随便哪天傍晚都可以再来坐坐。"克兰德尔说，"见见诺玛，我想她会很喜欢你。"

"我会的。"刘易斯说，"贾德森，很高兴认识你。"

"彼此彼此。你们会喜欢这地方的，可能会住上好一段时间呢。"

"我也希望如此。"

刘易斯走下弯曲的引道，来到公路边，然后必须停下脚步，等待一辆卡车及跟在后面的五辆车朝巴克港方向驶去。刘易斯举手作行礼状，然后越过街道（马路，刘易斯再次提醒自己），开门走进他的新房子。

沉睡的呼吸声让这屋子显得十分宁静。埃莉仍旧以原样熟睡着没有翻过身，婴儿床里的凯奇也用标准姿势熟睡着：朝天仰躺，两腿伸开，奶瓶近在咫尺，伸手就能抓到。

刘易斯站在门口望着儿子，心中立刻充满爱意，爱意强烈到了近乎危险的程度。刘易斯猜想，这多半是思乡病作祟，想念着芝加哥的熟地方、熟面孔，现在一下就被千英里路程给抹掉了。现在人们经常搬来搬去，不像我小时候，挑中一个地方就永远住下去。这话还真有几分道理。

刘易斯走进房间，因为没有任何人看得见，连雷切尔都不在附近,所以他吻吻自己的手指,然后从床栏间伸进去,轻轻将吻印在凯奇的脸颊上。

凯奇咯了一声,翻身侧睡。

"宝贝儿子,好好睡吧。"刘易斯说。

刘易斯换了衣服,悄悄溜进床上空着的那一边,此刻的双人床只是铺在地板上的两张单人弹簧床垫而已。他觉得这一整天的紧张开始松弛,雷切尔没有被他惊动,屋里堆着的盒子如鬼影一般。

刘易斯入睡之前,用一只手肘撑着,探起身来望向窗外。他们的卧室位于房子正面,可以一眼望到公路那边克兰德尔的屋子。天很黑,看不清楚屋子的形状——如果是有月光的晚上就能看清楚了,但他能瞥见烟头的亮光。刘易斯心想:他还没睡,可能还会在那儿坐很久,老人家夜里总是睡不好。他们也许在守夜。

守夜是要防什么呢?

刘易斯想着这个问题,慢慢进入梦乡。他梦见自己在迪士尼乐园,驾着一辆漆有红十字的白色厢型车。凯奇坐在他旁边,梦中的凯奇至少十岁了。啾吉卧在仪表板盖上,睁着绿眼注视刘易斯。在那一八九〇年代火车站前的大街上,米老鼠正在和周围的孩子握手,它那巨大的白色卡通手套吞没了孩子信任不疑的小手。

7

接连两个星期,全家人都忙成一片。刘易斯刚到任,需要慢慢调整,安排一切。(学校有上万名学生,其中许多都有嗑药和酗酒的恶习，有的患有性病，有的为成绩操心或者因为第一次离家而精神沮丧，还有十几名——女生占多数——节食节出了毛病……等他们统统回到学校来时，会是什么样的情形？）刘易斯是学校医务处的主任，在他逐渐熟悉工作时，雷切尔在家务上也渐渐上手。

在全家人适应这新环境期间，凯奇总是一会儿碰疼自己，一会儿弄翻东西，而且睡眠也不正常，不过等到他们搬进绿洛镇新居十天后，他已经可以一觉睡到天亮了。只是即将要在这个新地方读幼儿园的埃莉，好像时刻处于兴奋紧张的状态。往往随便一句什么话都能引得她不停傻笑，或陷入适应期的恶劣情绪，或大发脾气。雷切尔说：埃莉发现学校不是她心中想象的那个巨大红魔鬼之后，自然就会平静下来了。刘易斯认为雷切尔的看法没错，因为大部分时间埃莉就跟往常没两样——是个惹人爱的女孩。

现在傍晚和贾德森·克兰德尔一道喝一两罐啤酒，已经成了刘易斯的习惯。就在凯奇的睡眠恢复正常后，刘易斯每隔两三晚便自己捧着啤酒过去。他见到了克兰德尔的太太诺玛，她是位身患风湿性关节炎的和蔼可亲的妇人——可恶的老年风湿症，剥夺了许多在其他方面都还健康的老人的幸福——好在诺玛抱着乐观态度。对于疼痛，她不屈服，不举白旗，如果病魔有本事就来带走她吧。刘易斯认为，诺玛还能享受五到七年丰富但不怎么舒适的岁月。

刘易斯违背了自己立下的原则，主动替诺玛检查身体，又确认了一直替她治病的医生所开的处方，发现一切治疗都没问题。于是他油然生出一种烦恼失望的感觉，因为目前不需要他为诺玛做任何事，能为诺玛做的魏布里医生都已经做了——除非突破性的药物出现，这不是没有可能，但不宜抱太高期望。做人得学着接受现实，否则就会落到被关在小房间里，只能用蜡笔写信回家的地步。

雷切尔喜欢诺玛，她们俩就像小男孩交换棒球卡一样，因为交换食谱而成为知己。开始时，诺玛的苹果派换来了雷切尔的洋葱蘑菇炖牛肉。诺玛喜欢克里德家的两个孩子——特别是埃莉，诺玛说她将来一定是个"古典美人"。那天晚上，刘易斯在床上对雷切尔说，幸好诺玛没说埃莉会长成一只可爱的浣熊。雷切尔听了笑得太用力，放了个响屁，结果他们俩一起大笑了好久，把睡在隔壁房的凯奇都给吵醒了。

到了幼儿园开学那天，刘易斯休假没去上班，他觉得学校医务室及医药支持业务都已上了轨道（而且目前学校医务室空空如也，最后一名病人，也就是在学生活动中心台阶上跌伤腿的那位暑修女生也已在一周前出院了）。刘易斯双手抱着凯奇，和雷切尔并肩站在草地上，看着一辆黄色校车从主街拐过来，笨重地停在他们的房子前。折式车门一开，孩子的嘈杂笑闹声便飘进温暖的九月空气中。

埃莉转过身，投来一道怯懦又可怜的目光，好像在问爸爸妈妈把这必然的过程给取消是否还来得及。接着，或许父母脸上的表情使她确信一切都已太迟，随着这第一天而来的一切都无可避免——就像诺玛的风湿的病情发展一样无可避免。埃莉掉过头，爬上校车，车门关上时发出的声音，就像恶龙的喘息。校车开走后，雷切尔哭了起来。

"别这样，我的天哪！"刘易斯说。他没有哭，但也差不多了。"只是上半天学嘛。"

"半天就够受的了。"雷切尔带着责备的口吻说道,越哭越厉害。刘易斯搂着她,凯奇用两只手臂分别绕着他们的脖子。雷切尔哭的时候,通常凯奇也会跟着哭,但这次却例外。刘易斯心想:现在父母由他独占,这小子心里可清楚得很呢。

他们心神不宁地等着埃莉回家,一直揣测着埃莉在学校的情形,不知不觉喝了太多的咖啡。刘易斯来到后面一个准备用来当他书房的房间,不过他只是待在那里无所事事地混时间,除了将文件纸张换个地方放之外,什么事也没做;雷切尔则莫名其妙地在早上就开始吃中饭。

十点过一刻,电话铃响了。雷切尔等不及铃响第二声便急忙跑去接听,她气喘吁吁地叫道:"喂?"刘易斯站在书房通往厨房的走道上,相信这是埃莉的老师打来的电话,告诉他们埃莉应付不来;公立学校受不了她,要将她送回来。但其实来电的是诺玛·克兰德尔,她打电话告诉他们,贾德森把菜园里种的玉米全摘了下来,如果他们要的话,欢迎来拿十几个回去。刘易斯带着购物纸袋过去,埋怨贾德森为什么不让他来帮忙。

"这些值不了一桶大粪。"贾德森说。

"我在这里你少讲脏话。"诺玛说道,她用旧式可口可乐托盘端着冰茶走进门廊。

"抱歉,亲爱的。"

"他其实一点都不抱歉呢。"诺玛对刘易斯说。她坐下时,因为疼痛脸上的肌肉直抽动。

"我看到埃莉上了校车。"贾德森边说边点燃一支烟。

"她没问题的。"诺玛说,"她们几乎都不会有问题。"

但"几乎"这两字，使刘易斯心里更加不安。

然而埃莉的确没问题。她中午回家时笑嘻嘻的，专为开学第一天准备的蓝色衣裙优美地罩着她带着伤疤的小腿（一只膝盖上又有新的擦伤），她手上拿着一张画着像是两个娃娃、又像两具行走支架的图画，一只脚上的鞋带松了，头上扎的缎带掉了一根。她一见他们就大喊："我们唱'老麦克唐纳有块地'！妈咪！爹地！我们唱'老麦克唐纳有块地'！就跟卡斯特尔街幼儿园唱的一样！"

雷切尔看了刘易斯一眼，他坐在窗台边，凯奇在他膝上快睡着了。雷切尔的目光带着些感伤，虽然她很快就把眼神转开，但刘易斯立刻感到惊慌。他想：我们真的一天天老了。一点不假，不可能为我们破例。埃莉慢慢长大……我们慢慢变老。

埃莉跑到刘易斯跟前，想一口气同时给他看她的图画、她的擦伤，还想告诉他"老麦克唐纳有块地"和贝里曼老师的事。啾吉在她两腿间钻来钻去，发出很大的呼噜声，而埃莉却奇迹般地没被它绊倒跌跤。

"嘘——"刘易斯亲亲埃莉。凯奇已经睡熟了，完全不理周围的兴奋气氛。"我把弟弟放上床，然后你一件件讲给我听。"

刘易斯抱着凯奇上楼，走在斜射进屋的九月炙热阳光里，他登上楼梯口时，突然一种恐怖又黑暗的预感使他顿时停下脚步——他惊讶地环顾四周，不明白究竟是什么向他袭来。刘易斯把凯奇抱得更紧，几乎是钳住了他，这让凯奇不自在地扭动起来。刘易斯的手臂和背上冒出许多鸡皮疙瘩。

有什么不对劲？刘易斯大惑不解，心中混乱而又恐惧。他的心跳加速；他的头皮发冷，而且仿佛突然缩小到罩不住脑袋；他可以感觉到两只眼睛后方的肾上腺素激增。刘易斯深知人在害怕到极点时，眼球会暴凸；眼睛不只是圆睁，而是真的会凸出来，这是因为血压上升、颅内静水压增高的关系。怎么回事？难道是撞鬼了？耶稣基督，我真的觉得这个走廊上好像有东西从我身边擦过，我差点儿就看见那鬼东西了。

楼下的纱门撞上门框，发出声响。

刘易斯吓得跳了起来，差点失声惊叫，但马上又自觉好笑。这不过是一般人有时会经历的心理状态——就是这样，没别的。一种暂时性的神游，偶尔就是会发生，就是这样。狄更斯的《圣诞颂歌》里，守财奴斯克鲁奇对马利的鬼魂是怎么说的？你说不定只是块半生不熟的马铃薯，说不定我只是恍神，把凝固的肉汁看成鬼了。狄更斯写下这段话时，可能不知道自己对鬼魂抱持的观念其实十分正确——在生理和心理层面都是。世界上没有鬼，起码刘易斯在一生中就没见过。自从行医以来，他已宣告二十四人死亡，完全不曾有过鬼魂通过他身体的感觉。

刘易斯将凯奇抱进房间，放在婴儿床上。就在他拉起毛毯要盖在儿子身上的一瞬间，一股寒颤爬上他的脊背。刘易斯忽然想起卡尔叔叔的"展览室"，里面展出的不是新型汽车，不是摩登造型电视机，也不是装着玻璃门、好让你看得见肥皂泡神奇的洗涤动作的洗碗机。展览室里只有许多盖子掀开的棺材，每个棺材上方隐藏的聚光灯把光线打在棺材上。刘易斯的叔叔是殡葬业者。

我的天，你在怕什么？让它去！甩掉它！

刘易斯亲亲儿子，然后回到楼下，听埃莉讲她第一天上大孩子学校的情形。

8

埃莉上学一星期后,大学生返回校园前的那个星期六,贾德森·克兰德尔越过公路,走到在草地上坐着的克里德全家大小跟前。埃莉刚跨下她的自行车,喝着冰茶。凯奇在草地上爬,看小虫,说不定也吃了几条,他并不在乎自己摄取的蛋白质来源。

"贾德森。"刘易斯站起身招呼他。"我去给你搬张椅子。"

"不用了。"贾德森说。他身着牛仔裤、敞领工作衫,穿着绿色靴子。他望着埃莉问:"埃莉,你还想看那条小路通到什么地方吗?"

"想看!"埃莉说着,立刻双眼发亮地站了起来,"学校里的乔治·巴克告诉我说会通到宠物公墓,我告诉妈咪,但她说要等你来,因为只有你才知道那个地方。"

"我也同意你妈妈的话。"贾德森说,"如果你爸爸妈妈不反对的话,我们就慢慢散步过去吧。不过你得换双靴子,路上有几块潮湿的软泥地。"

埃莉跑步进屋。

贾德森带着被逗乐的表情望着她的背影。"刘易斯,你大概也想去吧。"

"我想去。"刘易斯说,他望望雷切尔,"亲爱的,你一起来吗?"

"凯奇怎么办?路程有一英里远呢。"

"我把他放在背篮里。"

雷切尔笑笑。"好吧……老爷子,受苦的可是你的背。"

十分钟后,他们出发了,除了凯奇外,所有人都换上了靴子。凯奇在背篮里坐着,瞪大了眼睛,目光越过刘易斯的肩头东张西望。埃莉总是跑在前头,一会儿追逐蝴蝶,一会儿摘花。

屋子后院的草地几乎长到及腰高度,满是每年自晚夏到秋日怒放的黄菊花。但今天没有丝毫秋天的气息;即使在日历上八月份已经是两星期前的事,但今天的太阳仍旧属于八月。他们沿着除过杂草的小径走上第一座小丘时,刘易斯两边腋下都已出现大片汗渍。

贾德森停下脚步。一开始,刘易斯还以为老人家想喘口气——接着,他回头看见他们身后开阔的景色。

"这上头景色还不错。"贾德森说,用牙齿咬着一根猫尾草;刘易斯认为贾德森这句话是典型北方佬的保守说法。

"简直美极了!"雷切尔吸了一口气,转头对着刘易斯用近乎指责的口吻说,"你怎么没告诉过我这里有美景?"

"因为我根本不知道有这个地方。"刘易斯有点惭愧地说。他们现在还没走出自家的地界。在今天以前,刘易斯不曾花时间爬过自家后面的小山丘。

本来已经走在前面很远的埃莉又折返回来,也惊喜地注视着眼前的迷人景色;啾吉跟在她脚边。

小丘并不很高,也没有高的必要。东面是茂密的森林,挡住了视线。可是往西望去,展现在眼前的原野像是金色而带着倦意的仲夏夜梦境。万物都是静止、朦胧、沉寂的,甚至公路上也没有奔驰的奥林科油罐车来打破这寂静。

他们正望着的是佩诺布斯科河谷,伐木工人曾经利用河流将木材由东北端输送到班格尔市及德里市,而他们现在所在的位置在班格尔南边，一小部分在德里北边。河面宽阔平静，仿佛河流已深深沉入梦中。刘易斯可以看见远方的汉普顿镇和温特波镇，他想象自己可以随着与眼前这十五号公路平行的蜿蜒的深色河水一路直达巴克港。他们眺望河水、西岸的树、道路和原野。北绿洛镇浸礼会教堂的尖顶从老榆树丛中探出，伸向天空。而刘易斯可以看见教堂左边埃莉的学校那幢方形砖造建筑。

在他们头顶，白云缓缓飘向淡蓝色的地平线。极目所及均是一片晚夏苍黄的田野，植物已经过了生长季节，进入并非死亡的休眠状态。

"美极了，一点也不错。"刘易斯终于说道。

"从前人们把这里叫做眺望岗。"贾德森说。他拿支香烟塞进嘴角，但没有点上。"有些人现在还这样叫，但现在年轻一代都搬进城里，多半不记得这里了。我想，也没有多少人还会到这里来。因为这里地势并不很高，你可能看不见太多景色，不过你可以看到……"他摆了摆手，没把话说完。

"你可以看到一切。"雷切尔用低沉而带敬畏的声调说道。她转眼望向刘易斯说："亲爱的，这是我们的吗？"

刘易斯还来不及回答，贾德森就先开口："当然喽，这是你们房产的一部分。"

刘易斯心想："我们的"和"房产的一部分"是两回事。

森林里很阴凉，比起林外的温度可能相差二到四度。依旧宽阔的小径上，偶尔会出现装在罐子或咖啡瓶内的花束（花朵已多半枯萎），地上满是干松针。他们已经走了四分之一英里左右，正开始往下坡走，这时贾德森叫埃莉回来。

"对一个小女孩来说,这样散步很好。"贾德森和蔼地说,"不过我要你答应你爸爸妈妈遵守一个诺言,那就是以后到这儿来时,一定不要离开这条小路。"

"我答应。"埃莉说,"可是为什么呢?"

贾德森朝刚停下脚步休息的刘易斯瞥了一眼,即使置身在青松云杉之间,背着凯奇仍旧不是件轻松的差事。"你知道自己在什么地方吗?"贾德森问刘易斯。

刘易斯想了想,又否定了心中想到的几个答案:在绿洛镇,北绿洛镇,我的房子后面,十五号公路和主街之间。最后刘易斯摇摇头。

贾德森跷起大拇指,指指自己肩膀后面。"那个方向,玩意儿很多。"他说,"那里是镇上。而往这个方向则什么都没有,一连五十几英里全是森林。当地人叫它北绿洛森林,森林边缘与奥林顿市一角相接,再延伸到洛克福市。森林最后伸展到州政府的土地上为止,就是我告诉过你的,那片印第安人声言要收回的土地。你们那幢靠近公路、里面装着电话、电灯和有线电视的小房子就在荒野丛林的边上,我知道这听来挺滑稽,不过事实就是如此。"贾德森回头看着埃莉。"埃莉,我的意思是你千万不要闯到森林里去,你可能会找不回小路,到时候谁也不会知道你在什么地方。"

"我不会的,克兰德尔先生。"刘易斯看得出,埃莉被说服了,甚至表现出了敬畏,可是她并不害怕。但雷切尔却有点担心地瞧着贾德森,刘易斯也觉得不安,他猜想,在城市长大的人可能天生就怕森林。刘易斯在当童子军后已经二十年没用过指南针了,如何借北极星或树皮上的苔藓辨认方向的记忆已很模糊,他也已经记不清如何打出简单的绳结。

贾德森的目光扫过他们,微笑着说,"从一九三四年到现在,我们这儿还没有人在森林里走失过。"他说,"至少不曾有本地人失踪过。上一个在这儿失踪的人是威尔·杰普森——他失踪了也没什么人在乎。除了斯坦利·鲍查以外,我猜威尔是巴克港这一带最出名的醉汉。"

"你说不曾有本地人失踪?"雷切尔说这句话的语气不是很轻松,刘易斯看出了她的心思:我们就不是本地人。起码,现在还不是。

贾德森顿了顿,接着点点头。"的确如此,每隔两三年总有个把旅客在森林中走失,因为他们自以为不可能一离开道路就迷失方向。不过从来没有任何旅客失踪就回不来。克里德太太,你不用瞎担心。"

"树林里有麋鹿吗?"雷切尔担心地问道,刘易斯在笑。如果雷切尔要自寻烦恼,她会对任何事情小题大做。

"这个嘛,你或许看得见麋鹿。"贾德森说,"雷切尔,不过它不会招惹你。在交配季节,它们会有点烦躁不安,其他时间它们最多朝你望望而已。雄鹿春情勃发的时候,唯一会吸引它们的是麻省人。我不明白为什么,但实情就是如此。"刘易斯认为这老头在开玩笑,贾德森却一脸正经,不像开玩笑的样子。"我不止一次亲眼见到,从麻省索格斯镇、米尔顿镇或威斯顿镇来的家伙爬在树上,高声叫着麋鹿群来了,每一头都有拖车屋那么大。好像麋鹿能闻出麻省人的味道,也许它们闻到的只是麻州人身上穿的L. L. Bean[①]的新衣气味——我不明白。我倒希望那些在大学读畜牧

[①] L.L.Bean,通常译为"比恩",为美国一著名户外用品品牌,创始于1912年,历史悠久。

专业的学生能针对这现象写篇研究报告,但我看是不会有人写的。"

"什么是春情勃发?"埃莉问。

"别管那个。"雷切尔说,"埃莉,我不许你单独跑到这里来,只有跟大人一起你才可以到这里来。"雷切尔说着又向刘易斯靠近一步。

贾德森面有难色地说:"雷切尔,我不想吓唬你——或你女儿。不必怕这些森林,这是条不错的小径;只不过春天虫子多了点,再加上一年到头的潮湿——一九五五年除外,那是我记忆中最干燥的夏天——不过这儿找不着任何有毒的藤或漆树。埃莉,如果你不打算连洗三个星期的淀粉澡,最好离学校的后园远远的,那里反而有毒藤毒树。"

埃莉用手捂嘴吃吃笑着。

"这条小径很安全。"贾德森认真地对雷切尔说,但她好像还是不相信。"我打赌连凯奇沿着小路走都不会迷路,住附近的孩子常来。我已经告诉过你们,那些孩子会来维护小路的整洁。没人要求他们做,但他们都会自动自发,我也不愿破坏埃莉参与的机会。"他俯身向她眨眨眼。"埃莉,这就像生命里的其他许多事情:只要你不离开这条小路,一切都没问题。一旦离开小路,你一不小心就会迷路。那时候就得派搜救队去找你啰。"

他们继续前行,刘易斯开始觉得婴儿背篮让他的背隐隐作痛。有时凯奇抓着他的头发用力扯,或者用脚高兴地踢他的腰。蚊虫在他的脸和颈部巡航,发出扰人的嗡嗡声。

小径曲折而下,出没于一片古松之间,然后穿过一片荆棘缠结的矮树。这段路比较潮湿,刘易斯的靴子踩在泥浆和死水里咯吱作响。他们走到一处沼泽般的地方,利用成堆的枝叶当垫脚石走过去；那大概是最难走的一段路。之后他们又开始上坡，这里树木渐密。凯奇好像变了个魔术，一下子增加了十磅体重，温度也一下升高了十度；现在刘易斯已汗流满面。

"亲爱的，你怎么样？"雷切尔问，"要不要我抱他一会儿？"

"不要，我很好。"他说，他的确很好，只不过心脏跳得快了点而已。他替病人开体力活动处方的时候多，自己身体力行的时候少。

埃莉走在贾德森身旁；她穿的柠檬黄长裤和鲜红色衬衫闪耀在这暗沉沉的褐绿色林间。

"刘易斯，你看他真的知道往哪儿走吗？"雷切尔悄悄发问，语气中满是担忧。

"当然。"刘易斯说。

贾德森爽朗地回头叫道："不远了……刘易斯，你撑得住吗？"

刘易斯心想：我的天，这老家伙八十出头了，我看他到现在还没出过一滴汗。

"我很好。"刘易斯不甘示弱地叫着回答。为了自尊，哪怕此刻心脏病立即发作，他也会这么回答。他咧嘴笑笑，把背篮的带子往上拉了拉，继续前进。

他们爬上第二座丘陵，小径往下，斜着穿过高及头部的灌木丛。路变窄了，这时刘易斯看见走在前面的埃莉和贾德森正通过一道拱门，门板已经斑驳褪色。门板上用黑漆写了字，虽已褪色，但还是能清楚地看出写的是：宠物公墓。

刘易斯和雷切尔交换了个逗趣的眼色，然后走上前，站在拱门下方，本能地牵住对方的手，仿佛在举行婚礼。

这里的地上并没有铺满松针，此处是个草坪构成的大圆环，直径可能有四十英尺。周围三面围着枝桠交错的矮树丛，第四面则堆着被风刮倒的老树,树干横七竖八,让那树冢看起来十分凶险。刘易斯心想:要是谁打算爬过去或钻过去,最好先穿上金属护裆裤。这片林中空地上立着许多墓碑,显然是孩子放的,用的都是孩子所能讨来或借来的各种材料,比如木箱的条板、废木片、捶平的洋铁皮。周围的灌木以及为争取阳光而蔓生的大树衬托,与这些粗糙制品似乎形成了一种人造的对称美。这座以森林为背景的公墓呈现出疯狂而深奥的气质,具有一种属于异教的魅力。

"真可爱。"雷切尔说,但口气听来不太真诚。

"哇!"埃莉叫道。

刘易斯放下凯奇,把他从篮中抱出来,让他在地上爬。刘易斯的背部负担顿时减轻。

埃莉从一个碑跑向另一个,对每个墓碑都发出赞叹。刘易斯紧跟着她,雷切尔则专心注意凯奇。贾德森背靠一块石头,跷起二郎腿,坐着抽起烟来。

刘易斯发现坟墓的分布有规律可循;墓碑皆按同心圆环状排列。

一块条板碑上写着"猫咪斯麦吉",是小孩的手笔,但下笔十分用心。"听话的猫",底下写着:一九七一至一九七四。刘易斯在后面一点的地方看见一块天然石碑,上面有红漆写的名字:比福。名字下面写的像是两行诗:

　　比福,比福,天生好鼻子,
　　给我们快乐,直到它辞世。

"比福是戴斯勒的柯卡犬。"贾德森说。他用脚跟在地上挖出一个小洞,仔细将烟灰弹入其中。"去年被一辆倾卸车碾死的。这两句诗不错吧?"

"好诗。"刘易斯同意。

有些坟前摆着花朵,有的新鲜,大多数都已枯萎,还有少数已完全腐烂。那些用漆和铅笔写的碑文有一半以上颜色都已褪尽,无法辨认。有些碑上则是一片空白,刘易斯猜测,上面的文字可能是用粉笔或蜡笔写的。

"妈妈!"埃莉喊道,"这里有条金鱼!快来看!"

"我弃权。"雷切尔说,刘易斯瞄了她一眼。她独自站在最外围,一副颇不自在的样子。刘易斯心想:即使是这里都会让她觉得不舒服。凡是和死亡沾到边的事物都会让雷切尔不自在(刘易斯猜想:面对死亡,每个人或多或少都有点不自在),这或许和雷切尔的姐姐有关。雷切尔的姐姐年纪轻轻就死了,婚后不久刘易斯就知道雷切尔心上有道不可碰触的疤痕。她姐姐名叫泽尔达,因为罹患脊椎炎而病死。她可能病了很长一段时期,受尽痛苦和折磨,病况颇为凄惨,而当时雷切尔正值敏感的年纪。刘易斯认为,雷切尔如果能遗忘那段回忆将对她有益无害。

刘易斯对她眨眨眼,雷切尔感激地对他一笑。

刘易斯抬头仰望,发现他们正处于森林的空旷地带。他想,这就说明了为什么这里的草长得这么好,因为阳光可以透射进来。不过草坪还是需要浇水和细心照应,也就是说,孩子会将一桶桶的水提到这里来,或者把比凯奇还重的印第安人水泵背在背上,运来抽水。刘易斯再次觉得:小孩会长时间持续做这些事似乎非常奇怪。在他自己的记忆中,从埃莉的成长经历中,刘易斯觉得小孩子对事物的热心程度就像报纸头条一样——急速蹿红……炙手可热……然后迅速消失。

越往内圈,动物的坟越旧,碑文越难辨认,那些字迹还清楚的都已年月已久。这块碑上写着:"吹希,一九六八年在十五号公路丧生"。在同一圈有个埋得很深,饱经霜雪的宽阔平板,歪倒向一边,刘易斯仍能认出上面写的字:"纪念我们的爱兔玛塔,一九六五年三月一日去世"。再向内圈走,有一块碑文写的是:"巴顿将军死于一九五八年,(我们的!了不起的!爱犬!)";还有"波丽西雅",刘易斯如果对怪医杜立德的故事没记错的话,这里葬的是只鹦鹉,它最后一次叫着"波丽要吃饼干"是在一九五三年夏天。再里面的两排都认不出来碑文上写的是什么。刘易斯在里面离圆心还有一段距离的地方看见一行雕刻在砂岩上的碑文:"最优秀的名犬汉纳,一九二九至一九三九"。虽然砂岩算是比较软的石头——因此也导致碑文现在就像鬼魂一般飘渺——刘易斯还是很难想象一个孩子要花上多少个钟头才能在岩石上刻出那一行字,他想,那种爱与悲伤一定沉重无比;做父母的甚至对自己的双亲都不见得这样有心,或者如果儿女死时年纪还小,做父母的说不定也不会这样做。

"哇,这的确很有些年头了。"刘易斯对刚刚走近身边的贾德森说。

"刘易斯,到这里来,我给你看样东西。"

他们走到离中心只有三圈的那排,此处从外围看来杂乱无章,但其圆环的形状极为分明。贾德森停在一块倾倒的石碑前,他小心翼翼地跪下,扶起石碑。

"上面本来有字的。"贾德森说,"是我亲手刻的,现在已经被岁月磨光了。我把我的第一只狗斑斑埋在这里,它是一九一四年老死的,正是一次世界大战爆发那年。"

刘易斯想到,这坟场论起年代,恐怕比许多埋葬人类的墓地还老。他往圆心走去,沿路查看几块墓碑,但没有一块的字迹是清楚可读的,有的墓碑甚至几乎完全陷入地里。当他用手将一块被草掩盖的碑扳直的时候,从地里冒出一阵低微的抗议声,一堆甲虫在刚见日光的那一点泥土上乱爬。刘易斯觉得一股寒气蹿过身体,他心想:我不确定自己是否真的喜欢这个专门埋葬动物的公墓。

"这个公墓有多久的历史了?"

"这个嘛,我也不知道。"贾德森答道,两手插进裤袋,"当然,斑斑死的那年这坟场就已经在这儿了。那时候我的一些朋友帮我挖斑斑的坟。地下石头多,不容易挖,我有时候也帮他们挖地。"他用一根粗皱的指头东指西点。"我要是没记错,那里是彼得·拉维苏的狗,那边一连三处都埋着埃尔·格洛特利家的谷仓猫。

"傅莱奇老头养赛鸽,我、埃尔和卡尔·汉纳埋了只被狗咬死的鸽子。就在那儿。"贾德森若有所思地停了片刻,"我那帮朋友都去了,都去了,只剩下我一个。"

刘易斯没说什么,只是两手插在口袋,静静站着注视那些动物的坟墓。

"地下石头多。"贾德森重复自己刚才说过的话。"我猜大概除了尸体之外,这里不适合种别的东西。"

在另一边,凯奇开始闹了,雷切尔抱着他走过来。"他饿了。"她说,"刘易斯,我们该往回走了。"她的眼神要求着:我们回家好吗?

"好的。"刘易斯说。他背起背篮,转身让雷切尔把凯奇放进去。"埃莉!嘿!埃莉!你在哪里?"

"她在那边。"雷切尔指着倒塌的树木。埃莉把树堆当成学校里的攀架正往上爬。

"哦,小甜心,快爬下来!"贾德森惊恐地叫道。"只要你的脚踩错空隙,那些老树干一滑动,你就会摔断腿的。"

埃莉一跃而下。"啊哟!"她叫了一声,揉着大腿走向他们。没擦破皮,可是有根坚硬的枯枝戳破了她的裤子。

"你知道我的意思了吧?"贾德森说,摸摸她的头发,"像这种被风刮倒的老树,连熟悉森林的人都不敢爬,会想法子绕道过去。成堆的死树会变得很凶恶,它们会咬你。"

"真的吗?"埃莉问。

"真的。你看,它们像稻草堆一样。但你要是一脚踩中了某个地方,它们就会全部垮掉。"

埃莉望着刘易斯。"爹地,真是那样吗?"

"宝贝女儿,我想是的。"

"坏蛋!"埃莉转头对着那些枯树叫道,"讨厌的树,你们弄破了我的裤子!"

三个大人都笑了;倒塌的树木却没笑,它们在那里躺了数十年,在阳光下发白。在刘易斯的眼中,枯树堆就像死去已久的怪物残骸,或是碰巧被武士杀死的怪物,也像是龙骨堆成的冢。

这时刘易斯想到,树冢的位置正好在宠物公墓和森林深处(后来有几次,贾德森·克兰德尔在不经意间,把那片森林叫作"印第安森林")之间,这未免太巧了,树冢的不规则形状几乎像是人工造成的,而非大自然的产物。它⋯⋯

接着,凯奇抓住刘易斯的一只耳朵,边扭边高兴地叫。刘易斯忘了森林和坟场间的树冢,是该回家的时候了。

9

第二天，埃莉一脸苦相地到书房来找刘易斯。刘易斯正在组装模型汽车，这是辆一九一七年的劳斯莱斯银色幽灵——共有六百八十个组件，其中有五十多件是活动式的，差不多就快完工了。刘易斯几乎可以想象出那穿制服的司机——十八九世纪英国马车夫的直系后裔——庄严地坐在方向盘后的神情。

刘易斯从十岁起就开始对模型着迷。最开始他是玩一架卡尔叔叔买给他的一次大战期间的战斗机；接着，又玩过大部分利瓦伊尔型的飞机模型；到了十几二十岁，便玩起更大更好的模型。他经历过瓶中船阶段、战车阶段，以及枪械阶段，他做的自动手枪、马枪、德国小手枪皆几可乱真。最近五年来，他玩的是大邮轮。他在学校办公室的书架上，陈列着他完成的"露西塔尼西"号和"泰坦尼克"号；而他们离开芝加哥前才刚完工的"安德里亚·多利亚"号目前正航行在他们客厅的壁炉台上。

现在他的兴趣又转移到经典汽车上，按照以往惯例，大概还要再过四五年，他才会产生玩别的东西的冲动。雷切尔对他这仅有的癖好抱着贤内助的纵容态度，刘易斯认为她的纵容中带点轻蔑的成分；甚至在结婚十年后，雷切尔偶尔还会想，他是不是"长大到不爱玩那些玩具"了。雷切尔的这种态度也许是受她父亲的影响，刘易斯和雷切尔结婚至今，在岳父心目中始终是个蠢材。

刘易斯心想：说不定雷切尔猜得没错，也许等我活到三十七岁，某天早晨醒来后就会把所有模型都丢进阁楼，然后开始玩滑翔翼。

不过现在，埃莉神情凝重地看着他。

刘易斯听见远处透明空气里荡漾着星期日清晨的教堂钟声。

"嗨，爹地。"埃莉说。

"哈啰，小南瓜，什么事？"

"哦，没事。"她说，但脸上的表情却不像没事。她的脸仿佛在说：有好多事，都不是急事，谢谢您的关心。她的头发刚洗过，松软地垂在肩头。头发此刻看起来是金色的，但迟早会变成褐色。她穿的是件连身裙，刘易斯发现，虽然他们不上教堂，但女儿星期天时总是穿连身裙。"你在做什么？"

刘易斯正仔细地粘上一片挡泥板，他对女儿说："你看这个。"他小心翼翼地递给她一个轮毂盖。"看到这些连在一起的R了吗？真精细，对不对？如果我们坐L—〇——大飞机回赛顿镇过感恩节的话，你注意看外面的喷射引擎，就会看见同样写着R的商标。"

"轮毂盖，了不起。"埃莉交还给他。

"拜托，你要是有辆劳斯莱斯的话，这就叫轮罩。"刘易斯说，"你要是有钱到买得起劳斯莱斯，你就神气了。等我赚到两百万的时候，我就要给自己买一台。到时候凯奇要是晕车了，他就可以吐在真皮座椅上。"话说回来，埃莉啊，你有什么心事？对埃莉你不能直截了当地问她，这没用。她很谨慎，害怕泄漏了自己的秘密；刘易斯很欣赏这种性格。

"爹地，我们很有钱吗？"

"不算是。"他说，"不过我们也还不用挨饿。"

"学校里的迈克尔·伯恩斯说，做医生的都很有钱。"

"这个嘛，你去告诉学校里的迈克尔·伯恩斯，很多医生后来变成了有钱人，可是那需要二十年的时间……再说，当大学医务处的主任赚不了多少钱。要变成大富翁得当专科医生才行,像妇产科医生、整形外科医生或神经科医生,他们赚起钱来就比较快。像我这种万能医生,要赚很多年才行。"

"爹地,那你为什么不当专科医生呢?"

刘易斯又想起自己的那些模型,想起以前有一天他突然不想再组装任何战斗机了;同样,他也突然就对虎式坦克、炮台感到厌烦;还有一天,他早晨醒来(事后回想,那转变几乎就在一夜之间),突然觉得组装玻璃瓶里的船是件很蠢的事。接着,刘易斯开始想象专科医生的生活:一辈子都在检查小孩的脚指头是否有槌状畸形,或是戴上薄薄的乳胶手套,把手指伸进女人的阴道里去检查有没有肿块或机能障碍。

"我就是不喜欢专科。"刘易斯说。

啾吉走进书房,停下脚步,用它发亮的绿眼睛查看周遭环境,然后轻巧地跳上窗台,准备睡觉。

埃莉皱着眉头看它一眼,刘易斯觉得很奇怪,通常埃莉总是以那种近乎痛苦的爱怜表情望着啾吉。埃莉开始在房里走动,看看各种模型,然后漫不经心地说:"哎,宠物公墓那里,不是有好多坟墓吗?"

刘易斯想:嘿,重点来了。他没有回头,他看看说明书,把劳斯莱斯的两盏车灯装了上去。

"是有很多。"他说,"我看有一百多座吧。"

"爹地,为什么宠物不能活得跟人一样久?"

"这个嘛,有些动物能活那么久。"刘易斯说,"有些动物的寿命比人还长。大象就能活很久,有几种海龟的寿命非常长,人类根本不知道它们能活多久……也许有人知道,只是不敢相信。"

埃莉的反驳十分简单："大象跟海龟都不是宠物，宠物根本就活不久。迈克尔·伯恩斯说人活一年，就等于狗活九年。"

"七年。"刘易斯不假思索地纠正她，"我明白你的意思，宝贝，这些话也是真的，活了十二年的狗就算是老狗了。知道吗？身体里面有一种叫新陈代谢的东西，功能就是用来计算时间。哦，它当然还有别的功用——譬如有些人吃很多食物还是瘦瘦的，比如你妈妈；另外有些人，像我吧，吃得不多也会胖，这都是新陈代谢的作用，因人而异。新陈代谢最主要的任务是当生物身体里面的时钟。狗的新陈代谢比较快，人的新陈代谢比较慢。大多数人能活到七十二岁。相信我的话，七十二年很长。"

埃莉面带忧虑，刘易斯希望自己的语气比心里的真实感受更诚挚些。他今年三十五岁，三十多年的岁月就像穿过门缝的风，转瞬即逝。"至于海龟，它的新陈代谢……"

"猫的呢？"埃莉问道，又望向啾吉。

"这个嘛，猫可以跟狗活得一样久。"刘易斯说，"差不多一样久。"他明知这是谎话。猫的一生充满暴力，经常死于非命，而且凄惨的死状常出现在人类的活动范围内。此时此刻，啾吉正在阳光下打瞌睡（或许只是看起来如此）。啾吉小时候很讨人喜欢，会把自己缠在一团毛线里，每天晚上安静地睡在他女儿床上。然而，刘易斯曾亲眼看见它悄悄跟踪一只断了翅膀的鸟，两只绿眼睛闪着好奇的光芒，以及——刘易斯发誓看到过——冷酷的得意。啾吉很少杀死它跟踪的动物，但有一次例外。啾吉在他们家的公寓和另一栋公寓楼之间的巷子里捉住一只老鼠，雷切尔那时已经怀了凯奇半年，她看到老鼠被啾吉咬死的血淋淋惨状时，忍不住立刻跑进浴室呕吐。猫的生活中充满暴力，死亡方式也一样充满暴力。狗要是碰到猫，不是像动画片上那些又笨又容易哄骗的狗那样只是追着玩，而是一旦抓住便痛下毒手，撕裂肚肠。猫会跟猫打，或吃到毒饵，或被车碾死。总之，猫生于暴力，死于暴力。猫是动物世界的暴徒，生活在法律之外，也不得好死，绝大多数的猫都无法在火炉边终老。

然而这些都不宜告诉五岁大的女儿，这是她生平第一次对死亡感到好奇。

刘易斯说："我的意思是，啾吉现在三岁，你五岁，到你十五岁读高中二年级的时候，它可能还活着，还有很长一段时间呢。"

"我可不觉得长。"埃莉说道，声音在颤抖，"一点都不长。"

刘易斯不再假装正在专心做模型，打个手势叫埃莉到他身边来。埃莉坐在他膝上，而他再次惊讶于女儿的美丽，那忧虑的表情更增添了她的娇美。埃莉肤色较黑，与地中海岛屿上的人相当，他在芝加哥的一位医生同事托尼·班顿总是叫她印第安公主。

"宝贝。"刘易斯说，"我希望啾吉能活到一百岁。可是我做不了主。"

"那是谁做主？"她问道，接着便以无限嘲弄的口吻说，"我想是上帝吧。"

刘易斯忍住笑意，这话题太严肃了。

"上帝或者其他什么人。"他说，"我只知道，生命的时钟总会停止。宝贝，没人可以保证它不停止。"

"我不要啾吉跟那些死猫死狗一样！"埃莉突然大声叫道，愤怒地流下眼泪，"我不要啾吉死！它是我的猫！不是上帝的猫！让上帝去养他自己那些该死的老猫，他可以把所有的老猫都拿去弄死！啾吉是我的！"

从厨房方向传来脚步声，雷切尔望向书房里，见状大吃一惊。只见埃莉贴在刘易斯胸前哭泣，她把心中的恐惧用言语表达了出来。她已说出恐惧的事实，现在即使不能改变它，至少可以哭掉它吧。

"埃莉。"刘易斯说，一面轻轻摇着她，"埃莉，埃莉，啾吉没有死，它正躺在那里睡觉呢。"

"可是它可能会死。"埃莉哭着说，"任何时候，它都可能会死。"

刘易斯抱着她，摇晃她。不论埃莉是对是错，他认为埃莉是因为死亡难以驾驭而哭；是因为死亡不为言语或小女孩的眼泪所动而哭；她是为死亡之无法预测而哭；她也为人类那种能将象征标志变作至善或变作恐怖结局的本领而哭。既然那些动物都死了、被埋葬了，那啾吉也可能会死。

（任何时候！）

也会被埋葬。而能够发生在啾吉身上的事情，也就能发生在埃莉母亲、父亲和小弟身上。也会发生在埃莉自己身上。死亡只是个不明确的概念，但宠物公墓却是真实存在的。在那些粗糙的墓碑中，包含着某些即使是小孩也能察觉到的事实。

这时要撒谎很容易，就像他刚才对猫的寿命说谎一样。但如果他现在说了谎，孩子会记住，日后可能会在成绩单上反映出来。他母亲就曾对他说过一则无关痛痒的谎，她说女人想要婴儿的时候就到沾着露水的草丛里去找。刘易斯永远无法原谅母亲撒的谎——也不会原谅自己轻信了这个谎言。

"宝贝。"刘易斯说，"这些事总会发生，这是生命的一部分。"

"这是坏的部分！"埃莉哭着说，"真是最坏的部分！"

刘易斯无言以对,埃莉继续哭着。她会慢慢收住眼泪,在通往与无可避免的事实和平相处的道路上,这是必须跨出的第一步。

刘易斯抱着女儿,静听星期日早晨的教堂钟声飘过九月的原野。过了好一阵子,他发觉埃莉不再哭泣,已经像啾吉一样睡着了。

刘易斯抱埃莉上楼,把她放在床上,然后下楼到厨房,雷切尔正用力搅拌着蛋糕的原料。刘易斯对她谈起埃莉竟然一大早就哭得像个泪人儿,让他大感意外;她一向不是这样的孩子。

"的确不是。"雷切尔说,同时将面钵重重放在料理台上,"这不像她,而且我想她昨晚几乎没睡。我听见她不停翻身,然后三点钟左右,啾吉叫着要出去。每次只要埃莉睡不好,啾吉就会想往外跑。"

"她怎么会……"

"哦!你心知肚明!"雷切尔怒气冲冲地说,"还不是因为那该死的坟场!刘易斯,坟场弄得她心神不宁。那是她生平第一次看见坟场,坟场就是会……让她不安。我想至少我不会写张字条感谢给你的朋友贾德森·克兰德尔,感谢他带我们去坟场走一趟。"

刘易斯感到困惑又不高兴:突然间贾德森就变成我朋友啦。

"雷切尔……"

"我不许她再到那里去。"

"雷切尔,贾德森说的关于那条小径的话都是事实。"

"你明知道重点不是那条小径。"雷切尔说。她又端起面钵,越搅越快。"是那该死的坟场。太不卫生了!小孩子去那里照顾坟墓、打扫小径……他妈的心理不正常。不管这镇上的孩子得了什么怪病，我不能让埃莉被传染。"

刘易斯注视着她，不知该如何回应。他每年都会听说有两三个朋友的婚姻触礁，听到这种消息，刘易斯常会怀疑自己和雷切尔是否能维持婚姻，原因在于他们俩都很尊重一个秘密——一个彼此心里已有默契、但从未言明的念头：那就是，追根究底，根本没有所谓的婚姻这回事，没有所谓的合而为一。两人的灵魂其实各为政，最后会抗拒合理的行为。这就是所谓的秘密。而且，不论你自以为多了解另一半，偶尔还是会碰壁或掉进陷阱里。而有时候（但很少发生，感谢上帝），你会觉得婚姻全然陌生，就像在晴空中遭遇能把客机轰得七荤八素的乱流。接着，如果你还重视自己的婚姻以及心灵的平静，你就会稍微退让。你会想道：为这种事生气实在很蠢，只有蠢到相信"两个灵魂能够彼此了解"的笨蛋才会为此生气。

"亲爱的，那不过是个宠物公墓而已。"刘易斯说。

雷切尔手拿沾满汁液的搅拌匙指着书房门说："她刚才哭成那样子，你觉得她只当那里是宠物公墓吗？刘易斯，那地方会在她心上烙出伤痕。不行，她不能再去了。原因不是小径，是坟场，现在她已经想到啾吉会死了。"

有片刻工夫，刘易斯心中有种疯狂的感觉，他觉得自己还在跟埃莉讲话；她踩着高跷，穿着她母亲的衣服，戴着一个极聪明、极现实的雷切尔面具。连表情也一样——表面上绷着脸闷闷不乐，内心却带着伤痛。

刘易斯陷入深思，因为突然间，他面临的问题变大了，无法只靠忽略那个秘密——或那种孤独——就可以过关。他思索的重点在于，他觉得雷切尔忽略了一件巨大得几乎可以填满这块土地的事情，除非故意闭上双眼，否则你不可能对它视而不见。

"雷切尔。"刘易斯说，"啾吉迟早会死的。"

雷切尔怒视着他。"关键不在这里。"她将每一个字都咬得清清楚楚，像是在对一个低能儿童讲话。"啾吉今天不会死，明天也……"

"我刚才也试着这样对她说……"

"后天也不会死，也许几年……"

"亲爱的，我们可不能确定几……"

"我们当然能确定！"雷切尔大叫，"我们把它照顾得这么好，它不会死的，在这个家里谁都不会死，你为什么偏要让一个小女孩烦恼，说那些在她长大前不能了解的话？"

"雷切尔，听我说。"

可是雷切尔不肯听，她越说火气越大。"死亡一旦发生——不管是心爱的动物也好，是朋友或亲人也好——要设法应付就够痛苦了……还搞出一个该死的观光景点……一个动物的安息所……"泪水沿着她的双颊往下流。

"雷切尔。"他想伸出双手搭她的肩，但被她断然甩开。

"算了！"她说，"你根本不明白我说的话。"

刘易斯叹了口气。"我觉得自己像是从一道隐形的机关门掉进巨形搅拌器里。"他希望自己的话能博雷切尔一笑，但希望落空了，换来的只是一双黝黑而炽烈、紧盯着他的愤怒双眼。她不只是生气，而是狂怒。"雷切尔……"他开口前其实不知道还能讲什么，"你昨晚睡得好吗？"

"哦，天哪！"她不屑地把头转开——他及时瞥见她眼中受伤的神情。"这招真聪明，真聪明。刘易斯，你老是这样。只要什么事情不对劲就怪雷切尔，对吧？雷切尔又在闹她的古怪情绪了。"

"你这样说不公平。"

"不公平？"雷切尔端着面钵走到炉子边的料理台，砰然放下。她把油抹在烤盘上，嘴唇紧闭。

刘易斯耐心地说："雷切尔，让小孩知道点跟死亡有关的事没什么不对。其实，我倒认为这是必要的。埃莉的反应——她的哭泣——我觉得非常自然。这……"

"哦，非常自然。"雷切尔说话时又转过身来面对他，"听到为了一只活生生的猫快把心脏哭出来了还非常自然。"

"别说了。"他说，"你根本不讲道理。"

"我不想再谈下去了。"

"你不想，但我们还是要继续谈！"刘易斯说，这时他也发火了，"你已经上过打击区……现在该轮到我了！"

"不准她再去那鬼地方。对我来说，这件事到此为止。"

"去年埃莉就知道了婴儿是从什么地方来的。"刘易斯自顾自地说，"我们给她买了本书来教她，你还记得吗？我们都认为小孩应该知道自己是怎么来到世上的。"

"那件事与这无……"

"有关系！"刘易斯粗声说，"我在书房里跟她谈到啾吉时，忍不住想到我妈妈跟我说'小孩是从包心菜里捡来的'那个谎话，我永远忘不了她对我撒的这个谎。小孩子一辈子都忘不了父母对他们说的谎。"

"小孩从什么地方出来跟该死的宠物公墓毫不相干！"雷切尔也对着他吼，她用眼神对他说，刘易斯，只要你高兴，你可以花上整天整夜来谈这两件事的相同点，讲到你脸色发青都行，但我就是不接受这个说法。

但刘易斯还是想试一试。

"她知道婴儿从哪儿来,而森林里的那个地方让她知道生命的另一头是什么。这是很自然的事,事实上,这是世界上最自然不过的……"

"你不要再说那种话!"雷切尔突然对他大吼——真正的大吼——刘易斯吓得身子一缩,手肘碰倒料理台上已经打开的一袋面粉。面粉袋跌落地上,爆散成粉白的云雾。

"哦,妈的!"刘易斯郁闷地说。

凯奇在楼上卧室里哭起来了。

"这下可好。"雷切尔说话的同时掉下眼泪,"你把楼上的小子也吵醒了。感谢你赐给我们一个宁静美好又没压力的星期天早晨。"

雷切尔从他身旁走过,他伸手拉住她。"我问你。"刘易斯说,"我知道任何事——真的是任何事——都可能发生在一条生命身上。我是医生,所以我知道。假如埃莉的猫得了白血病——你知道,猫很容易得这种病——或染上狂犬病,或跑上公路被撞死,你愿不愿意亲口对她解释?雷切尔,你愿意对她解释吗?"

"放开我。"雷切尔几乎是从牙缝间挤出这几个字。不过她眼中承载的伤痛和恐惧更胜过声音中的愤怒。她的眼睛在说:刘易斯,我不想谈这件事,你不能强迫我。"放开我,在凯奇跌下床前,我要去把他抱出来。"

"也许你不得不当那个亲口对她解释的人。"刘易斯说,"你可以告诉她:我们不谈这件事,好人家不谈这种事,只把它埋在——糟糕!不能提'埋'字,不然会造成她的心结。"

"我恨你!"雷切尔哽咽着把手挣脱出来。

此刻刘易斯开始懊悔,但当然来不及了。

"雷切尔……"

她猛力冲出厨房,哭得更厉害了。"离我远点,你的好事已经做够了。"她站在厨房门口,泪流满面地转头望着他。"刘易斯,我不希望你再当着埃莉的面谈这件事。我说真的。死亡不是什么自然的事,绝对不是。身为医生你应该明白。"

雷切尔身子一转,径自离去,刘易斯留在仍然回荡着他们声音的厨房里。过了一会儿,他才到壁橱里拿出扫帚。他一面扫地,一面回想雷切尔刚才所讲的最后一段话,思索着以往始终未曾发现存在于他们两人间的深刻歧见。身为医生,他知道除了分娩之外,死亡恐怕是世上最自然不过的事。纳税不是必然,人与人之间的冲突不是,社会斗争不是,繁荣和萧条都不是必然。到头来,只剩时钟和墓碑,而随着时光流逝,连碑上的铭文都会不见;甚至连海龟和巨大的杉木也有寿终正寝的时候。

"泽尔达!"刘易斯高声叫道,"我的天!一定是她在雷切尔心里作祟。"

目前的问题是:他应该不管这件事,还是该想办法解决?

刘易斯将畚箕朝垃圾桶一斜,倒出面粉,为丢在桶里的纸盒和铁罐抹上一层白粉。

10

"希望埃莉没有太难过。"贾德森·克兰德尔说。刘易斯不止一次想道:这老头有种能看透人心的特异功能。而这点让他颇为不安。

此刻，刘易斯、贾德森和诺玛一同坐在凉夜的门廊上，喝着冰茶而非啤酒。外面的十五号公路上，度完周末返家的车辆川流不息——刘易斯猜想，夏末人们总是尽力把握每一个美好的周末。明天开始，他将全天待在缅因大学医务处。昨天一整天和今天，学生陆续返校，住进欧洛诺市区的公寓及学校宿舍，整理床铺，和同学寒暄，并肯定会抱怨接下来一整年得从八点钟开始上课以及学生餐厅的伙食。雷切尔一整天都对他很冷淡——不，用"冰冻"两字来形容更贴切。刘易斯知道，等他今晚穿过马路回到家时，雷切尔可能已经上床，凯奇会睡在她身边，母子俩会挤着睡在她那一半，尽量远离刘易斯这边，远到凯奇会太贴近床沿，随时可能掉下床。然而刘易斯的这半边面积将会扩张到整张床的四分之三，看起来就像一片空寂的沙漠。

"我说我希望——"

"对不起。"刘易斯说，"我在胡思乱想。她的确有点不安，你怎么猜到的？"

"就像我说的，小孩我们见得多了。"贾德森握着太太的手，对她笑笑。"亲爱的，可不是吗？"

"成堆成群的。"诺玛说，"我们喜欢小孩。"

"对某些孩子来说，那个宠物公墓可能是他们生平第一次面对死亡。"贾德森说，"他们在电视上看到人死，他们知道那是假的，就像星期六下午在电影院看的老西部片一样。在电视和西部片里，那些人只是捧着肚子或胸口就栽到地上。对大多数孩子来说，丘陵那边的坟场比电影、电视加起来还真实。"

刘易斯点头同意，心想：拜托，你去跟我老婆说吧！

"但有些孩子完全不受影响，至少表面上看不出来。我猜他们是那种……就像搜集小玩意儿时那样，会先把捡到的东西收进口袋，带回家再仔细瞧。不过有的孩子……诺玛，你还记得哈洛威家的小男孩吗？"

诺玛点点头，手上玻璃杯中的冰块轻轻打颤。一辆汽车的头灯闪过，照亮了挂在她胸前的眼镜。"他做了可怕的噩梦。"她说，"梦见尸体不断从地下冒出来，我不知道他还梦见什么怪物。不久后，他养的狗死了——镇上的人都觉得是吃到毒饵，对不对，贾德森？"

"毒饵。"贾德森点点头说，"总之大家都这么认为。那是一九二五年的事了，比利·哈洛威才十岁。后来他当了州议会议员，也竞选过国会议员，但落选了，那是朝鲜战争爆发前的事。"

"他和一帮朋友为他的狗举行葬礼。"诺玛回想道，"虽然只是只杂种狗，可是比利很喜欢它。我记得他父母不赞成把狗土葬，因为比利本来就常做噩梦。贾德森，是两个年纪较大的孩子做的棺材，对吗？"

贾德森点点头，喝干他杯中的冰茶。"是霍尔家的迪恩和丹纳两个孩子，还有比利的另外一个好朋友——我记不起他的名字了，应该是鲍伊家的小子。你还记得住在主街上布罗夏老宅的鲍伊家吗？"

"没错！"诺玛兴奋地叫道，好像那是昨天才发生的事……也许在她的脑海里真的就像昨天。"是鲍伊家的小子！是埃伦还是伯特……"

"也可能是肯道尔。"贾德森说，"总之我记得他们为了究竟由谁来抬棺材，着实吵了一架。那只狗体型不大，所以最多只需要两个人抬。迪恩和丹纳两兄弟说应该由他们抬，因为棺材是他们做的,而且他俩又是孪生兄弟——你知道,两个恰恰好。比利则说他们跟他的狗——宝瑟——不熟,比利坚持说:'我爸说抬棺材的必须是很亲近的朋友,可不是随便什么木匠就够格。'"贾德森与诺玛大笑起来,刘易斯也咧嘴而笑。

"他们正要为这事动手的时候,比利的妹妹曼蒂捧着《大英百科全书》第四册出来。"贾德森继续说,"刘易斯,她爸爸斯蒂芬·哈洛威那时候是班格尔市这一带到巴克港那边仅有的医生,是绿洛镇唯一买得起整套《大英百科全书》的家庭。"

"他们家也最先装了电灯。"诺玛插嘴道。

贾德森继续说:"总之,八岁大的曼蒂,裙子飘飘,急急忙忙抱着那本大部头的书跑出来。比利和鲍伊家的小子——我想一定是肯道尔,一九四二年他在佛罗里达的彭沙科拉接受战斗机飞行员训练时坠机身亡——正准备与孪生兄弟较量,谁赢谁就可以负责把被毒死的杂种老狗抬进坟场。"

刘易斯开始嗤嗤地笑,然后便大笑不止。他感觉到,这几天来因为雷切尔和他之间的摩擦所引起的紧张情绪正逐渐消解。

"曼蒂开口说:'等等!等等!来看这个!'于是他们全都住手来看。她就刚好他妈的……"

"贾德森。"诺玛警告他。

"对不起,你知道我一不小心就会说漏嘴。"

"她刚好把书翻到'丧葬仪式'那一页,书上印着维多利亚女王出殡的告别仪式场面,灵柩两旁站着好几十人,有的流着汗卖力抬着那老婆娘,有的穿着送葬的带褶领的袍子,站在四周,像在等候赛马场上各就各位的号令。曼蒂说:'国葬的时候,你要多少人抬棺材都行!书上是这样说的!'"

"问题解决了？"刘易斯问。

"果然灵验。到后来总共有二十个孩子为老狗出殡，他们就像他妈的那张书中的图片那样，只差没穿褶领、戴高帽。曼蒂主持仪式，叫他们排好队，给他们每人一朵野花，然后出发。我始终认为曼蒂没当选国会议员是这个国家的损失。"贾德森笑着摇摇头。"总之，比利被宠物公墓引发的噩梦从此消失。他哀悼他的老狗，哀悼完毕后就恢复了正常生活。我想，我们都是这样。"

刘易斯又想起几近歇斯底里的雷切尔。

"你们的埃莉自会克服的。"诺玛说话时调整着姿势。"刘易斯，你一定在想，我们在这里谈的总离不开死亡。我和贾德森越活越老，不过我希望我们还没活到要装进棺材的地步……"

"当然没有，别说傻话啦。"刘易斯说。

"……不过，熟悉死亡，和它当个点头之交的这个念头倒也不坏。这几年……我不明白……好像谁都不去谈、不去思考死亡这件事。人们认为死亡这个话题会对孩子造成伤害……对孩子的思想有害，因此电视上也看不见跟死亡有关的事……一般人只想把棺材盖上，这样就不必看见里面躺着的尸体，或者向死者说再见……一般人好像只想忘掉死亡。

"但他们却装上有线电视，播放那些——"贾德森朝诺玛望了一眼，清清喉咙把话说完，"——播放男人、女人干那些人家拉上窗帘才干的事儿。真奇怪，只经过一代人事情就大变样，不是吗？"

"是的，"刘易斯说，"我想是在变。"

"呃，我们来自不同的时代。"贾德森几乎带点抱歉的口气说道，"我们跟死亡关系密切。一次大战过后，我们见到流行性感冒猖獗，母亲和儿女一块在死亡边缘挣扎。在我和诺玛年轻的时代，如果你得了癌症，那就等于拿到了死亡保证书。一九二〇年代哪有什么放射线治疗！两次大战、谋杀、自杀……"

贾德森沉默不语了好一会儿。

"死亡对我们来说就像朋友，也像敌人。"贾德森终于开口说，"一九一二年，塔夫特当上总统，我弟弟彼得得了急病去世。他才十四岁，那时候他可以把棒球打得比镇上任何小孩都远。在那个年代，你不用进大学去研究死亡；在那个年代，死亡会进屋来跟你打招呼，甚至跟你一起吃晚饭，有时候你还会感觉到它在咬你的屁股。"

这次诺玛没有制止他说粗话，只是不吭气地直点头。

刘易斯站起来伸个懒腰。"我得回家了。"他说，"明天是个大日子。"

"旋转木马明天要为你启动了，对吗？"贾德森说着也站了起来。贾德森见诺玛也想起身，便伸手拉她。诺玛费劲地站起来，脸上满是痛苦的表情。

"今晚痛得厉害？"刘易斯问。

"不算厉害。"她说。

"睡前做点热敷。"

"我会的。"诺玛说，"我常做热敷。刘易斯，别为埃莉烦恼。接下来整个秋天她都会忙着交新朋友，没工夫去想那地方。说不定有一天，他们会一起上那里油漆墓碑、拔草、种花。一旦他们起了这念头，他们就会去。到时候她对那地方就有好感了，就会开始熟悉那地方。"

如果我老婆不答应，就办不到。

"如果有空，明晚过来告诉我学校的情形。"贾德森说，"而且我还要在牌桌上打败你。"

"那我就先把你灌醉。"刘易斯说，"再把你杀个大败。"

"大夫。"贾德森极其认真地说，"如果我有这样的一天，那我就该让你这种江湖郎中来医我啦。"

刘易斯在这对夫妇的笑声中离去，穿过公路，在夏末的黑夜中回到自己的家。

雷切尔带儿子睡了，凯奇像胎儿似的弯着身体紧贴着她。刘易斯总以为她会慢慢消气——婚后他们也为别的事吵过、也冷战过，但这次的情况的确最糟。一时间，刘易斯觉得悲伤、愤怒、不快。他想和好，却不知如何表示，甚至不确定是否该由他先低头。本来只是件毫无意义的小事，却因为心理作用而被放大到不可收拾。他们也发生过其他争论和口角，但很少像埃莉这次的眼泪和问题那样让两人如此痛苦。刘易斯心想：婚姻的结构承受不了几次这样的打击……于是，总有一天，你不再是从朋友的来信得知（我想在你从别人那边听到之前，应该先告诉你，刘易斯，我和麦吉分手了……），也不是从报上看到，而就是你自己的婚姻破裂了。

刘易斯安静地换了衣服，将闹钟拨到早上六时，然后淋浴、洗头发、刮胡子、刷牙前嚼了片胃药——诺玛的冰茶让他胃酸过多。也或许是因为回来看见雷切尔硬挤在双人床的那边睡觉，才让他的胃更不舒服。他不是在大学的历史课上学过"疆域决定一切"吗？

该做的都做了，这天结束得算是平静，刘易斯上床睡觉……

但他睡不着，还有些事情在烦他。他听着雷切尔和凯奇几乎一致的呼吸声，过去两天的情景在他脑子里打转。巴顿将军……最优秀的名犬汉纳……我们的爱兔玛塔……埃莉大发脾气：我不要啾吉死！……它不是上帝的猫！让上帝去养他自己那些该死的老猫！雷切尔同样怒气冲冲：身为医生你应该明白。……诺玛·克兰德尔在说：一般人好像只想忘掉死亡。……还有贾德森，他的语气非常肯定、非常有把握，他的声音仿佛来自另一个时代：有时候死亡会跟你一起吃晚饭，有时候你还会感觉到它在咬你的屁股。

接着，贾德森的声音与刘易斯母亲的声音合而为一。刘易斯·克里德四岁大时，他母亲在性事细节上对他撒谎，却在他十二岁那年，当他堂妹因为一场荒谬的车祸丧生时，告诉了他死亡的真相。堂妹被撞死在她父亲的汽车里，只因为有个小孩发现一辆公共工程处的载重车上插着钥匙，就擅自开出去兜风，但后来他不知道怎么刹车。最后，那个不会刹车的孩子只受了点轻伤，刘易斯的卡尔叔叔那辆福特轿车却整个被撞烂了。刘易斯的母亲直截了当地把堂妹的死讯告诉刘易斯，刘易斯答道：她不可能死了。他听见母亲所说的话，却无法理解它的意义。你说她死了是什么意思？你在说什么？随后刘易斯又想道：谁来埋葬堂妹呢？虽然卡尔叔叔是开殡葬公司的，但刘易斯不能想象叔叔得亲自为女儿露西收殓。刘易斯在混乱和恐惧中，认定这件事是眼前最重要的问题。就像那个难解的谜：究竟谁来替镇上的理发师理发。

我想唐尼·唐纳修会帮他办这件事。他母亲答道。她的眼圈红肿，满脸倦容，看起来似乎快累出病了。他是你叔叔同行里的好朋友。哦，刘易斯……甜蜜可爱的小露西……一想到她的惨死我就无法忍受……刘易斯，和我一起祷告好吗？我们为露西祈祷，我需要你和我一起祈祷。

所以刘易斯和母亲在厨房里双膝跪下祷告。也就是祷告这个举动，让刘易斯恍然大悟事态的严重性：假如他母亲是在为露西·克里德的灵魂祈祷，那就表示她的肉体已经不存在了。刘易斯闭上双眼，露西恐怖的形象出现在他面前：露西来参加刘易斯的十三岁生日宴会，两颗腐烂的眼珠吊在双颊上，她的红发长满蓝色的霉。而这形象令人作呕，同时也引发刘易斯注定幻灭的强烈爱意。

他怀着有生以来最大的悲痛放声大哭：她不能死！妈妈，她不能死——我爱她！

而他母亲的回答不带抑扬顿挫，但充满画面——十一月的天空下，一片死寂之地，上面散布着凋零泛黄、边缘拳曲的玫瑰花瓣，静止的池塘上漂着水藻、死物、烂肉、尘埃：

她死了，乖儿子。我很遗憾，但她确实死了。露西已经去了。

刘易斯不寒而栗，心想：死就是死——你还要怎么样呢？

刘易斯突然想起他忘了做件事——明天是他正式到任的第一天，但为什么他还不睡，徒然在此浪费时间追念往日的悲伤？

他翻身下床，走向楼梯口，但又突然转念，折向埃莉的卧室。她安静地睡着，小嘴张开，身上穿的是已经嫌小的蓝色娃娃睡衣。天哪，埃莉，他心想，你像玉米一样直往上长。啾吉卧在她的脚踝间，也睡得死沉。请原谅我用这死字。

楼下电话旁的墙上挂着块备忘板，上面贴着各种留言、字条、账单。横跨板面，雷切尔用她工整的大字写了一行：可尽量拖延的事。刘易斯翻开电话簿，将查到的号码抄在一张白纸上。他在号码下面写着：昆丁·佐兰德兽医生——打电话为啾吉挂号——佐兰德如不做阉割手术，请他介绍其他医生。

刘易斯看着字条，思索着时机究竟恰不恰当，但他随即明白，答案是肯定的。今天一整天的不愉快令他产生了这个坚定的结论，刘易斯在不知不觉中已然决定：只要他有能力阻止，就不会让啾吉穿越马路。

刘易斯对阉割一事的感觉仍然不变，动过手术的公猫自然会大减雄风，会越长越肥，心甘情愿成天睡在暖气管上，直到有人喂它。他不想啾吉变成那样，他喜欢现在的啾吉，一身精肉，凶狠好斗。

户外的黑夜中，一辆大卡车在十五号公路上隆隆驶过，这才使刘易斯下定决心。他将白纸贴在备忘板上，然后回房睡觉。

11

次日吃早饭时，埃莉看见备忘板上那张白纸，问他那张纸是什么意思。

"要给啾吉动个很小的手术。"刘易斯说，"手术过后，它可能要在兽医那里住一晚。等它回家来，就会乖乖待在我们的院子里不会乱跑了。"

"也不会穿越公路？"埃莉问道。

刘易斯心想：这丫头虽然只有五岁，但绝不是个笨蛋。"也不会穿越公路。"他同意埃莉的话。

"好哇！"埃莉说道。这个话题就此结束。

为了让啾吉在别的地方住上一夜，刘易斯已准备好要应付一场激动、甚至歇斯底里的辩论，但没料到埃莉竟如此轻易表示赞同。从这点来看，刘易斯也明白了埃莉有多担心这件事。说到宠物公墓对埃莉产生的影响，说不定雷切尔不全是错的。

正在喂凯奇吃蛋的雷切尔向他投来一瞥赞许的眼光，刘易斯立刻感觉胸口一松；她的眼神告诉他，冷战已经结束。而他希望冷战可以永远不再爆发。

待黄色校车接走埃莉后，雷切尔走到刘易斯眼前，伸出双臂搂着他的脖子，在他唇上轻轻一吻。"你能这么做真好。"她说，"对不起，我真是个疯婆子。"

刘易斯回吻她，但觉得有点不自在。他发现自己已不是第一次听到"对不起，我真是个疯婆子"这种话了。雷切尔每次占了上风，事后总会这么说。

这时凯奇摇摇摆摆地走向前门，隔着最下面的一扇玻璃望着空空如也的马路。"巴士。"他说，一面若无其事地拉着往下掉的尿布。"埃莉——巴士。"

"他长得好快。"刘易斯说。

雷切尔点点头。"快得我跟不上了。"

"等不穿尿布的时候时，他也不会再长大了。"

雷切尔笑了起来，他俩再度和好如初，完全没事了。她退后一步，为刘易斯整整领带，然后以审视的眼光从头到脚打量他。

"我通过仪表检查了吗，士官长？"刘易斯问。

"你的仪表非常好。"

"我知道。我看起来像不像心脏外科医生？像不像领年薪二十万美金的人？"

"不像，只像老路易斯·克里德。"她笑着说，"一个摇滚动物。"

刘易斯看了一下手表。"摇滚动物得穿上他的舞鞋出发了。"他说。

"你紧不紧张?"

"有一点。"

"别紧张。"雷切尔说,"这份六万七千美金的差事只需要贴贴创可贴、开开感冒和酒醉处方、给女学生避孕药……"

"别忘了还有阴虱药膏。"刘易斯又笑着说。他第一次到医务室了解状况时,惊讶地发现止痒药膏多到供应一个陆军基地医院都绰绰有余,然而这只是个中等规模的大学。

护士长查尔顿女士面带嘲讽地笑着说:"你慢慢就会明白了,那些校外公寓相当肮脏。"

刘易斯猜想自己很快就会亲眼目睹。

"祝你今天顺利。"雷切尔说完又开始吻他,一副依依不舍的样子。她退开后用严肃的口吻说:"你要记住你是主管,不是实习医生或只有两年资历的住院医生!"

"是的,大夫。"刘易斯卑微地说,他们又一起大笑起来。有一刻,刘易斯想问:是因为泽尔达吗,宝贝?是她在作怪?是因为她病死的样子,对吗?不过,他不会开口问她这些,不是现在。职业生涯让他懂得很多事情,其中"死亡和生产同样自然"这个事实固然重要,但"不可随便触及复原中的创伤"这点也相当重要。

因此刘易斯没有发问,他又吻了雷切尔一下便走出家门。

天气晴朗,这是个好的开始。缅因州摆出晚夏姿色,碧蓝的天空没有一朵云,气温是恰到好处的摄氏二十三度。刘易斯将车开到车道末端、探头出去注意来车时,心想为什么还看不到灿烂的红叶。不过，他可以等。

刘易斯开着二手思域驶向校园。雷切尔今天上午会与兽医联络，然后给啾吉动手术，这样一来，就可以把宠物公墓和那些关于死亡的无聊事全部抛开。置身在如此美好的九月清晨，没必要想到死亡。

刘易斯扭开收音机，找到他要听的音乐，雷蒙斯乐队正卖力唱出《罗克威海滩》。他把声音调大跟着唱——虽然唱得不好，可是歌声充满喜悦。

12

刘易斯开车驶进校区时，注意到的第一件事就是交通量突然激增，场面相当壮观。有汽车阵、自行车阵，还有数十名在路上慢跑的人。刘易斯必须紧急刹车才能避免撞上两名从唐恩大楼而来的慢跑者，刹车力道之猛，让他的安全带瞬间拉紧并压到了喇叭。这些慢跑者常惹他冒火（骑自行车的也同样讨厌），他们只要一开始跑步，就忘了自己应负的责任，毕竟他们是在运动健身。那两名慢跑者的其中之一头也不回地对他比出中指。刘易斯叹了口气，继续前进。

第二件事是，停在医务室外停车场上的救护车不见了，这表示刘易斯一开工就遇上了麻烦。医务室的设备足够应付一切只需短期治疗的病痛；大厅旁有三间设备齐全的诊疗室，后面有两间病房，可各容纳十五张病床。但没有手术室，或任何可以施行手术的空间。如果出了严重事故，就得用救护车将伤员运往东缅因医疗中心。之前带刘易斯在医务室巡过一圈的医务助理斯蒂夫·马斯特顿曾让刘易斯看前两年的医务日志，值得骄傲的是：

那段期间救护车只跑了三十八次东缅因医疗中心……这里有一万多名学生，连教职员共一万七千人，严重意外不过三十八桩，可以说相当少了。

偏偏在刘易斯正式上班的第一天，救护车就不见了。

地上竖着一面重新漆过的牌子：克里德医生专用。刘易斯把车停进专用停车位，然后快步进入医务室。

他在第一个诊疗间见到年约五十岁、头发灰白但身形轻盈的护士长乔安妮·查尔顿，她正在为一位穿着牛仔裤、短背心的女学生量体温。在刘易斯看来，这女孩刚被晒伤，还在蜕皮。

"乔安妮，早啊。"刘易斯说，"救护车到哪儿去了？"

"哦，发生惨剧了。"乔安妮边说边从女学生嘴里取出温度计查看数字。"斯蒂夫·马斯特顿早上七点上班时，发现引擎和前轮底下有摊水，水箱漏水了，所以他们拖去修了。"

"好极了。"刘易斯松了口气，至少救护车不是去执行任务，这是他最怕发生的事。"我们什么时候可以把它开回来？"

乔安妮·查尔顿笑笑说："根据我对学校车辆管理室行政效率的了解，大概等到十二月十五日他们就会用圣诞缎带扎好送回来。"她瞥了女学生一眼，"你的体温比正常高半度，吃两颗阿司匹林，别去酒吧和暗巷。"

女孩子走下诊疗椅，迅速看了刘易斯一眼后步出诊疗室。

"这学期的第一个客人。"乔安妮酸溜溜地说，她快速甩了几下手，温度计的水银柱便降了下去。

"你好像不怎么高兴。"

"我知道她是哪一种学生。"乔安妮说，"哦，我们还会接待另一种学生——那些骨折筋断的运动员，他们不愿在场边坐冷板凳，他们是硬汉,哪怕毁了将来的职业球员前途,也不能让球队失望。而她这种就叫半度烧小姐……"乔安妮把头转向窗户,刘易斯隔着窗子,可以看见被太阳晒蜕皮的女孩正往学生宿舍走去。刚才在诊疗室里,她给人的印象是身体不适,此刻却步履轻盈、扭腰摆臀,注视四周也引人注目。

"这就是基本的大学疑难症患者。"乔安妮把温度计丢进消毒器里,"今年我们会见到她二十四次。每逢小考前她来医务室的频率就会提高。期末考前一两星期,她会觉得自己得了肺炎,也有可能是气管炎。她可以逃过四五次考试——依照学生的用语是:软脚虾老师的那几门课——然后补考通过。如果她们事先知道要考是非选择题而非申论题,那么她们就会病得更厉害。"

"哎,我们一大早就要这么愤世嫉俗吗?"刘易斯说。事实上,他觉得有点困窘。

乔安妮向他眨眨眼,他不禁露出微笑。"医生,我随口说说,你也别当认真。"

"斯蒂夫现在在哪儿?"

"在你办公室回复邮件,同时也在伤脑筋,想把蓝盾十字保险公司印的大批狗屎表格弄清楚。"

刘易斯走进自己的办公室。尽管乔安妮语带嘲讽,却让他觉得安定自如。

回想起来——等到刘易斯有心情回想时——那场噩梦是从早上十点左右,他们把生命垂危的男学生维克托·帕斯考抬进医务室开始。

十点之前,一切都很平静。九点整,大概是刘易斯抵达医务室半小时后,两名助理护士来值上午九点到下午三点的班。刘易斯给她们每人一个甜甜圈、一杯咖啡,和她们谈了十五分钟,向她们说明职务责任,哪些事可能比较重要、哪些事又不属于她们的职责范围等等。然后由乔安妮接手。乔安妮带她们走出刘易斯的办公室时,刘易斯听见乔安妮问她们:"你们对粪便和呕吐物过敏吗?你们在这里会常看见这两样东西。"

"我的天!"刘易斯咕哝道,同时双手蒙脸。不过他是在笑,像乔安妮这样的老护士长不会成为他的负担。

刘易斯开始填蓝盾十字保险公司的那些明细表,也就等于把所有库存药品和器材填列一遍,(斯蒂夫·马斯特顿气愤地说:"每一年!每年都来天杀的这套。刘易斯,你干脆填:全套心脏移植设备,价值八百万。那样就够唬住他们了!")刘易斯正全神贯注填表,只想到要再来杯咖啡时,忽然听见斯蒂夫从候诊室方向叫道:"刘易斯!刘易斯,快过来!出大事了!"

斯蒂夫的惊叫使刘易斯迅速弹出座椅,他的下意识好像已经料到会发生这种事。在斯蒂夫的叫声中,传来一声如碎玻璃般尖锐的长啸。接着而来的是打耳光的声音,同时听见乔安妮在说:"住口!否则就给我滚出去!马上住口!"

刘易斯冲进候诊室,一开始眼前只有血——很多的血。一个助理护士在啜泣;另一个脸色白得像鲜奶油,双手握拳捂着嘴角,以致嘴唇被挤成一个令人生厌的笑容。斯蒂夫跪着,努力扶住摊在地上的男生的头。

斯蒂夫双眼圆睁、充满惊恐地抬头望着刘易斯。他想开口说话,但说不出来。

许多人拥到学生医疗中心的大扇玻璃门前向内张望,还用手遮住脸旁的反光。这一幕让刘易斯想起几乎一模一样的画面：他六岁大时，早上母亲出门上班前，两人会一起坐在客厅看电视。电视上播的是老牌节目《今日秀》，主持人戴夫·盖洛威就在透明的摄影棚内主持节目。玻璃门外挤满人群，都想探头看看戴夫、弗兰克·布莱尔，还有弗莱德·马克斯等明星。刘易斯环顾四周，看到还有些人站在窗外往里看。刘易斯没办法改变玻璃门，不过……

"拉上窗帘。"刘易斯厉声命令刚才大声尖叫的那个助理护士。

见她没有立刻行动，乔安妮甩她臀部一掌。"小姐，快去！"

那个助理护士这才开始动作。片刻之后，所有窗帘都拉上了。乔安妮和斯蒂夫本能地轮流用身体挡在玻璃门和地板上躺着的男生之间，尽量不让外面的围观者看清里面的情形。

"医生，要担架吗？"乔安妮问。

"如果需要就拿来。"刘易斯说完蹲在斯蒂夫身旁，"我还没看他的伤势呢。"

"跟我来。"乔安妮对那个拉窗帘的助理护士说。这个助理又把拳头挤在嘴角，拉出尖叫时的嘴形。她看着乔安妮，愣愣地说："啊？哦。"

"对啦，还啊哦呢？跟我来。"乔安妮拉她一把，她才开始移动，红白相间的护士裙在腿上发出窸窣声。

刘易斯俯身诊断他在缅因大学的第一位病人。

伤者是个年轻人，大约二十岁，刘易斯花了不到三秒钟就做出诊断：这年轻人活不了了。他的头部有一半已经碎了，颈骨折断，一根锁骨穿出已经扭曲变形的右肩。浓浓的鲜血和一种黄色液体从他头部渗出并流在地毯上。从头盖骨破裂处，刘易斯可以看见跳动的灰白色脑髓，就像透过一扇破窗看进屋里。裂口有五厘米宽，假如这年轻人的头部能够怀胎的话，这个婴儿已经可以从这个裂口生出来了，雅典娜就是从宙斯的脑袋里蹦出来的。这个男生到现在还活着，真令人难以置信。这时刘易斯的脑中忽然听见克兰德尔说：有时候你还会感觉到死亡在咬你的屁股。还有他母亲的话：死了就是死了。刘易斯觉得有股疯狂的冲动让他想笑——死了就是死了，肯定是这样，好家伙。

"叫救护车来。"刘易斯命令斯蒂夫，"我们……"

"刘易斯，救护车已经……"

"哦，天！"刘易斯说话时在额头上一拍。他看向乔安妮说："乔安妮，碰到这种情况该怎么办？通知校警队？还是东缅因医疗中心？"

乔安妮露出不知所措的表情——刘易斯心想，这倒少见——不过她回答的声音仍旧沉着。"医生，我不知道，我在学生医疗中心服务期间从来没碰到这种情况。"

刘易斯立刻作出决定。"通知校警队，我们不能等东缅因医疗中心派救护车。如果校警队认为有必要，可以用消防车把伤者载到班格尔市，至少消防车上有警报器和闪光灯。乔安妮，你去，就这么办。"

乔安妮出去前，刘易斯注意到她深表同情的眼光。这位受伤的年轻人，肤色古铜、肌肉发达——可能整个夏天都在当修路工，或替人油漆房子，或教人打网球——身上只穿滚白边的红色运动短裤。不管他们如何抢救，他必死无疑。他被抬到这里来时，就算医务室的救护车引擎已经发动在停车场待命也救不活他。

不可思议的是，这年轻人还能动。他的眼睑颤动，双眼睁开，蓝色眼珠四周全是血。他眼睛空洞地注视外界，但什么都看不见。他试图移动头部，刘易斯制止了他，因为他的脖子已经断了，而头部创伤并不能阻断痛觉。

他头上裂了个洞，天哪！他头上裂了个洞！

"他是怎么受伤的？"刘易斯问斯蒂夫，虽然他自知在这种情况下提这个问题又蠢又无意义。这是旁观者才有的问题，但年轻人头上的洞让刘易斯束手无策，只能当个旁观者。"是警察送他来的吗？"

"是几个学生用毯子把他抬来的，我不知道他受伤的原因。"

找出原因也是刘易斯的责任。"去找那几个学生。"刘易斯说，"带他们走另一个入口。我要问问他们，不过不要到候诊室来，他们已经看够了。"

斯蒂夫看来如释重负，他推开门，众人七嘴八舌的说话声立刻涌进来。刘易斯也听见了警车的警笛声，知道校警来了，顿时有种悲哀的解脱感。

垂死的年轻人从喉头发出咯咯声，他想说话。刘易斯能听出音节，但无法分辨字义。

刘易斯俯身对他说："老弟，你会好起来的。"他说话时不禁想到雷切尔和埃莉，胃里随即难受得翻腾起来，他用手掩着嘴抑制打嗝。

"咯咯……"年轻人在说话，"咯咯咯咯……"

刘易斯环顾四周，发现此刻只有自己一个人和这个垂死青年在一起。他隐约听见乔安妮大声对助理护士说担架放在第二病房外的储藏室里。刘易斯怀疑这两个助理护士知不知道哪里是第二病房，这毕竟是她们第一天上班，以这种方式进入医学世界实在是他妈的惨。在铺满地面的绿色地毯上,年轻人头下面的紫色血渍渐渐扩大,所幸脑壳中的浓稠液体已停止外流。

"在宠物公墓里。"年轻人哑声说道……脸上带上了笑容。他的笑跟那个去关窗帘的助理护士脸上挂着的阴沉而神经质的笑非常像。

刘易斯低头注视着垂死青年,一开始不肯相信他刚才听见的话。等回过神来后,他想一定是自己的听觉神经产生了幻觉。他咯咯了几句,我的潜意识把那些模糊的音节转换成自己曾经听过的连贯字句。但片刻之后,刘易斯不得不承认,那并非幻觉。他感觉到一阵令他发昏的极端恐怖袭击而来,全身的鸡皮疙瘩像波涛般沿着手臂往下涌至腹部……但即使如此,刘易斯仍然不肯相信。不错,那些音节发自地毯上年轻人的血污嘴唇,被刘易斯的耳朵接收,但这只不过表明他的幻觉是视觉神经和听觉神经的共同产物。

"你刚刚说什么?"刘易斯低声问道。

这次,每个字都像学舌鹦鹉般清楚:"那不是真正的坟场。"他两眼空洞无神,眼珠周围全是血,带着笑意的大嘴让他看起来活像条死了的鲤鱼。

一阵恐怖穿过刘易斯全身,恐怖用冰冷的双手抓紧刘易斯的心脏,用力挤压。恐怖压迫着刘易斯,使他萎缩,然后他想拔腿逃跑,逃离候诊室地上这个血淋淋、会讲话的残破脑袋。刘易斯这个人既没受过严格的宗教训练,也不迷信旁门左道,因此对于眼前发生的事——不管这算什么事——都可说毫无准备。

刘易斯的内心在与拔腿开溜的念头拉锯,但同时又强迫自己更贴近些。"你刚才说什么?"他再问一次。

又是那个笑容，不妙。

"刘易斯，人心的泥土里有更多碎石。"垂死的年轻人低语道，"一个人种他所能种的……好好照料。"

"刘易斯"，一听见自己的名字，剩下的话他都没听进去，心里只想：哦，天哪，他知道我的名字！

"你是谁？"刘易斯问，声音颤抖，"你究竟是谁？"

"印第安人带鱼给我。"

"你怎么知道我的……"

"离开，我们。知道……"

"你们……"

"咯咯……"年轻人说。这时，刘易斯觉得自己已经可以闻到他呼吸中的死亡气息，内出血，呼吸不匀，衰竭，完蛋。

"什么？"一股疯狂的冲动撼动了刘易斯。

"咯咯……咯咯……咯咯……"

身着红色运动短裤的年轻人浑身打颤，突然，他的全身肌肉像被锁住一样，瞬间僵住。他眼神中的空洞表情暂时消失，仿佛可以与刘易斯的目光接触。然后，一切又立刻消失，室内飘着一股怪异的臭味。刘易斯以为年轻人还会再说话，然而，年轻人的眼睛又变得空洞……眼球上开始出现一层薄膜。年轻人死了。

刘易斯往后坐下，依稀感觉到全身的衣服被汗水湿透，粘着身体。黑暗展开翅膀，轻轻遮住他的双眼，整个世界开始左右摇荡，令他作呕。刘易斯意识到眼前一片漆黑，于是半转身离开已死之人，将头埋在双膝之间，用左手拇指和食指的指甲掐住牙龈，直到出血。

过了好一阵子，这世界才又再现光明。

13

才一会儿工夫，候诊室里便挤满了人，他们就像终于等到上场指示的演员般冒了出来。这场面更增加了刘易斯的困惑与不真实感——他在心理学课堂上读过，但从未亲身体验过这样强烈的惊惧感。他猜，喝下掺了大量迷幻药饮料的人，大概会有这种感觉吧。

刘易斯心想，这简直就像为我排演的一幕戏：先故意让房间里没有第三者，好让垂死的预言家单独对我说几句莫测高深的预言；接着，等他一死，其他人就全部登场。

两个助理护士抬着专为脊椎或颈部受伤者设计的硬担架，笨脚笨手地走进候诊室。乔安妮跟在她们后面，她说：校警马上就到，这年轻人是在慢跑时被一辆车撞倒的。刘易斯立刻想到早上那两个穿过他车前的慢跑者，肠胃不禁又是一阵翻搅。

在乔安妮之后进入候诊室的是斯蒂夫和两名校园安全警察。"刘易斯，送帕斯考到这里来的人……"斯蒂夫突然住口，接着又说，"刘易斯，你没事吧？"

"我没事。"刘易斯说着直起身子，觉得一阵头晕，但眩晕感旋即消失。他勉强振作起来，问道："他姓帕斯考？"

其中一名校警回答："根据那位和他一起慢跑的女孩说，他全名叫维克托·帕斯考。"

刘易斯看了一下手表，扣掉两分钟。斯蒂夫暂时将把帕斯考送来的人安置在隔壁房间，那房间里传来一个女孩的痛哭声。刘易斯心想：小姐，欢迎重回校园，祝你有个愉快的新学期。"帕斯考先生于上午十点零九分去世。"刘易斯说。

其中一名校警伸出手，用手背抹过自己的嘴。

斯蒂夫再问一次:"刘易斯,你真的没事?你的脸色挺吓人的。"

刘易斯正想开口回答时,一个助理护士突然抛下担架往外跑,呕吐物流在她的围裙上。电话铃声响起;原本在啜泣的女孩开始放声大喊死者的小名——"维克!维克!维克!"一声接一声不停叫喊。喧嚷,混乱。一名校警问乔安妮,他们可不可以要条毯子来盖住尸体,乔安妮说她不知道自己能不能领毛毯。这时刘易斯想到莫里斯·桑达克①的绘本中有句对白:"就让狂乱开始吧!"

刘易斯的喉头几乎再次涌出邪恶的傻笑声,但他竭力忍住。这个帕斯考真的说了"宠物公墓"这几个字?这个帕斯考真的叫出了刘易斯的名字?这些疑问弄得刘易斯心神恍惚,将他弹出正常的轨道。不过他的理智已经把刚才那短暂的几分钟用保护膜装了起来——塑形,转化,丢弃。帕斯考说的肯定是别的什么话(如果他的确说过话的话),在那惊恐与不幸的一瞬间,刘易斯一定是会错了意。更有可能的是,帕斯考的嘴里只是发出某些声音,正如刘易斯起初所想的那样。

刘易斯开始揣测,揣测自己有什么优点,能让校方从五十四个申请者中挑他来当学校医务主管。在这候诊室里,没人发号施令,没有进一步的行动,有的只是凑热闹的人。

"斯蒂夫,给那女孩一颗镇静剂。"如此说完后,刘易斯自己也觉得舒服了些。刘易斯觉得自己仿佛置身在一艘失去动力、正在与小卫星分离的火箭中。当然,小卫星就好比刚才帕斯考开口说话的那个疯狂时刻。而刘易斯受聘担任主管,此刻他必须发号施令。

---

① 莫里斯·桑达克(1928—2012),美国著名儿童文学图画书作家及插画家。他是第一位获得国际安徒生插画大奖的美国人。

"乔安妮，给这位校警一条毯子。"

"医生，我们还没列库存清单……"

"拿一条给他吧，然后去看看那个助理护士。"刘易斯望向另一名仍抬着担架的助理护士，她像被催眠了，出神地注视着帕斯考的遗体。"嘿！助理护士！"刘易斯粗声叫道，助理护士急忙将眼睛从尸体上移开。

"什！什……什么……"

"另一个女孩叫什么名字？"

"谁？"

"呕吐的那个。"刘易斯故作严厉地说。

"朱……朱……朱迪。朱迪·德莱西奥。"

"你的名字呢？"

"卡拉。"现在她的声音稳定多了。

"卡拉，你去看看朱迪，顺便拿条毯子过来，在第一诊疗室的小壁橱里有一叠毛毯。大家马上行动，表现得专业一点。"

所有人照刘易斯的指示行动。过了一会儿，隔壁房间的哭喊声停了，原本已经静止的电话铃又响了起来，刘易斯按下"等候"键，但没拿起话筒。

年纪较长的一位校警看来比较沉着，刘易斯便对着他说："我们应该通知谁？你能给我张名单吗？"

那位校警点点头说："学校有六年没发生过这种事了，新学期这样开始很不吉利。"

"的确不吉利。"刘易斯说。他拿起话筒，按起"等候"键。

"喂？死者叫什么名字……"一个十分激动的声音传来。刘易斯直接将电话挂断，接着拨打他要打的电话号码。

14

直到将近下午四点钟,刘易斯和校警室主任理查德·埃文向记者发表声明后,事情才算缓和下来。与死者维克托·帕斯考一同慢跑的两人当中,有一位是他的未婚妻。一辆由特雷蒙·威瑟斯(二十三岁,缅因州海芬市人)驾驶的汽车,以极快速度从女子体操馆急驶向校园中心。车子撞上帕斯考,那股冲力使其头部撞上了树干。帕斯考的朋友及两名路人用毯子将他抬到候诊室,几分钟后维克托宣告死亡。威瑟斯已被收押,警方以危险驾驶、酒后驾车、交通过失杀人等罪名将他起诉。

校刊编辑问刘易斯,帕斯考是否因脑部受伤致死?刘易斯想到死者头盖骨上那大得可以看见脑髓的窟窿,但口中答道,应该由佩诺布斯科县的法医来公布死亡原因。编辑又问,将帕斯考抬到医务室的四个人会不会有什么疏忽之处,因此导致他死亡?

"不会。"刘易斯答道,"绝对不会。依照我的判断,帕斯考先生是因不幸受到致命撞击而死亡。"

另外还有记者提出几个别的问题,但刘易斯刚才的回答已经可以算是下了定论。现在他坐在自己的办公室里(斯蒂夫·马斯特顿一小时前,也就是记者会一结束便回家了——刘易斯猜他大概是要赶回去看自己出现在晚间新闻里的样子),试着将这破碎的一天拼回原貌——或许,刘易斯只是想用一层正常程序的伪装来掩盖已经发生的悲剧。他和乔安妮·查尔顿正在翻阅列为"重要档案"的卡片——里面是关于许多不顾伤残疾病阻碍、立志完成学业的学生资料。档案中包括二十三名糖尿病、十五名癫痫症、十四名半身瘫痪的学生,还有罹患白血病、神经麻痹、肌肉萎缩、失明的学生，两名聋哑学生，还有一名学生罹患镰刀型贫血症，这种病刘易斯见都没见过。

也许斯蒂夫离开后是刘易斯当天最闷的时候。乔安妮走进刘易斯的办公室，将一张粉红色便条纸放在他桌上，便条上写的是：班格尔地毯公司将于明晨九点派人过来。

"地毯公司？"刘易斯问道。

"候诊室的地毯必须更换。"乔安妮语带抱歉地说，"主任，那摊血渍无法清洗干净。"

当然洗不干净。这时刘易斯径自走进药房，服下一粒特诺强效镇静剂——在读大学医科时，他室友常叫他嗑这玩意。室友会说："刘易斯，跳上特诺欢乐列车吧！我来放些清水乐队的唱片！"多半时候，刘易斯都会婉拒传说中的特诺欢乐列车，可能也幸好拒绝了，因为那位室友第三学期就因为考试不及格而半途辍学，驾着他的特诺欢乐列车到越南当战地医疗兵去了。刘易斯有时会想象室友在越南的景象：嗑药之后两眼恍惚，听着清水乐队的《穿越丛林》。

但此刻，刘易斯需要药物。如果他每次翻阅面前的"重要档案"时都得看见那张提醒他地毯血渍的粉红色便条纸的话，他就需要药物的帮助。

在他心情放松、神游太虚时，值夜班的护士贝灵斯太太把头探进他办公室说："克里德医生，你太太的电话，一线。"

刘易斯瞄了手表一眼，已经五点半了；他本来打算一个半小时前就离开的。

"好的，谢谢你，南西。"

刘易斯拿起话筒，按下一线按键。"嗨，亲爱的，我正准备……"

"刘易斯,你还好吗?"

"很好啊。"

"我已经听到新闻广播了,刘易斯,我听了好难过。"雷切尔顿了顿,"我还听到你回答他们的问题,你的声音听起来很镇定。"

"是吗?那就好。"

"你真的没什么不舒服?"

"真的,雷切尔,我很好。"

"回家来吧。"雷切尔说。

"马上。"刘易斯答道。此刻在他耳中,"家"这个字听起来很舒服。

15

雷切尔开门迎接刘易斯,一看见她,刘易斯下巴差点掉了下来。她穿着刘易斯喜欢的网状胸罩及一条半透明内裤,此外别无他物。

"你看起来真是秀色可餐!"刘易斯说,"孩子呢?"

"米西·丹德里奇把他们接走了,八点半以前是我们的世界……也就是说我们只有两个半钟头,别浪费宝贵时光。"

雷切尔贴紧刘易斯的身体,他闻到一股淡淡的、撩人的香气——是玫瑰精油?他的双臂环抱着她,刚开始围在她的腰际,接着下滑到臀部,这时她用舌头轻舔他的嘴唇,随即钻进他口中,不停翻腾。

等到他们终于吻够了,刘易斯以略带嘶哑的声音问道:"你就是我的晚餐吗?"

"是你的饭后甜点。"雷切尔边说边慢慢扭动下半身,性感地摩擦他的小腹和腹股沟。"不过我答应你,不喜欢的你都可以不吃。"

刘易斯正想更贴近她,但她滑出他的双臂,牵着他的手说:"先上楼。"

雷切尔替刘易斯放了一缸热水,慢慢为他宽衣解带,然后把他赶进浴缸。她戴上那只挂在莲蓬头上、很少用的粗质海绵手套,先温柔地在刘易斯身上抹肥皂,再用水清洗。刘易斯感觉这可怕的第一天渐渐离他而去。雷切尔全身都湿了,内裤就像第二层皮肤般紧贴着她的身体。

刘易斯想爬出浴缸,但被雷切尔轻轻推回水里。

"怎……"

海绵手套此刻轻轻握住他,缓缓上下移动——轻柔的摩擦使他几乎按捺不住。

"雷切尔……"刘易斯全身冒汗,但不全是因为水太热的缘故。

"嘘……"

摩擦好像永无止境——刘易斯几乎达到高潮,但那戴着海绵手套的手慢了下来,似停未停地挤压着,握紧、放松、又握紧,弄得他欲火高涨,耳中鼓膜几乎就要胀破。

"我的天!"刘易斯终于颤声说,"你从哪儿学来的?"

"女童军团。"雷切尔一本正经地说。

雷切尔做了一锅炖牛肉,他们在浴缸里时正在炉子上炖着。下午四点钟时刘易斯认定,自己大概要等到万圣节才会有食欲,但现在却连吃两盘。

饭后雷切尔再次带他上楼。

"现在。"她说,"看你能为我做什么?"

刘易斯认为,在经过这样的一天后,自己的表现完全没让雷切尔失望。

做爱之后,雷切尔穿上她的蓝色旧睡衣。刘易斯套上一件法兰绒衬衫和一条不成形的灯芯绒裤——雷切尔说这是他的工人装——开车去接孩子。

米西想知道车祸详情,刘易斯把事件经过大略告诉了她,但她明天在《班格尔日报》上读到的可能会比他讲的更详细些。刘易斯原本不愿谈这件事——他会觉得自己在谈论最恶心的八卦——可是米西不肯收担任临时保姆的酬金,再说,刘易斯也不得不感激米西让他和雷切尔今晚得以享受这段闺房之乐。

在刘易斯还没开完米西住处到他们家之间的一英里路前,凯奇就已经睡着了;埃莉也眼神呆滞、呵欠连连。回家后,刘易斯替凯奇换了尿布,穿上连裤睡衣,然后放上婴儿床。接着,刘易斯为埃莉读故事书,她像往常一样吵着要听《野兽国》,埃莉小时候就像只野兽。后来,刘易斯说服她听《魔法灵猫》。他把埃莉抱上楼后,不到五分钟她便睡着了,雷切尔来为她盖好被子。

刘易斯下楼来,看见雷切尔坐在客厅,面前一杯牛奶,一本多萝西·塞耶斯①的推理小说摊在大腿上。

"刘易斯,你真的没事吗?"

"亲爱的,我真的很好。"刘易斯说,"也谢谢你为我做的每一

---

① 多萝西·塞耶斯(1893—1957),美国推理小说家,与阿加莎·克里斯蒂和约瑟芬·铁伊并称推理侦探之女王。

件事。"

"令您满意是我们的目标。"雷切尔说着嫣然一笑,"你要去贾德森那里喝啤酒吗?"

刘易斯摇摇头。"今晚不去,我已经筋疲力尽了。"

"希望我是让你筋疲力尽的原因之一。"

"你的确是。"

"那么喝杯牛奶吧,医生,然后我们就上楼睡觉啰。"

刘易斯以为自己也许会睁眼躺在床上睡不着,他当年还是实习医生时,碰到的可怕情况会一再浮现脑海。谁知,今晚他竟像顺着一块没有摩擦力的倾斜木板,顺利地滑入梦乡。他记得曾在什么书上读到:普通人只需要七分钟,意识就能与当天发生的一切脱离。比如游乐场鬼屋里的活动墙壁,只需七分钟,就在意识和潜意识之间消失了。这不免有些怪异。

刘易斯几乎要睡着了,忽然又听到雷切尔的声音从远处传来:"……后天。"

"嗯?"

"佐兰德兽医生,他答应后天帮啾吉动手术。"

"喔。"啾吉。趁你那东西还在,好好用用吧,啾吉,老小子。接着,一切便远离刘易斯而去,他沉入一个深深的洞穴,他睡得很熟,没有做梦。

16

刘易斯熟睡了好一会儿后,物体轰然坠落的响声将他惊醒,他坐起身来,担心是不是埃莉跌下床,或是凯奇的小床垮了。这时月亮从云层后方飘出,清冷的月光洒满卧室,他看见维克托·帕斯考站在房门口,刚才是帕斯考推门发出的声响。

帕斯考站在那儿不动,左边太阳穴后方的脑袋已是一片稀烂。脸上血渍已干,变成酱紫色的条纹,就像印第安人打仗前在脸上涂抹的颜料。他正咧着嘴笑,发白的锁骨从皮肤里刺出来。

"医生,跟我来。"帕斯考说,"我们要去几个地方。"

刘易斯打量四周,妻子在黄色被子下鼓成一团,睡得很沉。他回看帕斯考,帕斯考似死而非死。不过刘易斯并不害怕,他也立刻明白了自己不觉得害怕的理由。

这是一场梦。刘易斯心里这样想着,放松了,然后想到自己刚才很害怕。人死不会复生;复生在生理学上是不可能的。这名年轻人此刻正躺在班格尔市停尸间的冷冻柜里,身上带着病理学家做的记号——切开又缝合的Y形疤痕。病理学家或许在采样后,就将脑髓丢进胸腔,再用棕色的纸填补脑袋上的窟窿,以免液体外流——这样比起像拼图一样将脑髓放回原处要简单得多。卡尔叔叔,也就是已死露西的父亲,曾告诉刘易斯病理学家所做的工作,以及其他足以吓掉雷切尔三魂七魄的收尸经验。帕斯考没有到这里来——绝不可能。帕斯考在冰冻的棺柜里,大脚趾上套着一张标签;而且,他肯定不会还穿着那条红色运动短裤。

然而,强迫刘易斯起床的力量十分强烈,帕斯考的两眼直盯着他。

刘易斯拉开被子,两脚踩到地上。地上铺的是钩针编织的地毯——很久以前雷切尔的祖母送给他们的结婚礼物——地毯上的线结接触到刘易斯的脚跟,凉凉的,这梦境有着出奇的真实感。真实得让他清楚地知道:他本来不想跟帕斯考走,直到帕斯考转身准备下楼时，跟着一起走的冲动才变强；不过，刘易斯不想让僵尸碰到他，哪怕在梦里也不行。

但刘易斯还是跟着帕斯考走了，红色的运动短裤闪闪发光。

他们经过客厅、饭厅、厨房。刘易斯预期帕斯考会转动门锁、扳起弹簧闩、打开由厨房通向车库的门，车库里停着他们的旅行车和思域轿车。但帕斯考并未这么做。帕斯考不用开门，穿身即过。刘易斯看在眼里颇为惊讶：就这样过去了？好本事！看起来每个人都做得到！

刘易斯自己试了一次——可笑的是，他被硬木板挡住了。即使在梦中，他显然仍是个十足的现实主义者。刘易斯转动门把、扳起弹簧闩，让自己进入车库。帕斯考不在那里；刘易斯怀疑帕斯考是不是已经不存在了。梦里的人物时常出没不定。梦里的场所也是如此——开始时，你裸体站在游泳池畔，阴茎勃起，正与罗杰和米西夫妇谈着换妻做爱的可能。但一眨眼，你又身在夏威夷攀登火山。现在，刘易斯失去了帕斯考的踪影，可能就是因为梦境的第二幕刚要开场。

然而，等刘易斯从车库出来时，又看见帕斯考站在淡淡月光下的草坪后面——小径的起点。

这下子恐惧陡然降临，轻轻地侵入刘易斯体内的每一个空隙，用黑烟将这些空隙填满。刘易斯在原地驻足不前，不想走过去。

帕斯考转头往回看，在月光下，他的两眼是银色的。刘易斯觉得恐惧在腹中蠕动。那突出在外的锁骨，那条状的干涸血渍。可是，刘易斯对那双眼睛毫无抵抗能力。这摆明了是场受催眠、被控制的梦……不能改变事物的梦，或许就像他不能改变帕斯考死亡的现实一样。哪怕你在学校苦读二十年，接到一个头被树干撞得稀烂的家伙,你学到的一切还是派不上用场。不管是把帕斯考抬进医务室找刘易斯治疗,或是找个水管工人、祈雨巫师、在电视广告里卖垃圾袋的能人,结果都一样。

尽管刘易斯的脑子里东想西想,却也身不由己地被吸引走向小径。他跟着那条慢跑短裤,短裤在月光下呈现的酱紫色,正如帕斯考脸上的干涸血渍。

刘易斯不喜欢这梦境,哦!老天,一点也不喜欢。太逼真了!地毯上凉凉的线结、他不能穿过门户,照说在梦中穿墙过户应该是轻而易举的事……而现在,冰冷的露水打湿了他的赤脚,还有晚风拂在身上的感觉,刘易斯除了内裤之外什么都没穿。走到树丛下,松针刺着他的脚跟……这样的细节未免太真实了。

没关系,没关系,我现在睡在自己的床上。这一切只是梦,就像所有的梦一样,不管多真实的梦,早上醒来你会觉得它荒诞不稽。等我睡醒后,头脑自然会发现梦境中的矛盾。

一棵枯树的枝桠猛然戳上刘易斯的二头肌,痛得他缩了一下。走在他前方的帕斯考只是一抹移动的黑影,此刻恐怖似乎已在刘易斯心中变得具体:我现在跟着一个死人走进森林,我跟着死人走向宠物公墓,这不是梦。上帝保佑!这不是梦,这一切正发生在眼前。

他们走下长满树木的小丘,小径在森林间呈S形蜿蜒着伸入灌木丛。刘易斯现在没穿靴子,脚下的地面化成冰冷的泥浆粘着他。他听到一阵阵难听的抽吸声,他感觉得到泥浆在脚趾间冒出,企图把他的脚趾分开。

刘易斯拼命抓着"这是一场梦"这个念头。

但这念头无济于事。

他们走到林间空地,月亮又摆脱了云层,为坟场洒下阴森森的光辉。那些由各种废弃物做成的墓碑清楚地竖立着,投下浓黑而鲜明的影子。

帕斯考在写着"听话猫咪斯麦吉"的墓碑附近停下,回身对着刘易斯。恐怖,真是恐怖——刘易斯觉得恐怖在体内膨胀,那股来势缓和但毫不放松的压力会把他摧毁。帕斯考咧着嘴笑,血淋淋的嘴唇上满是皱褶,在清淡的月光下,他那筑路工人般的棕色皮肤就像行将缝进裹尸布的死尸般惨白。

帕斯考抬起一只手臂做出指示,刘易斯顺着他指的方向一望,不禁发出哀鸣。刘易斯两眼圆睁、将手指塞进口中,他的双颊冰冷,同时他发现自己恐惧到了极点,竟然哭了起来。

贾德森·克兰德尔曾警告过埃莉的那堆死树,此刻竟成了白骨冢。骨头在蠕动、扭缠,碰在一起时咔嚓作响。刘易斯看到颌骨、股骨、耻骨,还有臼齿和门牙,面带冷笑的骷髅,指节骨噼啪作响。一只残腿伸曲着它苍白的关节。

啊!那条残腿在移动,在爬行——

是帕斯考朝着刘易斯走来,他那血污的脸在月光下看起来狰狞可怖。刘易斯残存的最后一点神志开始在自己的狂叫声中消失:你得狂喊狂叫才能把自己叫醒,就算把雷切尔、埃莉、凯奇吵醒,就算把全家人和所有邻居都吓醒,你也要拼了他妈的命叫啊喊啊把自己叫醒把自己叫醒把自己叫醒——

但是,他只能叫出一丝丝声音,像个坐在门廊上学吹口哨的小孩。

帕斯考走近了点,说:"这道门绝对不能开启。"

帕斯考说话时低头看着刘易斯,因为他已吓得跪在地上。刘易斯起先还把帕斯考脸上的表情当作同情，但其实完全不是同情，而是种令人望之生畏的忍耐。帕斯考指着那堆白骨冢说："医生，不管你有多需要，千万别跨越骨堆，谁也不许闯过这道障碍。记住这句话：此地具有非你所能想象的力量，这股力量年代久远，经常伺机而动。你可得记住了。"

刘易斯又想喊叫，但还是叫不出声。

"我是以朋友的身份而来。"帕斯考说——他真的用了朋友两字吗？刘易斯认为不是。帕斯考说的好像是外国话，刘易斯只有凭借梦境里才有的幻觉才能理解……不管帕斯考实际上说的是什么，但"朋友"是刘易斯处于眩晕之下脑袋所能想到的一个词。"医生，你和你所爱之人的灭亡之日快到了。"帕斯考离得很近，刘易斯可以闻到他全身上下散发出的死亡气息。

帕斯考对他招了招手。

一阵轻微的骨节声响。

刘易斯想要躲避他的手，身体突然失去平衡，一只手不慎击倒一块墓碑。帕斯考俯身正视着他，他的脸遮住了天空。

"医生——记住了。"

刘易斯想大叫，天地在旋转——他仍能听见白骨冢的尸骨在月光下蠕动发出的声响。

17

一般人只要七分钟时间就能睡着，而根据韩氏《人类生理学》，一般人需要十五至二十分钟才能完全清醒。睡眠就像游泳池，入水容易出水难。睡着的人醒来时，是慢慢醒来，先从熟睡状态到浅睡，再到所谓的"醒睡"状态。睡眠者有时可以听见声音，甚至还能回答问话，但彻底醒来后自己并不知道……不过，或许能记得梦境的片段。

刘易斯听见骨头的咯咯声，那声音逐渐响亮起来，现在听起来比较像是金属发出的声响。一阵碰撞声，接着是叫喊。金属声更频繁了……是什么在滚动？他飘忽的心神认定有东西在滚动。是骨头在翻滚。

刘易斯听见女儿在叫："凯奇，捉住它！去捉住它！"

然后他听见凯奇的欢呼声，刘易斯睁开眼，看见他卧室的天花板。

刘易斯躺在床上，保持不动，静静感受着和善的现实，受上帝保佑的现实，回到家中的现实。

一切都是梦，不管有多恐怖、多逼真，但全是梦，只是他意识中的化石。

金属声又响了起来，原来是凯奇的玩具车在走廊上滚来滚去。

"捉住它，凯奇！"

"捉住它！"凯奇叫道，"捉住它——捉住它——捉住它！"

噼啪，噼啪，噼啪。凯奇光着脚在走廊上跑，和埃莉一起吃吃笑着。

刘易斯看向右边，雷切尔那边的床上空空无人，被子已掀开。太阳已经升得很高，他瞥了手表一眼，快八点了。雷切尔让他睡过头了……她可能是故意的。

通常刘易斯会为此生气，但今天例外。他深吸一口气后再缓缓呼出。此时他心满意足地躺着，阳光透过窗户斜射进屋，尘埃在阳光中舞蹈，他感觉到真实世界的特质。

雷切尔朝楼上叫道："埃莉，快下来拿你的午餐，校车快来了！"

"来啦！"埃莉咔啦咔啦的脚步声更加响亮。"凯奇，你的车车在这里，我要上学去了。"

凯奇开始口齿不清地叫着——说得清楚的几个字是：凯奇，车车，捉住它，埃莉校车。他的意思很明显：埃莉应该留在家里，学校教育可以暂停一天。

雷切尔又叫道："埃莉，下楼前去叫醒爹地。"

埃莉走进刘易斯的卧室，她的头发已经梳好，扎了个马尾，穿着红色洋装。

"我已经醒了，宝贝。"刘易斯说，"下去搭你的校车吧。"

"好的，爹地。"埃莉走近床边，在他尚未梳洗的脸上亲了一下，然后跑下楼。

那场梦逐渐消失，失去了连贯性。这是好现象。

"凯奇！"刘易斯大声叫道，"来亲亲爹地！"

凯奇不理他，迅速跟随埃莉下楼，同时嘴里嚷着："捉住它！捉住它……捉住它……捉住它！"刘易斯只在凯奇从房门外经过时，瞥见小家伙只包着尿布和塑料裤的结实身躯。

接着又是雷切尔的声音："刘易斯，你睡醒了？"

"醒了。"刘易斯坐起身来。

"跟你讲他醒了嘛！"埃莉说，"我走了，拜拜！"砰然关门声和凯奇的吼叫声同时响起。

"一个蛋还是两个蛋？"雷切尔问。

刘易斯推开被子，两脚一转下床，踩着地毯上的织结，正打算告诉她不要蛋，他只要吃碗麦片就得赶去上班……可是，话停在喉咙，讲不出来。

他看见自己的两脚脏兮兮的，满是泥土和松针。

刘易斯的心脏跳到喉头,像恐怖盒中跳出的野兔。他双眼睁大,牙齿夹住舌头,动作迅速地把被子连毛毯一脚踢开——床尾满是松针,床单上沾满污泥。

"刘易斯?"

他发现自己的膝上还留有几根松针,然后猛然将目光转到右臂,二头肌上显然有道刮痕,正是梦中被那根枯树枝戳到的位置。

我想大叫,我感觉得到我想大叫。

而且刘易斯也真的几乎大叫出声,恐惧如同打心底冒出的冰冷子弹。现实在闪动。真实的——真正的现实——是那些松针、泥污的床单,和手臂上刮出的血痕。

我要大叫,然后发疯,然后就不用再担心害怕——

"刘易斯?"雷切尔说着走向楼上,"刘易斯,你又睡着啦?"

就在这两三秒钟间,刘易斯恢复自制,就像他在垂死的帕斯考被抬进校医室的那阵混乱中所采取的行动。刘易斯战胜了眼前的情况,他绝不能让雷切尔看见他这副失魂落魄的模样,以及那双泥泞沾满松针的脚,还有毛毯掀翻在地、露出污泥斑斑的床单。

"我早醒了。"刘易斯故作愉快地叫道。他的牙齿刚才不自觉地把舌头咬出了血。他的脑子在旋转,怀疑自己是否一直处在丧失理性的边缘。

"一个蛋还是两个蛋?"雷切尔在第二阶或第三阶上停下问他。谢天谢地。

"两个。"刘易斯说,但他其实不太知道自己在说什么。"要炒蛋。"

"没问题。"雷切尔说着转身下楼。

刘易斯暂时如释重负般闭了闭眼,可是在黑暗中他看见帕斯考的银色眼珠。刘易斯连忙睁开眼睛,迅速行动,将别的念头搁在一旁。他从床上拉下床单,毛毯没问题,只要把上下两张被单分开,裹成一团,拿到走廊上,丢进通往洗衣房的输送槽。

他奔进浴室,扭开水龙头,站在很烫的热水下,洗净双脚和腿上的泥巴。

刘易斯觉得舒服了些,开始镇定下来。擦干身体时他不禁想到:杀人凶手自信消灭了一切证据时应该就是这种感觉。他笑了起来,他继续擦着、笑着,好像停不下来一样。

"嗨,楼上的!"雷切尔叫道,"什么事这么好笑?"

"私人笑话。"刘易斯叫道,继续笑着。他其实是害怕,但害怕阻止不了笑意。这股发自腹部的笑声,像用灰浆砌在墙上的石块一样生硬。他认为把被单丢进输送槽是他能做的事里最聪明的一件。米西每星期工作五天,吸尘、清洁……和洗衣。直到被单再次铺上床前,雷切尔不会再见到它们……看到时也已经洗得干干净净。刘易斯想象着,米西说不定会向雷切尔提起被单的事,但多半不会。米西大概会悄悄对她丈夫说:克里德夫妇玩的床上花样很特别,又是泥巴,又是松针,而不是在身上涂水彩什么的。

如此一想,刘易斯越笑越厉害。

等到他穿上衣服时,大笑小笑都笑完了,他发觉心情好多了。他不知道为什么会这样,但其实他知道。这房间看起来也正常了,唯一不同的是那张床现在光秃秃的。刘易斯已经除掉毒药——也许"证据"两字才是他想说的,不过感觉上比较像毒药。

刘易斯心想:也许一般人对于费解的事物就是抱持这种态度。人们就这样对付那些拒绝被明显分为原因和结果的荒谬事物,而整个西方世界就是依赖因果关系在运行。也许你在心中就是这样看待以下事物的：清晨静静在你后院飞翔的飞碟，但事后飞碟只在心中留下了小小一团影子。或是青蛙雨。或是深更半夜里有手从床下伸出来打你的脚板。而应对的方法可以是一笑置之，也可以大哭大叫……但既然恐惧不可亵渎也无法拆解，你就让恐惧保留完整原型，就像对付肾结石一样。

凯奇坐在他的高椅上喝热可可，并用热可可来装饰餐桌，并洒满椅子下垫的塑料布，他还顺便洗了个头。

雷切尔端着刘易斯的炒蛋和咖啡从厨房走来。"刘易斯，什么精彩的大笑话？你在上面笑得像个傻瓜，吓了我一跳。"

刘易斯张嘴时完全不知该说什么，最后，从他嘴里说出的是他在市场上听到的笑话——讲个犹太裁缝师买了只鹦鹉，它只会说一句"埃里尔·沙龙打手枪"。

刘易斯说完笑话，雷切尔也大笑不止——连凯奇也跟着笑了起来。

好了。我们的主角把一切证据都消除了——泥污的被单，浴室里的傻笑。现在我们的主角要读报了（至少是盯着报纸看），然后为这早晨盖上"一切正常"的戳。

这样一想，刘易斯马上翻开报纸。

很好，这就是应对之道。刘易斯松了一大口气，心想，你安然过了这关，这件事到此为止……除非哪天你和三五好友晚上升起营火，乘着晚风，聊起各自经历的神秘事件。因为点着营火、凉风习习的夜晚，也是容易说漏嘴的时候。

吃完炒蛋后，刘易斯亲过雷切尔和凯奇，直到快出门时才往那输送槽终点的白色衣物柜瞥了一眼。一切正常。又是个晴朗的早晨，晚夏景色依旧，仿佛会永远继续下去。刘易斯把车从车库倒出来时,望了望小径,没什么异样。你毫发未伤,安然过了这关。

他开了十英里路,一切正常。突然,他感觉到身体一阵剧烈的颤抖,因此不得不将车子开到二号公路旁兴记中国餐馆的空停车场上。兴记离东缅因医疗中心(接收帕斯考尸体的地方)不远——维克托·帕斯考再也吃不到蘑菇鸡片了,哈哈。

颤抖扭曲着、撕扯着刘易斯,任意摆布着他的身体。刘易斯不知道该怎么办,他觉得惊惶——但不是恐惧鬼怪,在这光天化日下他是不怕鬼的。刘易斯恐惧的是自己有可能精神失常,他觉得好像有根看不见的长铁丝钻过脑袋。

"不要抖。"刘易斯说,"别再抖了。"

刘易斯打开收音机,听琼·拜雅[①]唱那首关于钻石和铁锈的歌,她甜蜜而清凉的歌声使他慢慢镇静下来。待她一曲唱完,刘易斯觉得可以继续上路了。

刘易斯到了学校医务室后,先向乔安妮打声招呼,便立刻躲进洗手间,因为他想自己的脸色一定很差。不过其实还好,只是两眼下方稍有凹陷,连雷切尔都没注意到。刘易斯用冷水在脸上拍拍、擦干,梳梳头发,然后走进办公室。

斯蒂夫·马斯特顿和印度裔医生苏伦达拉·哈杜在办公室里,边喝咖啡边整理重要档案。

"早,刘易斯。"斯蒂夫说。

"早。"

---

① 琼·拜雅(1941—),美国乡村歌手,作曲家,其很多作品与时事和社会问题有关,《钻石与铁锈》为最负盛名的歌曲。

"希望别像昨天早上那样。"哈杜说。

"对。你错过了所有精彩部分呢。"

"昨晚哈杜可忙得起劲呢!"斯蒂夫笑着说,"哈杜,讲给他听听。"

哈杜擦擦眼镜,笑了笑。"凌晨一点钟,两个男学生带着一位女性朋友到医务室来。"他说,"为了庆祝返校,她高兴地喝了个烂醉。她的大腿划破一道伤口,我告诉她至少要缝四针,不会有疤。她告诉我:缝吧。所以我开始缝,我这样弯着身——"

哈杜示范对着隐形的大腿弯腰的样子。刘易斯开始微笑,知道好戏要上场了。

"我正用针缝着伤口,她却吐了我一头一脸。"

斯蒂夫和刘易斯都爆出大笑,而哈杜只露出安详的微笑,好像他已经碰到过这种事上千次了。

"哈杜,你值班多久了?"刘易斯笑完后问他。

"从午夜开始。"哈杜说,"我正要走,不过想多留一会儿向大家打个招呼。"

"好,哈啰。"刘易斯说,一面握着哈杜棕色的手掌,"现在回家,回去睡觉。"

"我们差不多快把重要档案整理完了。"斯蒂夫说,"哈杜,念哈利路亚。"

"我拒绝。"哈杜笑着说,"我不是基督徒。"

"那唱两句约翰·列侬的《现世报》吧。"

"愿两位佛光高照。"哈杜脸上仍挂着微笑说道,轻快地滑出大门。

刘易斯和斯蒂夫看着他离去,没再说一句话,然后两人相视而笑。对刘易斯而言，任何时候的笑都比不上此刻，让他觉得如此舒服……而正常。

"整理完重要档案。"斯蒂夫说，"今天是欢迎药商的日子。"

刘易斯点点头，第一个药商代表十点钟会到。斯蒂夫很爱开玩笑，星期三也许是意大利面王子日，而每星期二是达尔丰日——达尔丰是最受欢迎的止痛药。

"且听我一句忠告，伟大的老板。"斯蒂夫说，"我不知道芝加哥的药商怎么样，但本地的这些推销员什么花样都耍得出来，从免费招待十一月去缅因州阿拉加希打猎，到免费去班格尔的全家乐保龄球馆打球等等，曾经还有个仁兄想送我个充气娃娃。送给我耶！我不过是个助理！如果他们没办法把药卖给你，他们就会把你逼成药罐子。"

"你应该收下充气娃娃的。"

"不，红头发的，不合我胃口。"

"我同意哈杜的话。"刘易斯说，"只要别像昨天那样就行。"

18

普强制药的业务代表十点整还没到，刘易斯不愿多等，他打电话给注册主任办公室，接电话的是斯戴普登太太，她答应立刻送一份帕斯考的纪录到医务室。刘易斯刚挂电话，普强公司的人就到了。这个业务代表没向刘易斯推销任何药品，只问他有没有兴趣以折扣价买新英格兰爱国者队的足球赛季票。

"没兴趣。"刘易斯说。

"我猜也是。"这位业务员阴郁地说完后转身就走。

中午时分，刘易斯步行至熊屋快餐店买了个鲔鱼三明治和一罐可乐。他把午餐带回办公室，边吃边翻阅帕斯考的入学纪录。刘易斯打算找出些与他自己或与北绿洛镇，也就是宠物公墓有关的线索……他有个模糊的想法：会发生这种怪事，一定有某种解释。这家伙可能在绿洛镇长大，甚至可能在那里葬过他的猫或狗。

刘易斯没找出任何相关线索。帕斯考来自新泽西州的伯根菲尔德县，进了缅因大学后攻读电机工程。从那几页机打纪录上，刘易斯根本无法看出自己和死在候诊室的年轻人有任何关系——唯一相同的就是：他们都是凡人。

他喝光了可乐，听见塑料吸管吸到罐底发出的声音，然后把垃圾全扔进垃圾桶。午餐分量不多，但他吃得津津有味，没感觉到什么不对劲。颤抖没再发作，早上的那阵恐惧仿佛一次险恶但无意义的突发事件，就像个无关紧要的梦。

刘易斯用手指敲着记事簿，耸耸肩拿起电话。他拨打东缅因医疗中心的号码，转接停尸间。

接通病理员后，刘易斯向对方表明身份。"你们那里有一具我们学生的尸体，他叫维克托·帕斯考——"

"没有。"对方说，"他离开了。"

刘易斯的喉咙一下堵住了，好不容易才吐出一句："什么？"

"他的尸体昨晚被空运到他父母那里去了。布鲁金-史密斯殡葬公司派来一位先生把尸体领走了。他们把尸体送上达美航空公司的——呃——"传来翻纸张的声音。"一○九号班机。不然你以为他会去什么地方？去马戏团跳舞？"

"不。"刘易斯说，"不，当然不是。只不过……"只不过什么？天知道为什么他要追问这件事。这不是理性能解决的事，就让它去吧，注销、遗忘。否则就是自找麻烦。"只不过认为这件事处理得太快了。"刘易斯勉强找了个理由。

"这个嘛——"又是翻纸声,"昨天下午三点二十分左右,仁兹维克医生验完尸体。那时候死者的父亲就已经作了安排,我想尸体是今天凌晨两点抵达纽瓦克机场的。"

"哦,既然这样……"

"除非运输上出了错,把尸体送到别的地方。"病理员得意地说,"你知道,我们也碰到过这种事,但不是达美航空。达美真的不错。我们这里验收过一位去阿鲁斯图克县的小镇(那些荒凉小镇的名字只会出现在地图上)钓鱼送命的仁兄,其实这笨蛋是喝啤酒时被易拉罐拉环噎死的。他的同行伙伴费了两天工夫才把他从山里弄出来,他们也不管防腐剂还有没有用,反正先把他装殓起来再说。然后订了家航空公司的班机把他运回他老家明尼苏达州大瀑布市。谁知道航空公司一错再错,先运到迈阿密,又到爱荷华州的迪摩因市,再到北达科他州的法哥市。最后总算有人发现错了,运到目的地时已经比正常晚了三天。这段时间他们什么都没做,加上他们之前给尸体注射的可能是果汁而不是防腐剂,结果这位仁兄全身发黑,发出烂猪肉的臭味。听说有六个行李工因此病倒。"

电话线另一头的人笑得挺开心的。

刘易斯闭上眼说:"呃,谢谢你……"

"如果你需要的话,我可以给你仁兹维克医生家里的电话。不过早上他多半在打高尔夫球。"

"不必了。"

刘易斯放下电话,心想:别想再查出什么东西了。你做那个荒谬的噩梦时,帕斯考的尸体一定是在伯根菲尔德县的殡葬公司里。这事到此为止,就这样了结吧。

开车返家途中,刘易斯对床尾的污泥想出了一个简单的解释,因此大为宽心。

他经历了一次梦游,这只是偶发的单一事件,引发原因是桩极端不快的事件:第一天上班有个学生伤重不治,死在他的医务室里,这太出乎他的意料了。

这样就能解释一切了。梦境极度逼真,因为绝大部分的确是事实——脚踩在地毯上的感觉、冰凉的露水,当然还有那戳他手臂的枯枝。而且这还能解释为什么帕斯考能穿门而过,刘易斯却不能。

这时他脑中出现一幕景象:昨晚雷切尔从楼上下来,看见刘易斯撞着后门,试图穿门而过。想到这景象他不禁笑了——如果真是那样,雷切尔一定会吓坏的。

以梦游为前提,刘易斯可以分析梦的原因——他十分专心地进行分析。他会在梦中走向宠物公墓,与他最近心理上遭受的压力有关。他与雷切尔之间发生的剧烈争吵也是原因之一!刘易斯更兴奋地想到,在他心里,这一切还与女儿初次接触死亡的念头有关——昨晚上床睡觉时,他的潜意识里尽是和死亡有关的念头。

刘易斯心想:我能够安全走回家真算他妈的幸运——回家那段我根本不记得,一定是靠自动导航系统走回来的。

能梦游着回家算他走运。他简直不能想象如果早晨醒来,发现自己睡在猫儿斯麦吉的墓旁时,那种迷惑不解、满身露水的样子。他可能会被吓成呆瓜——而毫无疑问,雷切尔也一定会被吓昏。

现在事情过去了。

别再想了。刘易斯一想到这件事就此结束就感到无比宽慰。没错,但帕斯考临死之际说的话又该怎么解释呢?刘易斯正打算发问,但又急忙阻断这条思绪。

傍晚时分,雷切尔在熨衣服,埃莉和凯奇坐在同一张椅子上,全神贯注地看电视上的"大青蛙布偶秀",刘易斯语调轻松地对雷切尔说他要出去散散步——呼吸点新鲜空气。

"你会早点回来帮我把凯奇弄上床睡觉吗?"雷切尔发问时仍低着头熨衣服,"你知道,你在的时候他就会乖乖睡觉。"

"当然会。"

"爹地,你要去哪里?"埃莉问道,但目光并未离开电视。大青蛙科米快被猪小姐一拳打在眼睛上了。

"宝贝,只是到后面走走。"

"喔。"

刘易斯步出家门。

十五分钟后,他走到宠物公墓,好奇地环顾四周,藉以应付那种似曾来此的强烈感觉。毋庸置疑,刘易斯来过这里:猫儿斯麦吉的墓碑倒了。他记得帕斯考朝他走来时,自己吓得碰倒了那块墓碑。刘易斯心神不定地把墓碑扶起来,然后走向树冢。

刘易斯不喜欢见到树冢,一想起这些遭日晒雨淋而发白的枝桠和枯树变成大堆骨头他就心寒。他强迫自己伸手去摸一根堆得不稳的树枝,但那树枝突然滚下树冢。刘易斯急忙往后一跳,险些被它击中脚趾。

他沿着树冢边走,先走走左边,再走走右边。两边都长满了灌木，密得无法通行。这些也不是那种你会想推开树枝往前走的灌木——刘易斯心想：只要你够聪明，就不会想推开这些树。地上青藤蔓生（刘易斯常听人夸口说不怕青藤，但事实上他知道几乎无人能够免疫），他再看了看，到处都长着硕大且形状邪恶的蒺藜。

刘易斯又走回到树冢正前方，望着它，双手插在牛仔裤的两个后口袋里。

你该不会打算爬上树冢吧？

老大，我不会的。我为什么要做那种笨事？

那就好，刘易斯，刚才你让我有点担心呢。你如果真去爬的话，一定会跌断脚踝，然后被送进自己的医务室里。不是吗？

当然！再说，天色也晚了。

刘易斯完全同意自己的心声，但他却开始往树冢上爬。

他往上爬到一半时，觉得脚下踩着的枝桠在移动，发出吱嘎声。

医生，摇滚骨头。

当树冢再次滑动，刘易斯便开始往回爬。他的衬衫下半截被扯到了长裤外面。

刘易斯的脚碰到了地面，没有发生任何意外，他拍掉手上沾着的树皮，走回小径终端，他可以从那里走回家——回到睡前要听他讲故事的孩子身边，回到只能再享受最后一天男性雄风的啾吉身边，回到厨房和雷切尔喝茶。

离开前，刘易斯察看这片树林间的空地，感受那绿色的寂静。不知来自何处的缕缕白雾，逐渐缭绕着那些墓碑。那些历经绿洛镇数代孩子之手的同心圆，好像在不知不觉中成了一座古代巨石阵模型。

但是,刘易斯,只有这些吗?

虽然在树冢滑动、使他神经紧张的那一瞬间,他只从顶端望了一眼,但他可以发誓,他看见一条更深入森林的小路。

刘易斯,不关你的事。你要放下它。

遵命,老大。

刘易斯转身回家。

当晚雷切尔上床一小时后,刘易斯还在阅读一叠已经看过的医药卫生期刊,他拒绝承认上床——睡觉——这件事令他心神不安。他从来没犯过梦游的毛病,而他也无法确知上次是不是偶发的单一事件……验证的唯一的方法就是看看他会不会再犯。

他听见雷切尔下了床,在楼上轻声叫他:"刘易斯?亲爱的,你上楼睡觉吧。"

"正要上去了。"刘易斯说,然后关掉书桌上的台灯,上楼就寝。

他费了不只七分钟才把思想机制关闭,听着雷切尔在他身旁熟睡发出的稳定呼吸声,要是此时帕斯考出现,似乎就不像做梦了。刘易斯觉得自己只要一阖眼,就会看见房门猝然推开,我们的特别来宾帕斯考就会站在那里,穿着运动短裤,脸色苍白,锁骨突出体外。

刘易斯觉得自己要是睡着了,就会在宠物公墓醒来,那些月光照耀下的圆圈,之后就必须醒来,沿着林中小径回家。一想到这些事,刘易斯便立刻清醒过来。

直到午夜过后，睡眠才终于将刘易斯降服。他完全没有做梦，准七点半醒来，冷冷的秋雨正打着窗户。刘易斯怀着恐惧掀开被子——床单上白净无瑕，自己的脚掌除了一层层老茧外也是干干净净的。

刘易斯发现，自己在淋浴时竟吹起了口哨。

19

雷切尔送啾吉去兽医诊所时，米西·丹德里奇帮忙照顾凯奇。那天晚上，埃莉十一点后还睡不着。她不停抱怨，说没有啾吉就睡不着，又不停吵着要喝水。最后，刘易斯拒绝再给她水喝，理由是怕她尿床。这惹得埃莉大哭大闹，刘易斯和雷切尔对望一眼，心下大为惊讶。

"她在为啾吉担心。"雷切尔说，"刘易斯，让她自己解决吧。"

"她这样拼命大叫撑不了多久的。"刘易斯说，"希望她叫不了多久。"

刘易斯说得没错，过了一会儿，埃莉愤怒沙哑的叫闹声就成了打嗝和呻吟声。最后，一切终于静止。刘易斯上去察看时，发现她睡在地板上，怀里抱着啾吉不屑一睡的猫垫。

刘易斯拿开猫垫，把埃莉抱上床，将盖在她出汗眉头上的秀发往后拨，然后亲亲她。他突然心血来潮，走进隔壁雷切尔做事用的小房间，在一张纸上写了一行大字：*亲爱的主人，我明天回家，啾吉*。刘易斯把字条别在猫垫上，然后回到卧室找雷切尔。雷切尔就在床上，他们做爱之后相拥而眠。

啾吉在刘易斯到任满一周的星期五回家；埃莉对它特别殷勤，

她拿出一半的零用钱为它买了一盒给猫吃的零食。凯奇想摸摸啾吉,结果险些挨了埃莉一耳光,惹得凯奇大哭大叫,平时父母对他的责罚绝不至于让他如此。但对凯奇来说,挨埃莉骂的严重性等同于被上帝斥责。

看着啾吉,刘易斯觉得很悲哀。这种感觉固然荒谬可笑,但无法改变。生龙活虎的啾吉已不复存在,它走起路来也不再像个好斗的枪手;此刻的它缓缓而行,迈着病后复原中那种小心翼翼的步履。它听凭埃莉用手喂它,也没有丝毫想要外出,即使只是去车库的表示。它变了。也许它的改变以后会对它有利。

但雷切尔和埃莉似乎都还没注意到它的改变。

20

俗称印第安夏天的秋老虎来了又去,树林看起来一片赤铜,短暂地暴红之后,色泽随即褪去。十月中,一场冷雨过后,树叶开始纷纷落下。埃莉放学时把许多她在学校做的万圣节装饰品带回来,她还为凯奇讲无头骑士的故事,那天傍晚,凯奇一直高兴地乱念故事中的人名,雷切尔笑个不停。在这初秋的日子,他们都过得十分愉快。

刘易斯的日常公务忙碌但顺心,诊疗病人,出席学校会议,为校刊撰写义务信告知全校女学生"医务室对于治疗性病绝对保密";在那年冬天流行性感冒开始蔓延前,他鼓励大家打预防针。他也出席或主持项目小组会议,十月的第二个星期,他远赴普洛维登斯出席新英格兰大专院校医药会议,并提出一篇《治疗学生之法律问题》的论文。文中提到维克托·帕斯考,不过他用了虚构的姓名——"亨利·孟德兹"。这篇论文颇受好评。现在,他开始草拟医务室下年度的预算。

每到晚上,刘易斯也有一套固定模式:饭后与孩子相处,稍晚和贾德森·克兰德尔喝啤酒。如果米西有空代为照顾孩子,雷切尔偶尔也会跟刘易斯一起过去,有时诺玛也加入他们,不过通常总是刘易斯和贾德森两人。刘易斯发觉"和老头儿相处就像穿旧拖鞋一样舒服",贾德森谈起绿洛镇三百年前的历史时,好像他亲身经历过一样。贾德森爱聊天,但不是东拉西扯,他从来不曾让刘易斯觉得乏味,不过刘易斯却不止一次瞥见雷切尔用手捂嘴打呵欠。

通常十点之前,刘易斯就会穿过公路回到自己的家,然后夫妻俩可能还会云雨一番。除了新婚第一年外,他们的做爱次数从来不像现在这么多,也从来不像现在这么愉快或享受。雷切尔相信是每天饮用的井水使然,刘易斯则认为是受了缅因州空气的影响。

维克托·帕斯考在秋季学期开学第一天的惨死事件,已逐渐被同学及刘易斯遗忘。帕斯考的家人无疑仍处于哀伤中,刘易斯曾和帕斯考的父亲带泪的声音通过电话;他只想知道刘易斯的确把能做的都做了,刘易斯则向他保证自己已尽全力。刘易斯没告诉他当时的混乱情景,地毯上的血水,还有他儿子被抬进医务室时已经无力回天。对那些认为帕斯考是意外死亡的人来说,帕斯考已经从他们的印象中消失。

但刘易斯仍然记得他的梦,以及那次梦游,不过现在看起来,那已经仿佛是发生在别人身上的事,或像他看过的电视节目。就像六年前他在芝加哥嫖过一次妓一样,事件本身已失去了重要性,两者都像是密室里的回音。

刘易斯完全未再想起帕斯考临死时说过的话,或者,并未说过的话。

万圣节的晚上下了霜,刘易斯带着埃莉先从克兰德尔家开始。埃莉发出咯咯笑声,假装骑着扫帚在诺玛的厨房转圈圈,诺玛凑兴说:"贾德森,这可不是我见过最好玩的小女娃儿?"

贾德森点头同意,点燃一支烟说:"刘易斯,凯奇呢?我以为你也帮他做了装扮了。"

本来他们的确准备带凯奇一块儿出来,特别是雷切尔也急着想让凯奇过万圣节,她和米西临时为凯奇做了件甲虫装,还加上两根用皱纹纸包裹的铁丝衣架当触须——可是凯奇着凉了,肺部声音听起来不正常,加上户外气温在傍晚六点钟时只有摄氏五度,于是刘易斯打消了带凯奇出来的计划。雷切尔虽然失望,但也只好同意。

埃莉答应把一些要来的糖分给凯奇,不过她有点夸张的同情表现,让刘易斯觉得凯奇不能来反而让她高兴,因为这样就不会有人拖慢她的脚步……或者抢了她的风头。

"可怜的凯奇。"埃莉出门前用通常用在得绝症病人身上的语调说道。凯奇坐在沙发上看卡通,啾吉卧在一旁打盹,根本不知道自己错过了什么热闹。

"埃莉——巫婆。"凯奇看起来没什么兴趣,说完又看他的电视去了。

"可怜的凯奇。"埃莉再重复一次,再冒出一声叹息,然后拉着刘易斯的手,开始拖着他走。"我们走吧,爹地。我们走——我们走——我们走。"

"凯奇的喉咙有点发炎。"刘易斯对贾德森说。

"这，病得真不是时候。"诺玛说，"明年的万圣节对他会更有吸引力。埃莉，打开你的袋子……哦哦！"

诺玛从点心盘里拿了个苹果和士力架巧克力，可是全都从手中掉到地上。刘易斯看到她像爪子般的手，顿时有点吃惊。他弯身捡起滚到一边的苹果，贾德森捡起士力架巧克力，放进埃莉的袋子。

"我另外拿个苹果给你。"诺玛说，"这个摔坏了。"

"这个就行了。"刘易斯边说边要将苹果丢进埃莉的袋子里，不料埃莉站开一步，同时关上袋口。

"爹地，我不要摔坏的苹果。"埃莉望着父亲的眼神仿佛他是个疯子，"黄黄的伤疤……恶心！"

"埃莉，太没礼貌了！"

"刘易斯，别因为她讲实话责备她。"诺玛说，"你知道，只有小孩才会讲实话。所以小孩是纯真的，黄黄的伤疤确实恶心。"

"谢谢你，克兰德尔太太。"埃莉边说边朝父亲投来一道"我没说错吧"的眼神。

"宝贝，你别客气。"诺玛说。

贾德森送他们父女到门廊，这时有两个小鬼从走道走来，埃莉认出他们是学校同学，便立刻带他们去厨房。此刻只剩贾德森和刘易斯两人。

"她的风湿更厉害了。"刘易斯说。

贾德森点点头，在烟灰缸里摁熄香烟。"是的，每年秋冬就变得厉害，今年最糟。"

"她的医生怎么说？"

"什么都没说,诺玛已经好一阵子不去看他了。"

"什么?为什么不去呢?"

贾德森望着刘易斯,在那辆等这两个小鬼的旅行车灯光照射下,他的身影看起来十分孤伶无助。"刘易斯,我打算找个适当的时间问你,但我想,要麻烦朋友的时候,什么时间都不适当。你愿意看看她吗?"

刘易斯可以听见厨房里传来那两个小鬼装出"呜——"的鬼叫声,还有埃莉弄出的爆炸声(她已经练习了整整一个星期!)。一切听来都很美好,很有万圣节的气氛。

"除此之外,诺玛还有什么毛病?"刘易斯问,"老贾,还有什么别的问题让她担心吗?"

"她的胸部时常作痛。"贾德森低声说,"她不再去看魏布里医生了,我有点担心。"

"诺玛自己担心吗?"

贾德森迟疑了一下子之后说:"我想她是害怕,所以才不再去看魏布里医生。她有个老朋友贝蒂·考斯洛得了癌症,上个月死在东缅因医疗中心。她和诺玛同年。她很害怕。"

"我很乐意为她检查。"刘易斯说,"没问题。"

"刘易斯,谢谢你。"贾德森感激地说,"如果我们有机会一起说服她,我想……"

贾德森没把话说完,他疑惑地抬头望向一旁,目光与刘易斯的眼神相接。

事后,刘易斯已记不得当时的情绪是如何瞬间转变的,他无法分析其中原因,他只记得原本的好奇心突然变成一种"某种不幸就要发生"的感觉。刘易斯与贾德森的目光相遇时,两人都猝不及防;一切就发生在刘易斯能够采取行动前的短暂片刻。

"呼——呼——"过万圣节的小鬼在厨房里鬼叫,"呼——呼——"但突然间,"呼"的叫声没有了,代之而起的是害怕的大叫:"啊啊啊啊啊啊——"

接着,其中一个小鬼开始尖叫。

"爹地!"埃莉的声音充满惊慌。"爹地!克兰德尔太太摔倒了!"

"啊,天哪!"贾德森差点哭了出来。

埃莉奔向门廊,身上的黑衣飘动,手里握着扫帚。她那涂成绿色的脸拉得长长的,就像酒精中毒已深的矮小酒鬼,两个小鬼跟在她身后哭个不停。

贾德森冲进门内,就一个年逾八十的老人来说,他的动作够敏捷了。贾德森呼喊着妻子的名字。

刘易斯俯身将两手按在埃莉肩上。"埃莉,你待在这里不许走开,知道吗?"

"爹地,我怕。"埃莉低声说。

那两个小鬼拎着糖果袋,飞快地跑上走道,大叫妈妈。

刘易斯奔向厨房,顾不得埃莉在身后叫他回来。

诺玛躺在塑料地板上,就在餐桌旁,满地都是苹果和一条条士力架巧克力。显然是跌倒时打翻了桌上盛糖果的盘子。此刻盘子也掉在地上,就像个玻璃飞碟模型。贾德森正在按摩她的一只手腕,他的脸绷得死紧,抬头望向刘易斯。

"刘易斯,帮帮我。"贾德森说,"救救诺玛,我想她快死了。"

"让开。"刘易斯说。他往下一跪,膝头压碎一颗苹果,果汁浸透了他的旧棉布长裤,整个厨房充满了苹果的气味。

又来了，帕斯考事件再度重演。刘易斯一想到这里便立刻将这念头逐出脑海，这个念头速度之快，就像装了轮子似的。

他检查诺玛的脉搏，仍在跳动但微弱而急促——没有节奏，只是一阵阵痉挛。心跳完全没有规律，随时有停止的可能。刘易斯心想：诺玛，你要去见猫王了。

刘易斯解开她的衣服，露出奶油色丝质内衣。他把她的头部转向一边，替她施行心肺复苏术。

"老贾，听我说。"刘易斯说。左掌压在胸骨上三分之一处——剑骨突起之上四厘米。右手抓住左手腕，支撑，施压。确实施压，但也要顾及老人家的肋骨——不要惊慌失措。还有，看在耶稣的分上，别压垮了老人家的肺。

"我在听着。"贾德森说。

"带着埃莉。"刘易斯说，"小心穿过马路——别让汽车撞到。告诉雷切尔这里发生的事，叫她拿我的医药包，不是书房那个，是二楼浴室架子上的那个，她知道的。告诉她打电话给班格尔市的医院叫救护车。"

"巴克港比较近。"贾德森说。

"班格尔市的救护车比较快。马上去。你别打电话，让雷切尔打。我需要那个医药包。"刘易斯心想：雷切尔要是知道这里发生的状况，一定不会亲自送过来的。

贾德森去了，刘易斯听见纱门开关的声音。现在只剩他独自一人守着诺玛·克兰德尔，还有一屋子苹果味。客厅传来时钟的嘀答声。

诺玛突然发出一声长长的鼾息，眼皮不停颤动，刘易斯顿时感觉到接下来将要发生的事，冰冷而可怕地包围着他。

她要睁开眼睛了……哦，我的天，她要睁开眼睛，开口讲宠物公墓了。

其实诺玛只是睁开眼，仿佛认得似的看了刘易斯一眼，然后再次闭上。刘易斯对自己竟会产生如此愚蠢的恐怖感觉感到惭愧，这太不像他了。同时他也感觉到希望和宽慰。诺玛的眼神中带着微痛，而不是极度痛苦。刘易斯猜想：这次心脏病发作不算厉害。

刘易斯因为急救动作而喘气流汗。只有在电视上才看得到轻松自如的急救动作。不停做心肺按摩会消耗许多热量，而他手臂和肩膀的肌肉到了明天只会更痛。

"我能帮得上忙吗？"

刘易斯抬头环顾四周，一个穿着长裤和棕色毛衣的妇人站在门口，一手握拳贴着胸口，刘易斯猜她是那两个小鬼的妈妈。

"不用。"刘易斯回道，接着又说，"好吧。请你找条布来弄湿，然后拧干摆在她额头上。"

妇人照着他的吩咐去做，刘易斯往下看，诺玛的双眼又睁开了。

"刘易斯，我跌倒了。"诺玛低声说，"我一定是昏倒了。"

"你有点冠状动脉的毛病。"刘易斯说，"看来不算太严重。诺玛，放松休息，不要讲话。"

刘易斯休息一会儿，然后再摸诺玛的脉搏，还是跳得很快。她的脉搏像是摩斯密码，心脏有规律地跳上一阵，接着就像纤维性颤动，然后再度有节奏地跳动。跳跳跳——撞撞撞——跳跳跳跳跳。虽然不正常，但比心律不齐稍好一点。

那个妇人拿着湿布过来，放在诺玛额头上。她迟疑地站向一边，这时贾德森提着刘易斯的医药包回来了。

"刘易斯?"

"她没事。"刘易斯说,他面向贾德森,但其实是说给诺玛听的。"救护车出来了?"

"你太太在跟他们通电话。"贾德森说,"我没在那儿等。"

"不……不去医院。"诺玛低语着。

"要去医院。"刘易斯说,"你只需要接受观察,再服五天药就可以回家自由行动了。诺玛,听话。如果你再抗议,我就让你把这些苹果连核带皮全吃下去。"

诺玛淡淡一笑,然后闭上双眼。

刘易斯拉开提包,从里面找出一小瓶药,里面的药片很小,大约只有指甲的月牙般大小。刘易斯倒出一片在掌心上,盖好药瓶,然后用两根手指夹着药片。

"诺玛,你能听见我讲话吗?"

"能。"

"我要你张嘴,刚才你表演了些把戏,现在该奖励你了。我把这片药放在你舌头下面,很小一片,我要你含着等药片融化。有点苦味,但别理它。听清楚了?"

诺玛张开嘴,一股假牙的腐味飘出口腔。看着诺玛躺在苹果和万圣节糖果掉满一地的厨房地板上,一时间刘易斯真为她难过。他想到诺玛也曾是芳龄十七的少女,左邻右舍的男孩对着她的胸脯看得出神,那时候她的牙齿全是真的,内衣里裹着的那颗心脏就像台小引擎般结实有力。

诺玛用舌头盖着药片,皱了一下眉头。药片总是有股苦味,但不要紧,她不像维克托·帕斯考那样无可挽救,刘易斯认为诺玛会活着继续为明天奋斗。她伸手向空中摸索,贾德森温柔地握着她的手。

刘易斯站起身来，找到那个打翻的果盘，将地上的苹果和糖果捡起放回盘中。那个妇人自我介绍，她是巴丁格太太，她家离这里不远。她帮刘易斯捡完掉在地上的东西后，便说得赶快回去，因为她的两个孩子吓坏了。

"巴丁格太太，谢谢你帮忙。"刘易斯说。

"我什么忙都没帮上。"巴丁格太太说，"不过今晚我要跪下感谢上帝，因为你——克里德大夫刚好在这里。"

刘易斯有点难为情地挥挥手。

"我也要感谢上帝。"贾德森说，他望向刘易斯，眼神十分坚定，贾德森已经镇定下来，刚才短暂的慌乱与害怕已经过去了。"刘易斯，我欠你一份情。"

"别这么说。"刘易斯边说边向正要离开的巴丁格太太点头致意，她笑着挥挥手。刘易斯挑了个苹果啃了起来。这苹果真甜，甜得让刘易斯的味蕾一时变得麻木，但感觉不错……刘易斯，今晚你赢了。他这么一想，便觉得这苹果更是滋味无穷，他开始大口吞咽。

"我真欠你一次。"贾德森说，"刘易斯，你需要求人帮忙的时候，请记得先来找我。"

"好吧。"刘易斯说，"一定遵命。"

二十分钟后，从班格尔市来的救护车到了。刘易斯站在外面，看着急救人员把诺玛由后面送进救护车，同时也看见雷切尔隔着他家客厅的窗子向外观望。刘易斯向她挥手，她举手回应。

刘易斯和贾德森站在一起，目送救护车开走，红灯闪闪，但未开警报器。

"现在我该跟去医院了。"贾德森说。

"老贾,今晚他们不会让你见她。他们要先做心电图,再把她安顿在加护病房,十二小时内不能见任何探病的人。"

"刘易斯,她会好起来吗?真的好起来?"

刘易斯耸耸肩。"谁也不能保证,这可是心脏病呢。但不管怎样,我认为她会好的。只要她接受药物治疗,搞不好会比以前还健康呢。"

"呃。"贾德森说着点起一支切斯特菲尔德牌香烟。

刘易斯微笑着看看手表,真不敢相信现在才七点五十分,他觉得应该很晚了。

"老贾,我去带埃莉,好让她完成万圣节不给糖果就捣鬼的任务。"

"你当然该去。"这句话听起来像是:尼单兰该去。"刘易斯,告诉她,尽量多拿点糖果。"

"我会的。"刘易斯说。

刘易斯进门时,埃莉仍穿着女巫袍。雷切尔试着说服她换睡衣,但埃莉不听,希望这场被心脏病打断的热闹可以继续下去。于是一听刘易斯叫她穿上大衣,立刻高兴得又叫又拍手。

"刘易斯,这时候带她出去太晚了。"

"我们开车。"刘易斯说,"雷切尔,她等这天已经等了一个月了。"

"好吧……"雷切尔笑了。埃莉见到母亲同意,又开始欢呼,连忙跑向衣柜拿大衣。"诺玛不要紧吧?"

"我想不要紧。"刘易斯觉得心里十分舒畅,虽然觉得疲累,但很舒畅。"这次心脏病发不算厉害。不过她以后要很小心,活到七十五岁,你一定清楚玩撑竿跳的日子已经过去了。"

"你刚好在那里,真是幸运,这几乎可以说是上帝的安排。"

"我更愿意认为这是运气。"刘易斯露齿一笑,埃莉穿好大衣走来。"小巫婆,你准备好了吗?"

"准备好了。"埃莉说,"走呀——走呀——走呀!"

一个钟头后,他们要到了半袋糖果(最后刘易斯宣布活动结束时,埃莉抗议了一下,但没有持续太久,因为她累了)。回家途中,埃莉说了句让刘易斯吓了一跳的话:"爹地,是我让克兰德尔太太心脏病发作的吗?是不是因为我不肯拿那颗有伤疤的苹果?"

刘易斯讶异地望着她,心想这小孩究竟从哪里学来这些滑稽又迷信的念头——你踩到缝隙,就会折断妈妈的背脊。花瓣占卜:他爱我……他不爱我……爸爸的肚皮、爸爸的头,半夜里发笑、爸爸就死掉。刘易斯不禁想到宠物公墓那些圆环,他想笑却又笑不出来。

"宝贝,不是的。"刘易斯说,"你在里面和那两个小鬼……"

"他们不是鬼,是巴丁格家的双胞胎。"

"你跟双胞胎在里面,克兰德尔先生正在对我说,他太太的胸部会痛。其实你救了她一命,或者至少没有让情况恶化。"

现在轮到埃莉惊讶了。

刘易斯点着头说:"宝贝,克兰德尔太太需要医生,而你爹地是医生,如果你今晚不去她家要糖果,我也不会去的。"

埃莉对刘易斯的话沉思良久,然后点头。"她还是可能会死的。"埃莉平淡地说,"心脏病发的人说死就死,就算救活了,过不了多久又会发作,再发作,直到……完蛋!"

"请问小姐,你从哪里学到这些人生智慧的?"

埃莉耸耸肩——完全是刘易斯的架势,他看在眼里,乐在心头。

她让刘易斯替她提糖果袋——这表示她对他最大的信任——刘易斯在思索她的态度。啾吉会死的念头曾惹得她大闹情绪,但一想到像祖母一样亲的诺玛·克兰德尔濒临死亡,埃莉却处之泰然。她刚才说的是什么? 又发作,再发作,直到……完蛋!

厨房空无一人,刘易斯听见雷切尔在楼上走动的声音。他把埃莉的糖果袋放在料理台上。"埃莉,事情不一定会像你刚才说的那样。诺玛的心脏病是比较轻的那种,我当时就可以帮她治疗。我怀疑她的心脏已经受到严重损坏,她……"

"喔,我知道。"埃莉同意道,"可是她老了,她活不了多久,克兰德尔先生也一样。爹地,上床前我可以吃个苹果吗?"

"不可以。"刘易斯满怀心思地望着埃莉。"宝贝,上楼去刷牙。"

刘易斯怀疑:到底有谁真的能够了解小孩呢?

孩子都睡了,这天的家务也已做完。他们躺在两张单人床合并的床上,雷切尔轻声问道:"刘易斯,当时的情形会让埃莉心神不安吗?"

他心里想说:没有,埃莉的心神没有不安,她知道老年人说走就走……就像她知道蚱蜢吐泡泡时就该放它走……就像她知道如果跳绳时数到十三下绊了一跤,好朋友就会死掉……就像她知道在宠物公墓将坟墓排成逐渐朝中心缩小的圆环……

"她很好。"刘易斯说，"她的自制力很强。雷切尔，我们睡觉好吗？"

当天夜里，他们在自己的房里沉沉入睡，贾德森却睁眼躺着，夜里浓霜又降下。凌晨时，风势变强，刮落了树上的残叶。

风声吵醒了刘易斯，他用手肘撑起身体，他还没完全醒。楼梯上有脚步声……缓步拖脚而行。帕斯考回来了。直到此刻，刘易斯才想起这已是两个月前的事。当房门一开，他会看见那恐怖的景象：运动短裤上贴满坟地的泥块，全身皮肉剥落，处处洞眼，脑髓已腐烂成浆，只有两只眼睛还有生气……闪着凶恶的光芒。这一次，帕斯考不会开口说话；他的声带已烂得不能发出声音，但他的眼睛……他的眼睛会吸引刘易斯跟着他去。

"不。"刘易斯深吸一口气，脚步声突然消失了。

刘易斯下床，走到门口后打开门，嘴唇因恐惧和决心而紧抿着，全身肌肉也绷着。帕斯考一定会站在门外，高举双手，摆出一副死去数百年的乐队指挥模样，正要指挥出《女巫狂欢夜》雷霆万钧的第一乐章。

正如贾德森常说的：没有这回事。楼梯口空荡荡……静悄悄的。除了风声，别无其他声音。刘易斯转身回床再睡。

21

第二天，刘易斯打电话到东缅因医疗中心的加护病房。诺玛还未脱离险境，这是心脏病发作后二十四小时的标准程序。刘易斯从魏布里医生处获得较乐观的判断。"我不认为那是轻微的心肌梗死。"魏布里医生说，"我没夸张，克里德医生，她欠你很大一份人情。"

那个星期,刘易斯有天心血来潮,带了束花去医院探病,发现诺玛已被安置在楼下的双人病房——这是好现象。贾德森和她在一起。

诺玛见到鲜花时非常惊喜,立刻按铃叫护士拿花瓶来,然后指挥贾德森如何插花,插好后放置在角落梳妆台上。

"老妈妈满意了。"贾德森在第三次更换鲜花摆放位置后冷冷地说。

"贾德森,别说俏皮话。"诺玛说。

"不说就是,夫人。"

诺玛望着刘易斯。"我要感谢你为我做的一切。"她说话时有点腼腆,但让人非常感动。"贾德森说我欠你一条命。"

刘易斯非常不好意思,"老贾太夸张了。"

"我没夸大其词。"贾德森说。他似笑非笑地眯眼看着刘易斯。"刘易斯,你母亲没告诉过你:永远别错过一个谢字吗?"

刘易斯的母亲不曾说过那种话,至少就刘易斯记忆所及,她不曾说过。不过刘易斯记得母亲有次说过:假装谦虚在某种程度上就等于骄傲自大。

"诺玛。"刘易斯说,"我所做的都是我乐意做的。"

"你真是可爱。"诺玛说,"你把这个男人拖出去,让他请你喝杯啤酒吧。我困了,可是又没办法摆脱他。"

贾德森欣然起身。"好极了!刘易斯,我赞成。咱们快走,免得她又改变主意。"

感恩节前一星期降了第一场雪,到了十一月二十二日那天又落了四英寸的雪,不过,感恩节前一天却是个晴朗寒冷的日子。

刘易斯送妻儿去班格尔市国际机场，雷切尔带着两个孩子回芝加哥娘家过节。

"这样不对，"从一个月前他们开始讨论这件事起，雷切尔讲了不下二十遍，"我不喜欢感恩节你得单独在家，刘易斯，再说感恩节本来就是家庭节日。"

刘易斯把凯奇换到另一只手抱着，这小子生平第一次穿大男孩的雪衣，看起来像个巨人；埃莉贴着大玻璃窗看一架空军直升机起飞。

"我不会自己在家流着眼泪喝啤酒。"刘易斯说，"贾德森和诺玛一定会叫我过去吃火鸡、过感恩节。其实我才觉得内疚，我从来就不喜欢跟一大堆人过节。每次下午三点开始喝酒、看电视上的足球赛，看到七点就睡着了。等到第二天醒来，还觉得达拉斯牛仔队的啦啦队在我脑子里跳呀叫的。我不喜欢的只有送你和两个孩子离开这个部分。"

"我倒是没问题。"雷切尔说，"坐头等舱让我觉得像个公主，凯奇会从波士顿一路睡到芝加哥。"

"那只是你的奢望。"刘易斯说，两人不约而同大笑起来。

广播器在叫他们那班飞机的乘客登机，埃莉慌慌张张地跑来。"妈咪，在叫我们了。快走——快走——快走。他们不等我们就要飞了。"

"不会，他们不会的。"雷切尔说，她手上握着三张粉红色登机牌。她穿了一袭毛皮大衣，虽然是假货，但棕色皮毛看起来十分贵气……刘易斯心想，看起来像麝鼠皮。但不管看起来应该像什么，穿在雷切尔身上更增添了她的妩媚。

也许是眼睛泄露了他的心思，雷切尔才会突袭似的上前拥抱他,将凯奇挤在中间。凯奇虽然露出诧异的表情,可是没有不高兴。

"刘易斯,我爱你。"她说。

"妈——咪。"埃莉叫道,她急得不得了。"快走——快走——快——"

"好,好。"雷切尔说,"刘易斯,乖乖待在家。"

"告诉你吧。"刘易斯笑了笑说,"我会小心的。雷切尔,替我向你父母问好。"

"哦,你这个人。"她说着朝他皱皱鼻子。雷切尔没上他的当,她很清楚刘易斯为什么不一起去芝加哥。"真会说笑。"

刘易斯目送他们上了登机梯……然后他们的身影消失在飞机内部,接下来整个星期都见不到他们了。也因为这样,此刻刘易斯已开始想家并感到寂寞。他移到刚才埃莉站的玻璃窗前,两手插进大衣口袋,望着工人将行李装上飞机行李舱。

事实很简单:家住林湖区的古德曼先生和夫人压根就不喜欢刘易斯。首先,他们不喜欢刘易斯的贫寒出身,更糟的是,刘易斯让他们的女儿供他读医学院,而他差一点被开除。

这一切刘易斯都还能应付,但此时发生了一件事,当时雷切尔不知道,将来也永远不会知道……总之,刘易斯不会告诉她。古德曼先生提议为刘易斯付全部学费,直到毕业。而这笔"奖学金"(古德曼的字眼)的代价就是要刘易斯立刻取消和雷切尔的婚约。

在当时那个年纪,刘易斯·克里德他还不会应付这种侮辱,但懂得应付这种状况的人也很少会碰到这种戏剧性的夸张提议(或照实说就是贿赂)——而你大概要到八十五岁左右才会懂得处理这种事。一来，刘易斯很疲倦，他每星期要上十八小时的课，花二十小时啃书，再用十五小时在白厅饭店里的匹萨店打工。二来，他神经紧张，那天晚上古德曼先生却出奇快活，神态与往常对待刘易斯那种冷冰冰的态度完全不同。古德曼邀刘易斯进书房抽雪茄时，和他太太交换了一个眼色。后来——过了很长一段日子，长到足够让刘易斯思量——刘易斯回想当时的情况：马儿嗅到草原起火的烟味时，一定也会产生和他一样的焦虑感。当时，刘易斯以为古德曼先生随时可能宣布：他知道刘易斯已经和他女儿发生过肉体关系。

没想到古德曼竟提议负担刘易斯的全部学费——他甚至当场从便服上装口袋里掏出支票簿，看起来宛如肥皂剧的情节。刘易斯当场爆发，他指责古德曼想把女儿像博物馆展品一样留在家里；说古德曼除了自己之外根本不替别人设想，他还骂古德曼专横傲慢，是个自私自利的王八蛋。直到过了很久之后，刘易斯才对自己承认：他当时发怒的原因有很大一部分是为了解除身心所承受的压力。

而这些骂古德曼的话，就算可以贴切地形容他本人，但完全无助于改善他们之间的关系。当时古德曼叫他滚出去，说假如再看见他踏上古德曼家门前的台阶，他就会拿枪像打狗一样地打死他；刘易斯则叫他拿支票簿塞自己的屁眼。古德曼又说，连他看过的贫民窟乞丐都比刘易斯有前途；刘易斯就叫他何不把他的美国银行信用卡、美国运通金卡连同支票簿通通一起塞进屁眼去。

这些话当然无法促成他与未来岳父母的和好。

后来是雷切尔拉近了他们的距离（彼此都后悔太口不择言，但是对于对方的成见并未改变）。肥皂剧情节不再上演，当然也没再说出"从今天起你就不再是我女儿"这种话。刘易斯与雷切尔结婚那天,古德曼衣领上的僵硬面部表情像极了埃及石棺上的雕刻。古德曼给他们的结婚礼物是一套六人份瓷器和一台微波炉,此外没有多给他们一文钱。刘易斯读医学院那段疲于奔命的时间,雷切尔在一家女装店当店员。打从那时起到现在,雷切尔只知道她丈夫与她父母的关系有点"紧张"……尤其是刘易斯与她父亲之间。

刘易斯可以陪伴妻小一同前往芝加哥,虽然学校业务的关系,他需要提早三天回来,但其实他一起过去并不困难。真正难的是:要与古德曼及他狮身人面像般的太太一起过四天。

不过孩子们早已融化了他岳父母的心,小孩就有这种本事。刘易斯猜想:其实只要自己假装忘记那晚在古德曼书房里的事,双方就可以恢复友好。就算古德曼知道刘易斯是装出来的也没关系。然而实情是(刘易斯至少有承认这件事的担当)刘易斯并不特别想弥补这个裂痕。十年是段很长的时间,但还没长到足以赶走刘易斯嘴里的苦味——当年在古德曼的书房里,古德曼吞了几杯白兰地,当他从愚蠢的上衣口袋里掏出支票簿时,刘易斯的嘴里尝到一股黏腻恶心的味道。的确,当初古德曼没发现刘易斯和雷切尔已经上过床(总共五夜,他俩挤在刘易斯狭窄破烂的公寓床上)的事,让刘易斯松了口气。但他仍无法控制那种突如其来的厌恶,即使过了十年后也没有丝毫改变。

刘易斯可以去,但他宁可为他岳父母奉上他们的女儿、孙儿孙女及他的问候。

达美航空公司的七二七型客机离开了登机扶梯,刘易斯瞥见埃莉隔着窗户拼命挥手。刘易斯也对她挥手并微笑,接着不知是埃莉还是雷切尔把凯奇举到窗口。刘易斯挥手,凯奇也挥手——他可能看见了刘易斯,也可能是跟着埃莉有样学样。

"载着我的亲人平安飞去吧。"刘易斯自言自语着,然后把外套的拉链拉上,走向停车场。北风强劲,呼呼刮过停车场,差点吹落了他戴的猎帽。他用手按着头,掏出钥匙打开车门。发动引擎时,那架客机刚越过机场大楼,机头冲向蓝天,喷射引擎吼声如雷。

此时,刘易斯真的开始感觉孤单——他几乎掉下泪来——于是他再次对空挥手。

傍晚,刘易斯与贾德森和诺玛喝了两罐啤酒,再穿过十五号公路回家时,还是感到些许惆怅。因为天凉了,他们在厨房喝酒聊天,诺玛喝的是葡萄酒,魏布里医生不但准她喝葡萄酒,而且还鼓励她多喝。

贾德森生起火炉,他们围炉而坐,冷啤酒,暖厨房,贾德森谈起两百年前米克马克族印第安人如何阻止英国人在缅因州的马奇亚斯登陆。他说当年的米克马克红人十分凶狠,他又补上一句,直到现在联邦及州政府的一些地政律师还是很怕他们。

本来这是个十分称心的傍晚,可是刘易斯一心想着等待他回去的空房子。他踏过草坪时,踩在霜上的鞋子发出嘎吱声。这时他听见房里的电话铃响,便迈开步伐奔跑,冲进大门,奔到客厅(还碰倒了摆杂志的茶几),再滑进厨房——因为他的鞋底沾了霜。刘易斯抓起话筒。

"哈啰?"

"刘易斯?"雷切尔的声音不大,像是从很远的地方传来,但很清楚。"我们到了,到芝加哥了,一路平安。"

"好极了！"刘易斯说道，一面坐下慢慢说话，同时心想：多希望你们此刻在我身边。

22

贾德森和诺玛准备的感恩节大餐丰盛美味。用完大餐，酒足饭饱的刘易斯回到家后只觉得想睡觉。他上楼走进卧室，打算享受一下，于是脱下便鞋，躺在床上。这时不过下午三点，外头还是阳光普照的大白天。

我打个盹吧。刘易斯这样想着，便沉入梦乡。

卧室的电话分机惊醒了他。他伸手去摸电话，外面天色已晚，所以他有点搞不清楚时间。他听见寒风沿着屋角刮过的声音，以及暖气的低频运转声。

"哈啰。"刘易斯叫道。可能是雷切尔从芝加哥打来祝他感恩节快乐。她会叫埃莉跟他讲几句，再让凯奇接过去咿呀几声。他怎么会睡了整个下午？他本来打算看电视转播的足球赛。

但来电的不是雷切尔，是贾德森。

"刘易斯？你恐怕有点麻烦了。"

刘易斯翻身下床，试着赶走脑中的睡意。"老贾，什么麻烦？"

"呃，我们草坪上有只死猫。"贾德森说，"我看可能是你女儿的猫。"

"是啾吉？"刘易斯问。他觉得整个人往下一沉。"老贾，你不会弄错吧？"

"我不能百分之百确定。"贾德森说，"但看起来很像它。"

"哦，糟糕！老贾，我马上过来。"

"好，刘易斯。"

刘易斯挂了电话，一动不动地坐了一分钟左右。然后他先去上厕所，再穿鞋下楼。

也许不是啾吉，贾德森说不能百分之百确定。哦天，这只猫平常连楼梯都懒得爬，除非有人抱它上去……它为什么要穿越公路呢？

可是刘易斯心里确信，一定是啾吉无疑……今晚雷切尔一定会打电话给他，叫他怎么对埃莉说呢？

刘易斯听见自己当时热切地对雷切尔说：我知道对生物而言，任何事都可能发生，我身为医生，我知道……如果啾吉被碾死在公路上，你愿不愿亲口向埃莉解释？但是，刘易斯当时并不真的相信有任何事情会发生在啾吉身上。

他记得以前一起打牌的韦克·苏利文，有次韦克问刘易斯，为什么刘易斯的老婆可以随时点燃刘易斯的欲火，但他却对脱光衣服让他看病的女人无动于衷。刘易斯为他解释，说这不像一般人想的那样——一个女人来接受乳房或身体检查时，并非突然全身赤裸、像爱神维纳斯一样站在那里。你一次只看一个地方，乳房、阴部或大腿，其他部分都用被单盖着。同时旁边还有护士，她们的主要功用就是确保医生的名誉。韦克不相信刘易斯的解释，他的理由是：乳房就是乳房，那个就是那个。要能动情就都会动情，否则任何时候都不会冲动。最后，刘易斯只能这样回答他：自己老婆的乳头和别的女人就是不一样。

刘易斯此刻在想：你自己的家人和别人的家人就是不一样。啾吉不该被碾死，因为它是这个家的一分子。刘易斯一直没办法让韦克了解的一点就是：医生和一般人一样，公私领域分得很清楚。除了自己老婆的乳头外，其他乳头都不算乳头，在医院里，那就是病例。你可以在医学研讨会上列举罹患白血病儿童的统计数字，但如果你接到医院电话通知，你自己的孩子得了病，再怎么样你都无法置信。我的小孩？甚或是，我小孩的猫？医生，你一定在开玩笑。

暂时不管那些，现在先解决眼前的问题。

刘易斯想起当时提到啾吉总有一天会死的时候，埃莉发了多大脾气；他知道这事情相当棘手。

他妈的蠢猫，我们到底为什么要养只他妈的蠢猫？

可是它已经无法出去乱搞了，阉了它就是要它长命百岁的。

"啾吉？"刘易斯叫唤着，但只有暖气低声运转着，默默地烧着钞票。客厅里那张啾吉经常躺卧的沙发空空如也，它也没睡在散热器的架子上。刘易斯敲敲猫碗，如果啾吉在附近，听见这敲碗声就会立刻跑来。啾吉没有跑来……刘易斯怕它永远不会来了。

刘易斯穿上大衣，戴上帽子走向大门。不过他又转身，屈服于内心深处的声音，他打开洗涤槽下的柜子，那里有两种塑料袋——白色小袋用来套在室内垃圾桶上，绿色大袋用来套在户外的大垃圾桶上。刘易斯拿了个大塑料袋，因为啾吉自从动过手术后，体重增加了不少。

刘易斯把垃圾袋塞进大衣口袋，他不喜欢垃圾袋拿在手上那种又冷又滑的感觉。接着他才打开前门往贾德森家走去。

现在已是下午五点三十分，黄昏已尽，四周景物一片死气沉沉。河对岸遥远的地平线上，落日留下了一抹奇异的橙色。冷风对着十五号公路吹来，吹得刘易斯的脸颊发麻，吹散了他呼出的白气。刘易斯浑身发抖，但不是因为寒冷，而是孤独的感觉。这感觉既强烈又诱惑着他，没办法用比喻来说明。他只能感觉，但无法捉摸。

刘易斯看见贾德森站在对面,身上裹着粗厚的呢绒外套,他的脸部也被绒帽的毛边遮住。贾德森站在冷冰冰的草坪上,看起来像尊石像,在这没有鸟鸣声的黄昏,他只是件无生命的物体。

刘易斯开始穿越公路,贾德森也活动起来——挥手示意叫他退回去。贾德森嚷着什么,但刘易斯除了风声外什么都听不见。刘易斯后退,突然发现风声变得更强劲也更尖锐。片刻之后,一辆鸣着汽笛喇叭的奥林科油罐车轰然驶过,那劲道使他的长裤和大衣鼓胀起来。该死!他差点就走到那庞然大物前面。

这一次,刘易斯穿越公路前先查看两边,只见油罐车的尾灯逐渐消失在黄昏中。

"我还以为那辆奥林科的油罐车会把你撞个正着。"贾德森说,"刘易斯,要当心呀。"虽然距离这么近,但刘易斯还是看不见贾德森的脸,心中有种不自在的感觉,觉得他可能是任何人……如果是人的话。

"诺玛呢?"刘易斯问道,避免去看贾德森脚边那团毛茸茸的东西。

"去教堂做感恩节礼拜。"贾德森说,"她留在那边吃晚餐。我想她不会吃多少东西,就算肚子饿也一样。"一阵狂风吹歪了贾德森的帽子,刘易斯这才看清楚的确是他——还会是别人吗?"这完全是女人家聚会的借口。"贾德森说,"中午吃过感恩节大餐,她们晚餐不过啃啃三明治罢了。她大概八点钟才会回家。"

刘易斯蹲下来看猫。可别是啾吉!刘易斯用戴着手套的指头轻轻扳过猫头的刹那,热切地希望这只猫不是啾吉,是别家的猫,是贾德森认错了。

偏偏它就是啾吉。它没有被车碾得稀烂，或头断肢折，它不是被往来于十五号公路上的巨型油罐车或小卡车碾过（刘易斯不懂：为什么那辆奥林科油罐车感恩节还在公路上跑？）。啾吉的双眼半睁，眼球亮得像绿色玻璃珠，血从它口中不断往外流。血虽然流得不多，但已足够弄脏它胸前的白毛。

"刘易斯，你的猫？"

"我的猫。"刘易斯承认，他叹了口气。

刘易斯第一次发现自己爱着啾吉——也许不像埃莉那么热切地爱它，而是种漫不经心的爱。动过阉割手术后的啾吉变得胖了、行动慢了，它每天的例行活动范围只限于埃莉的床、客厅的沙发、放猫碗的角落，很少再走出家门。现在它死了，在刘易斯眼中，它看起来就像原来的那个啾吉。血红的小嘴，里面是针一般尖锐的猫牙。啾吉的两眼看来似乎还有杀气，仿佛在过了一段中性猫的短暂乏味的日子后，它在这临终时刻又恢复了真面目。

"没错，是啾吉。"刘易斯说，"妈的！我真不知道怎么对埃莉说。"

刘易斯突然有了个主意：他来把啾吉埋在宠物公墓，不要立碑或任何可笑的标记。今晚通电话时，他不会对埃莉提起半个字；到了明天，他会随口提一句没看到啾吉；后天，他就推测啾吉已经走丢了，猫儿有时是会乱跑的。埃莉当然会不开心，但不会知道结局……雷切尔也不会再搬出拒绝正视死亡的那套话……就这样不了了之。

但刘易斯心里有个声音在说：懦夫。

对……我承认。但有必要把事情闹大吗？

"她不是挺爱这只猫的吗？"贾德森问。

"是呀。"刘易斯心神不定地说。他再次移动啾吉的头，它的肢体已开始硬僵，但头还能转动。颈子断了，难怪。他从这一点就能判断啾吉的死因：啾吉穿越公路——只有天知道它为什么要到公路另一边——一辆汽车或卡车撞上它，撞断了它的脖子，把它撞飞，落在贾德森的草坪上。又或者，它的脖子是撞到结冰的地面才断掉的。但那不重要，不管真实情况是哪一种，结局都一样，啾吉当场毙命。

刘易斯瞥了贾德森一眼，准备告诉贾德森他的推断，可是贾德森把头转开，注视着地平线上那抹红光。他帽子的耳罩半开，露出他那沉思而严肃的表情。

刘易斯掏出绿色塑料袋，打开后用手抓紧怕风吹掉。风吹袋响，噼噼啪啪的响声似乎引起了贾德森的注意力。

"我想埃莉一定很爱它。"贾德森说。他的话配上这背景：天边的残光、寒气、冷风，使刘易斯感到凄凉而恐怖。

刘易斯顶着冷风，脸部扭曲，心想：现在，《呼啸山庄》里的希斯克里夫来到这片渺无人烟的荒野，准备将家里的猫装进绿色大垃圾袋里。唷呵！

刘易斯抓着啾吉的尾巴，敞开袋口，提起死猫。他把猫儿的尸体从结霜的地面上扯开来时发出的撕裂声使他面露愁容，这只猫重得出奇，好像死亡是附在它体内的千斤重担。我的天，它重得像桶沙。

贾德森握住塑料袋另一边，刘易斯将啾吉放进袋里，很高兴能摆脱那怪异且令人不舒服的重量。

"你打算怎么办？"贾德森问。

"我想，先搁在车库。"刘易斯说，"明早再埋了它。"

"埋在宠物公墓？"

刘易斯耸耸肩。"我看只好这样。"

"准备告诉埃莉吗？"

"我……我得仔细考虑考虑。"

贾德森沉默片刻，接着他似乎作了个决定。"刘易斯，在这儿等我一两分钟。"

贾德森显然不顾刘易斯愿不愿意在这寒冷的傍晚等上一分钟，说完便径自走开。刘易斯没表示异议，反正他没什么好说的，自己现在也没什么主意。他望着贾德森走开，心甘情愿地站在原地等候。

听见关门声后，刘易斯抬头迎着寒风，装着啾吉尸体的袋子在他两腿间起伏翻动。

满足。

不错，刘易斯感到满足。自从他们迁居缅因州以来，他第一次觉得有回到家的感觉。此刻他独自站在黄昏中，站在寒冬的边缘，虽然他觉得不快乐，却感到出奇地兴奋和完整——他从童年起就不曾有过这样完整的感觉。

这里肯定会发生什么事，刘易斯心想，肯定会发生怪异的事。

他抬起头，看见渐暗的天幕挂着点点寒星。

刘易斯不知自己站了多久，以分秒计算也许并不久。贾德森家的门廊上出现了灯光，贾德森从纱门内走出，走下台阶。他手上拿着一支四节电池的大手电筒，另一只手里握着的东西，刘易斯乍看之下以为是个大大的X……然后才看清楚是鹤嘴锄和铁铲。

贾德森把铁铲递给刘易斯，他用空着的那只手接过来。

"老贾，你要搞什么？我们不能今晚就埋它。"

"谁说不能？我们必须今晚就让它下葬。"手电筒的光晕使刘易斯无法看清贾德森的面孔。

"老贾，天黑了，时候不早了。而且天气冷得……"

"走吧。"贾德森说，"我们去埋它。"

刘易斯直摇头，想再说些什么，但……他的抗辩之词就是说不出口。在风声低啸中，在黑夜星空下，所有辩解似乎全无意义。

"这事可以等明天，白天我们看得……"

"埃莉爱这只猫吗？"

"当然爱，可是……"

贾德森语调柔和，而且这句话似乎有番道理："你爱她吗？"

"当然，我爱她，她是我女……"

"那么走吧。"

刘易斯跟了上去。

走向宠物公墓途中，有两次——或许三次——刘易斯想和贾德森讲话，但贾德森一直没理他，刘易斯只好作罢。在目前的情况下，刘易斯会觉得满足固然荒谬，但这是事实。满足感好像来自各种因素：手上提着啾吉以及拿着铁铲使他肌肉作痛便是其中之一，冷风和寒气使他暴露在外的皮肤发麻是其中之一，贾德森手电筒上下跳动的光芒也是其中之一。刘易斯感觉到某种四处弥漫、无法否认而又充满魅力的秘密存在，某种阴森森的秘密。

树影逐渐稀疏，眼前开始变得开阔，雪地闪着苍白的光芒。

"在这儿歇歇。"贾德森说。刘易斯放下塑料袋，用手臂揩额头的汗。在这儿歇歇？但既来之，则安之。贾德森往雪少的地方坐下时，手电筒的灯光漫无目的地扫射，刘易斯瞥见那些墓碑。

贾德森把脸埋在臂弯里。

"老贾，你还好吗？"

"我很好。稍稍喘口气就行了。"

刘易斯坐在他身旁，深呼吸了十几次。

"你明白吗？"刘易斯说，"我差不多有六年时间没有觉得这么舒服了。我明知在埋葬女儿心爱的猫时说这种话很不近情理，但事实就是这样，老贾，我觉得很舒服。"

贾德森也做了两次深呼吸。"呃，我明白。"他说，"偶尔会有这种感觉。什么时候觉得舒服不是自己能够随意挑的，而什么时候觉得不舒服也一样。跟客观环境有关系，不过你不能信赖客观环境。吸毒的瘾君子把海洛因注射进手臂时觉得舒服，却不知道这样毒害了他们的身心。刘易斯，这地方可能就像海洛因，你要切记。我希望我这样做是对的，我想是对的，但我不确定。有时候我脑子会有点糊涂。我想，毕竟是老了。"

"我不懂你在说什么。"

"刘易斯，这地方有股力量。我不是指我们歇脚的这里……而是我们要去的地方。"

"老贾……"

"走吧。"贾德森说着站起身来，手电筒的光照向树冢。刘易斯突然记起他的梦游，梦中的帕斯考是怎么说的？

医生，不管你有多需要，千万别走过去，谁也不应该闯过这道障碍。

可是现在，今晚，那梦境或警告仿佛已事隔多年，而不只几个月。刘易斯觉得很舒服，浑身是劲，自信能应付任何事物，而且满怀好奇心。他想：这也像做梦一样。

贾德森转过头来面对刘易斯，罩耳帽仿佛衬出一张不见五官的面孔。刹那间，刘易斯以为是帕斯考站在他面前，这时灯光回转，照出一个被毛皮包围的咧嘴冷笑的骷髅。恐惧犹如一波冰水又攫住了刘易斯。

他说："老贾，我们不能爬过去。我们俩都会跌断腿的，也许还没回到家就冻死了。"

"跟我来。"贾德森说："别犹豫，跟着我，别往下看。我知道路，但动作要快，要稳当。"

刘易斯心想：也许这真的是场梦，他还没从午睡的梦中醒来。他想，如果我醒着，绝对不会去爬树冢，正如我不会喝醉酒去跳伞。然而，我就要去爬树冢了，所以……我一定还在梦中，对吧？

贾德森选择偏左的角度，避开树冢中央。手电筒的光芒明亮地照着那堆横七竖八的……

（骨头）

……倒塌的树和年代已久的圆木。他们走得越近，手电筒射出的光圈越小，但也越亮。贾德森不曾稍停，也不察看是否走对了方向。他迈步往上爬，不像登山或爬坡那样躬着身体，而像爬楼梯似的往上走。贾德森知道一步接一步的确切位置。

刘易斯用同样的方式跟着他。

刘易斯没有往下看或寻找下脚处，他心中存着一种奇怪但绝对的把握，相信这树冢不可能伤害他。当然，这是蠢到极点的想法，就像满怀自信的蠢人，相信只要挂着守护神的护身符，哪怕烂醉如泥时开车也能安全无虞。

但真的有效。

他往上爬时，脚下没有踩到断裂的老树枝，没有掉入周围伸出的久经风霜的枝丫，那每一根都是伺机伤人的陷阱。刘易斯穿的鞋（哈博士休闲鞋——完全不推荐穿来爬树冢）踩着树身上蔓生的干苔藓也不滑脚。他保持既不前倾，也不后仰的姿势；风在他们四周的杉树林间纵情呼啸。

不过片刻工夫，刘易斯就看见贾德森站在树冢顶端，然后随即从那边往下爬，先不见小腿、大腿，再不见腰部。手电筒的光从树枝摇曳的另一面随意地反射过来——也就是那障碍的另一面——对，这就是个"障碍"。为什么要假装这不是"障碍"呢？

刘易斯爬到顶了，他暂停一下，右脚踏着一根成三十五度斜角的老树干，左脚下似乎是一丛带有弹性的树枝。他没有低头查看，只将装着啾吉的塑料袋从右手换到左手，让右手拿较轻的铁铲。刘易斯转头迎着风，觉得风就像一股源源而来的海潮擦身而过，掀起他的头发。如此寒冷、如此洁净……如此永恒不变。

刘易斯像散步似的漫不经心地往下爬。一根粗如壮汉手腕的树枝啪的一声被他踩断，但他毫不在意——他的脚下陷了大约四英寸便被另一根更粗的树枝挡住，刘易斯连脚步都没踉跄一下。他想道，他直到现在才了解，为什么一次世界大战时，连级指挥官能在敌人的弹雨中沿着战壕溜达，嘴里吹着口哨。那简直就是疯狂，但这种疯狂却极能令人振奋。

刘易斯步下树冢，往前盯着贾德森手电筒的光环，贾德森停在那里等他。刘易斯此刻心情之振奋，就如被浇了一瓶煤油的营火余烬。

"我们爬过来了！"刘易斯叫道。他放下铁铲，拍拍贾德森的肩头。他记起小时候爬苹果树爬到最高分叉处时风吹枝摇，仿佛船桅顶端的感觉。二十多年来，刘易斯从来不曾感觉如此年轻，如此充满生命力。"老贾，我们爬过来了！"

"你以为我们爬不过来吗？"贾德森问。

刘易斯张嘴想说——以为我们爬不过来吗？我们没送命就算他妈的幸运了——但没说出口。其实，他看贾德森走近树冢时便已打消疑问，也不担心要怎么爬回去。

"没有。"刘易斯说。

"走吧，还要走一阵子，至少还有三英里路。"

他们往前走，小径果然继续往下延伸。有几段路相当宽，手电筒的光游移不定，看不清道路两旁；对周围的空间多半只能靠感觉，刘易斯觉得树木离小径远了点。有一两次，刘易斯仰望天空，看见树梢闪着星光。另一次有个什么东西从他们面前横过，手电筒只照到一对转瞬即逝、闪着绿光的眼睛。

但小径有的地方也很窄，路边的灌木丛勾绊着刘易斯大衣的肩部。他每隔一阵就双手交换拿着塑料袋和铁铲，但已无法解除肩臂的酸痛。他专心走路，脚步的韵律使他几乎陷入睡眠状态。刘易斯记得高中的最后一年，他和女朋友与另一对情侣出去漫游，最后走到靠近一座发电厂的泥巴路上，而且是无处可通的死路，他们就在那里拥抱亲吻。他们在那里没待多久，刘易斯的女友就说想要回家或去其他地方，因为她的每颗牙齿（所有还有感觉的牙齿，总之，是大部分牙齿）都痛了起来。刘易斯自己也很想离开那地方，发电厂周围的空气让他神经紧张，而且过分清醒。现在和当初那天的感觉一样，只是她更紧张、更清醒，但没有不舒服。只是……

贾德森走到一段长长的斜坡下方，停住，刘易斯跑步追上。

贾德森掉头对他说:"我们快到目的地了。前面这段路就像树冢——你得放稳脚步。跟着我走,不要低头看。你觉得我们在走下坡路吗?"

"是的。"

"这里就是米克马克族印第安人称为小神泽的边缘。到此地收购皮货的商人叫它作死人塘,凡来过一次又活着回去的商人多半都不敢再来。"

"有流沙吗?"

"哦,当然啦,流沙多的是!滚滚河流穿越冰河时期遗留下的大量石英砂,我们一直叫它作'硅砂',不过应该还有另外的正式名称。"

贾德森望着他,这时刘易斯以为自己瞥见这老头子眼中有某种正在发亮而且并不怎么让人愉快的东西。

贾德森的手电筒光芒换了方向,他眼中的那个东西便不见了。

"刘易斯,从这里下去会发生许多有趣的事。空气比较重……比较容易带电……可能还有别的东西。"

刘易斯吓了一跳。

"你怎么啦?"

"没事。"刘易斯说,又想起那晚走到无处可通的死路。

"你可能会看到圣艾尔摩之火[①]——也就是船员说的幽光。这火光会以奇怪的形状呈现,如果看见令你不安的东西,你往另一边看就行了。你也可能会听见仿佛有人说话的声音,那是潜鸟的

---

① 古代航海船员常于雷雨时看到出现于桅杆顶或尖状物上的火焰状蓝白色闪光。成因为雷雨时空气离子化造成的冠状放电现象,并非真的火焰。由于天主教中海员的守护圣人为圣艾尔摩,因此得名。

叫声,它们的声音传得很远,很奇怪。"

"潜鸟?"刘易斯不信。"这个季节还有潜鸟?"

"哦,有的。"贾德森语调平淡地答道。刘易斯拼命想看清楚老人的面部表情。那表情……

"老贾,我们究竟要去什么地方?我们到这偏僻的鬼地方来干什么?"

"到了那里我会告诉你。"贾德森转身走开。"小心芦苇丛。"

他们又开始前进,踏着沼泽中一个又一个突出的小块高地。刘易斯无须费心去找,他的脚自动踏了上去。他的脚只滑了一次:左脚踏破一片薄薄的浮冰,鞋子踩进一洼冰冷而带着黏性的水。他迅速提起左脚,跟着贾德森继续前行。手电筒的光在林间浮动,勾起了他对小时候读的海盗故事的回忆。坏人在没有月光的晚上到森林埋藏金币……其中一个一定会栽进土坑,掉在装金币的箱子上,原来他胸口中了一弹,因为海盗迷信同行弟兄的阴魂可以守护财宝。

只不过我们要埋的不是财宝,只是我女儿这只被阉的死猫。

刘易斯心底冒起一股想要狂笑的冲动,但他忍住没笑出来。

他没听见"仿佛有人说话的声音",也没看见圣艾尔摩之火。不过,他踏过五六处芦苇丛后,低头一看,只见他的双脚、小腿、膝部及半截大腿统统消失在从地面升起的雾中,这场雾极为平滑,极为白净,不透明,让他觉得好像走在轻轻飘起的雪中。

空气变得似乎亮了些,刘易斯明显感觉到这里的空气变暖和了。他看见贾德森扛着鹤嘴锄,步伐稳定地走在他前面,那锄尖加强了他脑中那有人正要埋藏宝藏的幻想。

振奋的感觉一直存在,刘易斯忽然想到,不知雷切尔是不是正打电话给他；家里的电话铃是否响个不停、铃声正常而平淡。是否……

刘易斯差点撞上老人的背，贾德森站在小径中央，头歪向一边，紧紧地抿着嘴。

"老贾，什么……"

"嘘！"

刘易斯不作声，不安地环顾四周。此地的雾气虽薄，但他还是看不见自己的鞋。他听见矮树丛中的噼啪声，以及树枝折断的声音。某种东西在里面活动着——个头想必不小。

刘易斯想问贾德森那是不是麋鹿（其实他想到的是熊），但最后还是闭嘴不问。他记得贾德森说的：声音可以传得很远。

刘易斯下意识地也将头歪向一边，仔细聆听，但他不觉得自己在模仿贾德森。起先那响声好像离得很远，但慢慢接近，又渐渐远去，随即又不怀好意地朝他们逼来。刘易斯觉得额头的汗流到被寒风吹裂的脸上，他又把装着啾吉的塑料袋换到另一只手上，他的手心在出汗，塑料袋好像快从他手中滑落。那东西已近在咫尺，刘易斯想马上知道真相，也许会看见那东西高举前肢，用它毛发蓬松的巨大身体抹去天上的星斗。

刘易斯心里已不再认为那是熊了。

但此刻他也不知道自己心里究竟在想什么。

然后，那东西没有出现，反而走远了，再无声息。

刘易斯又要开口，"那是什么东西？"差点就要出口。这时，从暗处蓦地升起尖锐、疯狂的笑声，忽高忽低，尖得刺耳，让人闻之心寒。这时刘易斯身上的每个关节都变得僵硬，好像体重突然增加许多，如果这时他打算拔腿就跑，一定会不留痕迹地栽进沼泽。

笑声逐渐升高，然后又像沿着分裂的石头那样散落开来；频率高得如同尖啸，然后降低变成发自喉管的窃笑，在消失前又变为呜咽。

他们头顶的某个地方正滴着水，风声单调平板。除此之外，整个小神泽一片岑寂。

刘易斯又开始浑身发抖，他的肌肉——特别是下腹——开始起鸡皮疙瘩；没错，"起鸡皮疙瘩"是正确的形容词，他身上的肉仿佛在移动。他口舌发干，干得好像没有一点唾液。可是那振奋的感觉，那种绝不动摇的疯狂依旧存在。

"看在耶稣分上，这到底是什么？"刘易斯哑声对贾德森低语。

贾德森面对着刘易斯，在朦胧的星光下，这老人看起来大概有一百二十岁。他的眼里已没有跳跃的奇异光芒。贾德森面容扭曲，目光里充满惊惧。他开口说话了，声音还算平稳。"只是只潜鸟，走吧，马上就到了。"

他们继续走，芦苇丛又变成硬土。刘易斯觉得周围变宽阔了，借着微弱的天光，刘易斯只能看见面前三英尺远的贾德森的背影。脚下有被寒霜冻僵的短草，一踩便像玻璃般粉碎。不一会儿他们又走进树林，他闻到松香，触碰到松针，偶尔有树枝刮着他的身体。

刘易斯完全失去了时间感与方向感，不过这次他们没走多久贾德森便停下来，转身面对他。

"这里是石阶。"贾德森说，"从岩石上开凿出来的，一共有四十二还是四十四级，我记不清楚了。跟我来，爬到顶上就到了。"

贾德森迈步往上爬，刘易斯照样跟着。

石阶够宽，可是那种仿佛渐渐离开地面的感觉却令人不安。有时候，刘易斯的鞋底与碎石子相互摩擦。

……十二……十三……十四……

风势更加锐利也更冷了，刘易斯的脸很快就麻木了。他怀疑他们的高度已经超过树梢，他抬头看见繁星满天。在他一生中，天上的星星从来不像此刻这样让他觉得自己如此渺小，如此微不足道。刘易斯不禁自问一个老问题——宇宙间有更高的智慧存在吗？这个念头并没有带给他惊异之感，反而让他有种寒冷的恐怖感，仿佛他刚刚是问自己：吞下一把蠕动的虫是什么感觉？

……二十六……二十七……二十八……

是谁在岩石上开出这些石阶的？印第安人？米克马克族人？他们是带工具的印第安人吗？我得问问老贾。"带工具的印第安人"，这让刘易斯想到"披着毛皮的动物"，又让他想到在森林里靠近他们的那个东西。刘易斯的脚绊了一下，于是用戴着手套的手扶住左边的岩壁稳住身体。岩壁摸起来很古老，斑斑驳驳，皱褶满布。刘易斯心想：就像干燥的皮肤，几乎快裂开的皮肤。

"刘易斯，你没事吧？"贾德森咕哝道。

"我没事。"刘易斯答道。虽然他快喘不过气来了，肌肉也因为塑料袋中啾吉的重量而隐隐作痛。

……四十二……四十三……四十四……

"一共四十五级，"贾德森说，"我忘记了，大概十二年不曾到这儿来了，我总以为没理由再来了。就是这里……我们到了。"

贾德森抓住刘易斯的胳膊，将他拉上最高一级石阶。

"我们到了。"贾德森说。

刘易斯打量四周,在星光下他看得相当清楚。他们站在一座巨岩的平顶,巨岩就像条暗黑的舌头钻出薄薄的地层。朝另一面望去,刘易斯看见冷杉的树梢,刚才他们曾走过那些树,爬上这怪异的方山。这样的平顶巨岩似乎在亚利桑那州或新墨西哥州比较常见,在这里算是反常的地质现象。由于方山顶部除了野草外并无树木,所以落雪较早被太阳融化。刘易斯掉头面朝贾德森的方向,看见被风吹得弯曲的长茎枯草,原来这不是座孤独的巨岩方山,而是一座丘陵。在他们前方,地面逐渐高起,延伸进林间。但就新英格兰的绵绵丘陵而言,这样平坦的巨岩仍显得特别出奇……

刘易斯的脑中突然冒出一句话:带工具的印第安人。

"过来。"贾德森说着,带领刘易斯往森林方向走了二十五码。刘易斯瞥见树影下有许多物体的形状,而那些是他生平所见最古老、最高耸的冷杉。这片寂寞高地给人的感觉是空虚——然而,是种会让人震动的空虚。

那些光影深暗的形体原来是锥形石堆。

"是米克马克族人把巨岩顶部挖平的。"贾德森说,"没人知道他们怎么弄的,就像没人知道玛雅人如何建起了金字塔。和玛雅人一样,米克马克族人也忘了他们自己的过去。"

"为什么?他们为什么要弄平岩顶?"

"这里是他们的葬场。"贾德森说,"我带你到这儿来,是为了让你把埃莉的猫埋在这里。米克马克族人不歧视禽兽,会把心爱的动物和主人葬在一处。"

这番话使刘易斯想起古代的埃及人,他们屠杀成百上千的皇家牲畜,使它们的灵魂能永远追随主人的灵魂。有位法老的女儿死后,他们竟屠杀了一万头牲畜——其中包括六百头猪和两千只孔雀。杀猪之前，先在它们身上涂抹玫瑰油，那是法老的女儿最喜欢的香油。

刘易斯心想：埃及人也造金字塔。无人确切知道玛雅人为什么要造金字塔——有人说是为了导航、计时，就像英国某个平原上的史前巨石柱群；不过我们非常清楚埃及金字塔的用处——死者的巨型纪念碑，是世上最大的坟墓。那里安息着拉美西斯二世，他生前很听话。刘易斯这么一想，忍不住失声而笑。

贾德森望向他，看来并不诧异。

"动手埋你的猫吧。"贾德森说，"我要抽支烟。我本来可以帮你，不过你得自己做。各人埋各人的，从前就是这么做的。"

"贾德森，这是怎么回事？你为什么带我到这里来？"

"因为你救了诺玛的命。"贾德森说，虽然他的话听来颇有诚意，可是刘易斯有种突发的强烈直觉，觉得这老家伙在撒谎……不然就是贾德森以前受了骗，现在再把这个谎言传给刘易斯。刘易斯想起之前在贾德森眼中见到的（或许是他自以为见到的）那股神色。

不过，此时此地，一切都无关紧要，寒风反而是较切身的问题，风像江流般朝刘易斯涌来，将他的头发从眉头吹起，吹离他的耳朵。

贾德森背靠着一棵树干坐下，双手呈杯状护着火柴，点燃他的切斯特菲尔德牌香烟。"你想先歇歇再动手吗？"

"不，我不累。"刘易斯说。他本来可以追问下去，不过觉得自己并不真的在乎。对也好，错也好，现在暂且不必深究。眼前他只想弄明白一件事："在这里真的挖得出坑来埋它吗？这里的土看来很浅。"刘易斯往石阶旁突出地面的岩石点点头。

贾德森慢慢点头答道："呃，泥土很浅。不过既然有足够的深度让草生长，也就够埋尸体。许多年来，这儿就是葬人的坟场。当然，你会发现这不是件轻松的工作。"

的确一点也不轻松，这种碎石很多的地面很硬。他很快就发现：必须用鹤嘴锄才能挖出一个足够容纳啾吉的坑。刘易斯轮流使用两样工具，先拿鹤嘴锄挖松，再拿铁铲铲开已松开的泥土。他的两手开始作痛，全身开始发热；他竭力想把这件工作做好。他开始哼着歌，有时他替病人缝合伤口时嘴里也会不停地哼。挖掘时，锄尖一碰上岩石便溅起火花，那种震动从锄柄传到他的双手。他觉得手掌已经起泡，他也像一般医生一样爱护自己的手，但现在不在乎了。风在他头顶和四周吟唱，唱着森林之歌。

在风声和锄声中，刘易斯听见抛掷大石块的声音，他望向肩后，只见贾德森正蹲着将他掘松的石块搬来堆在一起。

"替你弄个圆锥形石堆。"贾德森见刘易斯望着他，便开口解释。

"哦。"刘易斯说完后继续工作。

他挖了一个两英尺宽、三英尺长的坑——刘易斯心想：这算是猫坟中的凯迪拉克级了吧——他挖到三十英寸深时，每掘一锄几乎都会溅出火花，于是便把鹤嘴锄和铁铲往旁边一丢，问贾德森是不是够深了。

贾德森站起来，草草打量一下。"我看够深了。"他说，"重要的是你的心意。"

"现在可以告诉我，为什么带我到这儿来了吧？"

贾德森微微一笑。"米克马克族人相信这块高地有魔力。"他说，"相信这整个地方，从沼泽东北面起都有魔力。他们用此处理葬死者,与外界隔绝。别族的印第安人会避开这里——佩诺布斯科人说这里的森林满是鬼魂,后来那些做皮毛生意的人也都说有鬼魂出没。我猜他们其中有人看到了小神泽的幽光,结果以为是鬼。"

贾德森又露出微笑,刘易斯心想:你想的根本不是这么回事。

"后来,连米克马克族人都不到此地来了。他们有人宣称亲眼看见食人怪,这儿的土地开始腐臭。他们集会讨论……刘易斯,我年轻时听人这样讲,说这话的是外号吹牛老兄的斯坦利·鲍查——凡是他不知道的事他就胡扯。"

刘易斯只知道食人怪是北国传说,他问贾德森:"你觉得这块地真的腐臭了吗?"

贾德森微笑——或者只是嘴唇一歪。"我认为这是个危险的地方。"他柔和地说,"不过对猫、狗或宠物鼠并不危险。刘易斯,快把你的猫葬了吧。"

刘易斯把塑料袋放进坑里,慢慢铲土覆盖。此刻他又冷又累,那泥土落在塑料袋上的嗒嗒声令人沮丧,他虽然不后悔到这儿来,可是那振奋感已逐渐减弱,他希望这次冒险行动尽快结束,回家还有很长一段路。

泥土落坑的声音变小了,然后听不见了……只剩一层土盖上另一层土时闷闷的声音。刘易斯用铁铲将剩下的泥土一并推下去(泥土总是不够。刘易斯想起那从事殡葬业的叔叔许久前曾对他说过:要把挖出来的洞回填时,泥土总是不够),然后转身对着贾德森。

"石堆。"贾德森说。

"老贾,听着,我已经筋疲……"

"那是埃莉的猫。"贾德森语气柔和但十分坚定地说,"她一定希望你把这件事做好。"

刘易斯叹口气,"我猜她的确会这么希望。"他说。

贾德森将石块一个个递还给他,他花了十分钟在啾吉坟上筑成一座低矮的圆锥形石堆,刘易斯的确感到些疲劳的喜悦。在星光下,这石堆和其他石堆一样突出地面,看起来很像样。他猜埃莉永远不会看到——光是带埃莉穿过满布流沙的沼泽这念头,就足以让雷切尔的头发变白——只有他能亲眼见到,的确很像样。

"大多数石堆都散了。"刘易斯对贾德森说,一面站起来拍拍长裤。这时他的视线更清楚了,他能看清有几处石块散落满地,刚才贾德森只把他掘出的石头递给他造锥形石堆。

"呃。"贾德森说,"我告诉过你:这个葬场很古老。"

"行了吧?"

"嗯。"贾德森拍着刘易斯的肩。"刘易斯,很好,我就知道你能把这事做好,咱们回家吧。"

"老贾……"刘易斯又想追问,但贾德森已拿起鹤嘴锄往石阶走,刘易斯连忙抓起铁铲赶上。他回头再看一眼,那座以石堆为记的女儿爱猫啾吉之墓已融入阴影中,无法辨认。

当他们终于走出森林,走到看得见克里德家房子的空地时,刘易斯心想:我们在倒着播放电影。他不知道这趟花了多少时间,因为午睡时他摘下了手表,手表可能还在床边的窗台上。他只知道自己已经完全累垮了。十六七年前,高中时的某个夏天,他在芝加哥清洁队打工的第一天,就像现在一样疲惫不堪。

他们从原路出来,但对回程的一切,刘易斯能记得的非常有限。他记得在树家上被绊了一下——他的身体往前栽,脑中愚蠢地想着《小飞侠彼得·潘》:哦!天哪!我失去了快乐的念头,我要往下掉了——然后，贾德森的手及时抓住他。几分钟后，他们走过那些爱猫、爱犬的墓碑，再踏上那条他们全家都曾走过的小径。

在极度疲劳中，刘易斯仿佛在默想梦里出现的维克托·帕斯考和他的梦游，不过那次梦游跟这次葬猫没有任何关联。刘易斯也想道：今晚的经历不是什么威尔基·柯林斯①式的惊悚情节，过程中充满危险——真正的危险。手掌起水泡事小，事实上他很可能死在树冢上，他们俩都可能为此送命，这样事情就闹大了。现在回想起来，他自己也无法冷静地看待当时的行动。现在刘易斯疲乏已极，他宁可把今晚自己的行动，当作由于全家人喜爱的猫不幸横死，他心神不安导致的结果。

且不管过了多少时间，他们终于到家了。

他们一语不发，一起走向屋子，在克里德家的车道上停步。风仍在呜咽，刘易斯无言地将鹤嘴锄交还贾德森。

"我最好快点穿过公路回家。"贾德森先开口，"诺玛的朋友快送她回来了，不然她一定奇怪我到什么鬼地方去了。"

"几点钟了？"刘易斯问。他心下觉得奇怪，诺玛竟然还没回来，他全身的筋骨似乎在向他报时，说现在已是午夜十二点了。

"哦。"贾德森说。"我只要换好外出服，就会把表调准，然后随它去走。"

贾德森从裤袋掏出一只怀表，按开镂刻着花纹的表盖。

"八点三十分。"他说完又将表盖关上。

"八点三十分？"刘易斯傻傻地重复道。"才八点半？"

---

① 威尔基·柯林斯（1824—1889），英国侦探小说家，主要作品有《月亮宝石》等，其小说中的故事情节大多神秘莫测，错综复杂，曲线离奇。

"不然你以为多晚？"贾德森问。

"应该不止八点半。"刘易斯说。

"刘易斯，我明天跟你碰头。"贾德森边说边转身离去。

"老贾？"

贾德森转过身来，脸上带着问号。

"贾德森，我们今晚做了什么事？"

"怎么？我们埋了你女儿的猫。"

"就这件事？"

"也没别的事了。"贾德森说，"刘易斯，你人不错，就是问的问题太多。有时候人得做他认为正确的事，我的意思是，心里认为对的事。如果他们做完后感到不对劲，而且满腹疑问，那是他们的脑子觉得做错了，而不是他们内心的问题。你懂我的意思吗？"

"我懂。"刘易斯说。他想：在他俩走下小丘、穿过草地、走向屋子这段路上，贾德森早已看透他的心思。

"人们没想到的是：在质问自己的内心前，也许应该先质疑那些疑惑的感觉。"贾德森说话时仔细地盯着他。"刘易斯，你觉得如何？"

"我觉得……"刘易斯慢慢回答，"你的话可能没错。"

"把一个人的心事说出来，对他没什么好处，对吗？"

"这个嘛……"

"没有。"贾德森说道，好像刘易斯已经同意他的说法。"没好处。"他的语调平和，他那极有把握、不容妥协的语气让刘易斯浑身发冷。"内心的事就是秘密。女人善于保守秘密，我猜她们确实守得住一些秘密，但任何稍有见识的女人都会告诉你，她看不透男人的心，刘易斯，男人心园中的泥土里石头很多——就像米克马克族的古葬场，石床紧密。一个人种他能种的……细心照料。"

"老贾……"

"刘易斯，别多问。接受既成的事实，遵循自己内心的指示。"

"可是……"

"没什么可是。刘易斯，接受既成事实，遵从内心指示。今晚我们做了我们认为对的事——我希望是对的。如果换成另一个时刻，这么做可能是错的——错到极点。"

"你可不可以至少回答一个问题？"

"这个，让我先听听究竟是什么问题。"

"你怎么会知道那个地方？"回来的路上，刘易斯就已经想到了这个问题，他怀疑贾德森是米克马克族人——虽然贾德森看起来是百分之百的盎格鲁后裔，样子完全不像印第安人。

"从斯坦利·鲍查嘴里知道的。"

"他直接告诉你的？"

"不是。"贾德森说，"这不是一个你可以随便告诉人的地方。我十岁时把我的狗儿斑斑葬在那里，它追逐野兔时被生锈的铁丝网刺伤了，后来因为伤口发炎死了。"

刘易斯明知贾德森的故事跟以前讲的对不起来，可是他没这个精力去指出贾德森话里的漏洞。贾德森也没继续往下说，只用他莫测高深的眼睛望着刘易斯。

"老贾，晚安。"刘易斯说。

"晚安。"

老人拿着他的铁铲及鹤嘴锄穿过公路。

"谢谢！"刘易斯脱口而出。

贾德森没有转头，只举起一只手表示听见了。

突然间,屋内电话响了。

刘易斯快步奔跑,大腿和下背部的酸痛使他皱起眉头。等他跑进温暖的厨房时,电话铃已经响了六七声。他的手刚碰到话筒,铃声便停了。他还是拿起话筒说哈啰,但只听见嗡嗡声。

他想:是雷切尔打来的,我打过去。

但刹那间,刘易斯觉得再拨号太费事了,得先向她母亲恭维几句——更糟的是得应付她那动不动就亮支票簿的老爸——之后才能跟雷切尔讲上话……然后再由埃莉接手。埃莉这时还没睡,芝加哥比东部早一小时,埃莉会问他啾吉好不好。

好,好极了。啾吉被一辆奥林科的油罐车撞死了。我肯定是奥林科的油罐车,别的车都不够戏剧化,如果你懂我意思的话。你不懂?没关系,那不重要。油罐车撞死了啾吉,可是没有将它碾得支离破碎。贾德森跟我把它埋在米克马克族的古葬场——也可以说是宠物公墓的附属公墓,如果你懂我意思的话。小宝贝,那段路太神奇了。哪天我带你去,我们去啾吉的墓碑前献花——哦,对不起,是在它的石堆前。等到流沙结冻,大熊冬眠的日子,我带你去。

刘易斯又把电话挂回去,走近洗碗槽。他放满热水,脱下衬衫清洗。尽管外面那么冷,他还是出了一身汗,全身散发出猪一般的臭味。

冰箱里有一大块吃剩的肉饼,刘易斯切了几片,铺在一片面包上,又加上两片洋葱。他瞧着食物沉思片刻,然后浇上西红柿酱,再拿片面包盖上。如果雷切尔和埃莉站在旁边,她们一定会一起皱皱鼻子说好恶心。

各位女士，你们错过了人间美食。刘易斯这么想，心里沾沾自喜，于是狼吞虎咽吃完他的三明治。味道真好，孔子曾说：身臭如猪者必食如狼。刘易斯笑了，他拿起纸盒装牛奶，对着嘴连灌几大口，将三明治冲下肚子——这是雷切尔很讨厌的另一个习惯。刘易斯吃完后上楼，连牙都没刷就脱衣上床睡觉，这时身上的酸痛已大为减轻。

他的手表还在窗台上，他看表，还差十分钟才九点，真是难以置信！

刘易斯关了床头灯，侧身躺下，立刻就睡着了。

他在隔日凌晨三点过后醒来，拖着脚走进浴室，站在马桶前小便，宛如白昼的日光灯让他直眨眼。刘易斯这时脑子里忽然发现了那个漏洞，两眼立刻睁开——就像两片本应紧密结合的东西"砰"一声弹开来。

贾德森刚才说他的狗是在他十岁那年，因为刮到生锈铁丝，伤口发炎而死。可是夏天他们一起去宠物公墓时，贾德森说他的狗是老死的，就埋在宠物公墓——他甚至还指出它那块因为年代久远，字迹都已消失的墓碑。

刘易斯冲了马桶，关灯后再回到床上。还有别的事也不对劲，贾德森在本世纪开始时出生，在宠物公墓那天，贾德森告诉刘易斯，他的狗是一次世界大战那年死的。如果他以战争在欧洲爆发算一战开始的话，他当时应该十四岁，如果他以美国参加一战算起的话，那他当时就是十七岁。

但今晚，贾德森说斑斑死时他才十岁。

关于这点，也许因为他是老人，上了年纪的人记性不好，刘易斯心下惴惴地想道。贾德森自己也说过他注意到自己越来越健忘，以前很容易记住的姓名和地址，现在要想半天，有时一早起床，却完全不记得昨晚安排了要做哪些活儿。以贾德森的年纪来说，他算是很不错的了……要说贾德森"老糊涂"是言过其实，说他"健忘"比较贴切、比较正确。事隔七十年，忘记了他的狗是哪年死的一点都不值得大惊小怪。忘了它的死因也不足为奇。刘易斯，随他去吧。

但这次刘易斯无法很快入睡；他睁着眼躺了很久，深深地意识到这是栋空房子，屋外寒风的哀鸣也是那样清晰。

他完全不知道自己是何时睡着并滚过床沿的，他真的睡得很熟。在滚下床的那一刻，他好像听见爬楼梯的脚步声，同时他心想：帕斯考，别来找我，该发生的都发生了，该死的也都死了——脚步声逐渐消失。

这年岁末虽然发生了不少难以解释的怪事，但刘易斯无论是醒着或做梦，都没再受到帕斯考阴魂的烦扰。

23

刘易斯一直睡到早上九点才醒，明亮的阳光从卧室东面窗户射进来。电话在响，刘易斯抓起话筒，"喂？"

"嗨！"雷切尔说。"我把你吵醒了？希望是我把你吵醒的。"

"当然是你吵醒我的，你这骚婆娘。"刘易斯笑着说。

"嘿——开口就是脏话，你这老狗熊。"雷切尔说，"我昨晚打电话给你，你是不是到贾德森那边去了？"

刘易斯只犹豫了千分之一秒。

"是啊。"他说，"喝了几瓶啤酒；诺玛去参加什么感恩节聚餐。我想打电话给你，可是……你知道的。"

他们在电话里聊了一会儿。雷切尔把她父母的近况告诉他，其实他知不知道都无所谓，不过听她说她父亲谢顶越来越严重，倒让他有点恶意的满足。

"要不要跟凯奇讲话？"雷切尔问。

刘易斯咧嘴笑了。"好啊，跟他讲几句吧。"他说，"别让他像上次一样把电话给挂了。"

电话另一头传来许多嘈杂声，刘易斯隐约听见雷切尔在哄凯奇来说："嗨，爹地。"

最后凯奇说："嗨，爹伊伊。"

"嗨，凯奇。"刘易斯愉快地说，"你好吗？是不是又弄翻你外公的烟斗架了？我希望你做到了，不然这次去把他搜集的邮票也毁掉好了。"

凯奇咿咿呀呀讲了大概三十秒，从他口齿不清的话语中，刘易斯能听出他日渐增多的字汇——妈咪、埃莉、外公、外婆、汽车、卡车、大便。

终于，雷切尔从凯奇的叫闹声中夺过电话，刘易斯松了口气——他爱儿子，而且想儿子想得快疯了，但要跟个还不满两岁的小孩对话，就像跟个疯子玩牌一样：纸牌会到处乱飞，有时候你还会发现自己把牌给排反了。

"家里情况怎么样？"雷切尔问。

"很好。"这次他毫不犹豫——刘易斯自知越过了一道界线，雷切尔问他是不是到贾德森那边去了，他回答是的。这时，他突然在心里听见贾德森·克兰德尔的声音：刘易斯，男人心园中的泥土里石头很多……一个人种他能种的……细心照料。"不过……如果你想听实话，稍嫌闷了点。我想你。"

"你老实告诉我,你没有因为我们来芝加哥而落得自在点吗?"

"哦,我当然喜欢清静一下。"刘易斯承认,"可是二十四小时一过,那滋味就不一样了。"

"我可以跟爹地讲话吗?"埃莉在旁边说。

"刘易斯,埃莉在这里。"

"好吧,让她讲几句。"

他和埃莉讲了差不多五分钟,埃莉说外婆给她买了洋娃娃,外公带她去逛家畜围场。(埃莉说:"爹地,那地方真臭。"刘易斯心想:宝贝,你外公也不像玫瑰花那么香。)埃莉还说了她帮忙做面包的事,还有凯奇在换尿布时挣脱雷切尔的控制,跑到外公书房门口拉了堆屎。(刘易斯满脸笑容,心想:凯奇,干得好!)

正当刘易斯一心以为,至少今天早上可以安全脱身、准备叫埃莉让她妈来讲话时,埃莉却问起她的猫。"爹地,啾吉好不好?它想我吗?"

刘易斯脸上的笑容立刻消失,不过他若无其事地随口答道:"啾吉挺好的,昨晚我喂它吃剩下的牛肉,然后放它到外面去方便。今天早上还没看到它呢,我刚起床。"

哦!冷静自若,你还真行,可以当第一流的凶手了——克里德医生,你最后一次见到死者是什么时候?死者来用晚餐,吃了一盘炖牛肉,之后我就没再见过它了。

"好了,替我亲亲它。"

"恶心,要我亲你的猫。"刘易斯说,埃莉吃吃笑着。

"爹地,你还要跟妈咪讲话吗?"

"当然喽。"刘易斯与雷切尔又讲了两分钟才结束,没再提到啾吉。他们互道我爱你之后,放下电话。

"就这样了。"刘易斯对着洒满阳光的空房间说,这样做最坏不过的是他不觉得难过,也完全不觉得内疚。

24

九点三十分,斯蒂夫·马斯特顿打电话找刘易斯去学校打壁球,他欢快地说球场全空着,只要他们高兴,可以打上他妈的一整天。

刘易斯能够理解他的欢快,学校上课时,要去壁球场打球往往要等两天才轮得到你。不过他婉转地拒绝了,他告诉斯蒂夫他要替《大学医药杂志》写篇文章。

"真的不去?"斯蒂夫问,"你可知道,只工作不玩耍,杰克会变成大笨瓜。"

"晚点再打电话给我。"刘易斯说,"也许那时候我就有空了。"

斯蒂夫说完他会再来电后便挂了。刘易斯这次只撒了半个谎;他确实打算写篇关于在大学医务室环境中治疗传染病的文章,不过他婉拒斯蒂夫的主要原因是他浑身发痛。他和斯蒂夫通完电话后进了浴室,这时才发觉浑身都在痛。背痛,肩痛,而他膝盖后腱就像调高了三个八度音的吉他弦,又紧又痛。他心想:老天!你还蠢到自以为身体保持得不错呢!要是真和斯蒂夫去打壁球,那才有好戏看了,你一定会像个得了风湿的老头子一样举步维艰。

说起老头子,刘易斯回想昨夜徒步穿越森林的不只他一个,与他同行的就是个年近八十五岁的老头子,他怀疑贾德森现在一定也和他一样浑身疼痛。

刘易斯花了一个半小时写文章,进度十分缓慢。屋里空洞寂静得让他不安，他终于暂时停笔，把黄色横线簿和他从约翰·霍普金斯大学邮购的选刊一并放回打字机旁的书架，穿上雪衣，穿过公路。

贾德森和诺玛不在家，门廊门上钉着一个信封，上面写着他的姓名。他取下信封，用拇指顶开封盖。

刘易斯：

　　我的好太太和我去巴克港购物，我们要到盖洛利姆商场去看韦尔斯梳妆台，诺玛看中那件家具差不多有一百年了吧。我们可能会在那里的麦克里德小馆吃中饭，午后返家。如果你乐意的话，今晚请过来喝杯啤酒吧。

　　你的家务事我不想插嘴。不过，埃莉如果是我女儿，我不会急着告诉她猫死了的事——何不让她好好享受假期？

　　还有，刘易斯，我不会跟别人说我们昨夜做的事情，至少不会在北绿洛镇这一带讲。还有，别人也知道米克马克古葬场，也有别人把动物埋在那里……你不妨当它是"宠物公墓"的一部分。信不信由你，那里还葬了头公牛，是头替老查克·麦戈文得过奖的公牛，在一九六七或六八年下葬的。哈哈！老查克·麦戈文告诉我，是他和两个儿子把公牛抬过去的，我听了差点把肚子都笑破了！总之，本地居民不喜欢谈论那地方，也不喜欢被他们视为"外地人"的人知道那个地方。倒不是因为那些有三百多年历史的迷信，而是因为他们相信那些迷信，他们的想法是："外地人"一旦知道他们相信迷信，一定会讥笑他们。这话合理吗？我想不合理。但事实如此。因此我请你帮个忙，闭口不提，可以吗？

　　也许今晚我们再谈谈这件事，到时你一定会更加了解，现在我只想告诉你：我为你所做的事感到骄傲。我知道你会的。

贾德森留

再者——诺玛不知道此信内容，我告诉她的与信中写的不同，希望你别穿帮。结婚五十八年，我不止一次对诺玛撒谎，我猜大多男人都会对太太撒谎，而且还能当着上帝的面直认不讳。

今晚过来，咱们喝一杯。

刘易斯站在通往贾德森家门廊最高的台阶上（门廊里面空空的，那些舒适的藤制桌椅已收进储藏室，要等明年春天才会再搬出来），瞧着手中的便笺皱眉头。别告诉埃莉猫死了——刘易斯还没告诉她。那里也埋了别的动物？三百多年历史的迷信？

……到时你一定会更加了解。

刘易斯用手指轻触信笺上的这句话，同时，他让自己的心思转到昨夜他们所做的事情上。记忆中的一切全都模模糊糊，就像那种在梦中绵软得像棉花糖，或者受药物影响下那似醒非醒的状态。刘易斯记得爬树冢的事——那里的温度好像比其他地方高摄氏六七度——但能记住的，也像麻醉师关电灯似的熄灭你的知觉前你与麻醉师之间的谈话一样朦胧。

……我猜大多男人都会对太太撒谎……

对太太或对女儿都一样，刘易斯想道——奇怪的是，贾德森对今天早上发生的一切好像几乎了如指掌，包括他和妻儿在电话中说的话以及他心里的念头。

刘易斯慢慢把便笺折起来，放回信封里。他把信封塞进屁股后面的口袋里，穿过公路。

25

下午一点钟左右,啾吉就像童谣中的猫咪一样回家来了。刘易斯正在车库做工,他想做一排壁架,这不是件小工程,他已经断断续续做了六个星期。他要把所有危险物品,例如一瓶瓶的挡风玻璃清洁剂、防冻剂、锋利的工具等都放在架子上,让凯奇拿不到。刘易斯正用锤子敲一枚钉子时,啾吉走了进来,尾巴翘得高高的。

刘易斯并没有松手掉下钉锤,也没有一锤敲在自己的大拇指上——他的心跳加快,但没有跳出胸膛,肚子里突然像长了根滚热的铁丝,但又瞬间冷却,像根骤然大亮随即又烧坏的灯丝。事后刘易斯对自己说:在这感恩节过后的晴朗星期五早晨,他似乎一直就在等着啾吉回来;好像在他原始的心底深处,他一直知道他们昨夜去米克马克古葬场的意义。

刘易斯小心地放下锤子,将口里含着的铁钉吐到掌上,然后丢进他工作围裙上的口袋里。他走近啾吉,伸手抱起它。

这是活着的体重,刘易斯怀着病态的兴奋感想道,出事前啾吉就是这么重。这才是它活着的体重,它在塑料袋里时比现在重了许多,它死时比活的时候重。

刘易斯的心跳加剧——顷刻间,这车库好像开始在他眼前游动。

啾吉的耳朵朝后贴着,任人抱着它。刘易斯把它抱到太阳下,坐在石阶上。这只猫想到地上,但刘易斯仍然抱着它、抚摸它。此刻刘易斯的心跳又恢复正常了。

刘易斯在啾吉颈部的厚毛处触探着,他记得昨天傍晚啾吉的头是那么容易扳动，但他感觉现在手上触摸的是结实的筋腱与肌肉。刘易斯把啾吉举高，凑近看它的口鼻。一看之下，立刻把它摔开，刘易斯单手蒙着脸，两眼闭紧。整个天地都在晃动，刘易斯整个脑袋里充满令他作呕的昏眩——他记得饮酒过度濒临呕吐之际便是这种感觉。

啾吉口鼻处的血已凝结成块，它的胡须里夹着两丝绿色塑料碎条。

今晚我们再谈谈这件事，到时候你一定会更加了解……

哦，天哪！现在刘易斯了解的已经比他想了解的还多了。

刘易斯心想：再多了解一点，我就得住进精神病院了。

他把啾吉放进屋里，取出它的蓝色猫碗，打开一罐鲔鱼与牛肝混合的猫食。刘易斯用汤匙把猫食从罐子舀到碗里时，啾吉发出高低参差的叫声，同时来回摩擦着刘易斯的脚踝。猫儿的摩擦动作让刘易斯全身冒起鸡皮疙瘩，他得咬紧牙关才能忍住不一脚把它踢开。它身体两侧的毛太厚太光滑——令人厌恶，现在刘易斯觉得，就算这辈子再也不摸啾吉，他也不会觉得遗憾。

刘易斯将猫碗放在地板上时，啾吉走过他身边去吃，他发誓自己闻到一股泥土的腐臭味——好像就黏附在猫毛上。

刘易斯退后，站着看啾吉吃它的食物，他听见它咂嘴——以前啾吉吃东西会咂嘴吗？也许吧，但刘易斯没注意到。但不管怎样，咂嘴的声音很难听。埃莉会说很恶心。

刘易斯猛然转身，连走带跑地上楼。他把今早刚换的内衣裤，连同外衣统统脱下，丢进浴室的脏衣篮。他放了盆很热的洗澡水，然后泡在浴缸里。

热水的雾气在他周围升起，他感觉到热水逐渐使他的肌肉放松，也使他的脑子松弛。待热水变凉时，他已开始觉得困倦，并镇静下来。

啾吉回来了，就像童谣中的猫咪一样，这有什么了不起，大惊小怪。

这完全是刘易斯的一时误判，昨天傍晚他怎么没想到，啾吉外表一点伤痕都没有，它像是被车撞了吗？

想想你在公路上看过的那些被车碾死的土拨鼠、猫、狗，肢体肚肠五颜六色，洒了满地。

现在，显而易见的是：啾吉被撞昏了，被提到米克马克古葬场下葬时，它正陷入无知觉状态，但没有死。俗话不是说猫有九条命吗？幸好刘易斯还没有告诉埃莉啾吉的死讯！她永远不会知道啾吉差一点就完蛋了！

啾吉口中和胸前的血迹……它的脖子扭转的角度……

但刘易斯是普通医生，不是兽医，也许他当时诊断错误。再说，在当时的情况下他也没办法仔细检查。蹲在贾德森的草坪上，气温只有摄氏七度，傍晚天光昏沉，他又戴着厚厚的手套，这些因素都有可能……

一个肿胀的畸形影子出现在浴室的瓷砖墙壁上，像个小小的龙头，又像怪蛇。有个东西碰到了刘易斯的肩膀，然后又滑开，刘易斯的身体触电似的往上一弹，洗澡水溅湿了地上的踏脚软垫。他同时转身并向后缩，然后看见一双泥污的绿色眼睛。他女儿的猫正端坐在马桶盖上。

啾吉像喝醉酒般前后摇摆着，刘易斯注视着它，全身汗毛直立，若不是咬紧了牙关，他一定会大声惊叫出来。啾吉从来不曾这样子——它从来不会摇摆，无论动手术前或手术后，它从不摇摆。刘易斯第一次、也是最后一次起了这样一个念头：这不是埃莉的猫，这是只不小心走进他车库的猫，真正的啾吉仍在林岩间的那座石堆下安息。可是，这只猫身上的特征跟啾吉完全相同……一只破耳朵……一只像被嚼过的爪子。啾吉小时候，他们还住在从前那幢小房子里时，埃莉关后门的时候碰伤过它。

毫无疑问，这是啾吉。

"出去。"刘易斯嘶哑地说。

啾吉注视了他一会儿——哦，天！它的眼睛不一样，有些异样——然后跳下马桶。它落地时少了一般猫儿那种不可思议的优美姿态，它笨拙地摇摇晃晃，腰腿碰着浴缸，走出浴室。

刘易斯心想：记住，它（而不是他）动过阉割手术。

刘易斯跨出浴缸，连忙擦干身体。他刮完胡子，快穿好衣服时，电话响了，电话铃声在这空屋子里特别惊人。电话铃声响起时，刘易斯猛地转身，双眼大睁，双手高举。他慢慢把手放下，心脏狂跳着，全身肌肉里似乎灌满了肾上腺素。

是斯蒂夫打来的，再次问他有没有空打壁球，刘易斯同意一小时内和他在学校里的运动场碰头。其实刘易斯真的没这闲工夫，而且打壁球是他目前最不想做的事。但是，他必须出去，离开这只怪异的猫。

刘易斯动作加快，套上一件衬衫，再将短裤、圆领衫和毛巾塞进有拉链的手提袋里，快步下楼。

啾吉卧在第四级阶梯上，刘易斯被它绊了一下，差点跌倒。他及时抓住楼梯栏杆，否则可能已经摔断骨头了。

刘易斯站在楼下，呼吸时断时续，心脏猛跳，肾上腺素急速通过全身。

啾吉站起来，伸展肢体……望着他的时候好像在笑。

刘易斯走出家门，他明知应该把猫放到外面去，可是他没那样做。当时，他觉得自己不可能愿意用手碰它。

26

贾德森擦了根厨房用的火柴来点他的烟，然后摇熄火柴，丢进一只金属烟灰缸。

"呃，是斯坦利·鲍查告诉我那地方的。"贾德森思索着，没再往下说。

铺着格子花纹塑料布的桌上，玻璃杯中的啤酒才喝了一点。在他们身后，那靠墙的炉灶油桶咯咯响了三次。稍早，刘易斯与斯蒂夫在顾客极少的熊屋餐馆吃了顿自助晚餐——潜艇三明治。填饱肚子后，刘易斯觉得自己对于啾吉回家的这件怪事也有了较正确的看法，不过，他并不急着回到又黑又空的屋子，那猫可能还在家里。

诺玛与他们一起坐了一会儿，一边看电视，一边织着图样，那是一幅乡村聚会小屋与落日的风景图。她说织好准备圣诞节前一星期在教堂拍卖，这是本地的大事之一。诺玛的手指相当灵活地在布面穿上穿下，今晚，不大看出来她有风湿。刘易斯猜想，大概是气候的关系。现在虽然寒冷但十分干燥。诺玛复原得很快，距上次心脏病还不到十周，但她的面容看起来已不那么憔悴，事实上甚至年轻了些。

九点四十五分，诺玛向他们道过晚安，回房就寝。现在只剩刘易斯和贾德森，而贾德森已停止说话，目光只跟随那些冉冉上升的香烟烟雾,就像小孩望着理发店外面挂的红白条纹旋转灯,心中好奇那些条纹转到什么地方去了。

"斯坦利·鲍查。"刘易斯稍微提醒他。

贾德森眨眨眼,仿佛刚回过神来。"呃。"他说,"住在绿洛镇的人——我想也包括巴克港、眺望岗和奥林顿的人在内——都叫他斯坦利·鲍。我的斑斑去世那年——我是指一九一〇年,它第一次死亡时——斯坦利已经老了,而且有点神经病。这一带也有别的人知道米克马克族的古葬场,不过我是从斯坦利口中听到的,他祖父告诉他父亲,他父亲又口传给他,他们全家都是地道的法裔加拿大人。"

贾德森笑了,喝了口啤酒。

"我仍记得斯坦利那口洋泾浜英语。有天,斯坦利发现我坐在马房后面,那座以前马房就在十五号公路上——不过那时候,十五号公路只是条连接班格尔市和巴克港的驿道——也就是靠近奥林科工厂的地方。斑斑受了伤但还没死,不过死期也不远了。我父亲叫我去买鸡饲料,不过那时我们其实不需要买鸡饲料,我很清楚我父亲为什么那么做。"

"他要杀了你的狗吗?"

"他知道我心疼斑斑,所以把我支开他好下手。我让卖鸡饲料的老约克去打包,我绕回马房,坐在年代久远的磨石上号啕大哭。"

贾德森轻轻地摇摇头,仍然带着一丝微笑。

"斯坦利·鲍这老头碰巧走来。镇上有一半人觉得他性情温和,另一半却认为他是危险人物。他祖父在一八〇〇年代以捕兽和贩卖皮货为生。我曾听人说,他祖父经常跑到很远的地方去收购毛皮，驾着堆满生皮的四轮马车，就像个走江湖卖药的。他祖父是基督徒，所以马车上画满十字架，斯坦利·鲍说他祖父一喝醉酒便宣讲耶稣复活的神迹。可是他那辆马车上同时也画着许多印第安人的异教符号，因为他祖父相信，所有的印第安人——不论哪个部落——都属于同一个大族，也就是《圣经》里提到的以色列失落的一族。他祖父说他相信所有印第安人都会下地狱，不过印第安人都有魔法。

"斯坦利·鲍的祖父向米克马克族人购买毛皮。在大多数毛皮商人歇手或朝西部发展后很久，他还是照样和印第安人做生意，因为他出价公平，而且据斯坦利·鲍老头说，他祖父把一整部《圣经》熟记在心，而米克马克族人喜欢听他讲经。"

贾德森陷入沉默，刘易斯静静等待。

"米克马克族人把他们的古葬场告诉斯坦利·鲍的祖父，但因为食人怪把葬场搞臭了，所以族人已不再使用。同时他们还告诉他关于小神泽、石阶和其他的一切。

"那时候，在北方到处都能听到食人怪的故事。北方人一定要听这种故事，就跟我们要听基督教的故事一样。诺玛如果听见我说这种话，一定会咒我，可是刘易斯，我说的是真话。碰到冬天长、食物短缺的年岁，北国的印第安人就下山到闹饥荒的地方……他们别有企图。"

"吃人？"

贾德森耸耸肩。"可能。他们也许挑年老或无用的人，于是一连几天就有炖肉可吃。但他们讲出来的故事是这样：食人怪趁他们睡熟之际，经过他们的村子或营地，触摸他们，食人怪使那些被触摸过的人有了吃本族人的欲望。"

刘易斯点头。"就说是魔鬼逼他们吃的。"

"不错。照我猜想,这一带的米克马克族人在两三百年间难免吃过人,他们把骨头——也许一两具,也许成打——埋在他们的坟场。"

"事后再宣称坟地腐臭了。"刘易斯低声说。

"回到话头,斯坦利·鲍从马房后面走出来,我猜他是要来拿他的桶子。"贾德森说,"他已经半醉了。他祖父去世时拥有百万家财(或者只是有人这么传说),但斯坦利·鲍却只在本地收收破烂。他问我哭什么,我告诉他原因,他说,假如我够勇敢,而且想补救的话,倒是有个办法。

"我说只要能救活斑斑,我愿意付出任何代价,我问他认不认识能使死狗复活的兽医。'我,不认识兽医。'斯坦利·鲍说,'但我知道怎么补救。小朋友,现在你回家去,告诉你爸爸把狗装在麻袋里,不过不要埋了它,绝对不要!你得把它拖到宠物公墓,放在那座树冢旁的树荫下,然后你就回家说已经埋掉了。'

"我问他,那有什么用?斯坦利·鲍说,晚上听见他抛石子打我房间的窗户时我就马上出来。'小朋友,那是三更半夜,如果你忘了斯坦利·鲍说过的话而睡着了,斯坦利·鲍也会忘记你,狗儿拜拜,让它直接下地狱。'"

贾德森望望刘易斯,再点了支烟。

"我完全照斯坦利·鲍的话行事。我回到家时,我爸已经不忍看到斑斑受苦,给了它的头一枪解决了它。我根本没提起宠物公墓,我爸直接问我,斑斑是否愿意被埋在宠物公墓?我说,大概愿意吧。于是我拖走装在麻袋里的斑斑,我爸问我要不要帮忙?我记得斯坦利·鲍的吩咐,我说不需要。

"那晚我睁眼躺着——好像躺了一辈子。你知道，小孩总觉得时间过得太慢，我觉得自己已经熬了一整夜，但时钟只敲了十声或十一声。有一两次我几乎要沉入梦乡，又急忙恢复清醒，好像有人在推我说：'小贾，醒醒，快醒醒！'"

刘易斯听到这里，眉毛一挑，贾德森耸了耸肩。

"楼下的钟敲十二响时，我翻身下床，坐在床边穿好衣服。这时，月光照着窗户。我静静等着，听见钟敲半点，又报一点，还是没有斯坦利·鲍的信号，我想：愚蠢的法国佬，他一定把我忘了。我正准备脱掉衣服时，忽然听见两粒石子击中窗户，差点打穿了玻璃。其中有粒石子的确把窗玻璃打裂了，不过我到第二天才发现，而我妈直到下一年冬天才发现，她以为是霜把玻璃冻裂的。

"我一个箭步奔到窗前，用力把窗户抬起来，窗玻璃和窗框摩擦发出响声。当你还是个小孩，半夜想出去的话，爬窗户似乎是唯一的途径……"

刘易斯笑了，他虽然不记得自己十岁时是否想过在深更半夜出去，但如果真想的话，他相信那白天从不发声的窗户，到晚上一定也会吱吱嘎嘎地响起来。

"我猜，家里的人一定会以为是小偷上门，等我稍稍镇定下来，听见我爸在楼下卧室像锯木头似的打鼾。我探头向外看，斯坦利·鲍站在我家车道上，抬头望着，摇晃着身体，好像下面吹着大风，但其实连一点微风都没有。刘易斯，我想他要不是醉到什么都不在乎了，他是不会来的。他对着我叫——我猜他自以为在耳语——'小朋友，下来，你要不下来我就上楼抓你。'

"'嘘！'我吓得要命，怕吵醒我爸，然后挨他一顿打。'你说什么?'斯坦利·鲍叫道,声音更大了。刘易斯,我父母的卧室要是在靠马路那边的话我就惨了。幸好他们睡的就是现在诺玛和我的房间,就是靠河那一边。"

"我相信你一定马上飞奔下楼。"刘易斯说,"老贾,你还有啤酒吗?"刘易斯已经比平常多喝了两瓶,但今晚不同,今晚似乎有多喝的义务。

"还有,你自己拿吧。"贾德森说,又点了支烟,等刘易斯拿到啤酒回来坐下。

"我不敢走楼梯,因为必须经过我父母的卧室。我沿着常春藤木架爬下去。我心里有点害怕,不过我怕我父亲胜过和斯坦利·鲍去宠物公墓。"

贾德森按熄烟头。

"我们到了那里,一路上斯坦利·鲍跌倒了六七次。他醉得真厉害,身上的气味就像在玉米缸里泡过一样。有根枝条还差点戳穿他的喉咙。他手里拿着鹤嘴锄和铁铲,我们走到宠物公墓时,我以为他会把工具甩给我,然后醉倒在地。

"不料他反而清醒了点,然后告诉我,继续往前走,越过树冢,走进森林,那边有处坟场。我望着斯坦利·鲍,再望望树冢,我说:'你不能爬树冢,你会摔断脖子的。'

"他说:'我,摔不断脖子,你也不会。我带路,你拖狗。'他没说假话。他步子轻松,如履平地一样越过树冢,连头都没低一下。我拖着狗爬上去,斑斑有十六公斤重,而我才不过四十公斤重。刘易斯,老实告诉你,第二天我浑身酸痛。你今天觉得怎样?"

刘易斯没有回答,只是点点头。

"我们走呀走呀。"贾德森说,"我觉得好像永远走不到。那时候树林更阴森,到处都有鸟的怪叫声,各种野兽出没其间。大多是鹿,也有野猫和熊。我拖着斑斑走了一阵,心里忽然起了个可笑的想法:斯坦利·鲍这老头不见了,我跟着的是个印第安人,再走远一点,他就会转过身来,一对黑眼睛,咧开嘴笑,脸上涂着掺了熊油的臭颜料,手中握着战斧;他会一把抓住我的后颈,战斧一挥,砍掉我的脑袋。但因为斯坦利·鲍挺直身体继续向前走,不再摇晃跟跄,我才没继续这样乱想。等我们走近小神泽,他回头对我说话时,我看他还是斯坦利·鲍。他没有再跌倒或摔下去的原因是因为他害怕,被吓得醒了过来。

"他告诉我的一些事就和昨晚我告诉你的一样——潜鸟、圣艾尔摩之火、别去理会看到和听到的。斯坦利·鲍说,最重要的是,不管什么东西跟你讲话都别回答。他说完后,我们跨越沼泽。我的确看见了,是什么我不能告诉你,不过我可以跟你说,自从十岁那年去过之后,我又去过五次,但这辈子再也没见过那次看到的东西,今后也不会见到,因为刘易斯,昨晚是我最后一次去米克马克古葬场了。"

刘易斯自问:我要坐在这里相信这些瞎话吗?我怎能相信这个讲法国佬、印第安人、食人怪,以及死狗复活的故事?哦,天!那只猫只是被车撞昏了——不用大惊小怪。这只是老头的鬼话连篇。

只是刘易斯知道这不是瞎话,别说三瓶啤酒,就是三十三瓶下肚,也无法清除他心里已经明白的事情。

啾吉死了是一回事,现在它活着又是另一回事;而且它有些异样,基本上就是不对劲。贾德森的目的是偿还欠人的恩惠……

可是米克马克族古葬场这帖药也许不太灵,刘易斯此刻从贾德森的眼神看出:贾德森知道刘易斯心里有数。昨夜刘易斯从贾德森眼中见到的——或者他以为看见的——是跳跃的欢欣之光。刘易斯曾想道:老贾昨晚埋了埃莉的猫,这个决定或许不完全是他自己的意思。

刘易斯又自问:不是老贾的意思,那是谁下的决定呢?刘易斯想不出答案,只好把这问题摆在一旁。

"我埋了斑斑,摆了个石堆。"贾德森平淡地说,"我完成工作时,斯坦利·鲍已经睡着了。我拼了命地摇才把他摇醒,等我们走下四十四级——"

"四十五级。"刘易斯说。

贾德森点头。"对,没错,四十五级。等我们走下四十五级石阶,斯坦利·鲍又完全清醒了,我们从原路回家。我以为来回大概花了十个钟头,谁知道时间还是大半夜。

"'现在怎么办?'我问斯坦利·鲍。'现在你等着瞧吧。'他说完转身就走,身体又摇晃起来。我猜他那晚睡在马房后面。他的肝坏了,中毒很深。一九一二年七月四日那天,两个小孩发现他全身僵硬地死在路边。算起来,我的斑斑还比他多活了两年。

"当晚我再从常春藤架爬回房间,一倒上床便睡着了。

"第二天早上,我睡到九点钟才起床,还是在楼下的妈妈把我叫醒的。我爸爸在铁路工地做工,他一早六点就出门了。刘易斯,我妈妈不是叫我,她是在惊叫。"

贾德森到冰箱拿了瓶啤酒,用放烤面包机的桌子下面的抽屉把手撬开瓶盖。那往下照的电灯光,使贾德森的脸色看来就像尼古丁般焦黄。他一口气喝了半瓶,接着打了个嗝,他往通向诺玛卧室的走廊望了一眼,然后看着刘易斯。

"谈这件事,对我来说很难。"贾德森说,"虽然这件事在我脑子里翻来覆去翻了这许多年,可我不曾对任何人谈过。有人知道事情的经过,可是从不当着我的面讲。我猜,这就像男女关系一样隐晦。刘易斯,我现在对你说,是因为如今你有了只不一样的猫,倒不是说它危险……而是与众不同。你发现这个事实了吗?"

刘易斯想起啾吉跳下马桶盖时的笨拙姿态,它的腰腿碰着浴缸,它那泥污的眼睛望着他时一副蠢样。

最后,刘易斯点点头。

"我下楼发现,我妈妈退缩到冰箱和壁橱之间,她准备拿出去晒的白窗帘掉在地上。我的斑斑站在壁橱门前,全身沾满泥土,腹部的毛很脏,而且纠结成团。它站在那里——不叫也不动——毫无疑问是它吓坏了我妈妈。刘易斯,她真吓坏了。我不知道你对父母亲怎么样,但我知道自己深爱着父母。我眼见斑斑把我妈吓成这样,看见它的那份喜悦无形中被打消了。看到它站在那里,我甚至并未感到惊奇。"

"我有同感。"刘易斯说,"今天下午我看见啾吉的时候,我觉得就好像……"他想着适当的字眼。这绝对自然?不对。"就好像,这是注定会发生的。"

"你说对了。"贾德森说。他又点了支烟,手微微发抖。"我妈妈一见到我就对我叫,'贾德,快喂你的狗!你的狗需要食物,把它弄出去,别让它弄脏了窗帘!'

"我找了些剩菜,对着它叫'斑斑',起先它不过来,好像不知道自己的名字,我当时在想,它不是斑斑,一定是只走失的狗,只是长得像斑斑而已……"

"没错!"刘易斯大叫一声。

"等我第二次或第三次叫它时,它过来了。它走路的样子有点跛,我带它去门廊上,它差点从侧门跌下去。它几口就把食物吞光了,那时候我已经不觉得害怕,开始在想究竟是怎么回事。我跪在地上,抱着它,很高兴看到它死而复活。它伸出舌头舔我的脸,它……"

贾德森打了个寒噤,然后把啤酒喝完。

"刘易斯,它的舌头冷冰冰的,被斑斑舔就像拿条死鲤鱼贴在脸上一样。"

接下来好一会儿,他们俩都没讲话。最后刘易斯先开口:"说下去吧。"

"它吃完后,我从屋后阳台下面找出一个旧澡盆替它洗澡。斑斑向来痛恨洗澡,通常总是我跟我爸爸一起动手,结果搞得我们浑身是水,我爸爸一骂它,斑斑就会露出羞愧的样子——就是狗常会有的那种表情。

"但是,那天斑斑坐在澡盆里任我摆布,它一动也不动。我不喜欢这样,那就像是……就像在清洗要拿来煮的生肉。我把它洗好,拿了条旧毛巾把它擦干。我看见它身上被铁丝网钩破的地方,伤口上没有毛,皮肉看起来凹陷了下去——就像痊愈了五年以上的伤口一样。"

刘易斯点头,干医生这行,他见得多了。伤口是永远填不平的,这让刘易斯联想到坟墓,以及他担任殡葬公司助手的日子——填墓坑时,泥土好像总是不够,填不平坟墓。

"我再看它的头,那儿也有一块同样的凹处,不过毛倒长出来了,就在耳朵旁边,白毛长成了一个小圆圈。"

"你父亲开枪打中的地方。"刘易斯说。

贾德森点头。

"老贾，用枪打人或动物的头有时候并不一定靠得住。很多自杀未遂的进了植物人病房，还有些甚至行动自如，他们不知道，枪弹击中脑壳后可能并不会穿过大脑，而是绕个半圆从另一面出来。我亲眼看过一个病例，一个人朝自己右耳上方开了一枪死掉了，但死因是子弹绕过头部，从另一边的颈动脉穿了出来。那颗子弹的轨迹跟地图上的乡间小道没两样。"

贾德森笑着点头。"我记得在诺玛常看的八卦报——《星报》或《国家问询报》，反正就是这两份中的一份——上读过类似的消息。不过，刘易斯，我爸爸说斑斑死了，它就是死了。"

"好吧。"刘易斯说，"如果你认为是就是吧。"

"你女儿的猫是不是死了？"

"我想大概是。"刘易斯说。

"你是医生，你应该有把握。"

"你的口气像在说：'刘易斯，你是上帝，你应该有把握。'但我不是上帝。况且天那么黑……"

"天色固然暗了，可是它的头转动的样子就像脖子里装满了钢珠；你把它从下着霜的地上提起来的时候，刘易斯，那声音就像撕下了一条贴在信封上的胶纸。活的东西不会这样，只有已死的尸体才没办法融化身体下面的霜。"

另一个房间里响起十点半的钟声。

"你父亲回家看见你的狗时怎么说？"刘易斯问道。

"我在外面车道上的泥土地上玩弹珠，有意无意地等着我爸爸回来。我觉得自己做错了事，等着挨揍。他八点左右走进家门，穿着连身工作服，头戴厚棉布遮阳帽……你看过那种帽子吗？"

刘易斯点头，然后用手背盖住呵欠。

"天不早了。"贾德森说，"我得快点把故事讲完。"

"还不晚。"刘易斯说，"只是因为我比平常多喝了几瓶啤酒。老贾，慢慢讲，我要听完。"

"我爸爸上工时总带着个装午餐的洋铁罐。"贾德森说，"他走进院子的时候正挥着空罐子，吹着口哨。天快黑了，他看我还在外面就叫我：'嗨，贾德！你妈妈在——'他话没说完，斑斑就从暗处走向他——不像以前那样连蹦带跳扑到我爸爸身上，只是摇着尾巴，从容地走上前去。我爸爸一见到它就往后退，手上的洋铁罐掉到地上。我想要不是他的背碰到后面的尖桩围栏，他应该会掉头就跑。我爸爸站在那儿不动，瞪着斑斑。等斑斑终于举起前腿时，我爸爸接住它的爪子，好像握住女士的手准备跳舞。他对着狗打量许久，再看看我。'贾德，它得洗个澡。'他说，'它身上一股坟地的泥巴味儿。'说完他就进屋去了。"

"你怎么做的？"刘易斯问。

"我给它洗澡，它还是原来那样乖乖地坐在澡盆里。我回到屋里时我妈妈已经睡了，其实那时候还不到九点钟。我爸爸对我说：'贾德，我们谈谈。'我坐在他对面，他第一次把我当大人谈话，从公路那边，就是现在你住的地方，飘来忍冬树的香味，还有我们家的野玫瑰香。"贾德森叹了口气。"我总以为父亲能这样跟我谈话，我会很开心，但事实上一点也不。刘易斯，今晚所谈的这一切——就像你站在镜子前面，而正后方也有面镜子，你就会看见自己的影像不断出现在交相对映的镜子里。我怀疑这故事究竟从多少人的口中说出来过？同样的情节，只是名字不同而已。"

"你父亲知道?"

"呃,他问我:'贾德,谁带你去的?'我告诉他是斯坦利·鲍。他点点头,好像正如他所料。后来我发现,那时的绿洛镇至少有六七个人都可能带我去。但我想他知道只有斯坦利·鲍会疯到带我去。"

"老贾,有没有问过你父亲为什么他不带你去?"

"问过。"贾德森说,"他说那是个不好的地方,对于已死动物的主人和动物本身都没好处。他问我爱不爱死前的斑斑,刘易斯,我真不知道该怎么回答……现在我把我的感觉告诉你,这很重要,因为迟早你会问我,既然不好,为什么还带你去埋你女儿的猫。对不对?"

刘易斯点头。他和斯蒂夫打壁球时一直在想,埃莉回家后对啾吉会有什么想法?

"我做这件事也许是为了要让小孩明白,有时候生不如死。"贾德森略显困难地说。"你的埃莉就不明白,我心里有这感觉,埃莉不明白,是因为你太太不明白。你不妨对我直说,我的感觉如果错了,咱们就不必再提。"

刘易斯张嘴欲言又止。

贾德森继续说,不过说得很慢,一字一顿,就像昨晚在小神泽踏着凸出水面的高地,一小块一小块地走。

"许多年来,我亲眼看见。"贾德森说,"我记得我告诉过你:莱斯特·摩根把他得奖的公牛也葬在那儿。那只取名叫汉拉蒂的黑色安格斯牛,给牛取这种名字不是很蠢吗?那头公牛是因为胃溃疡而死的,莱斯特·摩根用雪橇把它拖去。我不知道他是怎么越过树冢的——但俗话说:天下无难事,就怕有心人。至少在坟场这件事情上，我敢说的确如此。

"嘿，汉拉蒂活着回来了，但是两星期后，莱斯特·摩根又拿枪打死它，因为那头公牛变得很凶暴。不过它是我所知唯一变坏的动物，其他死而复活的动物是变得蠢了……行动慢了……变得有点……"

"有点死气？"

"不错。"贾德森说，"有点死气。它们好像……去过什么地方……又回来……但又不是完全回来了。刘易斯，你女儿不会知道她的猫被车撞死了又活了过来。所以你可以说，人没办法教孩子懂这些事，除非孩子自己知道有东西得学。不过……"

"不过，有时候可以。"刘易斯是对自己，而不是对贾德森说。

"是的。"贾德森说，"有时候你可以。也许她会学到死亡的真义，痛苦会随死亡停止，美好的回忆则由死亡开始。死亡不是生命的完结，只是痛苦的终了。你没办法对她讲这些，将来她自会领悟。

"如果她像我的话，她会继续爱她的猫。它不会变凶，不会咬人。她会继续爱它，她自己会得到结论……等到它终于死去的时候，她会松一口气。"

"就是为了这个原因，你才带我到宠物公墓。"刘易斯说，他心里觉得舒畅了点。他可以接受现实，也可以忘掉昨晚他以为从贾德森眼中见到的那种神秘、跳动的喜悦。"好，那就——"

突然间，仿佛受到惊吓般，贾德森用双手遮着自己的脸。当时刘易斯还以为他被突来的疼痛所袭，立刻关心地半坐起来。结果，刘易斯发现老人的胸口剧烈起伏，他是在竭力抑制，不让自己哭出声来。

"就是那样，但又不是。"贾德森语音哽塞地说，"我带你去的原因和斯坦利·鲍带我去的原因一样，莱斯特·摩根带琳达·拉维斯克去也是为了同一个原因。莱斯特的公牛后来在牧草地上疯狂追着小孩，莱斯特不得不拿枪把它打死。可是后来，莱斯特还是照样带琳达去那里看她被车撞死的狗。刘易斯，莱斯特还是照样带她去！"贾德森几近呜咽。"这你又该怎么解释呢！"

"老贾，你说这话是什么意思？"刘易斯心生警惕地问道。

"莱斯特、斯坦利和我会这么做的道理完全相同：你会这么做，是因为它抓住你了。你会这么做，是因为那个古葬场是个秘密，你需要和人分享那个秘密，一旦你找到似乎充分的理由，你就……"贾德森放下双手，望着刘易斯，他的眼睛看来异常苍老而枯槁。"你就做了。你会编个理由……看起来正当的理由……但实际上，你这么做只是因为你想这么做。我爸爸没带我去，因为他只听人谈过，他自己从没去过。斯坦利·鲍去过，所以他带我去……事情过了七十年……现在……一下子……"

贾德森摇着头，把嘴埋在掌心干咳。

"刘易斯，听我说。就我所知，莱斯特的公牛是唯一一变坏的动物。琳达·拉维斯克的小狗也许咬过一次邮差，还有之后我听过的几件怪事……可是，斑斑是条好狗。它身上永远有泥土味，不管你给它洗多少次澡，它总有泥土味——它是条好狗，但我妈妈再也不愿摸它一下。刘易斯，如果你今晚把你的猫带出来杀掉，我永远只字不提。

"那地方……一下就把你抓牢了……于是你制造各种香气扑鼻的理由……刘易斯，我可能做了错事，斯坦利·鲍可能也做了错事。该死！我又不是上帝。但是能够让已死的生命复活……你就很像在扮演上帝,不是吗?"

刘易斯张开嘴,又闭上。他想说的话可能听起来不对劲,既不对劲又残酷:老贾,我才不会经过昨夜的一切之后,又把这他妈的猫给杀掉。

贾德森喝干啤酒,小心地把酒瓶和其他空瓶放在一边。"我看到此为止吧。"他说,"我说够了。"

"可以再问你一句话吗?"刘易斯问。

"问吧。"贾德森说。

"有谁在那里埋过死人吗?"

贾德森的手臂猛一震动,两只空酒瓶跌下桌面,其中一只摔得粉碎。

"耶稣基督有眼!"贾德森对刘易斯说,"没有!谁会那样做?刘易斯,这种事连谈都别想谈!"

"我只是好奇。"刘易斯不安地说。

"有些事不值得好奇。"贾德森说,刘易斯第一次看到他老态毕露,好像正站在他自己刚掘好的墓穴旁。

回到家后,刘易斯觉得当时他还在贾德森的身上看到了别的什么。

贾德森似乎在撒谎。

27

直到走进自家车库,刘易斯才知道自己喝醉了。

屋外有星光和朦胧的寒月,虽然不很亮,但已足够看清道路。他一走进车库,眼睛一时间什么都看不见。车库有个电灯开关,可是他记不得在什么位置。他摸索着,双脚拖地而行。他的脑袋晕晕的，心想会碰痛膝盖或被玩具绊倒，埃莉的小自行车还有凯奇的玩具鳄鱼都在车库里。

猫呢？他把它留在车库了？

刘易斯走错方向，碰上了墙壁。一根碎木条刺到他的手掌，他大叫一声："该死！"叫出声来后，他发现这是因为害怕而非愤怒。整个车库好像在黑暗中转了半个圈，现在别说电灯开关，他连任何一件东西的位置都他妈的搞不清楚，包括通往厨房的门。

刘易斯再次开始行走，慢慢移动脚步，手掌疼痛不已。他想：瞎了眼的人就是这样子，他还想到和雷切尔去听斯蒂夫·旺达①演唱会的事，是六年前吧？想来不可思议，但的确已经六年了。那时候雷切尔正怀着埃莉。演唱会中，有两个人引导斯蒂夫·旺达走到电子合成器前，让他不被舞台上蜿蜒的缆线绊倒。后来斯蒂夫·旺达要起身和一个合音女歌手跳舞时，她还要先带他走到能跳舞的空地。刘易斯记得斯蒂夫·旺达跳得很好，不过他需要有只手先带他到能跳舞的地方。

这时要是有只手带我到通往厨房的门该有多好？刘易斯被自己的想法吓得不寒而栗。

要是黑暗中伸出一只手带领着他，他一定会吓得当场惊呼狂叫。

刘易斯站定不动，心跳如水桶起落。他不停对自己说：好了，别他妈吓唬自己了。

那只该死的猫呢？

---

① 斯蒂夫·旺达（1950—　），美国歌手，作曲家，音乐制作人，社会活动家；他是个盲人，是一位唱乐皆精的全能艺人。

接着,刘易斯撞上旅行车的后保险杠,一股剧痛从他的胫骨直传到上半身,让他痛出了眼泪。他抱着腿揉着,像只苍鹭般单脚站立。好在这时候他终于弄清楚了车库的格局,再加上视觉已稍能辨识黑暗中的物体。他记得自己把猫留在了车库里,因为他不想摸它,所以把它放到屋外——

就在这时,啾吉滚热的、毛茸茸的身体像浅浅的一摊水般浸着刘易斯的脚踝,它的尾巴像蛇般缠着他的小腿,刘易斯终于张大嘴,尖叫起来。

28

"爹地!"埃莉大声叫道。

她从登记道朝刘易斯奔来,穿梭在刚下机的乘客间挥着手,多数乘客都笑着为她让出一条路来。刘易斯被女儿的如此热情弄得有点窘,不过脸上还是堆满傻笑。

雷切尔抱着凯奇,埃莉叫喊时凯奇也看见他了。"爹伊伊!"凯奇发音不准地叫道,同时在雷切尔怀里蠕动。雷切尔挂着微笑(但刘易斯看见,她的笑中带着疲乏),把凯奇放下地,他立刻去追埃莉。"爹伊伊!爹伊伊!"

刘易斯发现凯奇穿了套他没看到过的连身裤童装——看来像是外公的杰作。埃莉奔到刘易斯跟前,把他当成一棵树似的往上爬。

"嗨,爹地!"她一面喊,一面猛亲他的面颊。

"嗨,宝贝。"刘易斯说着,弯腰抱起凯奇,紧紧抱着两姐弟。"你们回来啦,我好高兴。"

这时雷切尔走近他们,一边臂弯里挂着旅行袋和提包,另一边是凯奇的尿布袋。尿布袋上印着"我很快就会长成大孩子",看来这标语激励父母的作用可能大于那个穿尿布的孩子。她看起来像个摄影师，刚完成一项费时费力的任务。

刘易斯隔着两个孩子伸嘴吻她。"嗨。"

"嗨，大夫。"雷切尔说道，脸上露出微笑。

"你看起来很累。"

"我累坏了。一开始飞到波士顿都没问题，在波士顿换机时也没问题。等到飞机斜着飞越城市上空时，凯奇朝下看，直叫：'好看，好看。'接着就吐了一身。"

"哦，真糟糕。"

"我带他去洗手间换了衣服。"雷切尔说："我想应该不是什么病，只是晕机。"

"我们快回家吧。"刘易斯说，"炉子上还烧着一锅辣豆。"

"辣豆酱！辣豆酱！"埃莉对着刘易斯的耳朵叫，表示她的欢欣。

"辣豆浆！辣豆浆！"凯奇也对着刘易斯的另一只耳朵叫，两边的音量旗鼓相当。

"走吧，"刘易斯说，"我们去拿你的行李，尽快离开机场。"

"爹地，啾吉好不好？"刘易斯把埃莉放下时她问道。这句问话在刘易斯的意料中，可是埃莉焦急的样子以及她那对蓝眼睛之间出现的忧虑纹路却在他意料之外。刘易斯皱皱眉头，瞥了雷切尔一眼。

"周末夜里，她睡在床上直哭。"雷切尔说，"做了噩梦。"

"我梦见啾吉被车撞死了。"埃莉说。

"我猜是感恩节吃多了火鸡三明治的关系。"雷切尔说，"她还拉肚子了。刘易斯，我们离开机场吧，这一星期来我已经看够机场了，至少五年内我一眼都不想再看了。"

"宝贝，啾吉很好哇。"刘易斯慢条斯理地说。

不错，它很好。它整天躺在屋里，用它混浊、奇怪的眼神望着我。它好极了！晚上我用扫帚赶它出去，因为我不喜欢摸它、碰它。我扫帚一挥，它就出去了。埃莉，有天早上我一开门就看见它咬着一只老鼠——或者说是它吃剩的部分——它拿老鼠的内脏当早餐。说到早餐，我那天的胃口全没了，免了。除此之外……

"它好好的。"

"哦。"埃莉说道，两眼间的忧虑纹路顿时舒展开来。"哦，那我就放心了。我做梦时以为啾吉一定已经死了。"

"你以为它死了？"刘易斯问，笑笑。"梦是很滑稽的，不是吗？"

"蒙！"凯奇大叫——他已经到了鹦鹉学舌的时候，刘易斯记得埃莉以前也有过同样的阶段。"蒙——！"凯奇一把抓住刘易斯的头发。

"大家走吧。"刘易斯说。他们去领行李。

刚走到停车场他们的旅行车旁，凯奇就开始打嗝似的说："好看，好看。"这次他吐在刘易斯身上。今天为了接机，刘易斯特别穿了条新裤子。显然凯奇以为"好看"就是"我要呕吐了，真是不好意思，让开"的替代用语。

后来他们发现，凯奇感染了病毒。

他们从班格尔市机场回到绿洛镇自己的家时，凯奇已经开始发烧，而且陷入不安的昏睡状态。刘易斯将旅行车倒进车库，他从眼角瞥见啾吉鬼鬼祟祟地靠墙移动，翘着尾巴用怪异的两眼注视着车子。一转眼它又不见了，稍后刘易斯在四个夏季轮胎（雷切尔和孩子不在家时，刘易斯把轮胎换成雪季适用的轮胎）旁发现一只死老鼠，内脏在光线昏暗的车库里显得又红又生。

刘易斯迅速停车，故意撞上四个叠起来的轮胎，最上面两个立刻翻下来遮住了死老鼠。"哎哟！"他大叫道。

"爹地，你是个笨瓜。"埃莉的语气并不刻薄。

"没错。"刘易斯故作欣喜地说。他其实有点想说"好看，好看"，然后把日用品洒满一地、盖住所有东西。"你爹地是个笨瓜。"他记得啾吉复活前只咬死过一只老鼠；有时候它会追得老鼠走投无路，在夺命之前施以残酷的戏弄，但刘易斯、埃莉或雷切尔总会阻止它，不许它把老鼠咬死。而猫咪一旦被阉割，它们对老鼠就只有看看的兴趣了，至少在被喂得饱饱的时候是这样。

"你是要站在这里做梦呢？还是要帮我带孩子？"雷切尔问，"克里德大夫，快从外层空间回来吧，地球上的人需要你。"

"亲爱的，抱歉。"刘易斯说。他绕到车子另一边去抱凯奇，此刻凯奇已经烧得像炉中的炭火。

晚餐时只有三个人吃刘易斯做的墨西哥碎肉烧辣豆酱。凯奇靠在客厅的沙发上，一面喝着奶瓶装的鸡汤一面看卡通。

吃过晚饭，埃莉到通往车库的门口叫唤啾吉。雷切尔在楼上整理行李，刘易斯在洗碗盘，他希望那猫不要出现，可是它来了——步态蹒跚地走向埃莉，它好像（它好像）潜伏在附近。"潜伏"是刘易斯立即想到的字眼。

"啾吉！"埃莉叫它，"嗨，啾吉！"她抱起猫儿紧紧搂着。刘易斯用眼角扫视，两只搁在洗碗槽底的手不动，他瞥见埃莉的脸色由高兴变成迷惑。猫在她怀里静静的，耳朵向后贴，两眼望着埃莉出神。

过了许久——刘易斯觉得很久——埃莉放下啾吉。猫儿头也不回，缓慢地走向饭厅。老鼠刽子手，刘易斯在想，那晚我们究竟干了什么？

他想清晰地记起来，然而就像死在医务室的维克托·帕斯考一样，已经时隔太远而变得模糊。刘易斯只能记起寒风和雪地的闪光。

"爹地？"埃莉放低声音说。

"什么事，宝贝？"

"啾吉身上有个怪味。"

"真的？"刘易斯问，努力让语气保持平稳。

"真的！"埃莉说着，开始忧虑起来。"它真的有个怪味！它身上从来没有过这种味道……它闻起来像……它闻起来像大便！"

"这个嘛，宝贝，也许它在什么脏东西上打了滚。"刘易斯说，"不管是什么怪味都会自然消失的。"

"但愿如此。"埃莉用滑稽的口吻说道，然后离开厨房。

刘易斯在水底摸着最后一把叉子，清洗之后拔掉水槽塞子。他站在水槽前望着外面的夜色，肥皂水咕噜噜地从出水孔排尽。

排水的声音终止了，刘易斯听见屋外的风声。北风带来了寒冬，他发觉自己心里害怕起来，这种单纯而愚蠢的害怕，就像见到乌云突然遮蔽太阳时，会听到不知何处冒出一声怪响。

"摄氏四十度？"雷切尔问，"哦，刘易斯！你没弄错吧？"

"是病毒。"刘易斯说道，竭力不让自己被雷切尔近似责难的语气惹火。她累了，这一整天也够折腾的。她带着两个孩子飞越半个美国。现在已是夜里十一点，她的这一天还没过完。埃莉已在自己的卧室里睡熟了，凯奇此刻陷入半昏迷状态，躺在他们的床上。刘易斯在一小时前开始喂他吃药。"阿司匹林能让他退烧。"

"你不给他特效药吗?"

刘易斯耐心解释:"如果他染上流行性感冒或喉咙发炎的话,我会给他特效药。但他感染了病毒,吃那玩意没用,只会让他脱水更严重。"

"你有把握是病毒?"

"如果你要让别人诊断,那就随你。"刘易斯厉声说。

"你用不着对我吼!"雷切尔也放大嗓门。

"我没有在吼!"刘易斯也不甘示弱。

"你是在吼。"雷切尔开始发作,"你在吼——吼——叫——"她的嘴唇颤抖着,她用单手蒙着脸。刘易斯看见她两眼下方开始发肿,心里觉得惭愧。

"对不起。"刘易斯坐到雷切尔身旁。"我不知道自己怎么了,雷切尔,我向你道歉。"

"永不抱怨,永不辩解。"雷切尔勉强笑着说,"这不是你以前告诉我的吗?这趟旅行很不愉快,我在担心等你看到凯奇五斗柜里的衣服时会大发脾气。所以我应该趁你对我有几分歉意的时候,现在就告诉你。"

"我为什么会大发脾气?"

雷切尔淡淡一笑。"我爸妈给凯奇买了十件新衣服,今天他穿的就是其中之一。"

"我注意到他穿了新衣服。"刘易斯说。

"我看到你注意到了。"雷切尔故作愁容引他发笑,虽然他本来并不想笑。"还给埃莉买了六套新衣服。"

"六套!"刘易斯压抑着大叫的冲动。他顿时变得怒不可遏——他无法解释他的愤怒。"雷切尔,为什么?你为什么让他们买呢？我们不需要……我们买得起……"

刘易斯说不下去了，愤怒使他说话变得十分困难。刘易斯的脑中浮现出他带着埃莉的死猫穿行在林间，不停换手提着塑料袋时……那个家住林湖区的古德曼老王八却掏出支票簿和钢笔想收买埃莉的心。

一时间，刘易斯几乎忍不住要大声喊出：古德曼给埃莉买了六套新衣服，我却让她的死猫复活，谁爱她多一点？

刘易斯忍了下来。他永远不会说那种话。永远。

雷切尔温柔地摸摸他的脖子。"刘易斯，这是两个老人家一起买的。请你尽量理解，他们都很疼外孙外孙女，平常又难得见到他们。刘易斯，我父母一天天老了，你现在肯定认不出我爸爸，真的。"

"我会认得出来的。"刘易斯嘀咕道。

"亲爱的，请你理解，请你对他们好一点，这么做对你没什么损失。"

刘易斯看了雷切尔半晌，终于开口说："应该不会有什么损失，可的确会有损失。"

雷切尔正要再说些什么，这时埃莉突然在她房里叫起来："爹地！妈咪！来一下！"

雷切尔刚要起身，刘易斯拉她坐下。"你看着凯奇，我去。"他觉得自己知道惹出了什么麻烦。但他已经把猫放出去了啊，该死的！埃莉上床睡觉后，刘易斯发现啾吉在厨房嗅它的猫碗，于是他把它放到门外。他不要这只猫跟埃莉同睡一张床，从此再也不许。刘易斯一想到啾吉睡在埃莉的床上，就会立刻联想到疾病，并勾起对卡尔叔叔殡葬公司的回忆。

埃莉一定察觉到什么不对劲，也发现了以前的啾吉比较正常。

他明明把猫放出门外了，可是他走进埃莉房间，看她坐在床上，睡意正浓；而啾吉正四肢摊开卧在床罩上，它眯着眼，在走道灯光的照耀下，眼珠闪着迟钝的光芒。

"爹地，把它弄出去。"埃莉哼声说，"它好臭。"

"嘘，埃莉，睡觉吧。"刘易斯说，他的声音如此镇静，他自己都感到惊讶。刘易斯不禁想起帕斯考死后、他发生梦游的第二天早上。那天他到医务室上班时，先躲进洗手间照镜子，他以为自己的脸色一定像死人一样，但其实他的脸色并不坏。他进而又不禁想道：到底有多少人内心成天藏着秘密？

他妈的，不是什么秘密！只是只猫！

埃莉的话不错，这只猫臭气冲天。

刘易斯抱起猫，从埃莉房间走下楼梯，这段路上他只用嘴呼吸，还有更多比啾吉更臭的气味，如果直言不讳的话，粪便就比啾吉更臭。一个月前，他们清过化粪池，贾德森走过来看水肥公司抽水肥时说："这可不是香奈儿五号吧，刘易斯？"长出坏疽的伤口也很臭，他读医学院时，布莱瑟曼老教授总把这种伤口叫作"热肉"。甚至家里的思域轿车如果在车库里空转一阵子，催化转换器发出的气味也比啾吉臭。

但啾吉的味道实在太糟糕。这只猫究竟为什么这么臭呢？趁雷切尔与两个孩子都在楼上时，刘易斯曾用扫帚赶它出去。自从大约一星期前它回家后，这还是刘易斯第一次抱它。它热烘烘的身体偎在他臂弯里，像患了休眠症。刘易斯心里想：你躲到什么避难处去了？坏东西！

刘易斯突然想起之前做过的梦——帕斯考轻易穿过厨房通往

车库的门。

也许没有什么避难处。也许它是像鬼魂一样穿门而入。

"装进袋子。"刘易斯大声自言自语,声音有点沙哑。

刘易斯突然确信这只猫要开始挣扎,要用爪子抓他。谁知啾吉仍在他臂弯里丝毫不动,只发散出热气和臭气。啾吉望着刘易斯,仿佛明白他的心思。

刘易斯打开门,把猫抛进车库。"去。"他说,"去弄死老鼠或别的动物。"

刘易斯抛出时用力过度,啾吉笨拙地落在地上,两只后腿在身体下屈着,一副要跌倒的样子。它仿佛朝刘易斯投来一道绿色的、仇视的眼光。接着,它便迈着不稳的脚步走开了。

刘易斯心想:天啊!老贾。真希望你当初什么都没说。

刘易斯回到洗碗槽前,用力擦洗自己的双手和前臂,好像在动手术前刷手一样。你会这么做是因为它抓牢了你……你制造理由……好像很好的理由……可是,你会这么做多半是因为你去过那里,那是属于你的地方,你也属于它……你编造香气扑鼻的理由……

不,他不能责怪贾德森。是他自愿的,他不能怪贾德森。

刘易斯关上水龙头,拿毛巾擦干双手和前臂。他突然拿着毛巾不动,注视着前方,从水槽上面的玻璃窗望着窗外的一小块黑夜。

那是否表示那里已经算是我的地方了?现在那地方属于我了?

不。如果我不要,就不属于我。

刘易斯将毛巾搭在架子上,朝楼上走去。

雷切尔已经上床了，毯子拉到了下巴，凯奇也盖得好好的睡在她身旁。雷切尔略带歉意地望着刘易斯说："亲爱的，你不在意吧？就今天一晚行吗？他全身发烫，让他睡在旁边我会放心点。"

"不会。"刘易斯说，"这样很好。我去楼下睡沙发床。"

"你真的不介意？"

"真的。对凯奇没坏处，又可以让你放心。"刘易斯稍停，然后笑了笑。"不过你会被他的病毒传染，我几乎可以保证一定会。但我想这样也改变不了你的主意，对吧？"

雷切尔笑着摇摇头。"埃莉刚刚为什么叫？"

"啾吉。她要我把啾吉放出去。"

"埃莉不要啾吉待在她房间里？这倒稀奇了。"

"的确是。"刘易斯同意，接着又说，"她说啾吉有臭味，我以前就不认为它是个小香包，它可能在哪家的肥料堆打过滚了。"

"真糟糕。"雷切尔说，她侧身卧着。"我以为埃莉想念啾吉和想念你的程度不相上下。"

"嗯。"刘易斯说。他弯腰在她嘴上亲了一下。"雷切尔，睡觉吧。"

"刘易斯，我爱你。回到家真高兴。抱歉得让你睡楼下的沙发床。"

"不要紧。"刘易斯说完便将电灯关掉。

刘易斯把沙发的靠垫先堆在一边，再拉出沙发床，心理上也在为睡薄床垫、被小弹簧顶着背做准备。刘易斯从壁橱架上取下两条毛毯，铺在床上。他开始脱衣服，但又静止不动。

你在想啾吉是不是又进屋来了？不妨走一圈查看一下，就像你对雷切尔说的：反正没坏处，说不定还会有帮助。查看所有门窗是否都关好闩上了，才不会让你感染病毒。

刘易斯仔细在楼下各处巡视了一遍，检查门窗锁扣。他自信这次查得很彻底，完全不见啾吉的踪迹。

刘易斯说："现在看你今晚还有没有本事进来。你这臭猫。"他在心里诅咒啾吉会在外面冻掉睾丸。但不幸的是，啾吉的睾丸已经被割掉了。

刘易斯关掉电灯，睡在沙发床上，硬邦邦的弹簧立刻顶着他的背。刘易斯睡着前还在想，今晚恐怕大半时间都要睡不着了。他很不舒服地侧身而眠，当他醒来时，他发现……

……他在宠物公墓另一面的墓地，这次只有他一个人。这次是他亲手把啾吉杀死，但事后不知为了什么原因，他又将啾吉二度复活。只有上帝知道，刘易斯不知道。这次他把啾吉埋得很深，它钻不出来。刘易斯听见猫在泥土下叫着，声音就像婴儿在啼哭。猫的哭叫声从掺着石子儿的泥孔间冒出来——哭叫和臭味，那令人作呕的腐臭。那气味让他觉得胸口仿佛压着沉沉的重物。

那阵哭叫……那阵哭叫……

……那哭叫声仍然持续着……

……那重物仍压着他的胸部。

"刘易斯！"是雷切尔，声音里满是惊慌。"刘易斯，你能来一下吗？"

不只惊慌，雷切尔的声音里还充满忧虑，而那噎气的哭声是凯奇发出来的。

刘易斯睁开眼睛，与啾吉那双黄绿色眼睛正面相接，他们之间相距不过四英寸。这只猫正安然蜷着身体卧在刘易斯的胸口，臭气波浪似的缓缓从它身上散开；啾吉正对着刘易斯喵喵叫。

刘易斯发出惊恐及厌恶的叫声，伸出两手阻挡。啾吉笨重地跳下床，身体侧面先着地，然后摇摇摆摆地走开。

耶稣！上帝！它在我身上！哦，它就在我身上！

就算嘴里有只蜘蛛，大概都不会让他觉得这么恶心，刘易斯还以为自己马上就要吐出来了。

"刘易斯！"

他掀开毛毯，跌跌撞撞地上楼，雷切尔穿着睡袍站在楼梯口。

"刘易斯，他又吐了……他呼吸不顺……我很担心。"

"有我在。"刘易斯走近雷切尔，心里却想着：啾吉进屋了，它终究还是进来了。它可能是从地下室进来的，也许地下室的窗子破了。下面一定有窗子破了，明天下班后我去检查。见鬼，上班前我就要检查，我要——

凯奇不哭了，却开始发出噎住似的难听声音。

"刘易斯！"雷切尔叫道。

刘易斯赶紧采取行动。凯奇侧身躺着，吐出来的东西沿着嘴角流到铺在旁边的旧毛巾上。凯奇在呕吐，但吐出来的东西太少，大部分还积在肚肠里，凯奇的脸孔因为窒息而胀得发红。

刘易斯抓住儿子的腋下，把他举起来趴在自己肩头，像是要让婴儿打嗝一样。然后，刘易斯的身体急速往后仰，凯奇的颈部像甩鞭似的往后一扯。凯奇哇的一声，一团几乎呈固体状的东西从口中飞出，溅到地板和梳妆台上。凯奇又哭了起来，这次是实实在在的哭声,听在刘易斯耳中有如天籁。因为要能那样放开喉咙大哭,你得要有取之不尽的氧气才办得到。

雷切尔双膝一软,坐下来用两手支着头,全身发抖。"他差点没命了,刘易斯,对不对?他差点噎死了,哦,上帝——"

刘易斯抱着儿子在房里走动,凯奇的哭声渐渐变成抽泣,好像快睡着了。

"雷切尔,他能靠自己把东西呕出来的机会是百分之五十,我只是稍微帮他一下而已。"

"可是他险些就死了。"雷切尔说道。她抬头望着他,眼中露出惊骇与疑虑。"刘易斯,他只差一点点。"

刘易斯突然想起在充满阳光的厨房里,雷切尔曾对他吼着:啾吉不会死,这个家里谁都不会死……

"亲爱的。"刘易斯说,"任何时候,我们都只差一点点。"

第二次呕吐是牛奶引起的,雷切尔说凯奇半夜里醒了,闹着要吃东西,雷切尔就弄了瓶牛奶给他。她睡着时凯奇还在吃,一个钟头后他就噎住了。

刘易斯告诉她,别再给凯奇喝牛奶,这次雷切尔乖乖听了他的话。

刘易斯再下楼时已经是一点四十五分,他又花了十五分钟去找猫。在寻找过程中,他发现厨房通往地下室的门半掩着,正如他所料。刘易斯记得母亲曾告诉他,一只机灵的猫会用前爪打开旧式门扣。刘易斯无意让啾吉施展这种猫儿伎俩,再说地下室的门是可以锁的。刘易斯找到了啾吉,它在炉子下面打瞌睡,刘易斯毫不留情地抓起猫儿,从前门抛了出去。回到沙发床睡觉前,他关上地下室的门。

并用门闩拴牢。

29

到了早上,凯奇的烧退了。除了双颊有点干裂外,凯奇两眼晶莹,精神健旺。才一星期工夫,他那口齿不清的儿语,一下变成了连串单字。你无论说什么,他都会跟着学。此时埃莉要他说的是"大便"。

"凯奇,说大便。"埃莉一边吃着麦片一边对他说。

"凯奇——大便。"凯奇欣然照办,他面前也有碗麦片。刘易斯允许凯奇吃麦片,但只准放一点糖。如同以往,凯奇不是用嘴吃,反而像在洗手。

埃莉吃吃笑着。

"凯奇,说放屁。"她说。

"凯奇——放屁。"凯奇说着,脸上涂满麦片,他还在笑。"放屁——大便。"

埃莉和刘易斯忍不住大笑起来。

雷切尔却不认为这有什么好笑。"我看今天早上脏话说够了。"她说着把煎蛋递给刘易斯。

"大便——放屁——放屁——大便。"凯奇高兴地叫着,埃莉用手遮脸笑着。雷切尔的嘴抽动一下,刘易斯觉得,虽然昨晚没睡好觉,但雷切尔看起来精神好多了。大概是因为凯奇的病好多了,她也回到了自己的家。

"凯奇,不许说那些话。"雷切尔说。

"好看。"凯奇变了花样,马上把刚吃下的麦片吐到碗里。

"哎呀，恶心！"埃莉叫着逃离餐桌。

这时刘易斯笑得前仰后合，不能停止，先是笑到流泪，然后又由哭到笑。雷切尔和凯奇看着他，以为他疯了。

没有疯。刘易斯本来想告诉他们：我早就发过疯了，现在我没疯，我很好。

他不知道结束了没有，但感觉已经结束了。

至少，暂时是结束了。

30

凯奇的病拖了一星期后终于痊愈了。但一星期后，他又得了支气管炎。埃莉和雷切尔也相继染上同样的病；圣诞节前的一星期，他们三个就像年迈的老猎狗，从早到晚干咳不停。刘易斯没被传染，雷切尔似乎因此生他的气。

学校放假前一星期，刘易斯与医务室工作人员特别忙碌。虽然没有流行性感冒，可是有不少支气管炎病人，其中几个还得了肺炎。就在假期前两天，六个喝得烂醉、不住呻吟的兄弟会学生被关心他们的朋友送到医务室来。当时那混乱的场景与帕斯考事件很像，这六个糊涂学生挤在一架平底雪橇上，从锅炉间后面的山坡往下滑，结果就在他们发狂欢呼之际，雪橇滑出跑道，撞上南北战争期间的一座炮台。结果两人断了手，一个手腕骨折，六个人加起来总共裂了七根肋骨、一个脑震荡，再加上不计其数的外伤，只有那个坐在雪橇尾端杠子上的学生毫发无伤。

刘易斯一面替他们清洗伤口、包扎、缝合，一面严词教训他们。但事后回家告诉雷切尔时，他又笑到飙出眼泪来。雷切尔奇怪地望着刘易斯，不觉得有这么好笑，刘易斯也没告诉她那是个愚蠢的意外事件,而且无人身亡。他的笑一半是因为心里舒坦,另一半却是因为他战胜了这个状况——刘易斯,今天你赢了。

十二月十六号,埃莉的学校开始放假前后,家里的支气管炎病人也都差不多好了,于是他们一家四口过了一个老式乡村圣诞佳节。这幢坐落北绿洛镇的房子比他们八月搬来时更像个舒适温暖的家了(刚搬来第一天,这房子看起来怪异且不友善,埃莉碰破了膝盖,凯奇被蜜蜂蜇伤)。

圣诞夜,等两个孩子睡熟后,刘易斯和雷切尔做贼似的悄悄爬下楼,他们手上抱满用彩纸包装的一盒盒礼物——一套火柴盒小汽车给凯奇,两个洋娃娃给埃莉,此外还有一辆三轮小自行车、玩偶的衣服、一个里面有灯会发亮的玩具烤炉。

他们俩并肩坐在圣诞树的彩灯下,忙着布置礼物盒,雷切尔身穿丝质睡衣裤,刘易斯穿着睡袍。这是他记忆中最惬意的一个晚上,壁炉里烧着火,他或她偶尔会起身把木柴丢进炉子。

啾吉摩擦着刘易斯的身体,他怀着厌恶之情把它推开——因为那股臭味。稍后他发现啾吉试图坐在雷切尔腿边,雷切尔同样把它一推,并不耐烦地叫它"滚开!"刘易斯看见太太用手掌摩擦丝质长裤的大腿裤管,动作就像有时候你把粘到什么脏东西或细菌的手擦干净一样。刘易斯想道:*雷切尔没有意识到自己的动作。*

啾吉缓慢地走到壁炉前趴着,它的姿势缺乏猫的优美。从刘易斯不愿回想的那个晚上开始,它就失去了优美的姿态。啾吉似乎还失去了某些别的特质,刘易斯虽然隐约察觉到,但过了整整一个月他才确定——啾吉几乎完全不出声了。以前它最爱叫,叫声很响。有好些夜晚刘易斯甚至必须起来把埃莉的房门关好，否则他会被啾吉的鼾声吵得无法入睡。

现在，这只猫却睡得像石头，像死了一样。

不对，有一次例外。刘易斯记起在楼下睡沙发床那晚，惊醒时瞥见啾吉蜷卧在他胸膛上……啾吉当时对他喵了一声。

不过，正如贾德森·克兰德尔所说——或所猜想——这还不算坏。刘易斯发现地下室锅炉后方的窗子破了，叫玻璃工人来修理后，他反而省下不少燃油钱。要不是因为这只猫，刘易斯也许几周内都不会发现那块破窗——这样看来，他倒该感谢啾吉才对。

埃莉不让啾吉上她的床是事实，但她看电视时，却让它跳到腿上睡觉。不过几分钟后，埃莉又会把它推下地。"啾吉，走开，你好臭啊。"埃莉每天按时喂它，连凯奇有时候也会抓住啾吉的尾巴拖一下……刘易斯认为那是表示友善而非恶意；凯奇就像个小修士拉着一根粗毛编制的敲钟绳。碰到这种情形时，啾吉便没精打采地爬到散热板下躲避凯奇。

如果我们养的是狗的话，可能早就注意到它有所不同。刘易斯想道，总之，猫咪是他妈的独立的动物。既独立又奇怪，难以预料。刘易斯并不奇怪那些古老的埃及皇后和法老会想把猫咪做成木乃伊，将它们葬在自己的三角形坟墓里以作为他们在另一个世界的精神领导。猫咪就是这么诡异。

刘易斯正在组装埃莉的蝙蝠自行车。

"老大，装好了吗？"雷切尔问。

刘易斯高举成果。"好啦！"

雷切尔指着袋子里剩下的几枚塑料钉说："这些呢？"

"备用零件。"刘易斯说着,有点不好意思地笑了。

"这些最好是备用的,别让孩子跌断他们的小脖子。"

"跌断脖子的时候还没到呢。"刘易斯假装带着恶意说,"那要等她长到十二岁想玩滑板出风头的时候。"

雷切尔哼声说:"大夫,你就不能好心点嘛!"

刘易斯站起来,用手按着腰,转动上身,挺得脊椎骨咯咯发响。"所有玩具都在这儿了。"

"而且都是完整的,记得去年吗?"雷切尔抿着嘴笑道。去年他们买的玩具几乎每一样都得自己组装,他们一直搞到圣诞节凌晨四点,弄得两人怨气冲天。结果当天下午,埃莉便发现了盒子比里面的玩具更好玩。

"恶——心!"刘易斯在模仿埃莉。

"好了,上床睡觉吧。"雷切尔说,"我要早点把圣诞礼物给你。"

"女人——"刘易斯说道,身体站得笔直。"那不是礼物,是我应享的权利。"

"你想得美。"雷切尔隔着指缝笑道。她看起来就像埃莉……也像凯奇。

"等一下。"刘易斯说,"还有件工作要做。"

刘易斯迅速走向前面,从走道壁橱里拿出一只靴子。然后把围住炉火的网栏搬开。

"刘易斯,你在搞什么——"

"等着瞧吧。"

壁炉左边的火已经减弱,留下厚厚一层灰烬。刘易斯拿靴子在灰上按了个深深的脚印,然后在壁炉外的红砖上像盖橡皮图章似的盖了个柴灰大脚印。

"行了。"刘易斯说完,再把靴子放回壁橱。"你喜欢吗?"

雷切尔咯咯笑道,"刘易斯,埃莉会兴奋得发疯的。"

两周前,埃莉在学校听到一个令她不安的传言,那就是:圣诞老人其实都是爸妈假扮的。这个传言的可信度又因为埃莉在班格尔购物中心的所见所闻而变得更高。埃莉看到一个很瘦的圣诞老人坐在冰淇淋店的柜台里大口吃着起司汉堡,半边胡须拉了下来。不论雷切尔如何安抚,埃莉还是深受震撼(不过,令她感到震撼的好像是起司汉堡,而不是假胡子)。雷切尔向埃莉再三保证:百货公司和救世军的圣诞老人都是真的圣诞老人派出来的"帮手",因为真的圣诞老人身在北方,忙着清点给小朋友的礼物,又要读很多小孩在圣诞节前夕才写的信,还要赶着出现在世界各地。

刘易斯再把网栏复原。现在,他们的壁炉上有两个明显的脚印,而且是朝圣诞树的方向前进,仿佛圣诞老人从烟囱下来,把要给克里德家的礼物留在树下。这戏法表面看来没有漏洞,但如果仔细观察,就会发现两个都是左脚印……刘易斯心想,埃莉还没有这种洞察入微的能力。

"刘易斯,我爱你。"雷切尔说完给他一吻。

"宝贝,你嫁了个胜利者。"刘易斯说,"跟我一辈子,我把你变成明星。"

他们正要上楼,刘易斯指着埃莉摆在电视前的一张折叠桌,上面放着饼干和两块巧克力蛋糕,还有一罐啤酒。埃莉留下一张字条,写的是:"圣诞老人请用。"

"你要饼干还是巧克力蛋糕?"

"蛋糕。"雷切尔说完,一口吃下半块;刘易斯则拉开啤酒罐。

"这么晚喝啤酒会让我胃酸过多。"刘易斯说。

"废话。"雷切尔愉快地说,"大夫,来。"

刘易斯放下啤酒罐,突然抓着睡袍口袋,好像刚才忘了什么似的——其实他一直都感觉得到袋中物的分量。

"这是送给你的。"他说,"你现在就可以打开,因为已经过了午夜。亲爱的,圣诞快乐。"

雷切尔拿着那个用银纸包着、绑着蓝色缎带的小盒子翻来转去。"刘易斯,什么东西?"

他耸耸肩。"肥皂、洗发精。到底是什么,我忘了。"

雷切尔站在楼梯上解开纸盒,一看是蒂芙尼的盒子,瞬间惊叫出声。她拿开上面盖着的泡棉,望着盒里的东西发呆。

"怎么样?"刘易斯心急地问道。他从来没送过她什么珠宝,此刻不免有些紧张。"你喜不喜欢?"

雷切尔从盒中取出金链子,挂在她撑起的手指间,让挂在金链子另一端的蓝宝石对着走道的灯光。宝石慢慢旋转,射出碧蓝冷艳的光辉。

"哦,刘易斯,这太美了——"他见她话中带着哭音,不禁深受感动。

"亲爱的,别哭。"他说。"戴起来看看。"

"刘易斯,我们负担不起——你负担不起——"

"嘘——"刘易斯说,"从去年圣诞节后,我就开始东省一点西存一点……这东西没有你想的那么贵。"

"多少钱?"

"雷切尔,我绝对不会告诉你的。"他一本正经地说,"就算派一队拷打专家来折磨我我也不说。两千块。"

"两千!"雷切尔突然死命抱住他,差点因此跌下楼梯。"刘易斯,你疯啦!"

"戴起来。"他说。

雷切尔戴上项链,刘易斯帮她勾上链扣,她转过身来面对着他。"我要到房间照镜子,我要打扮打扮。"

"去吧。我去把猫放到外面,然后关灯。"

雷切尔笔直地望进刘易斯的眼里,"等一下亲热的时候,我身上只戴这条项链。"

"那快去打扮吧。"刘易斯逗得她大笑起来。

刘易斯抓起啾吉横搁在一只手臂上——这几天他已懒得拿扫帚赶它。他想,大概他已经习惯啾吉了吧。刘易斯打开那扇厨房和车库间的门,一股冷气绕着他的脚踝打旋。

"啾吉,圣诞快——"

他还没说完便愣在当场。门前的地垫上,有只头部稀烂的死乌鸦,一只断掉的翅膀像纸片般落在躯体后方。啾吉立刻从刘易斯手上跳下来,忙着用鼻子去闻那已冻僵的乌鸦。刘易斯看到啾吉的头宛如弓箭脱弦般迅速,他还来不及转头,啾吉就已咬出乌鸦一只发白的眼珠。

啾吉又得手了。刘易斯想着就觉得恶心,他想:啾吉要咬另一只眼睛了——但他先看见的却是从那空眼窝里冒出的血。这还不够看,更坏的我都见过,比如帕斯考,他就比这更糟……

可是眼前所见确实让刘易斯恶心,他的胃在翻搅,刚才逐步累积的情欲一下全被打消了。妈的!这乌鸦差不多跟啾吉一样大,啾吉一定是趁它不备时偷袭的。

门前这团糟当然要清掉，没人想在圣诞节清晨看见这种恶心的东西。这不又是他的责任吗？当然是。就像接妻儿回家那天，也是他故意碰倒轮胎去遮住那只被啾吉杀死的老鼠。

刘易斯，男人的心园中的泥土里石头很多。

这念头如此清晰，几乎有着立体的影像和声音，刘易斯回头看了一下，仿佛贾德森就在他肩后大声说话。

一个人种他能种的……细心照料。

啾吉还在死鸟旁贪婪地隆起背脊，它在咬另一只翅膀。啾吉边咬边拉扯时，乌鸦的翅膀发出一种难以理解的沙沙声。

刘易斯突然狠狠地踢了啾吉一脚，踢得它落地时后腿蹩成了八字形。它走开时，对刘易斯投来恶意的目光。"来吃我啊。"刘易斯说，并发出猫一样的嘶嘶声。

"刘易斯？"雷切尔的叫声从他们的卧室传来。"来睡觉吧？"

"就来了。"刘易斯回答。雷切尔，我只是有一小堆麻烦要清理，好吗？因为这是我自找的麻烦。他摸到车库的电灯开关，开灯后再到厨房水槽下的橱柜里拿了个绿色塑料袋，又去车库拿挂在墙上的铁铲。他把死乌鸦与断翅铲进袋子里，然后将袋口打结，丢进放在思域轿车另一边的大垃圾桶。等他弄完时，两只脚踝都已冻僵了。

啾吉站在车库门口，刘易斯举起铁铲恫吓似的对它一挥，啾吉立刻遁入黑夜中。

雷切尔躺在床上，全身上下除了蓝宝石项链外一丝不挂。她慵懒地对着刘易斯微笑："老大，什么事花了你这么多时间呀？"

"水槽上面的灯泡坏了，我换了个新的。"

"过来。"雷切尔轻轻拖着他,但拖的不是他的手。"哦,刘易斯,亲爱的,这玩意儿怎么啦?"

"我想它刚睡醒。"刘易斯说着一面脱掉睡袍。"也许在圣诞老人来临前,我们可以让它睡着,你看怎么样?"

雷切尔用手肘撑着身体,刘易斯感觉到她又暖又甜的呼吸。

"它知道你干过好事还是坏事……所以你最好要乖乖的……刘易斯,你是好孩子吗?"

"我想是的——"刘易斯的声音不太稳定。

"我要尝尝它的味道是不是跟卖相一样好。"雷切尔说。

这场性爱很美好,但刘易斯不像往常那样尽兴之后倒头便睡。在这圣诞节的凌晨,他躺在黑暗中,听着雷切尔缓慢深沉的呼吸声,心里想着死在门前的乌鸦——那是啾吉送他的圣诞礼物。

克里德医生,把我随时放在你心里。我原本活着,后来死去,但又复活。我兜了个圈子,我在此告诉你,一个人种他能种的,并加以照料。克里德医生,千万别忘了,现在我是你心园所能种出的一部分,你太太、你女儿、儿子……还有我。记住这秘密,好好照料你心里的园地。

不知不觉中,刘易斯睡着了。

31

埃莉因为看到壁炉上的脚印而相信——至少暂时相信——真的有圣诞老爷爷。凯奇心满意足地拆开他的礼物,偶尔嚼着看起来特别有味的包装纸。这个圣诞节,两个孩子到了下午便都认定包装盒比玩具更好玩。

新年前夕，克兰德尔夫妇过来品尝雷切尔调的蛋酒，刘易斯发觉自己正暗地观察着诺玛。那苍白而略呈透明的面容他早已见过，刘易斯的祖母看见的话，肯定会说诺玛开始"衰"了；这不是个坏字眼。诺玛那双饱受风湿折磨而肿胀变形的手上长满酱色斑点，她的头发也更稀少了。克兰德尔夫妇十点左右便告辞回家，克里德夫妇则坐在电视机前守岁，这是诺玛最后一次到他们家来。

在刘易斯的这段假期中，天气很差，不是融雪就是下雨。他虽然感谢气温升高，减少了烧暖气的费用，但下雨让人烦闷，于是刘易斯只好在室内活动，帮太太钉书架，替自己的书房组装一部模型汽车。一月二十三号开学时，刘易斯反而高兴了起来。

流行性感冒终于席卷校园，春季学期开始不到一周，一场非常厉害的流行性感冒便蔓延全校。刘易斯忙坏了，每天必须工作十小时、甚至十二小时，回到家时已是筋疲力尽……不过他倒没有因为这种状况而不开心。

暖锋直到一月二十九日温度暴升到最高后才告结束。继之而来的是场大风雪，接下来一星期气温又降到零度以下。刘易斯正在替个年轻人检查他快长好的断臂，年轻人希望到了春天时就能回去打棒球——但刘易斯认为这只是他的痴心妄想。这时一个助理护士探头进来，告诉刘易斯他太太来电。

刘易斯回自己的办公室接电话。电话里雷切尔在哭，刘易斯马上知道情况不妙。他想：是埃莉出事了，从雪橇上摔下来弄断了胳膊，还是撞破了头。刘易斯不安地想到那六个发生雪橇意外的兄弟会疯狂学生。

"不是我们的孩子出事了吧？"刘易斯问："雷切尔？"

"不，不是。"雷切尔哭着说，"不是孩子。刘易斯，是诺玛，诺玛·克兰德尔，她今天早上去世了。贾德森说吃完早饭后八点钟左右死的。他到我们家来看你在不在，我告诉他，你已经出门半个钟头了。他……哦，刘易斯，他看起来失魂落魄……好衰老……还好埃莉上学去了，凯奇还小，还不懂事……"

刘易斯眉头紧锁，尽管听到如此不幸的消息，但他发现此刻自己脑中琢磨的却是雷切尔。因为这是态度和看法的问题，你很难指出其中症结。雷切尔认为死亡是个秘密，是恐怖的事情，绝不能让小孩知道。就像维多利亚时代的英国绅士淑女认为绝对不能让小孩知道男女性交的细节。

"天啊！"刘易斯说，"是因为心脏吗？"

"我不知道。"雷切尔说道。她已停止哭泣，不过声音仍然嘶哑。"刘易斯，你能回来一下吗？你是他朋友，我想他很需要你。"

你是他朋友。

刘易斯心想：我是他朋友，虽然没料到会跟个八十岁的老头做朋友，但我确实是他朋友。再想到他们两人间的秘密，他们最好还是继续保持朋友关系。就已经发生的那些事来说，刘易斯猜想：贾德森比他更早明白他们是朋友。死老鼠也好，死乌鸦也好，刘易斯觉得贾德森替他所做的决定是对的……就算不对，至少也是个充满同情心的决定。现在，他要尽力帮助老贾。

"我马上回来。"刘易斯说完后挂上了电话。

32

不是心脏病,是突发脑溢血,死者可能没有遭受任何痛苦。那天下午,刘易斯打电话给斯蒂夫,告诉他诺玛病故的消息,斯蒂夫说他自己倒不反对以这种无痛苦的方式告别人世。

雷切尔不愿意,也不许刘易斯跟她谈这件事。

埃莉并不悲伤,只是表示好奇——刘易斯觉得这正是个身心健康的六岁小孩应有的态度。埃莉想知道克兰德尔太太死时,眼睛是闭着还是睁开,刘易斯说,他不知道。

贾德森勉强还撑得下去,想想诺玛和他同床共枕将近六十年,他怎么能不悲痛?刘易斯进屋时发现这老人——现在贾德森看来完全像个八十三岁老人的样子——独坐厨房里抽着烟,喝啤酒,两眼茫然地注视着客厅。

贾德森抬头看着刘易斯说:"刘易斯,她走了。"他说得如此清楚、平淡,刘易斯心想:诺玛的死一定还没击中老贾的神经枢纽。突然间,贾德森的嘴角开始抽动,他举起一只手腕遮着眼睛。刘易斯连忙过去环抱着他。此时贾德森终于克制不住,开始放声大哭。他这下明白了。贾德森非常清楚,他的老伴死了。

"哭出来对你有好处。"刘易斯说,"老贾,诺玛也会希望你哭出来。如果你不哭,搞不好她还会生气呢。"刘易斯说着也忍不住开始掉泪。贾德森紧紧抱着他,刘易斯也紧抱着贾德森。

贾德森哭了差不多十分钟,这场感情风暴才算过去。接着,刘易斯仔细听着贾德森所讲的一切——他以医生兼朋友的双重身份聆听着。刘易斯在听,贾德森有没有在话中兜圈子,他在听贾德森对于发生时间是否清楚(没有理由去检查贾德森是否知道发生地点，因为对贾德森而言，地点总是在缅因州绿洛镇）。刘易斯最留心的是贾德森提到诺玛时是否还是用现在式。最后刘易斯发现，贾德森没有任何无法掌握现况的迹象。刘易斯深知年老的夫妇常会在相隔一月一周、甚至一天内相继死亡。这是由于老伴去世遭受的打击使然，或者由于内心深处那种要追随死者的欲望（啾吉复活之前，刘易斯还不曾这么想。他发觉自己对于精神与超自然方面的想法，已悄悄地起了明显变化）。刘易斯的结论是：贾德森悲痛万分，但他的神志依然清楚。刘易斯并不觉得贾德森呈现出如同诺玛般的明显衰老之相。

贾德森帮刘易斯从冰箱里拿了瓶啤酒，他的脸上仍然泪痕斑斑。

"现在喝啤酒早了点。"贾德森说，"不过，这世上总有什么地方已经日上三竿了吧，再说在目前的情况……"

"不用说了。"刘易斯告诉贾德森，同时打开瓶盖，他望着贾德森，"我们为她干杯，好吗？"

"我们为她喝一场吧。"贾德森说，"刘易斯，你该看看她十六岁时的风姿，她从教堂出来，上装的纽扣解开……你会看得眼珠都跳出来。她甚至能够让魔鬼发誓戒酒。感谢上帝，她从来没叫我发誓戒酒。"

刘易斯点点头，举起酒瓶。"敬诺玛。"刘易斯说。

贾德森拿起啤酒瓶与刘易斯的酒瓶相碰，又哭了起来，但同时也在微笑。贾德森点着头说："祝她永远安息，愿她去的地方没有恶毒的风湿。"

"阿门。"刘易斯说，两人举瓶对饮。

这是刘易斯唯一一次看到贾德森喝得微带醉意，可是贾德森没有胡言乱语。他会追忆往事，一连串温暖的往事和趣闻，他讲得清清楚楚，有声有色得令人神往。在追怀过去之际，贾德森同时还要处理眼前的事，这更让刘易斯佩服得五体投地。假如是雷切尔碰到这种状况，她可能吃完早餐的柚子和麦片后就支持不住了，而刘易斯也怀疑，自己能不能有贾德森一半坚强。

贾德森打电话给班格尔市的布鲁金-史密斯殡葬公司，凡是电话中能安排的他都安排好了，他约好第二天亲自去办理电话中解决不了的事。

贾德森要将诺玛防腐收殓。是的，他要她的遗体衣着齐全。不，他不需要殡葬公司准备的鞋。贾德森问可有人能为诺玛洗头，她上一次洗头是星期一晚上的事了，到她过世时，头发已经脏了。

刘易斯在旁边听着，因为他叔叔就是干这行的，所以他知道对方在告诉贾德森：洗头做头都包含在他们的服务项目中。贾德森点点头，并谢谢与他通话的人。是的，贾德森希望他们替诺玛化妆，不过略施脂粉就好。"她已经是个死人了。"贾德森点了支烟说，"没必要浓妆艳抹。"贾德森又以指挥若定的口吻告诉对方：出殡前棺材要盖上，只在头一天亲友瞻仰遗容时才打开。他要把诺玛的遗体葬在霍普岗公墓，他们在一九五一年就已经买下了那里的一块坟地。贾德森手中拿着地契告诉对方：诺玛是霍字第一〇一号；贾德森事后对刘易斯说，他自己是霍字第一〇二号。

贾德森挂上电话，望着刘易斯说："对我来说，世上最好的公墓就在班格尔。刘易斯，有兴趣的话再喝瓶啤酒，办这件事得花不少时间。"

刘易斯正要拒绝——他已经觉得有点轻飘飘了——但突然间，他的眼帘后方浮现一幅景象：贾德森用一个异教的担架，拖着诺玛的尸体穿过树林，往米克马克族古葬场走去。

这景象使刘易斯觉得宛如挨了一记耳光。他一言不发，起身去冰箱再拿一瓶啤酒。贾德森对他点点头，又开始拨打别的电话号码。到了下午三点，刘易斯回家吃了个三明治，喝了碗汤，那时贾德森已经把诺玛的丧事安排妥当了。他按部就班的做法就像举办一场重要的晚宴。他打电话给北绿洛镇卫理公会，丧礼将在那里的教堂举行。又通知霍普岗公墓管理处办公室，殡葬公司虽然会与他们接洽，但贾德森还是认为自己应该事先通知以示礼貌。为此，刘易斯对贾德森更加佩服。最后贾德森翻着一册破旧的通讯簿，打电话通知他和诺玛一些尚在人间的亲戚。不讲电话的空当，贾德森便一面喝酒，一面追叙往事。

刘易斯太佩服贾德森了……甚至是……爱他？

不错，刘易斯衷心敬爱贾德森。

当天晚上，埃莉换了睡衣、下楼让刘易斯亲她道晚安时，问他克兰德尔太太会不会进天堂。埃莉问得很小声，好像知道最好别让第三者听见。雷切尔正在厨房烤鸡肉派，准备明天带去给贾德森。

公路另一边的克兰德尔家灯火通明，屋前的车道和公路边左右近百英尺的空地上停满了车子。虽然明天才要在殡葬公司瞻仰遗容，但许多亲友已先来此安慰贾德森，并帮他一同悼念诺玛——贾德森在下午曾用"先走一步"这句话来代表诺玛的逝世。二月的寒风从他们两家的房屋间吹过，公路上覆着一层冰，现在是缅因州冬季最冷的日子。

"这个，我真的不知道。"刘易斯回答，把埃莉抱到膝上坐着。刘易斯不安地意识到，埃莉对于唐老鸭、蜘蛛人和汉堡王的了解可能比他自己对于摩西、耶稣和圣保罗的了解要多。埃莉有个不守教规的犹太妈妈和一个不上教堂的基督徒爸爸。因此她对整个精神世界的观念十分模糊。如今为时已晚。埃莉才五岁多，可是，老天，已经晚了。

埃莉一直望着刘易斯，这时他必须说几句话。

"一般人相信各种各样关于死后会怎么样的事。"刘易斯说，"有人相信我们会进天堂或下地狱，有人相信我们变成婴儿投胎——"

"没错，是再生，就像电视上播的电影《魔缘》那样。"

"你不可能看过那部电影！"刘易斯说道，然后又想：要是雷切尔知道埃莉看过《魔缘》，一定会气得中风。

"我的同学玛丽告诉我的。"埃莉说道。玛丽是埃莉最要好的同学，是个外表有点肮脏、看起来有点营养不良的小女孩。身上总是有脓疱或皮癣，仿佛得了坏血病。刘易斯和雷切尔都很鼓励这段友谊，但有次玛丽离开他们家后，雷切尔对刘易斯坦白说，每次玛丽来过以后，她都有种冲动，想检查埃莉头上有没有虫卵或跳蚤。刘易斯听完后放声大笑，点头如捣蒜。

"玛丽的妈妈什么节目都让她看。"埃莉话中隐隐带着批判之意，但刘易斯决定不予理会。

"那叫转世，你说的意思也差不多。天主教相信天堂和地狱，他们也相信有个叫作炼狱的中间地带。印度教和佛教相信无忧无虑的涅槃。"

饭厅墙上出现了一道影子,是雷切尔在偷听。

刘易斯慢慢说:"也许还有很多别的,不过埃莉,其实没有人真的知道。有人说他们知道,可是其实他们真正的意思是:他们有信心,所以他们相信。你懂不懂什么是信心?"

"嗯……"

"现在我们坐在椅子上。"刘易斯说,"你想这张椅子明天还会在这里吗?"

"当然在喽。"

"那就是你对于椅子还在这里这件事有信心,我也有信心。信心就是相信一件事物一定会如此,不管现在或未来。懂了吗?"

"懂了。"埃莉肯定地点头。

"可是我们无法知道这椅子明天会不会还在这里。因为,说不定会有小偷半夜开门进来把它偷走,对吗?"

埃莉吃吃笑着,刘易斯也在微笑。

"我们只是有信心认为这种事不会发生。信心是个了不起的东西,虔诚的教徒想让我们相信,信心与知道是一样的事情,但我不这么认为。关于人死后会怎么样的说法太多,我们知道的是:我们死掉的时候,我们的灵魂和思想要么继续存在,要么就不存在。如果继续存在,那就会发生你能想到的各种可能;如果不存在,那死了就是死了,完蛋了。"

"就像睡着了?"

墙上的影子在移动,又停了下来。

刘易斯成年后——他想,是从读大学开始——便相信人只要死了就结束了。他有多次守在死人身边的经验,可从来不曾感觉有个灵魂子弹射过他身边,飞向……什么另外的地方。维克托·帕斯考临终时，他不正是这样想的吗？读大学时，刘易斯曾经认同普通心理学教授的看法，认为学术期刊里提过、随后被大众媒体通俗化的"死后生命经验"可能是代表理智对抗死亡冲击的最后一道防线——创意源源不绝的人类心灵击退"生命终点"这个概念的方法就是：建构一个"永生不死"的幻觉。

在芝加哥念大二时，刘易斯也曾认同一位宿舍同学的看法。那时候，他们一群人漫谈了一整夜，这位同学表示：《圣经》里所列的奇迹都相当可疑，因为自从理性时期开始，奇迹便消失无踪（这位同学原本说的是"完全消失无踪"，但被其他同学强迫说得保留一些），虽然世上有许多谜团正变得越来越清楚明亮，有某些团体声称世上还有很多奇事正在不断发生（例如"耶稣裹尸布"就是最好的证据）。这位同学后来变成密歇根州第尔波市有名的产科医生，他当时说："所以，耶稣让拉撒路起死回生。对我来说，这没问题啊！如果我必须吞下这种想法，我就会吞。有人说双胞胎的其中之一会在子宫里将另一个胎儿吃掉，像个未出生的吃人魔一样。结果二十年后那个人的睾丸或肺脏里出现牙齿，所以可以证明那个人真的吃掉了双胞胎手足。我的意思是，如果我连这种鬼话都相信，那就没什么事是我不能相信的了。但是，我想要看到死亡证明书——你懂我的意思吗？我不怀疑他从坟墓里爬出来，但我想看原本的死亡证明书。我就像托马斯一样，他说他只相信耶稣在看得穿手上钉子凿穿的洞，并将手插入那家伙的身体时就复活了。据我看来，耶稣才是那群人当中真正的医生，而不是路加。"

不，刘易斯本来一直不信灵魂会继续存在，可是啾吉改变了他的想法。

"我相信我们会继续存在。"他对女儿说,"不过,我没办法具体说明。至于如何存在,以及存在的形式,可能会随每个人的不同而不同。总之,我相信会继续存在,我相信克兰德尔太太已经到了一个能让她快乐的地方。"

"你有信心。"埃莉说。这不是问句,她的声音中充满敬畏。

刘易斯微笑,觉得又高兴又有点难为情。"大概是吧。我有信心现在该是你睡觉的时候了。"

刘易斯亲了埃莉两次,一次亲在嘴上,一次亲在鼻头上。

"你想动物会继续存在吗?"

"会的。"刘易斯不假思索地说,差点就要添上一句:尤其是猫。但话到嘴边又停了下来,他顿时觉得浑身肌肤发凉。

"好了。"埃莉说着从他膝上滑下来。"我去亲妈咪说晚安。"

"快去吧。"

刘易斯望着埃莉走到饭厅门口,她转身说:"那天我真傻,为了啾吉哭成那样。"

"宝贝。"刘易斯说,"我不觉得你傻。"

"假如它现在死了,我就不会伤心了。"埃莉说道,同时好像因为自己竟然说出心事而惊讶。接着她又说了一遍,表示同意自己的看法:"我一定不会伤心。"然后她就去找雷切尔了。

稍后,雷切尔在床上对刘易斯说:"我听见了你和埃莉的谈话。"

"你不赞成?"刘易斯问。他觉得,如果雷切尔想谈,他们今天就干脆把事情说开来。

"不赞成。"雷切尔露出犹豫的表情,这不像她。"不,刘易斯,我不是那个意思。我……我在担心。你知道我的，我一害怕，防卫心就会变强。"

刘易斯不记得自己曾见过雷切尔说话时这么费力，他突然提高警觉，仿佛踏进了雷区。

"害怕什么？怕死亡？"

"不是怕我自己死。"雷切尔说，"我现在根本想都不想这件事。但我小时候，我常想到。我还常常失眠，梦见怪物来把我吃掉，而那些鬼怪看来全都是我姐姐泽尔达的样子。"

刘易斯心想：这就对了，我们结婚这么多年后，你终于说出来了。

"你不大谈你姐姐。"刘易斯说。

雷切尔笑了笑，摸一下他的脸。"刘易斯，你真会说话。我其实根本不谈她，我尽量不去想她。"

"我总以为你有你的理由。"

"以前是，现在也是。"

雷切尔顿了顿，陷入思考中。

"我只知道你姐姐死于……脊髓炎。"

"脊髓炎。"雷切尔复述一遍，"在我们家找不到她的相片。"

"有张小女孩的照片在你父亲的——"

"书房里，没错，我忘了，我母亲皮夹里也有一张。泽尔达比我大两岁，她得了脊髓炎……她就像家里一个藏在后面卧室里的肮脏秘密。刘易斯，我姐姐死在后面那间卧室里，她一直是这个家里肮脏的秘密！"

雷切尔突然开始痛哭，而且越哭越响，刘易斯意识到她已濒临歇斯底里的边缘，于是伸手抚着她的肩，但他的手刚碰到她，她便立刻将身体挪开。

"雷切尔,亲爱的——不要——"

"别对我说不要。"雷切尔说,"刘易斯,别拦我,我只有力气讲一次,讲完这一次,我就永远不再谈这件事。今晚我可能睡不着了。"

"有那么可怕吗?"刘易斯刚问出口便已知道答案。一直以来的许多事,甚至那些他从来不曾联想到或只是起疑的事,顿时全都明白了。刘易斯发现雷切尔从不参加葬礼——连他医学院同学埃尔·洛克的葬礼都不参加。埃尔是骑摩托车时撞上公交车而死的,生前是他们公寓的常客,雷切尔一向喜欢他。可是,她却没去参加葬礼。

刘易斯突然记起,那天她说自己病了,好像病得很重,但第二天她又完全好了。

应该是说,埃尔的葬礼结束后她就好了。刘易斯记得:那时他曾想过,她的病可能是心理作用。

"当然可怕,比你想象的还糟。刘易斯,我们眼睁睁看着泽尔达一天天恶化却束手无策。她时时刻刻都在痛苦中,她的身体逐渐枯萎……她的双肩弓起,脸皮下垂如同面具,她的双手像是鸟爪。有时候我必须喂她,我不喜欢,但我还是照样毫无怨言地喂她。每当她痛得厉害的时候,他们就给她止痛药,开始时分量很轻,后来越来越重,就算她不死,她这辈子也要靠毒品维生。但我们也知道她当然活不久了,我猜那就是为什么全家人都把泽尔达当作一个肮脏的秘密,因为我们要她死,刘易斯,我们希望她死,不只是为了让她不再痛苦,她死了,我们也就不再感到痛苦;因为她的外表开始变得像个怪物,心思也像怪物……哦,我知道这种话听起来有多恶毒……"

雷切尔将头埋进掌心。

刘易斯温柔地抚着她说:"雷切尔,听起来一点也不恶毒。"

"恶毒!"雷切尔叫道,"非常恶毒!"

"听起来是实话实说。"刘易斯说,"长期患病的人常会变得像个不讲理而且讨人厌的怪物,那种把长期卧病的病人视为受难圣徒只是过度浪漫的想法。只要臀部因为日子一久而开始痛时,他们就会存心让别人分担他的痛苦。虽然他们是逼不得已,虽然这么做对他们好转却也于事无补。"

雷切尔一脸愕然地望着刘易斯……看来似乎想通了。但下一瞬间,她脸上又露出怀疑的表情。"这些话是你编出来的。"

刘易斯冷笑一声说:"要不要我拿教科书给你看?要看自杀统计数据吗?根据统计资料,凡是在家中照料绝症病人的家庭,在病人去世后半年内,家人的自杀率也会急速升高。"

"自杀?"

"他们可能服用药物,或开煤气,或举枪自尽。理由包括愤恨、意志消沉……厌世……哀伤……活着的亲人心中会产生一种'他们害死了病人'的感觉。"

雷切尔浮肿的脸稍微轻松了点。"泽尔达很不讲理……我好恨她。她有时候会故意尿床,我妈妈一开始还会问她要不要扶她去浴室……后来她不能起床了,母亲就问她要不要尿盆。泽尔达总是说不要……她每次尿在床上,总是我妈妈或我们母女俩一起替她换床单……每次她都说是意外,可是你能看得到她眼睛里的笑意。她的房间里满是尿味及药味……一瓶瓶麻醉剂,还有闻起来像野樱桃的止咳药。有时候我夜里醒来……就算是现在,我一醒来还是会闻到野樱桃止咳药的味道！我想我大概还在梦里……泽尔达死了吗？她真的死了吗？我觉得……"

雷切尔喘了口气。刘易斯握着她的一只手，雷切尔发狂似的捏紧刘易斯的手指。

"我们替她换内衣时，会看见她扭曲皱缩的背。刘易斯，泽尔达临死前几天，屁股好像已经往上移到背部中间去了。"

这时雷切尔带泪的双眼露出呆滞恐惧的神色。

"有时她会用鸟爪般的手摸我……我好几次吓得差点尖叫出声，叫她不要碰我。我有一次喂她的时候，她伸手摸我的脸，吓得我把汤都洒了出来，烫到我的手，于是我大叫一声……叫完又哭，然后我又看见她眼睛深处的微笑。

"到了最后，止痛药没用了。泽尔达整天哭叫，我们都不记得泽尔达生病前的样子了，连我妈妈都不记得了。如今她只是后面卧室里一个又臭又讨厌、哭叫不停的……肮脏的秘密。"

雷切尔吞下一口口水，喉咙咕嘟一声。

"泽尔达临终的时候，我爸妈都不在家……"

雷切尔鼓足勇气继续往下说。

"她死的时候，我爸妈都不在家。他们不在，可是我在。那时正逢逾越节，他们出去拜访朋友，才出去不过几分钟。我在厨房看杂志，但并太专心，因为我在等时间到了好拿药给泽尔达吃。爸妈出门后，她就不停地叫。她那样尖声怪叫，我什么东西都看不下去。突然……你看……这……泽尔达的叫声停了。刘易斯，我才八岁……天天晚上都会做噩梦……我在想：泽尔达会恨我，因为我的背是直的，因为我的身体不会无时无刻地疼痛，因为我行动自如，因为我会活下去……我开始幻想她想弄死我。刘易斯，直到今晚我都不觉得那只是我的幻想。我确信她恨我。我不认为她真的要把我弄死，但也许有别的办法，她可以把我驱逐出去，然后占有我的身体，就像童话故事里一样……我真的认为泽尔达下得了手。可是，当她停止叫喊后，我进卧室去看究竟怎么回事……看她是身子歪了，还是头滑下了枕头。我进去时看见她的样子，还以为她一定是吞了自己的舌头。刘易斯，她快噎死了——"雷切尔被吓坏了，她的声调提高，眼中满是泪水，好像再次经历了这些情节，"刘易斯，我不知道该怎么办！我才八岁！"

"你当然不知道该怎么办。"刘易斯说。他转身搂着她，雷切尔像船难中不会游泳的人，惊慌地牢牢抓住他。"亲爱的，有人因此责怪你吗？"

"没有。"雷切尔说，"没有人怪我，可是也没人能美化这件事。谁都不能改变这件事，谁都不能让这件事不发生。刘易斯，泽尔达没有吞下她的舌头，她开始发出声音，就像，我不知道，就像——咯咯咯咯——"

雷切尔痛苦地回忆当日所有情景，逼真地模仿当时泽尔达喉咙发出的声音时，维克托·帕斯考的影像忽然掠过刘易斯脑际，他把雷切尔搂得更紧了。

"——口水沿着她的下巴直流——"

"雷切尔，够了。"刘易斯的声音不太稳定，"我知道这种症状。"

"我在解释给你听。"雷切尔固执地说，"我在解释为什么不能去诺玛的葬礼，解释我们那天为什么会吵那愚蠢的一架——"

"嘘——吵过就算了。"

"我不认为吵过就算了。"雷切尔说，"刘易斯，那次吵架我记得很清楚，就像我记得我姐姐泽尔达一九六五年四月十四日是怎么在床上噎死的一样。"

接下来，房间里静默了好一阵子。

"我把她翻过来让她趴着，捶她的背。"雷切尔终于继续说，"当时我只知道这么做。她两脚踢上踢下……我记得还听到像是放屁的声音……我以为要么是她要么就是我在放屁，但其实是我在翻动她的时候上衣的腋缝裂开了。泽尔达的身体开始抽搐……我看她把脸转向侧面，我心想：泽尔达噎住了。等爸妈回来，他们会说我害她噎死了。他们会说：雷切尔，你恨她——那倒是实话。他们会说：雷切尔，你巴不得她死——这也是实话。刘易斯，我记得看到她在床上那样子，脑子里的第一个念头就是：哦，好了，泽尔达噎住了，一切马上就过去了。我再把她翻过来，背朝下。刘易斯，她的脸变黑了，两颗眼球突出，脖子肿胀起来，没多久她就断气了。

"我吓得退到卧室另一边，我猜我想退出房门，可是我撞到墙壁，把墙上挂的图画碰掉下来——那是泽尔达身体还健康时从她喜欢的《绿野仙踪》图画书中挑出来的，上面印的是伟大又恐怖的欧兹魔法师。我妈妈为那幅画配了个玻璃框，因为那是泽尔达最喜欢的画。玻璃框掉在地上，摔得粉碎。我吓得大叫，因为我知道她死了，我想……我揣测……是她的鬼魂来找我算账，她的魂魄也像她本人一样恨我，但是她的魂魄不会只待在床上，所以我拼命叫喊……一面叫一面跑出家门……'泽尔达死了！泽尔达死了！泽尔达死了！'邻居出来看发生了什么事……他们看见我穿着撕破的上衣在街上跑，不停叫着：'泽尔达死了！'……刘易斯，他们大概以为我在哭，但我想我是在笑。我想我大概是在笑。"

"如果你当时是在笑,那我要向你致敬。"刘易斯说。

"你随便说着玩的。"雷切尔以饱经沧桑之人的肯定语气说道。

刘易斯心想:雷切尔迟早会摆脱这长年纠缠她的可怕而腐烂的回忆,但不可能完全摆脱。刘易斯虽非精神医生,可是他知道:在任何一种生命中,总有些已生锈和半掩埋的物体,但似乎只有人类会迫切地想找回那些东西,即使受伤也要把它们从记忆中拔出。今晚,雷切尔就几乎完全拔了出来,就像拔颗齿冠已呈黑色、齿神经染上毒菌,而牙根则闷得发臭的烂牙。这颗牙虽然拔掉了,但那毒细胞还残存着;假如上帝真有慈悲之心,就让那毒细胞永远陷入休眠,只出现在她最深的梦境中吧。雷切尔能够摆脱这许多,已经令人难以置信,这充分表现出了她的勇气。刘易斯对雷切尔产生了敬畏之心,他想为她欢呼。

刘易斯坐起身来,打开电灯。"不是说着玩的,我要向你致敬。如果我需要另找不喜欢你父母的理由……真正的理由,现在我找到了。雷切尔,他们不该把你一个人留在家里,绝对不应该。"

"刘易斯,那天是逾越节。"雷切尔仿佛又变回了那个八岁小孩,责备他道。

"哪怕是上帝的最后审判日我都不管。"刘易斯愤恨中略带嘶哑的声音使雷切尔往后一缩。

护士到哪儿去了?一定有个在病榻服侍的护士……父母亲出门,留下一个才八岁的小孩照顾她垂死的姐姐,那时候,泽尔达说不定已经精神失常了。为什么?因为是逾越节,古德曼夫人受不了那臭味,她得去外面逛逛。于是责任就落在雷切尔身上。各位朋友、各位邻居,这样对吗?雷切尔负起照料病人的责任。她才八岁,梳着马尾,穿着水手服。买了十件新衣服给凯奇,六套新洋装给埃莉，你如果离开我女儿，我就负担你念医学院的全部学费……可是，当你一个女儿因为脊髓炎就快死了，你留下另一个小女儿一人在家的时候，你那本开不完的支票簿哪儿去了？照顾病人的该死护士又到哪儿去了呢？

刘易斯下床。

"你去哪里？"雷切尔吃惊地问。

"去给你拿颗镇静剂。"

"你知道我不……"

"今晚你需要。"刘易斯说。

雷切尔服过药后又继续讲，她的声音很平静，这是镇静剂的功效。

隔壁的邻居把蹲在一棵大树后面不停大喊的雷切尔带回家，雷切尔的鼻子流血了，因此满身都是血迹。这位邻居先设法止住她的鼻血，再给她一杯热茶和两片阿司匹林让她镇定下来，然后打电话叫救护车，并从雷切尔口中得知她父母去的地方，又打电话到盖布伦夫妇家找她父母，盖布伦先生是雷切尔父亲公司里的会计。

当天傍晚，古德曼家起了大变化。泽尔达去世了，她的父母请人来给她的卧室清理并用熏烟消毒。家具全部搬走，只剩一间空房。后来——很久以后——那个房间成了古德曼太太的缝纫间。

当天夜里，雷切尔就开始做噩梦，凌晨两点自梦中醒来后，她发现自己连爬下床都有困难。惊吓之余，雷切尔大声叫妈妈。她的背痛极了，大概是因为翻动泽尔达时用力过度扭伤的。当时她鼓足了吃奶的劲，连上衣的腋缝都扯破了。

很明显，雷切尔拉伤背部是为了防止泽尔达噎死，除了雷切尔本人外，谁都明白这一点。但雷切尔确信这是已经死掉的泽尔达在报复她，泽尔达知道雷切尔恨她，雷切尔知道自己冲出家门大叫"泽尔达死了！泽尔达死了！"时其实在笑；泽尔达知道自己是被谋杀的，所以她要让雷切尔也得脊髓炎，这样雷切尔的背也会扭曲变形，她会卧床不起，慢慢地也会变成两手像爪子的怪物。然后，雷切尔就会像泽尔达一样开始叫痛，开始尿床。最后，雷切尔会吞下自己的舌头噎死。这就是泽尔达的报复。

谁都没办法说服雷切尔，父亲、母亲和梅勒医生都没办法。据梅勒医生的诊断，雷切尔背部有轻微拉伤，同时他毫不客气地叫雷切尔停止胡闹。医生说她应该明白姐姐刚死，爸妈已经非常伤心了，别在这时候耍花样吸引大人的注意。直到后来背痛逐渐减轻，雷切尔才相信这既不是泽尔达的鬼魂向她报复，也不是上帝在惩罚坏心眼的人。在那之后的几个月中（实际上是几年），雷切尔经常梦见泽尔达死时的情景，每次从噩梦中醒来，雷切尔都会在黑暗中用手摸自己的背，肯定背部完好无恙她才放心。这些噩梦使雷切尔常常想象：壁橱的门会砰然打开，泽尔达从壁橱中蹒跚走来，眼珠往上一翻，露出发亮的眼白，发黑的舌头则从唇间伸出，两手犹如魔爪，想要那个睡在床上吓得缩成一团的凶手偿命……

雷切尔没有参加泽尔达的葬礼，或此后任何人的丧礼。

"你要是早告诉我这些，很多事情就不难解释了。"刘易斯说。

"刘易斯，我没办法。"雷切尔说道。此刻她的语音中已带倦意。"从那时候开始……我只要一想到死亡就有点怕。"

刘易斯想：不错，只是有点怕。才怪。

"我！我好像不能不怕。我明知你是对的，死亡是极其自然的——甚至还是件好事，可是我所明白的跟发生在……我内心的……"

"我了解。"刘易斯说。

"那天我对你大发脾气。"雷切尔说，"我知道埃莉只不过是为了……为了很难适应死亡是自然现象而哭……可是我忍不住对你发脾气。刘易斯，我很抱歉。"

"用不着抱歉。"刘易斯说着，轻抚她的秀发。"如果向我道歉能让你心里好过点的话，那我就接受吧。"

雷切尔笑了。"你知道，这的确让我舒服了点，我觉得好像吐出了折磨了我很多年的病毒。"

"也许正是如此。"

雷切尔的眼睛快要闭上了，但又睁开一下。"刘易斯，请你不要完全责怪我爸爸，那段时期他们并不好过。泽尔达的医药费惊人，我爸爸错过了在市郊发展的机会。市中心的店面业绩又不理想。除此之外，我妈妈也快疯了。

"泽尔达的死反而是好日子即将到来的信号，虽然碰上短暂的经济衰退，但不久银根就放松了，我爸爸得到了急需的贷款。从那以后，他再也不回头看，所以我想那就是他们对我怀有占有欲的原因。不只因为我是他们唯一的——"

"还因为内疚。"刘易斯说。

"我想是吧。替诺玛送葬那天，如果我生病在家，你不会生气吧？"

"亲爱的，当然不会生气。"刘易斯停顿一下，再望着她。"我可以带埃莉去吗？"

雷切尔的手在他手中握紧。"哦,刘易斯,我不知道。"雷切尔说,"她年纪这么小——"

雷切尔望着天花板,咬着嘴唇说:"如果你认为是对的,如果你认为不会……不会伤害她,就带她去吧。"她说。

"雷切尔,睡过来。"刘易斯说。这一整夜,他俩就挤在刘易斯那半边床上,她的背贴着他的胸腹而眠。镇静剂的药效过了,雷切尔半夜时再度醒来,全身发抖。刘易斯轻轻用手抚慰着她,同时在她耳边低语"一切都会没事的"。之后,她再度沉沉入睡。

33

"世人就像山谷的花朵,今日开放,明天即被扔进炉灶;人的时间只有一个季节,匆匆而来,倏忽而去。让我们一同祈祷。"

埃莉穿了套专为参加葬礼而买的海军蓝洋装,此时突然低下头来,刘易斯坐在旁边听见她的脖子发出一道响声。埃莉平常很少上教堂,又是第一次参加葬礼,此刻一言不发,神情不胜敬畏。

对刘易斯来说,这倒是个难得的机会。他盲目地爱着埃莉和凯奇,很少有机会用旁观者的态度观察自己的女儿。今天,刘易斯相信自己看到了儿童接近生命初期发展阶段尾声的例证:儿童几乎是个纯粹的好奇物体,他们会疯狂地将知识贮存在连绵不断的线路中。即使后来贾德森弯腰亲她,对她说:"宝贝,你能来我真高兴,相信诺玛也会很高兴。"埃莉仍然沉默无语。贾德森身穿黑西装,脚上穿的是系带皮鞋,看起来和平常不太一样,但颇有派头(刘易斯记得这是他第一次看见贾德森没穿便鞋或绿色胶靴)。

埃莉睁大眼望着贾德森。

这时候卫理公会劳夫林牧师为死者祈福,求上帝赐予平安。

"抬棺的亲友请上前好吗?"劳夫林牧师问道。

刘易斯准备起身,埃莉拼命拉着他的手臂阻止他,脸上露出害怕的表情。"爹地!"她像舞台演员般高声耳语,"你要去哪里?"

"宝贝,我去抬棺材。"刘易斯说道,暂时坐下,用单臂搂着埃莉的双肩。"我去帮忙抬诺玛,一共要四个人抬——我,贾德森的两个侄子,还有诺玛的弟弟。"

"我要到什么地方去找你?"

刘易斯往前面瞥了一眼,其他三人已经集合站在贾德森身旁。参加葬礼的亲友已开始走出教堂,其中有些人正痛哭失声。

"你到外面台阶上等我。"刘易斯说,"埃莉,这样好吗?"

"好。"埃莉说,"千万别把我忘了。"

"不会的。"

刘易斯站起来,埃莉又拉他一下。

"爹地?"

"宝贝?"

"别让诺玛摔下来。"埃莉悄悄地说。

贾德森先为刘易斯介绍他的两个侄儿,他们是贾德森堂叔伯的后代,两个都是壮汉,脸孔十分相像。贾德森又介绍诺玛的弟弟,刘易斯猜他大概五十七八岁,脸上虽然挂着忧伤,但还算承受得住打击。

"很荣幸见到各位。"刘易斯说,他觉得有点别扭——只有他是纯粹的外人。

他们都点点头。

"埃莉没问题吧?"贾德森问。埃莉正流连在门厅观望着他们。

当然——她只是想确定我不会像一阵烟一样消失无踪。刘易斯想到这里,差点面露微笑。但这念头又引发另一个联想:伟大而恐怖的欧兹魔法师。刘易斯的微笑顿时消失。

"我想没问题。"刘易斯边说边对埃莉招招手,她也举手响应,然后,那套海军蓝洋装一转身,她走到外面去了。刹那间,刘易斯不安地发觉,她的姿态多么像个大人。

"你们准备好了?"其中一位侄儿问道。

刘易斯与诺玛的弟弟都点点头。

"小心抬她。"贾德森说着,他的声调陡然变粗,他接着转过身,低着头从座位当中的走道离开。

刘易斯移向老贾为诺玛选的美利坚永恒款铁灰色棺材左后方,他握着杠子,四人抬起诺玛,慢慢步出教堂,外面是寒冷明亮的二月天。有人——刘易斯猜是教堂管理员——把煤渣撒在雪地上防滑,停在路边的灵车正将白雾般的废气排进冬日的空气中。殡葬公司老板和他身强力壮的儿子站在灵车旁,准备助他们一臂之力,以防万一有谁(可能是诺玛的弟弟)失手,或抬不动时需要人协助。

贾德森站在一旁,目送他们把棺材送进灵车。

"诺玛,再见。"贾德森说完,随即点了支烟。"老伴,不久我就来陪你。"

刘易斯单臂轻轻环着贾德森的肩膀,诺玛的弟弟紧紧站在贾德森另一边。两个与这家族早已疏远的壮汉侄儿也已尽完义务。他们对诺玛的印象可能来自照片或几次义务性的探访——整个下午坐在客厅里吃诺玛做的点心,喝贾德森买的啤酒。说不定他们其实对那些年代已久的故事和从未见面的人漠不关心，心中反倒挂着其他想做的事情（洗车，为车身打蜡，打保龄球，或坐在电视机前看拳击赛），巴不得尽完拜访义务后就能离开。

对这两个侄子来说，贾德森这门亲戚已成了过去式，就像脱离母体的小星球，在视野中越来越小，最后变成芝麻大小的光点。所有过去对他们来说只是相簿上的照片。讲述往事时众人围坐的房间对他们来说似乎太热了——他们还没上年纪，他们的关节没有风湿，他们的血液还没变稀。假如人的身体是用来装灵魂的信封——上帝写给宇宙的信——那么美利坚永恒款棺材就是盛装人体的信封。在这些年轻健壮的侄儿眼中，过去是封无法投递的死信，只能将之归档存查。

请上帝拯救过去吧，刘易斯想到自己的亲人（埃莉或凯奇的子女，也就刘易斯的孙儿们）对他感到陌生的日子也将到来，他不禁打了个寒战。

请上帝拯救过去，他又想到这句话，于是环着贾德森肩头的手用力握了握。

葬礼服务员将鲜花安置在灵柩上，电动的后座挡风玻璃升起关紧。刘易斯回到女儿身边，两人一起走向他们的旅行车。路面十分湿滑，刘易斯抓着埃莉的手臂，以防她的皮鞋让她跌倒。停在路边的车辆都发动了引擎。

"爹地，大家为什么都要开车灯？"埃莉好奇地问，"为什么白天要开车灯？"

刘易斯解释道："他们用这种方式向死者致敬。"他发动旅行车的引擎，也打开头灯。"我们走吧。"

丧葬仪式完毕后——仪式不是在坟前，而是在霍普岗公墓的一间小教堂里举行。要等明年春天才挖坟下葬——刘易斯开车返家，埃莉忽然在途中哭了起来。

刘易斯看了看她，他有点意外但不太惊讶。"埃莉，你怎么了？"

"我再也吃不到诺玛做的饼干了。"埃莉抽噎着说，"她做的燕麦饼干最好吃，可是她再也不能做了，因为她死了。爹地，人为什么一定要死？"

"我不知道。"刘易斯说，"我猜大概是为了把地方让给新出生的人吧，让给像你和凯奇这样的小孩。"

"我一辈子都不要结婚生小孩！"埃莉立刻宣布，同时哭得更厉害了。"这样也许我就不会死！太坏了！太自私了！"

"可是，人死了就不会受病痛折磨了。"刘易斯平静地说，"我是医生，我看过很多受折磨的病人。这也是我要在大学工作的原因之一，因为我不想再每天看着病人受折磨。年轻学生虽然常常受伤……甚至承受痛苦，可是那些和受折磨、受活罪不一样。"

刘易斯稍停一下。

"宝贝，信不信由你，人活到老的时候，死亡就不像你以为的那么坏或那么可怕了。你还要活上好多年好多年呢。"

埃莉哭了一阵之后转为唏嘘，然后停了下来。到家之前，她问刘易斯她可不可以听广播，刘易斯说当然可以。于是，埃莉转到WACZ电台，这时电台正在播放一首叫《这栋老屋》的歌，埃莉边听边跟着唱。走进家门，埃莉便跑向母亲，对她大谈她的葬礼见闻；雷切尔一言不发，耐心地听埃莉絮絮叨叨……刘易斯觉得雷切尔看起来脸色苍白，满怀心事。

讲完葬礼，埃莉接着问母亲会不会做燕麦饼干，雷切尔放下手中正在织的毛线，站起身来，好像她正等着埃莉问这问题。"会。"雷切尔说，"要不要做一大堆？"

"要！"埃莉叫道，"妈咪，真的？"

"只要你爹地可以帮忙看凯奇一小时。"

"我可以帮忙看凯奇。"刘易斯说，"我非常乐意。"

晚上，刘易斯在读医学文摘上的一篇论文并做着笔记，准备当晚写封读者来信，反驳该文作者针对伤口缝合所发表的似是而非、研究不够彻底的论点。他正在书架上找他那本《伤口治疗》时，雷切尔从楼上往下走到楼梯半途中。

"刘易斯，上来吧？"

"再等一下。"刘易斯望了雷切尔一眼。"一切都还好吗？"

"两个小家伙都睡了。"

刘易斯仔细看着她。"他们都睡了，但你还没。"

"我在看书。"

"你没事吧？真的？"

"真的。"雷切尔露出微笑。"刘易斯，我爱你。"

"亲爱的，我也爱你。"刘易斯将眼光转向书架，杜特曼的著作《伤口治疗》就在他面前。刘易斯伸手将书取下。

"你和埃莉不在家时，啾吉拖了只老鼠回家。"雷切尔勉强装出笑容。"真恶心。"

"哎，雷切尔，我很抱歉。"刘易斯希望自己的语气不像他真正感觉到的那么抱歉。"情况很糟吗？"

雷切尔坐在楼梯中段，她穿了件粉红色绒布睡袍，脸上的妆已经洗净,她的额头发亮,头发在脑后用橡皮筋扎成短马尾,她看来真像个孩子。"我已经处理掉了。"她说,"不过你知道吗,它死守着老鼠……的尸体不放,我得用吸尘器的长吸筒才能把那只蠢猫赶出门去……它今天居然对我凶,啾吉从来没对我凶过。但它最近好像变了,刘易斯,你想它会不会有什么毛病?"

"不会的。"刘易斯慢慢说道,"但如果你觉得有必要,我明天带它去看兽医。"

"我看大概没关系。"雷切尔说,然后毫不掩饰地望着刘易斯。"你上楼来好吗?我……我知道你有事……不过……"

"当然好。"刘易斯说着站起来身来,好像他其实没什么大不了的事要做。他明知这么一来,原本打算写的读者来信将永远无法完成,因为他要沿着这条路永远走下去,明天还会有别的新花样要应付。啾吉拖回家的老鼠一定会被它抓得血肉模糊,内脏露出体外,说不定连头都不见了。

"我们睡觉去。"刘易斯边说边关掉书房的灯。他与雷切尔并肩上楼,一手揽着她的腰,尽他所能地爱她……但即使稍后当刘易斯进入雷切尔体内时,他却仍听着窗外的寒风呼啸,一边想着啾吉。它本来是女儿的猫,但现在属于刘易斯了。此刻它在哪里,又在捕杀哪种动物?男人的心园中的泥土里石头很多,寒风正唱着阴森的歌。在不远处,曾为他的儿女织过两顶一样帽子的诺玛,现在正躺在霍普岗公墓教堂石窟中的棺材里;殡葬公司化妆师塞进到她双颊下面的白棉花,此时想必已经变黑了。

34

埃莉满六周岁了,她生日那天放学回家时,头上歪戴着一顶纸帽，拿着几张同学画的画像（在画得最好的一张里，埃莉看起来像个友善的稻草人），还讲了同学被老师打屁股的事。流行性感冒总算过去了，刘易斯他们必须将两名病情严重的学生送去东缅因医疗中心。另外哈杜还救了个入学不久便发作剧烈痉挛、名叫汉普顿的新生。

雷切尔有了精神外遇，她看上了一个超市送货的金发男孩。有天晚上，她对刘易斯说："那小伙子胯下好大一包，说不定是塞了卫生纸。"于是刘易斯提议："那你找个机会捏他一把。如果他叫出来的话，那可能就是真的。"雷切尔听完后大笑不止，连眼泪都笑了出来。晴朗但气温总在零下徘徊的二月也过完了，接踵而来的是阴雨绵绵的三月，公路沿途皆是"小心坑洞"的橙色警告标志。

贾德森·克兰德尔挨过他人生中最悲痛的一段日子，据心理学家说，悲痛感从爱人死后的第三天开始，通常会持续四到六个星期——这相当于新英格兰人所谓的"深冬"。等这段时间过去，时间会将人的感情状态连接起来，形成一道彩虹。沉重的悲哀变轻变旧了，悲哀慢慢转为悼念，悼念再变成回忆——这个程序需要六个月到三年才能完成，但这被普遍认为是正常的现象。凯奇已经剪过第一次头发，刘易斯看到儿子的发色转深，嘴里虽然对着儿子的头发开玩笑，但心里却在悼念飞逝的时光。

春天来了，但只停留了一会儿。

35

刘易斯·克里德相信，他此生真正快乐的最后一天，是一九八四年三月二十四日，那些即将降临的灾祸还有七个星期才会到来。但是，刘易斯从目前看来，他这一生中再没有比二十四日更好的日子了。刘易斯心想：即使没有发生任何不幸的事，他仍会永远记得那快乐的一天。人一生中真正的好日子的确很少。在最好的情况下，一辈子能够拥有的好日子也许还不满一个月。刘易斯觉得：拥有无限智慧的上帝，将痛苦赐给人类时总是特别慷慨。

那天是星期六，雷切尔与埃莉去买食品和杂货，刘易斯在家照顾凯奇。她们跟贾德森一起开他那辆一九五九年的小货车出去。倒不是因为刘易斯的旅行车有什么问题，而是贾德森喜欢有她们做伴。雷切尔问刘易斯能不能在家帮忙看凯奇，他说当然没问题。刘易斯很高兴看到雷切尔能出去走走，在缅因州绿洛镇度过一整个冬天后，雷切尔实在需要出去活动一下。虽然平时雷切尔并无怨言，但刘易斯觉得，她的精神似乎有点因为久困家中而不太稳定。

凯奇午睡到两点起床后有点烦躁，刘易斯想办法逗他开心，但凯奇都不感兴趣。更糟的是，这坏小子还拉了一大坨屎，刘易斯在里面发现一颗埃莉的蓝色弹珠。这弹珠很可能会堵住凯奇的喉咙，所以刘易斯决定以后家里不许出现弹珠，任何凯奇抓到手就能塞进嘴里的东西都得拿开。这固然是个明智的决定，可是此刻，刘易斯却无法在雷切尔回家前让儿子开心起来。

刘易斯听见早春的风在屋外刮过，邻居温顿太太的草地上闪烁着随风飘浮的云朵投下的忽明忽暗光影。刘易斯忽然想起，五六个星期前他从学校回家时，心血来潮买的秃鹰风筝。当时买了线吗？哦，买了，好极了！

"凯奇！"刘易斯叫道。凯奇找到一支蜡笔，正在一本埃莉心爱的书上乱涂。刘易斯心想:如果埃莉为了凯奇乱涂她的《野兽国》而大发脾气,他就要提起他在凯奇尿布里发现的宝物。

"干吗?"凯奇机灵地回答。现在的他已经颇会说话了。

"你要不要出去?"

"要出去!"凯奇兴奋地说,"要出去。爹地,我的鞋鞋呢?"

这句话如果照发音写出,会像这样:"达迪,窝得些些呢?"正确翻译是父亲,我的鞋子在哪里?刘易斯对凯奇的话语感到惊讶,并不是因为它们听起来很可爱,他是觉得小孩说话听起来都像是外国移民匆忙中学习的另一种语言,只不过听起来很可爱。刘易斯知道,婴儿会将所有听见的声音都存入语汇中,不论是法语初学者觉得很困难的清脆颤音,还是澳洲野人的喉音或气音,抑或德国人厚重而明显的辅音。孩子开始学习英文后,就会失去这种能力。刘易斯现在觉得(而且并不是第一次)童年时期不是所谓的遗忘的时期,而是学习时期。

凯奇的胶鞋在客厅的长沙发底下。刘易斯相信,在有小孩的家庭中,客厅的长沙发附近很快就会成为奇异的电力磁场,并吸附各种杂七杂八的东西——奶瓶、尿布别针、蜡笔、过期的《芝麻街杂志》,其中许多页还沾满了食物残渣。

不过凯奇的夹克不在沙发底下——而是在楼梯上。而他那顶红袜队棒球帽最难找,因为帽子放在应该放置衣物的壁橱里。但不用说,他们最后才会去看衣柜。而凯奇没有那顶帽子就拒绝出门。

"爹地,去哪里?"凯奇问道,伸手让他父亲握着。

"去温顿太太的草地上。"刘易斯说,"去放风筝。"

"风——筝?"凯奇怀疑地问。

"你一定会喜欢。"刘易斯说,"小子,等等啊。"

他们已经走进车库,刘易斯摸出钥匙圈,打开小储藏柜,从里面找出秃鹰风筝。风筝还装在售货纸袋里,袋子上还钉着收据。他是二月中买的,那时的他满心期待着春天来临。

"达?"这是凯奇的专用语,意思是,"把拔,那里面是什么东西?"

"风筝。"刘易斯边说边从袋子拿出风筝。他把秃鹰展开,塑料制的双翼足有五英尺宽,凯奇充满兴趣地注视着。秃鹰两只凸出而充血的眼睛,从连着它粉红色瘦颈子的小脑袋上注视着刘易斯和凯奇。

"鸟!"凯奇叫道,"爹地,鸟!是只鸟!"

"没错,这是只鸟。"刘易斯同意道。他将几根小棍子穿进风筝背面的接合口,然后再找出他同一天买的五百英尺细绳。他回头对凯奇说:"小家伙,你一定会喜欢这玩意的。"

凯奇果然喜欢。

他们把风筝拿到温顿太太的草地上,在这三月下旬多风的日子,刘易斯第一次就把风筝放起来了,他从什么时候……十二岁起吧?十九年前?就没再放过风筝了。这么久了,真可怕。

温顿太太和贾德森几乎同年,可是身体很孱弱。她住的是幢砖房,很少走到屋外。这片草地延伸到砖房后方与森林相连——那片森林通往宠物公墓,然后再通往米克马克族古葬场。

"爹地,风筝飞!"凯奇兴奋地大叫。

"嘿嘿,看它飞得多高!"刘易斯也叫着回答,兴奋得哈哈大笑。他把绳子放得太快,结果磨痛了掌心。"凯奇,看那秃鹰!它一飞冲天!"

"一飞冲天!"凯奇跟着边笑边叫,开心极了。太阳从一团厚厚的灰云背后钻出,气温似乎立刻上升了两摄氏度。父子俩站在田野间枯草皮上,沐浴在三月明亮而温和的阳光里;秃鹰在他们头顶越飞越高,塑料翅膀迎着气流展开,绷紧。刘易斯觉得现在就像童年时放风筝一样,仿佛自己也跟着飞上了天,自己也成了风筝,俯瞰这世界的实际形状,是地图绘制员在梦中才能见到的景象。温顿太太的草地在积雪融尽后,像蛛网般洁白、沉静,这块田野呈蛛网状,两边是岩石,底边是道路,一条黑色的直缝——秃鹰在高空把一切收入它充血的眼中,它看见那宛如一条灰冷钢带般的河流,河里还浮着冰块。往另一面看,可以看见汉普顿镇、温特波镇,有艘船停在码头,也许它还看见巴克港的圣雷吉斯木材厂,也许它的视野更远至陆地边缘,能看见大西洋的浪涛拍击着岩岸。

"凯奇,你看它!"刘易斯笑着大叫。

凯奇的头后仰的角度太大,结果差点跌倒。他脸上堆满笑容,对着风筝挥手。

刘易斯将一段绳子拉松,然后叫凯奇伸出一只手。凯奇伸出手时,眼睛一直盯着在空中飘舞的风筝。

刘易斯用绳子在凯奇的手上绕了两圈。这时凯奇低头一看,对于拉扯他的那股力量发出惊叹。

"嘿!"凯奇说。

"你在放风筝。"刘易斯说,"交给你,那是你的风筝了。"

"凯奇在放风筝?"凯奇不像在询问父亲,倒像在证明自己的确在放风筝。他试着拉拉绳子,风筝迎风打转。刘易斯和儿子齐声欢笑。凯奇伸出另一只空着的手,刘易斯用手握着,父子俩并肩站在田野中仰望着空中的秃鹰。

刘易斯终其一生都无法忘怀这短暂的时刻。童年时,他曾幻想自己飞上天空与风筝合体。此刻,他则发现自己和儿子融合为一。他觉得自己逐渐缩小,缩进凯奇的身体,从凯奇的灵魂之窗——眼睛——眺望这广阔的世界。风吹动绳子,绳子仿佛有生命般拍打着凯奇的手,风吹乱了他的头发。

"风筝飞飞!"凯奇大声对刘易斯叫道,刘易斯搂着儿子的双肩,亲吻凯奇已被风吹成玫瑰色的面颊。

"凯奇,我爱你。"刘易斯的语气中洋溢着父子亲情。

凯奇笑着,欢欣地叫道:"风筝飞飞!爹地,风筝飞飞!"

雷切尔和埃莉回来时,父子俩还在放风筝。他们把风筝放得很高,几乎把绳子放到了尽头,已经看不清秃鹰风筝的模样,现在天空中只剩一片小小的剪影。

看到她们回来,刘易斯十分高兴,当埃莉接过风筝绳不慎失手、立刻开始追逐在草地上滚动的绳轴时,刘易斯乐得笑个不停。直到二十分钟后,雷切尔说凯奇吹风吹得够了,担心他会着凉,他们才决定回家。

在收绳子时,风筝拼命抵抗,但最后还是只能投降。刘易斯把风筝的黑翅膀与充血的眼睛等折叠起来,夹在腋下再送回储藏柜。当天晚餐时,凯奇吃了一大份豆子和热狗。而刘易斯趁雷切尔帮凯奇换睡衣准备睡觉时,把埃莉带到一旁,问她为什么乱丢弹珠。换作平常发生类似的情况,埃莉一受责备就会恼羞成怒,而刘易斯则会开始对埃莉大吼大叫。但是今晚,由于下午放风筝玩得很开心,他的心情十分愉快,而且埃莉也变得肯讲道理了。她答应以后会小心,然后就下楼看电视看到八点半,这是她星期六享有的特权。刘易斯心想:好了,这件事解决了。其实弹珠不是问题,着凉也不是问题,奥林科的大卡车才是问题,公路才是问题……贾德森·克兰德尔去年八月一日已经对他们提出过警告了。

凯奇上床后十五分钟左右,刘易斯也上楼来。他发现儿子还在喝牛奶,若有所思地睁眼望着天花板。刘易斯抓起凯奇的一只脚,用嘴亲亲再放下,然后对他说:"凯奇,乖乖睡觉啰。"

"爹地,风筝飞飞。"凯奇说。

"它真能飞,不是吗?"刘易斯说着,眼中不知为何含着泪水。"一飞冲天。"

"风筝飞。"凯奇说,"一飞冲天。"

凯奇侧着身闭上眼,不一会儿就睡着了。

刘易斯刚跨出房门,从走廊上回头看时,瞥见一双游魂似的黄绿色眼睛从凯奇的衣柜里注视着他。柜门开着——只开了一道缝隙。刘易斯的心脏顿时跳到喉咙,吓得他合不拢嘴,露出一副怪相。

刘易斯拉开柜门,心想:

(泽尔达,一定是泽尔达,而且会从双唇间伸出黑色舌头。)

刘易斯不知道柜子里究竟是什么,不过除了啾吉还会有谁?它躲在柜子里,一见刘易斯拉开柜门,它马上拱起背部,半张着嘴,露出如针般锐利的牙齿,对刘易斯发出嘶嘶声。

"滚出去。"刘易斯低声说。

啾吉又开始嘶嘶叫，丝毫不肯移动。

"我说滚出去。"刘易斯随手抓了件凯奇的玩具——一个深红色的火车头——举起来威吓啾吉。但这只猫不但坚持不走，还再度发出嘶声。

突然间，刘易斯不假思索地将火车头对准啾吉丢出。不是在玩，不是在逗，刘易斯使尽全力把手中的玩具朝猫掷去。他又生气又害怕，这只死猫竟敢躲在他儿子的衣柜里拒绝离开，仿佛它有权利待在那里似的。

火车头打中啾吉，它厉声一叫，逃出衣柜，笨拙地撞到柜门，逃走时还差点摔下楼梯。

凯奇在床上动了一下，发出咕噜一声，翻个身又睡着了。刘易斯额头冒汗，觉得有点不舒服。

"刘易斯？"雷切尔在楼下叫道，"凯奇跌下床了吗？"

"亲爱的，他睡得很好。是啾吉弄翻了凯奇的玩具。"

"哦，那就好。"

刘易斯觉得——自己好像太不理性了——他刚才的行为，仿佛是进门时竟发现有条蛇爬在凯奇身上，或有只大老鼠停在小床床头的书架上。这当然不理性，可是当它对你发出嘶嘶……

（泽尔达，你在想那伟大而恐怖的欧兹魔法师？）

刘易斯关上衣柜，听见门扣相接的咔嗒声。他稍一犹豫，又在门上插上插销。

刘易斯走回凯奇的小床，儿子翻身时把两条毛毯踢到了膝盖处。刘易斯把毛毯拉起来替他盖好，然后静静站在那里看着儿子，看了好久。

第二部　　　　米克马克族古葬场

耶稣来到伯大尼时,发现拉撒路已经躺在坟墓里四天了。马大听说耶稣到来的消息,便急着赶去见他。

"主啊!"马大说,"如果你早点来的话,我的兄弟就不会死了。但现在你已经来到这儿了,而且我知道不论你对上帝做任何要求,上帝都会应许你的。"

耶稣回答她:"你的兄弟会再活过来的。"

——《约翰福音》(改写)

"嗨!唷!我们走!"

——雷蒙斯乐队

36

认为"人类大脑所能经验的恐怖只能达到某种限度"这种想法大概是错的。相反的,黑暗越深、恐怖越甚,两者之间呈正比关系——尽管很少有人承认,但人类经验在许多方面都支持这个观念。做噩梦做得厉害时,恐怖会产生恐怖,偶发的邪恶则会引起蓄意的邪恶,到最后,黑暗会吞噬一切。但最令人闻之丧胆的问题则是:人类究竟能够承受多少恐怖而还能继续保持清醒和正常?到了某个程度时,恐怖就会开始变得滑稽,而到了那个程度,头脑要么还能保持清醒,要么就是心智崩溃。到了那个程度时,一个人的幽默感便开始接管一切。

刘易斯·克里德如果在他儿子葬礼完毕后能理智一点,很可能也会有这些想法。凯奇·克里德的葬礼在五月十七日举行,不过,当时就算刘易斯还有任何理性——或打算理性思考——也都在殡葬公司终止了。何况刘易斯还跟他岳父在殡葬公司打了一架,引发了更糟糕的后果——粉碎了雷切尔残存的最后一丝微弱自制力。雷切尔被拥出布鲁金-史密斯殡葬公司东侧灵堂时,不停狂呼乱叫,多亏哈杜用药物让她在休息室中镇静下来。

雷切尔本来不会经历这可怕的最后一幕。假如刘易斯跟古德曼先生是在上午十点到十一点半,而不是下午两点到三点半间动手打架的话,雷切尔就不会亲眼目睹。因为上午雷切尔根本没去殡葬公司,贾德森和斯蒂夫陪她坐在家里。刘易斯完全不知道如果这头四十八小时没有贾德森与斯蒂夫陪伴,雷切尔要怎么挨过去。

斯蒂夫能迅速赶来,实在是帮了刘易斯一个大忙,因为他自己暂时无法对任何事情下决定,连为妻子注射一针镇静剂以稍减她的无边悲痛这件小事都做不到。刘易斯甚至没注意到雷切尔打算披着做家务时的衣服去殡葬公司,她的头发没有梳洗,乱糟糟地缠在一起,她脸色惨白,皮肉下垂,眼眶凹陷,眼睛看起来像是嵌在一具活骷髅上。她坐在餐桌前吃早餐,口中一面嚼着未涂奶油的吐司,一面讲着语意前后不相连的话。就像她会突然说:"刘易斯,关于你想买的旅行拖车——"但刘易斯上次聊起这个话题已经是一九八一年(三年前)的事了。

刘易斯只是点点头,继续吃他的早餐。今天早上他用牛奶泡了碗可可熊,这是凯奇喜欢的麦片,虽然不好吃,但刘易斯就是想吃。他穿了套笔挺的西装——是铁灰色的,因为他没有黑色西服。他淋浴过,刮了胡子,梳好了头发。他的样子看来不错,但其实他已完全失魂落魄。

埃莉穿着蓝色长裤和黄衬衫。她带着一张照片上餐桌,那是张雷切尔用拍立得拍出然后放大的相片,相机是刘易斯和孩子去年送雷切尔的生日礼物。照片上的凯奇从一件席尔斯百货公司的雪衣里露出一张笑脸,坐在由埃莉拖着的雪橇上。雷切尔刚巧拍到埃莉回头对着凯奇笑、凯奇也向埃莉笑的镜头。

埃莉把照片摆在面前,什么话都没说。

刘易斯无法看清妻子或女儿,他埋着头吃早餐,脑子里一再重演那幕不幸的意外事件,只是他脑中的影片呈现的结局与现实不同。在脑中的影片里,刘易斯的动作比较快,而结局只是:他们喊着凯奇,但凯奇不肯停下来,最后屁股挨了一顿打,如此而已。

斯蒂夫看到雷切尔和埃莉的情况后,决定上午先不让雷切尔去殡葬公司参加瞻仰遗容的仪式(但刘易斯认为用"瞻仰遗容"名不副实,因为棺材是盖起来的。假如真打开的话,大家一定会吓得尖叫着跑出灵堂)。斯蒂夫同时也不许埃莉过去。雷切尔提出抗议,埃莉则捧着凯奇的照片静坐不语。

斯蒂夫为雷切尔注射了一针她急需的镇静剂,又给埃莉一汤匙透明液体。埃莉平常一要吃药就不停抱怨,此刻她却一声不响,也不摆脸色就直接喝了下去。到了上午十点,埃莉便在自己的床上睡着了(但手中仍握凯奇的照片),雷切尔则坐在电视机前看"幸运轮"益智节目。她回答斯蒂夫的问话时反应迟缓,她的神志已经处于麻醉状态,原本脸上几近疯狂的表情也已消失。

当然,贾德森对这一切都做了妥善安排。他从容不迫,就像三个月前办他太太丧事时一样。刘易斯出门去殡葬公司前,斯蒂夫把刘易斯拉到一旁告诉他:"如果雷切尔应付得了,我让她下午再过去。"

"好吧。"

"这一针的药效那时候也该结束了。你朋友克兰德尔先生说下午会过来陪埃莉——"

"好吧。"

"——跟她玩大富翁之类的——"

"嗯。"

"不过——"

"好吧。"

斯蒂夫不说了。他们站在车库里，这里是啾吉的地盘，是它处置死鸟死老鼠的地方。车库外，五月的阳光灿烂，一只知更鸟从车道上空飞过，好像要去什么地方办事似的。也许那只鸟真有要事要办也说不定。

"刘易斯。"斯蒂夫说，"你得坚强点。"

刘易斯用探询的眼神客气地望着斯蒂夫，他根本没听进斯蒂夫说了什么——他还一直在想，如果他的动作快一点，也许就能救下儿子的性命。

"我想你大概没注意到，埃莉一句话也不说，雷切尔受的刺激太深，时间观念已经整个乱掉了。"斯蒂夫说。

"是呀！"刘易斯说，现在他的语气有力了些，但他也不知道为什么会这样。

斯蒂夫一手搭在刘易斯的肩头对他说："刘易斯，她们现在比以往任何时候都更需要你。说不定也比将来任何时候都需要你……听我说，老兄，我可以帮你太太打针，可是……你……刘易斯……你得……哦，耶稣基督，刘易斯，这真他妈太惨了！"

看到斯蒂夫哭了起来，刘易斯不免有点惊讶。"是啊。"刘易斯说。同时，在他脑子里，他又看见凯奇正越过草坪跑向公路，他们叫凯奇回来，但凯奇不听——他最近最爱的游戏就是故意从爸妈身边跑开——于是他们开始追凯奇，刘易斯跑得比雷切尔快，可凯奇还是远远跑在他们前头。凯奇在笑，这个游戏就是要跑给爸爸追。刘易斯与凯奇之间的距离逐渐缩短，凯奇正跑下草坪斜坡，就快接近十五号公路的边缘了，刘易斯在心里暗自祈祷，祈祷上帝能让凯奇摔一跤——小孩子跑得快时几乎都会跌倒，因为在七八岁前，人类还无法完全控制自己的双腿。刘易斯宁愿凯奇跌倒,哪怕跌破鼻子、跌破头,甚至得用针缝合伤口都无所谓,因为刘易斯这时已经能听见大卡车急驶而来的隆隆声,是川流不息来往于班格尔市与巴克港奥林科工厂之间的十轮大卡车。刘易斯放声大叫凯奇,他相信凯奇已经听见他的叫声并试着停下脚步。凯奇似乎明白游戏到此为止,因为只有游戏结束了,爸妈才会这样大声叫他。他试着放慢速度,但这时卡车的吼声已经逼得更近,宛如雷声般笼罩着他。刘易斯用美式足球的擒抱动作拼命向前扑,身影就像三月的飞鹰一样映在温顿太太那片晚冬的雪白草皮上,他相信自己的指尖就要碰到凯奇身上的薄外套了。可是凯奇奔跑的冲力太强,把自己送上了公路。卡车的引擎轰轰作响,卡车的钢架反射着阳光,司机拉响尖锐的汽笛喇叭。那是星期六,三天前的事情。

"我不要紧。"刘易斯对斯蒂夫说,"我该去了。"

斯蒂夫用夹克袖子擦掉眼泪说:"如果你能坚强起来帮助她们,就等于帮你自己。你们三个要一起度过这段悲伤的日子。刘易斯,这是唯一的办法,大家都会这样告诉你的。"

"你说得对。"刘易斯同意道,可是他脑子里还在重演三天前的意外,不同的是,这次他向前扑时多跃了两英尺,抓住了凯奇的外套,于是这一切都不曾发生。

东侧灵堂那幕好戏开场时,埃莉正坐在贾德森对面,默不作声且漫无目标地移动着游戏盘上的棋子,她一手捏着骰子,另一手紧抓着凯奇坐雪橇的照片。

斯蒂夫决定让雷切尔下午再去殡葬公司——事后他对这个决定深感懊悔。

那天早上,古德曼就已飞抵班格尔市,住进假日大饭店。还不到中午,雷切尔的父亲就已打来四通电话,但斯蒂夫坚持不让雷切尔接听。古德曼先生说,哪怕斯蒂夫把地狱的看门狗全放出来,也不能阻止他来看他女儿。斯蒂夫对他说:雷切尔在去殡葬公司前,需要先从初期震惊中恢复过来。斯蒂夫还说,他不知道地狱里有没有狗,不过他知道,有位助理医生已经下定决心,在雷切尔公开露面之前,任何人不能踏进克里德家大门。斯蒂夫又说,去灵堂瞻仰遗容后,他非常乐意让亲属前来支持慰问。不过现在,他不许任何人来打扰雷切尔。

古德曼老头气得用意第绪语咒骂,然后掼下话筒;斯蒂夫则等着看古德曼是不是真的会来。等到中午,古德曼并未出现,而雷切尔显然已经好多了,她现在有了时间观念,她到厨房看有没有做三明治的材料时问斯蒂夫,那边事情办完后,亲戚朋友是不是都会到家里来?

斯蒂夫点点头。

冰箱里没有做三明治用的香肠或烤牛肉,冷冻库里有只火鸡,于是雷切尔取出火鸡来解冻。几分钟后,斯蒂夫探头进厨房,只见雷切尔站在水槽前,盯着滴水板上的火鸡啜泣。

"雷切尔?"

她转头对斯蒂夫说:"凯奇喜欢这个,他特别爱吃白火鸡肉,我突然想到,他永远吃不到油丸牌火鸡了。"

斯蒂夫叫雷切尔上楼换衣服,以测试她能不能应付现实——等她穿了一袭黑色衣裙,腰间束了条皮带,手里拿着一个黑皮包下楼来时,斯蒂夫认为她没问题了,贾德森的看法也跟斯蒂夫一样。

斯蒂夫开车送她到镇上，后来他和哈杜站在东侧灵堂外的休息室，一起目送雷切尔走向覆着鲜花的棺材。

"斯蒂夫，事情现在怎么样？"

"他妈的一团糟！"斯蒂夫用低哑的声音说，"不然你以为还能怎么样？"

"他妈的一团糟！"哈杜叹着气说。

其实，这桩麻烦从上午古德曼拒绝与他女婿握手的那一刻就开始了。

突然间见到这么多亲戚朋友，让刘易斯稍微走出了事后的震惊状态，逼着他注意外界发生的事情。此时刘易斯已开始进入适应悲伤的阶段，而殡葬公司的人员最善于从身处此一阶段的死者家属身上牟利。

灵堂外摆着几张供人休息抽烟的厚实扶手椅，从外形看，扶手椅仿佛来自英国某个绅士俱乐部。灵堂入口门边放着一个画架，架上有块镶金色花边的黑板，板上贴着"凯奇·威廉·克里德告别仪式"等字。在这幢看来极像舒适老屋的白色房子楼下是棺材陈列室，一支支小照明灯从天花板上往下照着每种材质和款式的棺材。如果你抬头看——刘易斯也这么做了，殡葬公司的人便会严峻地对他皱眉——天花板上好像栖息着许多奇形怪状的动物。

凯奇死后第二天是星期日，贾德森陪刘易斯到这里来选棺材。他们走下楼，应该右转到棺材陈列室，但刘易斯却径自往前面一扇白色活门走去，贾德森和殡葬公司的人同时开口说："不是那边。"于是刘易斯转身，跟着他们离开那扇仿佛餐馆里通往厨房的活动门。他知道那扇门里有什么，因为他叔叔也开过殡葬公司。

灵堂里整齐地排列着靠背折叠椅——是有软垫、比较贵的那种。前面隔出一块地方放着凯奇的棺材。刘易斯挑选的是美国棺木公司出品、黑檀木制的永恒安息款式，棺材内部有粉红色缎子衬里。殡葬人称赞刘易斯选的棺材很美观，他同时为了没有蓝色缎子衬里的棺材致上歉意。刘易斯回道：他和雷切尔绝对无法辨别这两种有什么不同。殡葬公司的人点头称是，接着又问刘易斯有没有想过如何支付这笔丧葬费？如果还没想过的话，他请刘易斯去他的办公室，他可以向刘易斯介绍目前颇受欢迎的三种付款方式——

刘易斯的脑中这时突然冒出了一个广告明星，他兴高采烈地宣布：我用自行车折价券为我儿子免费兑换了个棺材。

刘易斯自觉像在梦中，他说："我用万事达卡支付全部费用。"

"好极了。"殡葬公司的人说。

这具棺材不及四英尺长——是迷你棺材，售价六百美金出头。刘易斯心想：棺材一定是放在支架上，周围的花会挡住视线。但刘易斯不愿凑上前看，花的气味几乎让他窒息。

休息室门口摆着一个放着签名簿的架子，架子上拴着一支圆珠笔。殡葬公司的人叫刘易斯守在旁边，以便"接待亲友"。

亲戚朋友应该在簿上签名，并留下住址。刘易斯从来不懂这种习俗用意何在，现在更不会去探问究竟。他猜：也许等丧事办完，这簿子便归他和雷切尔所有。这真是疯狂到家了。他家里有中学和大学的毕业纪念册，也有医学院的纪念册。还有本结婚纪念簿，人造皮封面上印着"我的结婚日"，第一页贴的照片是雷切尔由她母亲帮着在镜子前试戴新娘面纱，最后一页的照片则是旅馆房间门外的两双鞋子。家里还有本埃莉的相簿——刘易斯和雷切尔最近已经开始对常要加贴相片上去感到厌烦——在"我第一次剪发"那页上,粘着一绺婴儿的头发;在"哎哟!"那页上,贴着婴儿时的埃莉一屁股摔倒的照片——真是惹人怜爱。

现在,我们该怎么叫这一本呢?刘易斯麻木地站在那里,静候丧礼开始,心里胡思乱想着:我的死亡簿?丧礼签名簿?我们埋葬凯奇那天?或者庄严一点,叫它家庭死亡事件簿?

刘易斯把簿子合上,也是人造皮封面,但没有印字。

第一位到场的宾客是米西,替他们照顾埃莉和凯奇不下十次的善良的米西。刘易斯发现,自己竟开始回忆维克托·帕斯考死亡的那天晚上,米西把孩子接到她家去;她把孩子带走之后,雷切尔和他先在浴缸里做爱,然后又上床狂欢。

米西一直在哭,见到刘易斯木讷的表情后,她哭得更厉害了。她伸手抚摸着刘易斯,刘易斯则拥抱她,同时心想:这么做应该没错。

米西说她好伤心,一边用手将她的金色头发从苍白的脸上往后拢。多可爱的孩子,刘易斯,我好爱他,我好难过,都是那条可恶的公路,我希望他们把卡车司机在牢里关一辈子,他开得太快了。凯奇好可爱,好讨人喜欢,好聪明,我真不明白上帝为什么要带走凯奇,我们都不明白,我好难过,好伤心啊。

刘易斯抱着米西安慰她。他感觉到米西的眼泪浸湿了他的衣领,她的乳房紧紧贴着他。米西问雷切尔在哪里,刘易斯告诉她雷切尔在家休息。米西说要去看她,并愿意帮忙照顾埃莉。于是刘易斯向米西道谢。

米西走向棺材,她仍在抽噎,同时拿起黑手帕擦着哭红的眼睛。但她刚走开,刘易斯又请她回来。殡葬公司的人(刘易斯始终记不起他的姓名）告诉过刘易斯要请客人在簿子上签名，所以他不得不照办。

神秘的宾客，请签名，刘易斯想道，然后差点忍不住歇斯底里地放声大笑。

是米西悲伤心碎的眼神赶走了笑意。

"米西，请你在这上面签名好吗？"刘易斯问，好像需要解释似的补上一句，"为了雷切尔。"

"好的。"米西说，"可怜的刘易斯，可怜的雷切尔。"这时刘易斯突然预感到米西接下来要说什么，不知为何，刘易斯很怕听到那句话。那句话就像杀手的手枪射出去的大口径子弹，在接下来的九十分钟内，会一次又一次击中刘易斯。而到了下午，当上午的伤口仍在淌血时，他还要再被同样的子弹射击九十分钟。

"刘易斯，感谢上帝他没有受苦。很快就过去了。"

刘易斯想对米西说：是的，很快就过去了——但那样又会惹得米西泪流满面，而刘易斯确实有种恶意的冲动，想把那句话喷在米西脸上——毫无疑问，真是太快了，所以不能开棺让亲友瞻仰遗容。即使我和雷切尔都赞成为死者化妆，打扮得像百货公司的橱窗模特儿。可是我们对凯奇却无从着手。太快了，亲爱的米西，一分钟前他还在公路上，一分钟后他却成了路上的尸体。卡车撞死他，再把他拖了一百多码，相当于一整个足球场的长度。米西，我在后面跟着追，我拼命叫凯奇的名字。我，我是医生，竟然以为凯奇还能活着。我追了十码，地上是他的棒球帽。我追了二十码，看见他的一只星际大战运动鞋；我追了四十码，卡车这时已经翻下公路，货柜翻在林杰家谷仓后面的田野中。米西，在五十码的地方，我找到凯奇的连身裤，内里已经翻了出来。他的另一只运动鞋在七十码远。我又追了一段路，才看到凯奇。

突然间，整个世界变成一片灰，一切的一切都在刘易斯眼前消失。他只隐约感觉到签名簿的架子一角触着他的手心，此外一片空虚。

"刘易斯？"是米西的声音，距离十分遥远。

"刘易斯？"声音比较近了，但带着点惊恐。

这个世界又变清楚了。

"你怎么了？"

刘易斯露出微笑。"我还好。"他说，"米西，我没怎么样。"

米西签下戴维·丹德里奇夫妇，又留下地址：老巴克港路六十七号农场。她抬头望望刘易斯，迅速垂下视线，好像觉得凯奇死在她住的这条路上她也有罪。

"刘易斯，保重。"米西低声说。

米西的丈夫随后进来，与刘易斯握手，嘴里不知咕哝了一句什么话，便跟着米西去瞻仰棺材。制造棺材的地方是俄亥俄州的斯托里村，凯奇既未听过，也没有去过那个地方。

继米西夫妇之后又来了许多亲友。队伍慢慢移动，刘易斯与他们一一打招呼、握手、拥抱，还接下他们的眼泪。一会儿工夫，他的衣领和铁灰色西装的袖子上半截就全湿了。鲜花的气味充满灵堂内外，他记得小时候就闻过这种殡葬公司的花香味。刘易斯在心里默数着，致哀的亲友跟他说了三十二次：还好凯奇没受什么苦。说了二十五次：上帝的旨意神秘难测。另外还有十二次：他现在跟天使在一起了。

亲友的话让刘易斯不胜其烦，那些金玉良言不但失去了本来微不足道的意义（就像你如果一直不断复诵自己的名字，你就会对自己名字没有感觉），而且每一句都深深击中了他的要害。岳父岳母出现时，刘易斯已经觉得自己像个无力招架的拳击手。

刘易斯见到岳父母时的第一个感觉就是：雷切尔说得没错，古德曼先生的确老多了。他多大年龄？五十八？五十九？但此刻看起来却像有七十岁。谢顶和像可乐瓶一样厚的眼镜让古德曼的外表和以色列总理贝京像得出奇。雷切尔过完感恩节从芝加哥回来时曾告诉刘易斯，她父亲老了，但刘易斯没料到会老成这样。当然，感恩节那时候应该不至于如此，那时候古德曼还未遭丧孙之痛。

多丽·古德曼走在丈夫身边，脸上罩着两三层黑纱，头发染成上流社会年长妇女喜欢的蓝色。她搭着丈夫的手臂，刘易斯只能隔着黑纱瞥见她的泪水。

这时，刘易斯做了个决定：过去的就让它过去吧，他不能再记恨往事了。突然间，刘易斯觉得他的精神负担已然太沉重，也许都是那些陈腔滥调的关系。

"欧文，多丽。"刘易斯低声叫唤岳父岳母的名字。"谢谢你们老远赶来。"

刘易斯作势一面要和岳父握手，一面准备拥抱岳母，或同时拥抱他们两人。不管握手也好，拥抱也好，刘易斯第一次觉得眼泪就快夺眶而出。当时刘易斯的确有这荒谬的念头：也许凯奇的死可以化解他们之间的仇恨。刘易斯觉得自己仿佛置身罗曼史小说中，故事中死亡带来的好处就是能让人们重修旧好。

多丽正要趋前对刘易斯有所表示，也许是准备伸出双手。她说："哦，刘易斯……"她接下来说的是什么就听不清楚了，因为古德曼一把将她拉了回来。一时间，他们三人形成僵持的场面，除了站在远处角落的殡葬公司人员外，其他人都没注意到。刘易斯双臂半张，欧文与多丽则像婚礼蛋糕上的一对糖偶，僵直地站着不动。

刘易斯看见岳父眼中没有泪水，明亮而且充满憎恨。（刘易斯心想，他以为是我害死了凯奇？）古德曼的眼睛似乎在打量着刘易斯，发现刘易斯仍是那个拐骗他女儿，带给他女儿这场灾难的小人……接着，古德曼就要上前来斥责刘易斯。然而，他的目光移向刘易斯左侧——事实上是投向凯奇的棺材时，立刻柔和了下来。

刘易斯仍不放弃友善姿态。"欧文、多丽，我们必须聚一聚。"他说。

"刘易斯……"多丽再度慈祥地说——刘易斯这么认为——但她的话未说完，他们两人就从刘易斯面前走了过去。古德曼不屑一顾地拖着妻子快步走过。他们走近棺材后，古德曼从外衣口袋掏出一顶犹太人的黑色小圆帽。

刘易斯心想：你们还没签名。一股无声的胃酸逆流让他咬紧牙关，忍住胃痛。

上午的仪式终于结束后，刘易斯打电话回家。贾德森接起电话，问他情形如何，刘易斯说一切顺利，他想跟斯蒂夫讲话。

"她如果能自己穿衣打扮，可以让她下午去殡葬公司。"斯蒂夫说，"你同意吗？"

"同意。"刘易斯说。

"刘易斯，你自己怎么样？别敷衍我，说实话——你还好吧？"

"还好。"刘易斯简短地说，"还应付得来。"我让来宾都签了名，除了多丽和欧文之外，他们不肯签。

"那就好。"斯蒂夫说，"嗨，我们一起吃个午餐吧？"

午餐。一起吃午餐。刘易斯没来由地想起青少年时读过的科幻小说——科幻大师罗伯·海莱因、莫里·兰斯特、高登·迪克森等作家写过的小说。埃博森中尉说：夸克星球的人有个奇怪的习俗，每当有儿童死亡，他们就会"一起吃午餐"。我知道这听来怪异而野蛮，但请记住：这个星球尚未地球化。

"好。"刘易斯说，"斯蒂夫，哪家餐馆适合让人在瞻仰遗容的中场休息时间吃饭？"

"放轻松点，刘易斯。"斯蒂夫说。虽然刘易斯语带讽刺，但斯蒂夫好像没有不高兴。在目前这反常的平静中，刘易斯觉得自己比任何时候更能洞察人心，也许这只是幻觉。但他猜斯蒂夫宁可听他突然冒出一句嘲讽之语，也不愿看到他先前失魂落魄的样子。

"别替我担心。"刘易斯对斯蒂夫说，"去班杰明餐馆好吗？"

"好。"斯蒂夫说，"班杰明餐馆见。"

刘易斯是在殡葬公司办公室打的电话，他出来经过灵堂时，人都走光了，只见欧文和多丽坐在最前排，低垂着头。刘易斯觉得他们仿佛会永远坐在那里。

班杰明餐馆是个恰当的地点。班格尔市的午餐时间比较早，到了一点钟左右，餐厅里就几乎没有客人了。贾德森、斯蒂夫和雷切尔都到了，他们点了炸鸡。然后雷切尔去了女厕一趟，但好半天都没出来，斯蒂夫有点紧张，正打算叫个女侍进厕所查看时，雷切尔双眼发愣地走回座位。

刘易斯撕着鸡肉吃,喝了不少啤酒。贾德森与他对饮,但两人只喝酒不讲话。

他们都没吃多少就让侍者把餐点撤了,刘易斯凭借超乎常人的洞察力,察觉到那面孔姣好的胖女孩正在心里挣扎,不知要不要过来问他们餐点合不合胃口。但她看见雷切尔哭红的眼睛后,便决定还是少问为妙。喝咖啡时,雷切尔突然没头没尾地说了句话,让他们——特别是因为喝多了啤酒而昏昏欲睡的刘易斯——都吃了一惊。雷切尔说:"我要把凯奇的衣服全部捐给救世军。"

"你要捐给救世军?"斯蒂夫隔了片刻才问。

"没错。"雷切尔说,"他的好些衣服都没怎么穿过。所有的连身裤……他的灯芯绒裤……他的衬衫。得到的人一定会很高兴,这些衣服都还很新。当然,除了他身上穿的那些,那些都……烂了。"

最后两个字痛苦地哽在雷切尔的喉咙里,她企图借喝咖啡打断自己的思绪,可是没用,于是将头埋在掌心哭了起来。

当时的情形很奇怪,所有人的紧张视线都集中在刘易斯身上。他同样用这一整天超乎常人的洞察力察觉到了这一点。连女侍都意识到他是餐桌上的焦点,刘易斯看见她停下手边的工作,站在后面放桌巾和餐具的桌边。刘易斯刚开始十分迷惘,后来才恍然大悟:原来所有人都在期待他去安慰雷切尔。

刘易斯无能为力。他想安慰雷切尔,他知道这是他的责任,但他没办法。他突然无缘无故想起那只猫,那只该死的猫——啾吉——和那些它咬死的老鼠和乌鸦。刘易斯发现后总是立刻清理掉,从不抱怨,不批评,也不抗议。毕竟那些是他交换来的东西。可是,他也换来了儿子的死吗?

刘易斯盯着自己的手指。他瞧着自己的手指。他看见自己的手指轻轻滑过凯奇的外套后背。突然间，凯奇的夹克不见了，凯奇也不见了。

刘易斯盯着面前的咖啡杯，任凭雷切尔在他身边哭泣而不加安慰。

过了一会儿——就物理时间来看，这段时间可能非常短，但在当下或事后回想起来，这段时间似乎很长——斯蒂夫伸出一只手搂着雷切尔，他以责备并带着怒气的眼光看着刘易斯。刘易斯避开斯蒂夫的眼睛，转向贾德森，可是贾德森却像惭愧般地低着头。刘易斯求助无门。

37

"我就知道会发生这种事。"欧文·古德曼说道，麻烦就此开始。"雷切尔跟你结婚时我就知道了。我跟她说：'从今以后你会有受不完的痛苦和悲伤。'现在果然这样。看看糟成什么样子……一塌糊涂。"

刘易斯慢慢打量着他的岳父，对方站在他面前，像个从玩具盒里弹跳出来、头罩小圆帽的木偶。刘易斯又直觉地环顾四周，雷切尔本来站在放签名簿的架子旁边——下午轮到她来接待亲友——此刻却不见了。

下午来的人比较少，刘易斯只站了半个钟头，便走到灵堂内的前排椅子上坐下，对周遭的一切茫然不觉。他又累又倦，他想道：也许是啤酒的关系吧。他现在几乎无法想任何事情，不过这样也好。也许睡个十二或十六小时后，他就有力气去安慰雷切尔了。

才坐了片刻，刘易斯就低垂着头，注视着搁在膝上交握的双手，来自身后的嗡嗡说话声听来颇有安抚效果。吃完午餐回到殡葬公司时，刘易斯没看到欧文和多丽，心里觉得松了口气。不过他心里明白他们不会就这样离开。

"雷切尔呢？"刘易斯问道。

"跟她妈妈在一起，她本来就应该跟着她妈妈。"古德曼说话的口气像是刚谈成一笔大生意般得意，他脚步不稳，嘴里有威士忌的气味。他的态度就像个检察官站在一个罪证确凿的犯人面前。

"你对她说了些什么？"刘易斯惊恐地问道。他相信古德曼一定讲了些什么话，从古德曼脸上的表情看得出来。

"讲的都是实话。我告诉她，不听父母的意见随意嫁人就是这样的下场。我告诉她——"

"你讲那种话？"刘易斯怀疑地问道，"你不会真的那样说吧？"

"我不止说了这些话。"古德曼说，"我打一开始就知道会发生这种事，第一次看到你，我就知道你是哪种人。"古德曼的身体前倾，酒气扑面而来。"我早就把你看穿了，你这自命不凡的江湖郎中。你引诱我女儿跟你结婚，然后把她当女佣使唤，再让她儿子像只……像只松鼠一样被碾死在公路上。"

古德曼这些话对刘易斯来说大半都只是耳边风，他仍在想，这愚蠢的小老头真的讲了——

"你真的对她说了那些话？"刘易斯再问一遍，"你真的讲了？"

"我巴不得你在地狱里腐烂！"古德曼说道，许多客人随着声音的来源转过头来。古德曼那双充血的眼睛挤出了泪水，他的秃头在日光灯下发亮。"你把我天仙般的女儿当女佣使唤……毁了她的前途……让她远离父母……让我的孙子凄惨地死在公路上。"

古德曼的声音大得吓人。

"那时候你在什么地方？凯奇在公路上玩的时候，你的屁股坐着不动？在想怎样写你无聊的医学文章吗？你究竟在干什么？你王八蛋！臭王八蛋！谋杀小孩的凶手！"

他们俩站在灵堂前端。只有他们两个。刘易斯看到自己伸出手，瞥见自己的西装袖子往后退，露出白衬衫的袖口。刘易斯看到闪着光芒的袖扣，这对袖扣是他们结婚三周年时雷切尔送给刘易斯的礼物。她当时根本不可能想到她丈夫会戴着这副袖扣为当时还未出生的儿子办丧事。刘易斯的拳头连着他的胳臂，一拳击中古德曼的嘴。刘易斯觉得自己打扁了这老头子的嘴唇并让它往后咧开。随之而来的是种令人作呕的感觉，完全不觉得痛快。刘易斯可以感觉到岳父嘴唇下那排整齐而不屈不挠的假牙。

古德曼先生跟跄地退了几步，他的手臂落在凯奇的棺材上，碰歪了棺材、打翻了一个插满鲜花的花瓶，花瓶在地上摔得粉碎。有人发出尖叫。

尖叫的是雷切尔，她试图挣脱拉住她不放的母亲。现场的十来个客人都呆住了，又怕又窘地站着不动。斯蒂夫刚好开车送贾德森回绿洛镇去了。刘易斯觉得很安慰，因为他绝对不愿让贾德森目睹这场面，这样很没礼貌。

"别伤害他！"雷切尔大叫，"刘易斯，别伤害我父亲！"

"你喜欢打老头，是不是？"古德曼满嘴是血，放声大吼。他对刘易斯冷笑道，"你喜欢打老头？我一点也不惊讶，你这臭杂种！我一点也不惊讶。"

刘易斯面对着古德曼，老人挥手劈中他的脖子。虽然只是笨拙的一击，但刘易斯没有防备，因此被打得喉部发疼，导致他在接下来的两个钟头内连吞口水都觉得困难,同时他的头往后仰,一条腿因为支持不住而跪倒在地。

刘易斯心想:先是花瓶,现在是我。雷蒙斯乐队是怎么唱的?嗨!唷!我们走!刘易斯想笑,但他已失去笑的能力,受伤的喉咙发出的只是一丝呻吟。

雷切尔又在尖叫。

嘴上仍在滴血的欧文·古德曼大步走到他女婿屈膝之处,对准他的腰踢了一脚。刘易斯痛到极点,他用双手按着走道上的地毯,免得身体扑倒在地板上。

"小子,你连个老头都对付不了!"古德曼带着疯狂的兴奋叫道。他再踢向刘易斯,这一脚没踢中腰部,他的黑色尖头皮鞋踢中刘易斯的左臀。刘易斯痛苦地哼了一声,这次真的趴在地上,下颚触地时他还咬到了自己的舌头。

"瞧你!"古德曼说,"我早该赏你屁股一脚,你这小杂种!"他叫着又踢一脚,这次对准右臀。古德曼又哭又笑。刘易斯这才发现他岳父没刮胡子——这是悼念死者的象征。殡葬公司的人奔向他们,同时雷切尔也挣脱了母亲的掌握。

刘易斯在地上往旁边一滚,坐了起来。他岳父再踢出的一脚被他双手接住,他像稳稳地接住一颗足球,那只脚不偏不倚地落进他掌中。然后他使劲往外一推。

古德曼哎哟一声往后栽倒,双臂飞起想要取得平衡,最后跌在凯奇的永恒安息款棺材上。

刘易斯恍惚想道:伟大而恐怖的欧兹魔法师跌在我儿子的棺材上。棺材轰然一声跌下支架,在众人的惊呼狂叫声中,刘易斯听见棺材的锁扣断了。

棺材盖没有震开并倒出凯奇残缺不全的遗体。不过刘易斯心里明白，如果不是棺材底部而是侧面先着地的话，那就避免不了了。就在棺材盖被震开一道缝隙又随即关闭的刹那间，刘易斯瞥见一抹灰色——是他们为随凯奇下葬而新买的衣服。还瞥见一点点粉红，可能是凯奇的小手。

刘易斯坐在地毯上，脸埋在双掌中痛哭。他对他岳父已失去兴趣，对巡弋飞弹、对永久性缝合术或溶解性缝合术或宇宙的死亡全都失去了兴趣。当时刘易斯·克里德只希望自己能当场死亡。突然间，他脑中浮现一幕清晰但奇怪的景象：凯奇戴着米老鼠的大耳朵，在迪士尼乐园的大街上和高飞狗拉着手。

棺材一端的支架倒了；另一端的支架靠着牧师念祭文用的讲坛。古德曼四脚朝天地陷在花篮花圈中，他也在哭泣。被碰倒的花瓶不停流出水来，许多被压烂碰断的鲜花散发出更浓烈的气味。

雷切尔拼命尖叫。

刘易斯对她的叫声没有任何反应。在凯奇戴着米老鼠耳朵的景象消失前，他听见有人在宣布晚上将要施放烟火。刘易斯仍然坐在地上，手掩着脸，不愿任何人看见他的泪痕、损失、错误、痛苦、羞愧，更不愿别人看见他像个懦夫，只希望自己一死了之。

殡葬公司的人和多丽扶着雷切尔离开灵堂，她还是叫个不停，后来在另一个房间里（刘易斯猜那是专为悲恸过度的亲属而设的——或许就叫歇斯底里室），她才稍稍平静下来。刘易斯觉得一片茫然，但神志清楚，他坚持在他们两人重聚之后，亲自替雷切尔打了一针镇静剂。

回到家后，刘易斯带雷切尔上楼让她躺在床上，再为她注射一针，然后把床单拉到她的下巴，同时注意到她如蜡般苍白的面孔。

"雷切尔，实在对不起。"刘易斯说，"只要能让这件事不曾发生过，我愿付出一切代价。"

"没关系。"雷切尔的声音平淡得出奇，说完便侧过身背对着他。

"你还好吗？"这个问题本来已经到了刘易斯嘴边，但又被他吞了回去。这不是个真正的问句，他也并不真的想知道答案。

"有多难受？"刘易斯终于发问。

"刘易斯，很难受。"雷切尔说完后发出似笑非笑的声音。"事实上，我难受极了。"

她需要更多支持，但刘易斯再也没有力气了。刘易斯开始怨恨雷切尔、斯蒂夫、米西和她的丈夫，以及所有亲友。为什么他必须永远是个支持者？这究竟是什么狗屁不成文法？

刘易斯关灯后走出卧室。他发觉，他没办法给妻子太多支持，他也没办法给女儿多少支持。

在一瞬间，刘易斯把房中女儿的身影当成凯奇——他立刻想到这是场噩梦，就像梦见帕斯考引他走进森林。他看到光影晃动——是迷你电视的屏幕光影，那是贾德森拿来给埃莉打发时间的。她有好长的时间需要打发。

那当然不是凯奇，而是埃莉。此刻她不但抓紧那张她拖凯奇坐雪橇的照片，而且还坐在凯奇的椅子上。那是张帆布垫、帆布条靠背的电影导演椅。在靠背的宽帆布条上印着凯奇的名字。雷切尔邮购了四张同样的椅子，家里一人一张，印着各人的名字。

埃莉坐在凯奇的椅子显得个子很大，她硬挤进椅子里，帆布软底因重量而往下沉。她把照片捧在胸前，注视着电视上的影片。

"埃莉，睡觉时间到了。"刘易斯说着关掉电视。

埃莉从帆布椅中挣扎出来，将椅子折起，她显然想带椅子上床。

刘易斯犹豫着，想说些跟椅子有关的话，结果说出口的是："要不要我陪你？"

"要，请你来。"埃莉说。

"你要不……你今晚愿不愿意跟妈咪睡？"

"不，谢谢。"

"真的？"

埃莉笑笑。"真的不要，她会抢被子。"

刘易斯微笑着说："那么来吧。"

埃莉没带帆布椅上床，而是把椅子打开，放在床头边，刘易斯见到一幅可笑的景象——这里是世界上最年轻的精神医生咨询室。

埃莉把照片搁在枕头上，脱了衣服。她换上娃娃睡衣，拿起照片走进浴室，放下照片，洗脸、刷牙，用牙线清洁齿缝，吞颗氟化丸。再拿起照片，爬上床。

刘易斯坐在床边说："我要你知道，埃莉，只要我们全家继续相爱，我们就可以渡过这个难关。"

刘易斯说出每个字时，都像用手推车推湿透的棉花袋般吃力，说完后他觉得筋疲力尽。

"我要努力许愿。"埃莉说，"祷告上帝送凯奇回来。"

"埃莉……"

"上帝只要愿意，他就可以送凯奇回来。"埃莉说，"他没有办不到的事。"

"埃莉，上帝不做那种事。"刘易斯不安地说。在他的心眼中，他看见啾吉蹲在马桶盖上，用它浑浊的黄眼睛望着浴缸里的刘易斯。

"上帝会做的。"埃莉说，"主日学校的老师告诉我们有个叫拉撒路的人死了，耶稣基督又让他活回来。耶稣说：'拉撒路，你出来。'老师说如果耶稣只喊'出来'，那坟地里的死人都会出来，所以耶稣指名叫拉撒路出来。"

这时刘易斯突然冒出一句（今天他尽说些怪话）："埃莉，那是很久以前的事了。"

"我要做好准备。"埃莉说，"我拿着他的照片，我要坐他的椅子——"

"埃莉，你长大了，坐不下凯奇的椅子。"刘易斯说，握着她发烧般的烫手。"你会把椅子坐垮的。"

"上帝会帮我不要坐垮椅子。"埃莉说。她的声音安详，刘易斯看见她双眼下方肿起的眼袋，不禁开始心痛，便别开头不看她。也许等坐垮凯奇的帆布椅后她就会明白了。

"我要拿着他的照片坐在他的椅子上。"埃莉说，"我还要吃他吃的早点。"凯奇和埃莉各有爱吃的麦片。埃莉曾说凯奇的可可熊味道像鼻屎，假如家里只有可可熊麦片时，她宁可吃水煮蛋……或干脆不吃。"我要吃我讨厌的利马豆，我要读凯奇的图画书，我还要……还要……做好准备……万一……"

埃莉说着说着便哭了起来，刘易斯不想用言语安慰她，只是用手刷过她的头发。埃莉说的话中有种疯狂的认知，换句话说就是：打开通讯管道，将一切保持现状。保持凯奇的现状，拒绝让他退出人间；记得凯奇做过这个……吃过那个……好小子，凯奇，了不起的孩子。到那时候就不再感到伤痛，不再有所谓了。刘易斯想，她大概知道，让凯奇在心中死去是件多么不容易的事。

"埃莉，不要再哭了。"刘易斯说，"你不能这样哭一辈子。"

埃莉似乎就要永远这样哭下去……她哭了十五分钟，然后睡意渐浓，最后她眼泪还没干就已经睡着了。楼下的钟在这静寂的房子里敲了十下。

刘易斯想：埃莉，如果你要这样，你就当他还活着。精神科医生或许会说这样不健康，但我赞成你的做法。因为我知道那天迟早会来——说不定就是这个星期五——到了那天你会忘记把照片带在身边，随手丢在床上，你会去外面车道上骑自行车，或在房子后面的草地玩耍，或到你朋友卡西家去，用她的小缝衣机为洋娃娃做衣服。那时候凯奇不会在你身边，他会从小女孩的心中消失，他的死亡只不过是件一九八四年的往事而已。

刘易斯离开埃莉的房间，站在楼梯口思索着是否上床睡觉。

但他知道自己现在需要什么，于是走下楼去。

刘易斯·克里德早就为了灌醉自己而做了准备。地下室里有五箱席立兹牌淡啤酒。刘易斯爱喝，贾德森爱喝，斯蒂夫爱喝，米西有时候过来照顾小孩时也喝，甚至乔安妮偶尔来串门子时也喜欢啤酒胜过葡萄酒。因此去年冬天，Ａ＆Ｐ超市的席立兹淡啤酒特价时，雷切尔便一口气买了十箱回家。雷切尔当时对他说：免得每次有客人来你就得跑到奥林顿买啤酒。喝个痛快吧，看看帮你省了多少钞票。那是去年冬天的事，当时一切都很好。当时一切都很好。真有趣，你的脑子立刻就能轻易将生命划分成不同阶段。

刘易斯抱了箱啤酒到厨房,将一整箱全放进冰箱,然后先拿出一罐再关上冰箱。他拉开拉环,啾吉听见冰箱的开关声,于是笨拙地偷偷爬出壁橱,用好奇的目光望着刘易斯。它不敢走近刘易斯,可能是因为被刘易斯踢过太多次了。

"没你的分。"刘易斯对猫说,"今天你吃过一罐猫食了,如果你还想吃东西,去杀小鸟吧。"

啾吉在原地不动,注视着他。刘易斯一口气喝了半罐啤酒,马上感觉到酒意直窜脑门。

"你根本不吃它们,对吧?"刘易斯问道,"你只是要弄死它们。"

啾吉慢步踱进客厅,它知道这里没东西给它吃。过了一会儿,刘易斯也跟进客厅。

刘易斯又想道:嗨!唷!我们走!

刘易斯坐下,看着啾吉。猫儿卧在电视机旁的地毯上,留神观察着刘易斯,准备在刘易斯突然决定起脚攻击它时立刻开溜。

刘易斯没有动脚,相反地,他举起啤酒罐。"敬凯奇。"刘易斯说,"为我儿子干杯。他可能是艺术家,或是奥运会游泳选手,也可能是他妈的美国总统。你说对不对?蠢东西。"

啾吉只是用它呆滞而古怪的眼睛望着他。

刘易斯喝光罐中剩下的啤酒,用力打了个嗝,然后起身去冰箱再拿一罐。

三罐啤酒下肚后,刘易斯今天才第一次觉得身心平衡了。等他喝完六罐啤酒时,觉得也许再过一个钟头就能睡得着了。他又去冰箱拿出第八或第九罐(那时他已记不清了,走路也歪歪倒倒的），他的目光又落在啾吉身上，猫儿正在打瞌睡——也许它在假装。这时一个念头再自然不过地出现在他脑中，也许这念头早就存在，只是在等适当机会出现罢了：

你什么时候动手？什么时候把凯奇的遗体埋进宠物公墓后方的附属墓地？

紧跟着想到的是：

拉撒路，你出来。

埃莉昏沉带着睡意的声音：

老师说如果耶稣喊"出来"，那坟地里的死人都会出来。

一股强烈的寒气席卷刘易斯，使他全身抽紧发抖。他忽然想起埃莉第一天上学的情形，当时凯奇在他腿上睡着了，他说：让我先把小弟弟放上床。当刘易斯抱着凯奇上楼时，也遇到过可怕的寒气预兆。现在刘易斯明白了，远在去年九月，他心灵的一部分就已知道凯奇不久就会死去，知道伟大而恐怖的欧兹魔法师已近在眼前。这全是无稽之谈、荒唐、胡说八道的迷信……但也是实情；他早就知道。罐中的啤酒溅出一些在刘易斯的衬衫上，啾吉担心地望着他，害怕啤酒溅出正是踢猫节目开始上演的讯号。

刘易斯又忽然记起他问贾德森那个问题时，贾德森的手肘猛地一抽，撞翻了餐桌上的两个空酒瓶，其中一个还摔碎了。刘易斯，那种事你连谈都不要谈！

可是刘易斯那时候要谈——或者心里想谈。宠物公墓再过去是什么？啾吉在公路上送命，凯奇也在公路上丧生，啾吉如今在家里——不错，它是变了，某方面来说，它变得讨人厌了——但它还活着，埃莉、凯奇和雷切尔都还是和它保持着关系。虽然它会弄死鸟儿、老鼠，但嗜杀小动物是猫的天性。啾吉没有变成猫怪，从许多方面看来，它和以往完全一样。

有个声音低语着：你在找借口，啾吉和以前不一样了，它鬼里鬼气的。那只乌鸦，刘易斯，记得那只乌鸦吗？

"哦，上帝。"刘易斯说，他几乎无法分辨自己含糊颤抖的声音了。

上帝，哦，不错，要叫上帝。如果在幽灵或吸血鬼小说之外，还有需要求助于上帝的时候，那就是现在了。那么，以上帝之名，刘易斯究竟在想什么？他在想一桩亵渎神明的事。更糟的是，他在对自己说谎，他不仅将自己的想法合理化，甚至还撒谎。

那真相是什么？你怎么这么想弄明白这他妈的真相？真相到底是什么？

真相就是，啾吉已不再是真正的猫了。它看来像猫，行动像猫，但它只是个劣质仿冒品。人凭肉眼是看不出来的，但感觉得到。刘易斯记得，有天晚上乔安妮·查尔顿来参加圣诞节前的一个小聚会，饭后大家坐在客厅聊天时，啾吉跳上乔安妮的膝头，她立刻把猫推了下去，同时脸上露出厌恶的表情。

这件小事本来没什么了不起。当时没人注意或批评。但是……有件不可否认的事实存在：乔安妮感觉到这只猫不是真猫。刘易斯又去拿了罐啤酒。如果凯奇变成那样子回家的话，那才真是可憎。

刘易斯拉开拉环往嘴里灌。此刻他已经醉了，明天铁定头痛欲裂。嘿，刘易斯·克里德，《我带着宿醉参加儿子的葬礼》的作者，同时著有《我如何在关键时刻失去他》及其他作品。

不错，是醉了。他怀疑自己喝醉就是为了要清醒地思考这疯狂的念头。

撇开一切不说,这念头有着致命的吸引力,病态的光彩,魅惑力。而且最关键的是,这念头实在令人着迷。

贾德森在他脑中说:

你这么做是因为它把你抓牢了。你这么做是因为那古葬场是个秘密,你要分享秘密……你编造理由……好像很充分的理由……但最主要的原因是你想或者必须这么做。

贾德森的北佬腔低沉缓慢,老贾的声音让他浑身发冷,冒起鸡皮疙瘩,颈背汗毛直竖。

刘易斯,这些都是秘密……男人的心园中的泥土里石头很多……就像米克马克古葬场的土一样。一个人种他能种的……细心照料。

刘易斯开始回想贾德森曾对他说过的其他关于米克马克古葬场的话,并开始整理、分析、简化——就像以前准备考试那样。

爱犬,斑斑。

我看见它身上被铁丝网钩破的地方——伤口没毛,皮肉看起来凹陷了下去。

另一份资料是公牛。

莱斯特·摩根把他得奖的公牛汉拉蒂葬在那里……莱斯特·摩根用雪橇把它拖去的……两星期后又拿枪把它打死。那头牛变坏了,真凶暴。不过它是我知道唯一变坏的动物。

它变坏了。

男人的心园中的泥土里石头很多。

它变得真凶暴。

它是我知道唯一变坏的动物。

你这么做是因为你曾去过那里,那是属于你的地方。

皮肉凹陷了下去。

汉拉蒂，给牛取这名字不是很蠢吗？

一个人种他能种的……细心照料。

那些老鼠是我的，那些雀鸟是我的，是我换来的烂货。

是你的地方，是你的秘密，那地方属于你，你也属于它。

它变坏了，不过它是我知道唯一变坏的动物。

刘易斯，下次风势强劲，冷月照着林中小径的夜里，你打算做什么交易？要再登上那石阶吗？人们看恐怖片时，都知道男女主角去爬那石阶真是愚不可及，可是在现实生活中，他们却总在做愚不可及的事——他们抽烟，开车不系安全带，他们全家搬进卡车往来频繁公路边的房子里。所以，刘易斯，你有什么好说的？要再爬那石阶吗？你要保留死去的儿子，还是要猜下去，猜一号、二号或三号门后有什么大奖？

嗨！唷！我们走！

变坏……只有动物……肉看来……男人……你的……他的……

刘易斯把没喝完的啤酒倒进水槽，他觉得想吐。整个房间在加速旋转。

有人在敲门。

好长一段时间——似乎过了很久——刘易斯以为是自己的幻觉，但敲门声仍未停止。

刘易斯移动他失去感觉的双脚走到门口，神经紧张地打开门闩，他拉开门时心想：一定是帕斯考——他站在门口，穿着运动短裤，跟活着时一样高壮，全身像放了一个月的面包一样长满了霉，脑袋稀烂。帕斯考为刘易斯带来警告：别到那里去。动物乐队有首老歌是怎么唱的？宝贝请你别走。宝贝请你别走。你知道我爱你，宝贝请你别走……

门开了，站在台阶上、站在瞻仰遗容日与下葬日分界的午夜黑暗中的，是贾德森·克兰德尔，他稀薄的白发在晚风中飘拂。

刘易斯想笑。时光好像自动回拨了，又回到感恩节，不久他们就要把埃莉的猫——尸体已经僵硬的啾吉——放进塑料垃圾袋，开始出发。哦，别追根究底，我们只管往前走。

"刘易斯，我可以进去坐一会儿吗？"贾德森问，他从衣袋里掏出一盒烟，顶出一支，用嘴衔着。

刘易斯说："老实跟你说，时间很晚了，我又喝了太多啤酒。"

"呃，闻得出来。"贾德森说。他划亮一根火柴，但被风吹熄了。他再划一根并合掌护着，但手抖得厉害，结果又被风吹灭。他正要划第三根火柴时抬头望着刘易斯。"我的烟点不起来。"贾德森说，"刘易斯，你到底让不让我进去？"

刘易斯往旁边一站，让贾德森进门。

38

他们坐在餐桌前喝啤酒——刘易斯略感意外地想道，在我家厨房喝酒，这倒是破天荒头一遭。客厅里传来楼上睡梦中的埃莉的叫声，他俩马上雕像般地愣住，但还好她只叫了一声就停了。

刘易斯说："好吧，在我儿子下葬当天凌晨十二点十五分，你跑来做什么？老贾，你是我朋友，可是这时候跑来会不会有点过头了。"

贾德森喝了口啤酒，用手抹抹嘴，望着刘易斯。他的眼光明澈果断，刘易斯终于别开眼光往下看，不敢与他对望。

"你明知道我为什么到这儿来。"贾德森说,"刘易斯,你在想不该想的事。更糟的是,恐怕你正在认真考虑那些事。"

"我什么都没想,只想去睡觉。"刘易斯说,"明天还有下葬的事要办。"

"我应该对你内心的痛苦负责。"贾德森温和地说,"据我所知——我甚至还该对你儿子的死负责。"

刘易斯抬起头来,大吃一惊。"什么?老贾,别讲疯话!"

"你在想着把凯奇弄到那里去。"贾德森说,"刘易斯,不要否认你起了这念头。"

刘易斯没有答话。

"它的影响究竟有多深?"贾德森问,"你能告诉我吗?不能。我自己也不能回答这问题,我在这小地方活了一辈子。我很清楚米克马克古葬场,他们把它视为圣地……不过那不是什么好地方。这是斯坦利·鲍告诉我的,后来斑斑二度死亡后,我父亲也对我说过。现今米克马克族人、缅因州政府、美国联邦政府都为了这块土地大打官司。那里到底属于谁呢?刘易斯,没人真正知道。现在已经没人知道了。多少年来,各种各样的人都曾宣称拥有这块土地,可是没有人能持续拥有。本镇开拓者的曾孙安森·绿洛就是其中之一。他对土地所有权的要求是白人当中最有根据的,因为在缅因州还隶属麻州湾殖民区时,他的曾祖父约瑟夫曾获得英王乔治许可开发此地。但就算如此,打起官司来,安森也不一定胜诉,因为当时还有绿洛家的许多其他人也提出要求。原因是约瑟夫晚年时钱少地多,所以他每次喝醉酒就随便送人两三百亩地。"

"难道地契没有登记备案?"刘易斯问道,他忘了自己的悲伤,对这件事产生了兴趣。

"哦，他们是有套记录地契的惯例。"贾德森说。他用未熄的烟头接燃另一支烟。"你这块地最早的地契上是这样记录的——"他闭着眼睛念道："从高踞奎因斯贝里岗顶的老枫树到奥林顿溪边这块由北向南伸展的土地。"贾德森不带幽默地笑笑。"不过老枫树一八八二年倒了，二十年后，老枫树腐烂化成一片苔藓，同时在一次大战结束到股市大崩盘的十年间，奥林顿溪淤塞了，变成一片沼泽。所以地契等于废纸！不过反正最后都不关安森的事，因为一九二一年，他就在坟场那边被雷劈死了。"

刘易斯注视着贾德森，贾德森啜了口啤酒。

"这些都没关系，很多土地的所有权都纠缠不清，到头来只有律师从中得利。嘿，这点狄更斯最清楚了。我想到了最后，印第安人会把土地争回去的，我想应该是属于他们的。刘易斯，那些都没关系。我今晚过来的目的，是要告诉你关于蒂米·巴泰门和他爸爸的故事。"

"蒂米·巴泰门是谁？"

"蒂米是绿洛镇到欧洲打希特勒的二十个年轻人之一，他一九四二年离家，一九四三年在意大利阵亡，躺进国旗覆盖的棺材返乡。他父亲比尔在绿洛镇住了一辈子，他接到儿子战死的电报时几乎发疯……后来他慢慢平静下来。比尔知道米克马克古葬场，最后他决定了。"

刘易斯又开始觉得身上发冷，他注视贾德森良久，试图从老人眼中看出谎言，但他看不到。不过贾德森这时才讲这故事，这未免也太巧了。

"那天晚上你为什么不告诉我？"刘易斯忍不住问道，"在我们……我们埋了猫之后，为什么不讲出来？我问你有没有人被葬在那里，你说从来没有过。"

"因为那时候你没有知道的必要。"贾德森说，"现在你有这个必要了。"

刘易斯暂时陷入沉默。"只有比尔一个吗？"

"我知道的唯一一个。"贾德森严肃地说，"只有他尝试过！不过刘易斯，我怀疑不止他做过。我不相信阳光下还会有什么新鲜事，哦，有时候不过是表面上稍有不同。凡是有人尝试的事，之前一定还有别人试过，而别人之前还有别人……再在别人之前……"

贾德森低头看着生满酱色斑点的手。客厅里的挂钟敲响十二点半。

"我认为从事你这种职业的人，会很习惯查看症状、病源……殡葬公司的莫登森告诉我，你买的是座普通坟，而不是固定坟。"

刘易斯一语不发看了贾德森半响。贾德森脸颊发红，但未回避刘易斯的视线。

刘易斯终于开口说："老贾，听起来你好像在背后刺探我。我觉得很遗憾。"

"我没有开口问他。"

"也许没有直接问吧。"

贾德森没有作答。他的脸色更红了——就像梅子一样——但他的目光依旧坚定不移。

刘易斯叹了口气，觉得困极了。"噢，妈的，管他的。也许你说得对，我有这念头。我根本没注意买了哪种坟地。我脑子里一直想着凯奇。"

"我知道你在想念凯奇。不过你懂得两种坟的区别,你叔叔是殡葬业者。"

不错,刘易斯知道两种坟的区别。一座固定坟就像建筑工程,建造完成后可以经历多年不坏。先将水泥灌进打了钢筋的铸模中,等葬礼仪式完成后,用起重机把一块微呈弧形的水泥盖吊起来盖上去,再用一种填补公路坑洞的材料,将水泥盖封牢。卡尔叔叔曾告诉过他,那种外号叫"永不脱"的胶合剂,在水泥盖的重压下一旦黏合,就再也无法分开。

卡尔叔叔和一般人一样,也喜欢谈天说地(至少在和自己人聚在一起时是喜欢讲故事的),他告诉过刘易斯(因为几个暑假打工的关系,卡尔叔叔将他视为葬礼助手)他某次受库克县地方检察官之命挖坟开棺的经历。卡尔叔叔亲自到格罗夫兰监督整个挖坟过程,过程并不简单。卡尔叔叔说,人们对于挖坟的印象都是来自《科学怪人》或《异想天开》这类的恐怖电影,传达的完全是错误的信息。挖开一个墓穴,并不是两个人带着铁锹和铲子就能完成的事——除非这两个人有至少六个星期的工作时间。在格罗夫兰挖坟部分还算顺利完成……刚开始还算顺利。墓穴挖开后,起重机抓住弧形水泥盖,想把水泥盖打开——但水泥盖并未脱落。相反地,整个棺箱(外敷的水泥都有点潮湿褪色)都被挖出地面。卡尔叔叔大叫着要起重机操作员停手,等他去墓园找工具将接缝黏着剂弄松些再继续进行。

但起重机操作员要么没听见,要不就是想一鼓作气完成工作,他好像在游乐场里玩起重机玩具的小孩。卡尔叔叔说那个该死的笨蛋差点就成功了,整个水泥棺箱有四分之三都升出地面——卡尔叔叔和助手都听见墓穴底部啪嗒啪嗒的水声(那一整周芝加哥地区都在下雨）。接着只见起重机翻倒，哐啷摔进墓穴中。起重机操作员一头撞上挡风玻璃，撞断了鼻子。这起事件使得库克县必须多花两千一百到三千块钱。卡尔叔叔说这个故事的重点其实在于：六年后，那个起重机操作员被选为芝加哥地区货运司机工会会长。

普通坟比较简单，只是个上面敞开的水泥箱。在葬礼那天早晨放进挖好的坑，仪式举行完毕后将棺材放下去。坟场工人把分成两节的盖子垂直吊下，像书挡一样立在棺材两头。每一节上面都嵌着铁环，坟场工人再用铁链穿过铁环，将两节盖子拉拢盖住水泥箱。每节混凝土盖大概六十到七八十磅重。盖子与水泥箱的交接处不涂任何胶合剂。

贾德森话中的含意是指：要打开普通坟很容易。

容易掘出他儿子的尸体，移葬他处。

嘘……嘘。我们不要讨论这种事，这是秘密。

"是的，我知道两者的区别。"刘易斯说，"不过我根本没想到……你心里认为我在想那件事。"

"刘易斯——"

"很晚了。"刘易斯说，"时间不早，我又喝醉了，我的心也碎了。如果你觉得非要讲这故事不可，那你就快把它讲完吧。"刘易斯心想：也许我早该喝马丁尼，这样他来敲门时我就醉得不省人事了。

"好的，刘易斯，谢谢你。"

"快说吧。"

贾德森略一停顿，稍加思索，然后娓娓道来。

39

"早先——我是指一次大战时——火车还会停奥林顿这一站,比尔·巴泰门租了灵车来接货车运回来的儿子遗体。棺材由四个车站服务员——我是其中之一——抬下车厢。我们把蒂米抬进那辆凯迪拉克行李厢。从前因为怕尸体腐烂,所以要尽快送到坟地下葬。比尔站在一旁,像石头一样面无表情……我说不上来,你也可以说他的脸是干的。他没有流泪。

"蒂米的遗体先被送到费恩街的格林斯潘殡葬公司,也就是现在的新富兰克林洗衣店对面。两天后,他被以军人仪式葬在悦景墓园。刘易斯,我要特别告诉你:蒂米去世十年前,巴泰门太太生第二个孩子时难产去世了,这点和后来发生的事有很密切的关系。如果第二个孩子活着的话,第一个孩子去世时做父亲的痛苦自然就会轻一点,你想是吗?第二个孩子还在的话,老比尔可能就会想到,悲伤的不止他一个,两人可以相互安慰。所以从这点来看,你幸运多了,太太和孩子都还好好地活在人世。

"我记得——但可能记错了——蒂米下葬那天是七月二十二。大概四五天后,玛嘉莉看见蒂米朝约克马车库的方向走去,玛嘉莉是个女邮差,她吓得差点把车子开下公路。她回到邮局,把邮袋和还未送完的信件扔在乔治·安德生的办公桌上,同时对他说,她要回家睡觉。

"'玛嘉莉,你病了?'乔治问道,'你的脸白得像海鸥翅膀。'"

"'我吓死了,不想谈这件事。'玛嘉莉说,'也不想跟我妈妈或任何人谈。等我上天堂的时候,如果耶稣要我告诉他,我也许会说。不过我不相信我看到的。'

"人人都知道蒂米死了,《班格尔日报》和埃尔沃斯的《美国人报》都登了讣闻,还刊了他的照片。送葬那天,全镇大概一半的人都去了。但今天玛嘉莉竟看见他在往马房的路上——步履蹒跚地走着。二十年后,玛嘉莉临终前把她那天所见的景象告诉了乔治,后来乔治对我说,她非把这件事说出来不可,她那样子,好像心里已经被这件事折磨了许多年。

"玛嘉莉说,蒂米面无血色,穿条旧粗布裤子,一件褪色的法兰绒猎装,那天的气温大约不下摄氏三十二度,但玛嘉莉说,他的头发从脑袋后面竖了起来,眼睛像嵌在面团上的两颗葡萄干。她告诉乔治她见鬼了,所以吓坏了。

"呃,可是过了不久,别人也说看见蒂米。一位斯特拉顿太太——大家都叫她太太,但她可能还是个老处女,也可能离过婚或者跟丈夫分居——她独自住在十字路口一幢小房子里。她有很多爵士乐唱片,如果你肯花十块钱,她可以帮你开个小舞会。斯特拉顿太太说,她站在门廊,看见蒂米走到门前的路边停了下来。

"她说蒂米只是站在那里,两手垂在身边,头往前伸,像是就要往前倒下的拳击手。她说自己吓得心跳加快,动都不敢动,她还说看见蒂米转身时就像醉汉一样,一脚往前伸,另一脚原地旋转,差点摔倒在地。她说蒂米的眼睛看向他,她吓得浑身发软,于是手一松,满篮刚洗好的衣服掉在地上沾满了尘土。

"斯特拉顿太太说,蒂米的眼睛灰蒙蒙的,全无生气。刘易斯,蒂米望着斯特拉顿太太咧着嘴笑……后来他开口讲话,问她是不是还留着那些爵士乐唱片。斯特拉顿太太马上跑进屋里,一星期不敢出门。

"还有好些人见到过蒂米,但大半都已作古,包括斯特拉顿太太在内。像我这样的老废物有几个还活着，如果你问对人，他们会告诉你……我们看见蒂米沿着帕德森路，在他家东西各一英里之间来回地走。白天走，夜里也走，衬衫在裤腰外面，脸色苍白，头发像钉子一样立着，裤裆拉链有时候也没拉上，还有他的脸……看起来……"

贾德森停了下来，点了支烟，他摇熄火柴，隔着蓝色的烟雾注视着刘易斯。贾德森的故事虽然荒谬透顶，但他眼神中没有丝毫虚假。

"你知道，有些故事和影片讲到海地的活尸——我可不知道是真是假。但蒂米就像影片里的僵尸那样拖着脚蹒跚而行，一双没有生气的眼睛盯着前面，动作笨拙缓慢。刘易斯，蒂米就像僵尸，不过比僵尸多了点什么。在他眼睛后面有点什么，有时候你看得出来，有时候又看不到。刘易斯，就在他眼睛后面。我不知道该怎么说。

"那是种机关。刘易斯，我不认为他眼睛后面有什么思想存在，我认为那种东西与蒂米本身有点什么关系。很像无线电信号……从某个地方传来的信号。你望着蒂米时，你心里会想：如果他碰我，我一定会马上尖叫。

"蒂米在路上来回不停地走，有天，哦，大概是七月三十号吧，我从火车站下工回家，邮局主管乔治、副镇长汉尼伯，还有消防队长埃伦正坐在我家门廊上喝冰茶，诺玛也在。曾经在铁路工地工作、但因为意外而被锯断一条腿的乔治，正用手擦着义肢的顶端，因为天气只要变热变湿，他的腿就不舒服。

"'太不像话了！'乔治对我说，'我局里一个女邮差拒绝递送帕德森路的信，这还不算什么；政府又半路杀出来找麻烦，那就

太不像话了。'

"'政府出来找什么麻烦？'我问他。

"汉尼伯说他接到国防部一个金斯曼中尉的电话，这位金斯曼中尉的工作就是专门排除愚蠢及恶意伤害的行为。金斯曼中尉说国防部收到四五封匿名信，所以他开始注意这件事。假如只是一封信，国防部不会当一回事，假如这几封信全部出自同一人的手笔，他们会通知治安机关去抓疯子。但这些信是不同的人写的，从笔迹就看得出来。信上写的都是同样荒谬的事——如果蒂米·巴泰门死了，那在帕德森路上走来走去的一定是个活尸。

"汉尼伯说，金斯曼中尉准备派人或亲自前来调查，军方要弄清楚蒂米到底是死了还是逃兵，或是发生了别的什么事，反正军方不能容许任何档案有错。他们要弄清楚，如果埋的不是蒂米，那坟墓里的到底是谁。刘易斯，你看得出这下麻烦大了。我们坐着喝冰茶，聊了一小时。诺玛问我们要不要三明治，我们都不要。

"我们聊了又聊，最后决定一起去巴泰门家。我就算再活八十年，也不会忘记那天晚上的事。那天真热，比地狱里的铰链还热，太阳下山时，颜色像内脏一样鲜红。我们谁都不想去，但又非去不可。诺玛比我们都了解这一点，她借故把我叫进房间对我说：'别让他们犹豫不决，老贾，你一定要把这件事弄清楚。这件事太可憎了。'"

贾德森打量着刘易斯。

"刘易斯，'可憎'是诺玛说的，亲口说的。她又在我耳边悄悄说：'老贾，要是发觉什么不对劲就拔腿快跑。你顾不了他们的。记着我的话，发觉不对就快跑回家来。'

"我们一起坐汉尼伯的车去——他这狗娘养的真有办法，弄到很多A级配给票，所以我们坐在车里猛抽烟。刘易斯，我们都怕，怕得要命。只有埃伦讲了句话，他对乔治说：'比尔·巴泰门在十五号公路旁的森林里搞鬼。'我们都不说话，我记得乔治点了点头。

"我们开到那里，埃伦上前敲门，可是没人应门，于是我们绕到房子后面，父子俩果然在那儿。比尔坐着，一大罐啤酒在手。蒂米站在后院眍眼瞪着血红的落日，他整张脸红得像刚剥了层皮。比尔……他看来像发胖了七年后，有个魔鬼找上了他，他的体重至少掉了四十磅。他的眼窝深陷……左边嘴角不停抽动着。"

贾德森停了一下，像在考虑什么，然后微微点头说："刘易斯，比尔看起来就像遭了天谴。

"蒂米转过头来，望着我们咧嘴一笑。光只看他笑就够吓得你尖叫了。他又转回头面对夕阳。比尔说：'我没听见你们敲门。'那当然是谎话，因为埃伦敲门的声音连聋子都听得见。

"谁都不想先开口，所以我先问比尔：'听说你儿子在意大利阵亡了。'

"'弄错了。'比尔对我说。

"'错了？'我说。

"'你看他不是好好站在那儿吗？'比尔又说。

"'那你知道葬在悦景墓园那棺材里的是谁的尸体？'埃伦问比尔。

"'我他妈怎么知道！'比尔说，'再说我他妈也管不着。'说完他起身去拿烟，结果香烟掉了一地，他捡香烟时弄断了两三支。

"'我们可能得挖坟开棺。'汉尼伯说，'你知不知道我接到国防部的电话，他们要查清楚我们是不是把别家母亲的儿子当蒂米埋了。'

"'是又怎样？'比尔大声说，'那也跟我不相干！我儿子回来

了。蒂米前几天回来的,他得了炮弹休克症①,现在有点古怪,可是用不了多久他就会正常了。'

"'比尔,别来这套吧。'我说,当时我很生他的气。'说不定什么时候,只要军方把那军用棺材挖出来,一定会发现里面是空的。除非你把你儿子搬走之后不嫌麻烦还装了一棺材石头。但我想你没么做。我知道怎么回事,汉尼伯知道,乔治跟埃伦也都知道。你自己心里有数,比尔,你在森林里干的事给你自己和镇子惹上麻烦了。'

"'我想各位都知道回去的路。'比尔说,'我用不着跟你们解释,或对你们作什么声明。我接到电报那天,我这条命就算是完了。不过我儿子又回来了,他们没有权力抢走我儿子。他才十七岁,他是他妈妈留下的唯一命根,把他弄去打仗就是他妈的不合法。所以我说操他的陆军,操他的国防部,操他的美国政府,也操你们的奶奶!我把他弄回来了,他会慢慢恢复正常。我就对你们说这么多,各位打哪儿来就回哪儿去吧。'

"比尔的嘴不停抽动,额头冒出豆大汗珠。就是那时候,我发现比尔疯了。跟那……跟那怪物住在一起怎么能不疯?"

刘易斯觉得胃里不舒服。他啤酒喝得太急太多。他有预感,过不了多久啤酒就会全部从他胃里翻涌出来。

"事到如今,我们也没办法。我们正准备离开时,汉尼伯说:'比尔,愿上帝帮助你。'

"比尔说:'上帝从来没帮过我,是我自己帮自己。'

---

① 炮弹休克症,这一怪病首现于第一次世界大战,对人会产生严重伤害,这种病至今仍难以解释,但越来越多的医学观点认为,此病属于神经性疾病。

"这时候,蒂米朝我们走来。刘易斯,他连走路都不对劲。他走起路来像个老头,先把一只脚抬高、落地,再抬另一只脚,然后拖着脚走,就像螃蟹一样。他的两只胳臂吊在身体两边晃动。他走近时,你可以看见他脸上的红斑,像脓疱又像烫伤。我猜德国兵的机关枪想必差点把他脑袋打烂。

"蒂米身上有股坟地的气味,死人的气味,内脏腐烂后的臭味。我瞥见埃伦用手捂着鼻子跟嘴。那股臭气实在难闻,你会以为马上就要看见他头发里爬满了坟地的蛆——"

"够了。"刘易斯哑声说,"我听够了。"

"你没听够。"贾德森说,"你还没听够。我讲的远不如实际可怕。如果不是亲身经历,谁也想象不出有多可怕。刘易斯,他是死人,是活着的死人。而且他……他……他知道别人的私事。"

"知道私事?"刘易斯往前坐了些。

"嗯。蒂米对着埃伦看了一阵,好像带着笑容——你可以看见他的牙齿——接着蒂米开始用低沉的声音说话,他喉咙里好像塞着石头,你得凑近他才能听得见。'埃伦,你老婆在药店跟她同事乱搞。你怎么想?她高潮的时候会高声尖叫,你怎么想?'

"埃伦怔住了,他喘着气,说不出话来,你看得出他受的打击很重。现在埃伦住在养老院——快九十了吧。那时候他才不过四十来岁,镇上传了些关于埃伦第二任太太的流言。她是埃伦的表妹,一次大战爆发前,她到绿洛镇来跟埃伦夫妇一起生活。后来埃伦的原配不幸去世,一年半后,埃伦娶了表妹罗琳。他们结婚的时候,罗琳还不到二十四岁。没多久,人们开始传起她的风言风语。镇上男人觉得罗琳作风开放、轻佻,予取予求。女人则觉得她太不检点。我想埃伦也听到过风声,所以他终于开口叫道:

'闭嘴!闭嘴!否则不管你是什么东西,我都要揍你!'

"'嘘,蒂米。'比尔说。他脸色很难看,好像马上就要呕吐或是昏倒。'别说了。'

"可是蒂米充耳不闻,他转头对乔治说:'老头子,你那孙子正盼着你早点死掉,这样他才好接收遗产。他只想要钱,他以为你的钞票都锁在班格尔的东方银行保险箱里。所以他当着你面讨好你,背地里和他妹妹都叫你老木腿。'刘易斯,蒂米的声音变了,变得很恶毒。如果蒂米说的都是事实,那乔治的孙儿就真的说过同样恶毒的话。

"蒂米说:'老木腿,他们一旦发现原来你一九三八年炒股票就把钱赔光了,现在一穷二白,他们不就倒霉了?乔治,他们不就倒大霉了吗?'

"乔治不住后退,木腿一歪,他跌倒在地,弄翻了比尔的啤酒罐。刘易斯,他那张脸白得跟你的汗衫一样。

"比尔扶起乔治,同时对他儿子大吼:'蒂米,住口!住口!'可是蒂米照说不误。他说了些汉尼伯的坏话,又说起我来。这时候蒂米越来越疯,并开始发出怪叫。我们先是倒着走,然后拔脚就跑;我们把手架在乔治腋下拖着他跑,他系假腿的带子缠住了,木腿转了个方向,结果鞋子前后颠倒,一路刮着草地。

"最后,我看见蒂米·巴泰门站在晒衣绳边的草坪上,夕阳照得他满脸通红,斑点粒粒可数,他的头发乱蓬蓬的,满是尘土……他边笑边叫:'老木腿!老木腿!戴绿帽的乌龟!还有嫖妓大王,再见!再见!'然后我们听见他的叫声……尖声怪叫。"

贾德森到此停住,胸口不住迅速起落。

"老贾。"刘易斯说,"蒂米说你的……是真的吗?"

"是真的。"贾德森含糊地说,"老天,是真的!很久以前我常去班格尔市一家妓院。很多男人都嫖过,当然也有很多男人一辈子都走在正路上。我有时候会有那种换换胃口的冲动——也可以说是种本能。会去寻求陌生的肉体,或花钱跟别的女人玩些对妻子说不出口的花样。刘易斯,这不是什么可怕的罪恶。我八九年前就不再这么做了。而诺玛如果知道,她也不会跟我离婚。不过她心里的某个部分,某个甜蜜温柔的部分大概就会永远死去了。"

贾德森的眼睛此刻又红又肿。刘易斯想:老人流泪时的确不好看。可是当贾德森隔着餐桌伸过手来时,刘易斯还是伸出手紧紧握着。

过了一会儿,贾德森接着说:"蒂米只讲我们的坏处,只找缺点。但上帝知道世人都有缺点,不是吗?两三天后,有人看见罗琳两眼瘀青,鼻孔塞着棉花,搭火车离开了绿洛镇,事后埃伦绝口不提此事。乔治一九五〇年过世,他有没有留什么财产给孙儿孙女,我毫不知情。汉尼伯后来被革职,原因正如蒂米所说的,我不会告诉你蒂米说了什么,你也不需要知道,就说他盗用镇上的公款吧,这应该够接近了。后来有传言说他可能会被起诉,但始终没走到这一步。不过丢了这工作也够他受了。

"可是这些人也有优点。我就这意思,一般人很难记得别人的优点。大战前,汉尼伯发起募捐筹建东部总医院。而埃伦为人最慷慨,乔治则一心一意为邮局服务。蒂米说的只有坏处,记得的也只是坏处……因为蒂米知道我们对他不利。刘易斯,去从军打仗的蒂米本来是个好青年,人虽古板,但心地善良。但是那天下午我们见到面对血红落日的……是个恶鬼,可能是魔鬼,或是僵尸。也许找不出适当的字眼来形容他,但米克马克族知道那是什么东西。"

"什么?"刘易斯麻木地说。

"被食人怪摸过。"贾德森说。他深深吸进一口气,屏息然后吐气,最后看了看手表。

"好长的一天啊。刘易斯,时候不早了,我说的比我原本想的多了九倍。"

"我不觉得长。"刘易斯说,"你的故事很吸引人。告诉我结果吧。"

"第三天夜里,巴泰门家的房子失火。"贾德森说,"整座房子都烧平了,埃伦说,毫无疑问一定是有人纵火。房子从一头到另一头都被浇满了煤油,火熄了三天后还能闻到一股油烟臭味。"

"所以,父子俩都被烧死了。"

"呃,都烧死了。不过他们在房子失火前就死了。蒂米胸口中了两枪,警方发现比尔手上握着他那把柯尔特点四五口径手枪。看起来是比尔先打死儿子,把尸体搬到床上,再浇煤油,然后自己坐到收音机旁的安乐椅上,划火柴点燃,然后饮弹自尽。"

"耶稣基督!"刘易斯说。

"父子俩都烧焦了,不过法医验尸后,说蒂米看起来已经死了两三个星期。"

沉默,无语。

贾德森站起身来。"刘易斯,我告诉你,我可能害死了你儿子,或者应该对你儿子的死负责,我不是故意夸张。米克马克族知道那地方,但那不一定就是他们弄出来的。米克马克族来自加拿大或俄国,甚至亚洲。他们在缅因州住了一千年,也许两千年,很难说,因为他们没有在这土地上留下深刻的痕迹。如今米克马克族又离开了……就像我们迟早会离开一样。不同的是,我们留下了深刻的痕迹——好坏都有。刘易斯,不管谁来谁走,这片土地永远存在。这片土地是任何人的财产,但拥有者离开时不会连土地的秘密一同带走。那是个邪恶、受诅咒的地方,我不该带你去埋那只死猫的。现在我明白了。当你知道什么对你的家庭和自己有利时,你就会感觉到那古葬场的魔力。我不够坚强,无法对抗那股魔力。因为你救过诺玛,我想为你做点什么,结果那地方把我一片好心变成了恶意。那地方有种魔力……我猜它的魔力像月亮一样有周期。它曾经一度极盛,我怕现在又是它极盛的时候了。我怕它在利用我,通过你儿子接近你。刘易斯,你懂我的意思吗?"贾德森向刘易斯投来恳求的眼光。

"我想,你的意思是说,那地方知道凯奇会死。"刘易斯说。

"不,我是说因为我的引导使你认识了那地方的魔力,那地方才促成凯奇的死。刘易斯,我是说我的好意害死了你儿子。"

"我不相信。"刘易斯声音不稳地说。他不曾、不会、也不能相信。

刘易斯紧抓住贾德森的手。"我们明天葬了凯奇,就葬在班格尔,他会在班格尔长眠。我不打算再去宠物公墓,也不会再往那后面走。"

"答应我一定不去!"贾德森严厉地说,"一定不去。"

"我答应。"刘易斯说。

可是,刘易斯的脑海深处,那个意图依然存在——就像一星跳跃的、忽隐忽现的愿望之火苗,未曾消失。

40

然而,那些事情都不曾发生。

所有一切——响声如雷的奥林科卡车,刚碰到凯奇衣服又滑掉的手指,雷切尔穿着做家务时的套衫准备上殡葬公司,埃莉随身带着凯奇的照片且把凯奇的帆布椅摆在她床边,斯蒂夫的眼泪,和欧文·古德曼打架,贾德森所说关于蒂米·巴泰门的故事——这一切都只在刘易斯去追笑着奔跑的儿子那几秒内存在他脑际。雷切尔跟在他身后大叫——凯奇,回来,不要跑——刘易斯越追越近,很近了。其中有件事真的发生过:在刘易斯的记忆线路中,他听见贾德森在他们搬来绿洛镇的第一天就对雷切尔说:克里德太太,你要随时留心他们,别让孩子跟猫狗往公路上跑。

此刻凯奇正从微斜的草坡往十五号公路跑,他两条结实的小腿鼓足了劲,照理说他应该跌倒,可是他继续跑着。卡车行驶的声音逐渐响亮,刘易斯睡前常听见那轰隆隆的声音,现在听在耳中却觉得十分可怕。

哦,亲爱的上帝,亲爱的耶稣,让我追上凯奇,别让他跑上公路!

刘易斯使出全力往前冲,他像美式足球员做出擒抱动作般让身体与地面平行,然后飞扑上前,就在冲力快将凯奇送上公路前的千钧一发之际,刘易斯的手指碰到儿子外套的背面……一把抓住。

刘易斯把凯奇向后一拉,两人同时跌在地上,刘易斯的脸擦过路边的沙石,鼻子也碰出了血。他的睾丸也吃了苦头——啊,早知道要上场打足球,我一定会穿护裆——不过鼻子和睾丸的伤痛,在听见凯奇的哭号声后便大大减轻。凯奇往后翻倒,在草坡与路边相接处跌倒,碰痛了头。片刻之后,他的哭嚎就被卡车引擎的吼声和喇叭的长鸣给盖了过去。

刘易斯挣扎着起身抱着儿子,雷切尔已经追了上来,哭着对凯奇大叫:"凯奇,绝对不许再往公路跑!不许,绝对不许!这条是坏公路!坏公路!"凯奇被这番流着眼泪的教训弄得莫名其妙,他停止哭号,睁大眼睛看着妈妈。

"刘易斯,你的鼻子在流血。"雷切尔说着,突然上前紧紧抱住刘易斯,抱得他几乎不能呼吸。

"雷切尔,那倒不要紧。"刘易斯说,"不过我想我不能生育了。哦!我的蛋蛋,痛死了!"

雷切尔发狂似的大笑,刘易斯心想:假如凯奇真被撞死了,她会真的疯掉呢。

幸好凯奇没死。那只是阳光照耀的五月下午,刘易斯越过绿草坡追赶儿子时脑中瞬息间所出现的情节逼真的幻觉。

凯奇开始读小学,从七岁起参加夏令营,在营地展现出他的游泳天分。十岁时,整个夏天他都在夏令营度过。十一岁那年,他在夏令营得了两枚蓝带奖章和一枚红带奖章。他长得很高大,但还是那个可爱的凯奇,始终对世上一切感到惊奇。对凯奇来说,万事万物全是那么美好。

中学时代凯奇是模范生,是约翰·巴普斯特中学游泳校队选手。他为了进游泳队而坚持要读这所天主教中学的事,当时让雷切尔不太高兴,但刘易斯倒不太意外。十七岁时,凯奇宣布改信天主教,雷切尔相信这是当时和凯奇交往的女孩带来的影响。她已经可以预见她儿子会在不久的将来结婚(雷切尔还说:"刘易斯,我跟你打赌,如果那个戴圣克里斯托弗胸章的小骚货还没把手伸进他裤子里,我就把你的短裤吃下去。")。很明显,儿子的大学计划、奥运金牌的梦想都破灭了,等到凯奇四十岁时,身边会围着九到十个小天主教娃娃。到那时,凯奇就只是个抽着雪茄、有啤酒肚的卡车司机,不用等到心脏病发,他这一生已经报销了。

刘易斯认为儿子改信天主教的动机纯正,虽然凯奇改变了信仰(就在凯奇付诸行动的当天,刘易斯寄了张恶劣的明信片给古德曼,上面写着:你外孙说不定就快变成耶稣会信徒了。你的非犹太人女婿,刘易斯敬上),可是最后他没和读高中最后一年时交往的(应该是)好女孩(而且不是骚货)结婚。

凯奇进了约翰·霍普金斯大学,代表美国参加奥运会游泳比赛,在刘易斯飞奔救子十六年后的某个下午,刘易斯与头发已完全变得灰白的雷切尔——但她常染发——骄傲地坐在电视机前,看他们的儿子为国争光,夺得金牌。当国家广播公司的摄影机对准凯奇拍特写镜头时,他站在那里,光滑如海狗的头顶还在滴水,他睁着眼平静地望着在国歌声中升起的美国国旗,绶带挂在脖子上,金牌贴着他光润的皮肤。刘易斯喜极而泣,雷切尔也哭了。

"我想这比什么都值得了。"刘易斯沙哑地说着,转身拥抱雷切尔。不料雷切尔却面露恐怖地望着他,就在刘易斯面前,她突然变得非常苍老,仿佛经历了许多苦难不幸的岁月。国歌声渐远,刘易斯回头再看电视,看见的却是另一个男孩,一个满头鬈发里闪着水珠的黑人青年。

这比什么都值得(This caps everything.)。

他的帽子(His cap)。

他的帽子上……

……哦,亲爱的上帝!凯奇的帽子上全是血。

刘易斯在雨天清晨七点醒来,他用双臂抱紧枕头。他的头随着心跳震动而一阵阵作痛。他打出带有陈年啤酒味的酸嗝，胃也胀得难受。他昨夜饮泣时，泪水浸湿了枕头，仿佛在梦里亲身经历了伤感的乡村歌曲中的悲惨故事。

刘易斯爬下床，摇摇晃晃地走进浴室，感觉自己的心跳得很快，意识到这是宿醉的后遗症，结果刚走近马桶，就把昨夜喝下的啤酒全吐了出来。

刘易斯闭着眼睛跪在地板上，直到觉得有力气了才站起来。他摸到冲水开关，放水冲干净呕吐物。他移动脚步走到镜子前，想瞧瞧眼睛充血得厉不厉害，可是镜子被一块方布遮住了。刘易斯这才想起，雷切尔要遵守连她自己都承认记不清楚的传统习惯。她把家中所有镜子全部用布遮住，而且每次进门前都会先脱鞋。

刘易斯走回自己的床，心想，根本没有什么奥运游泳队。啤酒酸味仍残留在他嘴里和喉咙中，他对自己发誓（不是第一次，但也不会是最后一次），永不再碰那毒药。没有游泳队，没有好成绩，没有小骚货或改变信仰，没有夏令营，什么都没有。凯奇的胶鞋烂了，他的连身裤内里翻了出来，结实可爱的小身子几乎解体——他的帽子上全是血。

此刻刘易斯坐在床上，承受着宿醉的煎熬。雨水沿着他身旁的窗户往下倾注，悲伤像看守着九层炼狱的女妖，一心想制伏他，剥夺他的男子气概，解除他残存的最后一道防御。刘易斯将头埋进双手，大声痛哭。他坐在床上摇晃着身体想着，只要再给他一次机会，他愿付出任何代价。

41

凯奇下葬的时间是下午两点。雨已经停了，天上还飘着破碎的乌云,大多前来送葬的亲友都撑着殡葬公司提供的黑伞。

雷切尔要求承办丧事的负责人主持一场不带特定宗教色彩的葬礼,负责人读了《马太福音》中的一段,开头是"受难的孩子到我身边来吧"。刘易斯站在坟墓一侧看着站在对面的岳父,古德曼也看了他一眼,然后垂下头。古德曼今天已无斗志,他眼下的皮肉肿得仿佛邮袋,白发从他戴的黑色丝质小圆帽周围冒出来,在微风中轻轻拂动。古德曼的腮边长满参差不齐的黑灰色胡须,让他看起来更像个酒鬼。刘易斯竭力往好处想,但还是不能对岳父产生半点同情。

凯奇的白色小棺材放在棺箱顶端的架子上,坟地周围铺着绿得刺眼的塑料布,这片色彩鲜亮的人工材料上还摆着几篮鲜花。刘易斯的目光越过殡葬公司代表的肩膀望出去,看到此地是片低矮丘陵,坟墓散布其间,一座罗马建筑风格的大石碑上刻着"费普斯"。从"费普斯"的碑顶望去,刘易斯瞥见一节黄色的东西,他望着那黄色物体,这时葬礼主持人正讲到"让我们低头默祷"。刘易斯花了几分钟才想到,那是架起重机,先停在那边才不会引起参加葬礼的亲友注意。待仪式完毕后,那个欧兹魔法师就会把香烟在他恐怖的工作靴上捻熄,然后起重机会开过来,把他儿子与阳光永远隔离……至少隔离到最后审判日所有死人复活那天。

复活……哦,是个恰当的字眼。

(你知道你该打消这该死的念头。)

等仪式主持人念过"阿门",刘易斯便挽着雷切尔的手带她离开。雷切尔嘴里嘀咕抗议着——刘易斯,拜托让我多待一会儿——但刘易斯很坚持。他们朝停车的方向走去。刘易斯看见殡葬公司代表从宾客手中接下握把处印着殡葬公司名字的黑伞再交给助手，由助手把伞插入伞桶。刘易斯右手握着雷切尔的臂膀，左手牵着埃莉戴白手套的小手，埃莉今天穿的就是上次参加诺玛告别仪式的那套衣服。

刘易斯送妻女上车时，贾德森走向他们。看样子，贾德森昨夜也没睡好。

"刘易斯，你好吗？"

刘易斯点点头。

贾德森躬身往车里看。"雷切尔，你觉得怎么样？"

"还好，老贾。"雷切尔低声回答。

贾德森轻轻碰了碰她的肩头，接着转向埃莉。"小可爱，你还好吧？"

"我很好。"埃莉说话时故意咧出鲨鱼般的笑脸，以示她真的很好。

"你拿的是什么照片？"

当时刘易斯以为埃莉会拒绝示人，没料到她竟羞怯地把照片递给贾德森。贾德森用他粗大的手指小心拿着，他的指头看起来很丑很笨拙，只适于操作压路机传动杆或制造火车挂钩等粗活，可是那些指头也曾灵巧得像魔术师或外科医生的手那般拔出凯奇脖子上的蜂刺。

"哦，真好。"贾德森说，"你拖着雪橇，我敢说凯奇一定很喜欢。埃莉，他是不是很喜欢坐雪橇？"

埃莉点头，同时直掉眼泪。

雷切尔打算开口，但刘易斯在她上臂捏了一下，所以她才没开口。

"我以前常常拖着他玩。"埃莉哭着说，"凯奇坐在上面笑得很开心,玩完了进屋,妈咪会给我们冲可可,叫我们'把靴子收起来'。凯奇一听就会抓着靴子,举得高高的叫:'靴子!靴子!'他叫得好大声,你的耳朵都会被震痛。妈咪,对不对?"

雷切尔点点头。

"我相信那时候你们一定很快乐。"贾德森说着把照片还给埃莉。"埃莉,虽然他不在了,可是你可以永远留着跟他在一起的回忆。"

"我会的。"埃莉说着用手抹去眼泪。"克兰德尔先生,我爱凯奇。"

"乖孩子,我知道你很爱他。"贾德森将头伸进车内亲了埃莉一下。他缩回身子那一刹那,用冷冷的眼神扫过刘易斯与雷切尔。雷切尔与贾德森的目光相遇时有点困惑不解,并有点受伤的感觉。但刘易斯了解贾德森的眼神在责备他们:你们为埃莉做了什么?你们的儿子死了,可是女儿还活着,你们为她做了什么?

刘易斯避开贾德森的眼睛。目前他不能为埃莉做什么,她得靠自己游出悲伤的苦海。目前,刘易斯的思绪被死去的儿子全部占满。

42

傍晚时分,天上又堆满流云,并刮起强劲的西风。刘易斯穿上夹克,把拉链拉到颈部,又从墙板上拿下思域的车钥匙。

"刘易斯,你要去哪里?"雷切尔问。她吃完晚餐后又哭了一场,虽然只是啜泣,但她似乎无法控制自己,于是刘易斯强迫她服用镇静剂。现在雷切尔翻开报纸填起字谜。埃莉在另一个房间一声不响地看《草原上的小木屋》电视剧,膝上放着凯奇的照片。

"我想去买匹萨。"

"刚才你没吃饱吗?"

"刚才我不饿。"刘易斯说。这是实话,不过下一句是谎话,"我现在饿了。"

从下午三点至六点,凯奇丧礼的最后一个仪式在家里举行,这个仪式遵照犹太习俗,宾客要带食物上门。斯蒂夫与他太太带来碎牛肉烩面,乔安妮带来火腿起司蛋饼。"这放久了不会坏,吃不完也不要紧。"乔安妮告诉雷切尔,"而且热热就能吃,很方便。"

住在公路另一头的丹尼格家带了烤火腿来。古德曼夫妇进门时不但不向刘易斯打招呼,而且刻意跟他保持距离,他们带了包括肉类和起司的冷盘来。贾德森带的也是起司,不过是他喜欢的老鼠起司。米西做了个柠檬派,哈杜拿了许多苹果来。从食物看来,这仪式显然超越了宗教间的差异。

这个丧礼派对虽是静态活动,但并不要求压抑情绪。另外,虽然不能像参加一般派对时喝个尽兴,但也还是有人喝酒。刘易斯几罐啤酒下肚后(今早他才发过誓,再也不沾这毒药,可是在这凄清的午后,今早似乎已十分遥远),想讲几则叔叔说给他听过的丧葬轶事——西西里岛的未婚女子有在丧礼中剪死者寿衣的风俗,她们把剪下来的布块放在枕头下,据说可以帮她们找到意中人。爱尔兰人在举行丧礼之际,有时会把死者的脚趾拴在一起,因为古代的塞尔特人相信这样可以缚住死者的游魂。据卡尔叔叔说,停尸间里的死人脚趾上套标签的习惯始于纽约,因为早年管停尸间的都是爱尔兰人。刘易斯打量了一下众人的脸色,最后还是改变主意,不打算讲了。

雷切尔只哭了一次，有她母亲在场安慰。雷切尔抱着多丽，伤心地哭了个痛快，到目前为止，她不能靠在刘易斯身上哭。也许在她看来，儿子的死，她和刘易斯都有责任，或者是因为刘易斯沉溺于自己的胡思乱想中而无法顾及雷切尔的悲伤。但不管原因为何，她都需要母亲的安慰，而多丽正好就在身边。欧文·古德曼站在她们身后，一手搭着雷切尔的肩头，以病态的得意目光瞧着刘易斯。

埃莉捧着一个盛着小点心的银盘周旋于客人间，腋下紧紧夹着凯奇的那张照片。

刘易斯接受客人的吊唁，他点头、道谢。如果刘易斯凝视远方，表情冷漠，客人只会当他在思念过去，想到了这场意外之灾，想到了没有凯奇的未来岁月，谁（包括贾德森）都不会怀疑刘易斯正开始想着盗墓的策略……当然，只是空想而已，他并非真要采取什么行动，只是借此让脑子保持忙碌。

他并不是真要采取什么行动。

刘易斯开车到奥林顿街角便利店，买了两箱六罐装冰啤酒，又打电话给拿波里匹萨店订了个香肠蘑菇口味匹萨。

"先生，请问您的大名？"

刘易斯心想：伟大而恐怖的欧兹魔法师。

"刘易斯·克里德。"

"好的，克里德先生，我们现在很忙，也许要等四十五分钟——行吗？"

"行。"刘易斯说完挂上电话。他走回思域，发动引擎，他突然想到：班格尔这一带大概有二十来家匹萨店，他却偏偏挑了靠近悦景墓园这家。刘易斯心想：这有什么好奇怪的？他们做的匹萨好吃，不用冷冻面团，现场看他们把揉好的生圆饼皮抛在空中，落下时用拳头接住，凯奇常看得哈哈大笑——

刘易斯连忙截断这条思绪。

他开车经过拿波里匹萨店，直接开往悦景墓园。他心想：他明知自己会这么做，这么做又有什么害处呢？完全没有。

刘易斯将思域停在对面，步行穿越马路，走到锻铁铸的双扇门前。铁门上闪耀着白昼将尽的余晖，门上有个半圆形，里面铸着"悦景"两字。这座墓园位于起伏的丘陵地段，经过美化后景色宜人，有排列成行的树木（不过在天光将逝的最后几分钟里，这些树木投下的影子像是一潭死水般黑得让人不舒服），有几棵孤立的垂柳。这里并不安静，离此不远的高速公路传来流水般的车声，班格尔国际机场在这黄昏时分闪着亮光。

刘易斯伸手触摸铁栏杆门，心想：门一定上锁了。但事实上门没上锁，也许时间还早吧。他们锁门的目的是防止醉汉、宵小和谈情说爱的青少年。右边那扇门被刘易斯一碰便开了，发出极轻微的摩擦声。刘易斯看看左右，见无人注意便走了进去，他顺手将门关上，听见门闩扣住的声音。

刘易斯置身于这市郊处埋葬死人的地方，环顾四周。

贾德森开始在刘易斯的脑中说话，贾德森的声音听起来十分担心——担心？是的，担心。

刘易斯，你到这儿来干什么？你在观望一条不该走的路。

刘易斯把贾德森的话从脑子里赶走。如果刘易斯是在折磨谁的话，也就只是自己而已。天快黑了，没人知道他到这儿来。

刘易斯沿着一条弯曲的小径走向凯奇的坟墓，不一会儿，他就已经走在成行树木之间。新生的树叶在他头上发出奇异的沙沙声。刘易斯的心跳很响。坟墓及碑石参差不齐地排列着。这里一定有管理员办公室,办公室里一定有这占地二十英亩的墓园的平面图,图上有很多扇形块,标明坟墓属于谁,以及尚未卖出的墓地。

不大像宠物公墓,这念头使刘易斯暂时停步思量,并感到惊奇。宠物公墓让他不明混乱中的脑海产生了秩序。那些初具规模的同心圆,还有用破木板做成的墓碑和十字架。仿佛那些埋葬心爱动物的孩子们在不知不觉中集体创造出了这个秩序……好像……

突然间,刘易斯觉得,宠物公墓就像个广告,就像嘉年华会入口处的畸人秀。他们会让你免费观赏吞火人表演,因为他们知道当你看到嘶嘶作响的牛排,你就会想吃了,只要吊起你的胃口,接着你就会掏出钞票来了。

那些坟墓,那些仿佛德鲁伊教圆阵中的坟墓。

宠物公墓的坟墓模仿着最古老的宗教符号:逐渐缩小的圆圈表示一种往下的螺旋,不是通往某一点,而是通往无限。至于究竟是混乱中生出秩序,或是秩序中见混乱,则全视你的心神如何判断。埃及人在法老的陵墓上曾经凿出这样的符号,同时这也是腓尼基人在他们阵亡君王的车上所绘的符号,迈锡尼岛的古代石洞的壁上也刻着这种符号,英国的环状排列巨石阵则是记录宇宙的时计,在《圣经》中圆圈则以旋风形式出现,上帝通过它对约伯讲话。

刘易斯终于走到凯奇的坟墓前。起重机不见了,塑料布也早已收进储藏室。凯奇躺着的是一块大约五乘三英尺的光秃秃的长方形土地，墓碑还没立起来。

刘易斯跪下来，晚风袭来，吹乱了他的头发。此刻天色几乎完全黑了。

没人拿手电筒照我，问我在这里干什么。没有守卫的狗叫声，铁门也没锁。复活者的日子已成过去。如果我带着鹤嘴锄和铁铲来——

刘易斯的身体猝然抽动一下，这让他恢复了理智。假如他以为悦景墓园晚上无人看守，那他就是在跟自己开最危险的玩笑。一旦被警卫或管理员发现他半节身子陷在儿子的新坟里的话，会有什么后果？这则新闻可能会上报，也可能不上报。刘易斯可能会被控告，什么罪名呢？盗墓吗？不大可能。恶意破坏也许比较可能。不管上不上报，人言可畏，人人都会谈论，谁都不会放过这充满刺激的趣闻：本镇一名医生被人发现挖掘他新近丧生轮下的两岁儿子的坟墓。刘易斯可能会丢掉差事，但就算工作不受影响，雷切尔会被吓坏，而埃莉更会被同学嘲笑和骚扰。到时说不定刘易斯还得接受检测，以确认精神状态是否正常，好作为撤销控诉的交换条件。

但是，我可以让凯奇重生！凯奇可以再活下去！

刘易斯真的相信吗？

事实上，他真的相信。在凯奇死前和死后，他一再告诉自己：啾吉不是真的死了，它只是昏过去而已。啾吉扒开泥土，钻出它的坟跑回家来。这是个带点恐怖意味的儿童故事，不是真的。啾吉已经死了，是米克马克族的古葬场使它复活的。

刘易斯在凯奇的墓旁席地而坐，试着把已知的事件按照最理想、最合逻辑的顺序组合起来。

先说蒂米·巴泰门。第一,刘易斯相信这件事吗?第二,相不相信,能改变现况吗?

尽管刘易斯把这当作一个方便的借口,但大体上他是相信的。无可否认,假如存在着米克马克古葬场这样的地方(实际上也的确存在),假如有人知道这个地方(几位绿洛镇的老居民确实知道),那么迟早总会有人去试一试。刘易斯了解人性,因此很难相信他们只限于用心爱的宠物做试验。

既然如此,刘易斯是不是也相信,蒂米真的变成了一个无所不知的妖怪呢?

不,刘易斯不愿相信蒂米变成了恶鬼,他不愿意——也绝对不能——允许自己让心中所望蒙蔽了判断力。

刘易斯想到汉拉蒂。贾德森说公牛汉拉蒂变坏了,照贾德森所说,蒂米也变坏了。后来,用雪橇拖它去米克马克古葬场的主人把汉拉蒂"解决"了;蒂米则被他的父亲"解决"了。

因为汉拉蒂变坏,别的动物也会变坏吗?不会的。汉拉蒂只是个例外而已。看看其他动物——贾德森的斑斑,老妇人的鹦鹉,还有刘易斯的啾吉。它们复活之后都变了,而人们也都能察觉出它们的改变。但至少在斑斑的例子上,它的改变并没有严重到让贾德森克制住推荐这个……这个……

(复活的方法)

对,贾德森多年后还是向朋友推荐了这个复活的方法。当然,最后贾德森又扭扭捏捏、拖拖拉拉说了堆不祥啦、困惑啦之类的胡说八道,一堆根本算不上哲学的歪理。

刘易斯怎能拒绝现成的——这个难以置信的机会?就因为蒂米?看到一只燕子,不代表夏天即将到来。

刘易斯的脑子提出抗议：你为了制造需要的结论，不惜歪曲一切事实。但是至少，你应该告诉自己啾吉改变的真相。即使你不在乎老鼠、鸟儿，可是它的样子和行动呢？愚蠢笨拙。你记得一起放风筝那天凯奇是什么样子吗？活泼而且反应灵敏。让那样的记忆留在心里不是比较好吗？难道你想让一具僵尸复活？或者要个白痴一样的小孩？要个用手抓东西吃，望着电视发呆，永远不会写自己名字的孩子吗？贾德森是怎么形容他的狗的？"就像帮一块死肉洗澡。"那就是你想要的吗？一块会呼吸的死肉？就算你自认这样就满足了，你要怎么向雷切尔解释儿子死而复活呢？怎么向埃莉解释？怎么向斯蒂夫和这个世界解释？米西把车子开上车道，发现凯奇在那里骑三轮自行车时会有什么反应？刘易斯，你听不见她的惊叫声吗？你看不见她吓得用指甲抓脸吗？你要怎么对记者说明？你又要怎么应付上门来拍你儿子复活新闻的电视台的人？

这一切真的重要，抑或只是弱者的声音？他相信这一切不能被控制吗？他相信雷切尔将以欢欣的双眼迎接已死儿子的归来吗？

是的，刘易斯认为凯奇真的可能回家。不过他对凯奇的爱会变质吗？父母会爱生来就残废或畸形的子女，父母会替犯了强暴、谋杀和摧残无辜者的子女向政府请求减刑或大赦。

难道刘易斯会认为，如果凯奇活到八岁还要包尿布，到十二岁还读不懂一年级的教科书，他就会不爱凯奇了吗？

可是，刘易斯，你不是活在真空世界！人家会说——

刘易斯愤怒地阻断这个想法。眼前的诸多事务中，"人家怎样说"是他最不需要考虑的。

刘易斯往下俯视凯奇坟上刚耙过的泥土,一股畏惧与恐怖的感觉贯穿全身。他的手指自动在泥土上画了个螺旋。

刘易斯用双手的指头扫掉螺旋,迅速离开悦景墓园。现在,他相信会有人看见他、拦住他,而且还会盘问他。

刘易斯去拿匹萨时,四十五分钟的时间早就过了,虽然匹萨还搁在巨型烤炉上,但已经不热了,而且油腻腻的,吃起来就像煮过的黏土。刘易斯吃了一片,然后在开车回绿洛镇途中连盒子带匹萨一起扔出窗外。基本上,他不是会随地乱丢垃圾的人,可是他不愿让雷切尔看见家里的垃圾桶有一大块只吃了一片的匹萨,雷切尔很可能会猜到他去班格尔的目的不是买匹萨充饥。

刘易斯开始思考时间与其他情况。

时间是绝对关键因素。蒂米死了相当长一段时间后才被他父亲埋在米克马克古葬场。蒂米是十九号阵亡,下葬日期是……我想大概是七月二十二号。然后过了四五天,玛嘉莉看见他在路上走。

算起来比尔·巴泰门是在他儿子下葬后第四天才把他弄去米克马克古葬场,假定蒂米在二十五号复活返家,那么从他死亡到复活一共隔了六天,这是比较保守的估计,也可能隔了十天之久。凯奇已经死了四天。时间不多了,不过没有蒂米死去的时间久。如果……

如果刘易斯能制造出和啾吉复活当时类似的情况。因为啾吉死得正是时候,不是吗?啾吉被车撞死那天,刘易斯的家人都不在家。除了他和贾德森,谁都不知道这个秘密。

刘易斯的家人曾经去芝加哥过节。

对刘易斯来说，最后的问题立刻得到了答案。

"你要我们做什么？"雷切尔瞪着刘易斯惊讶地问道。

晚上九点四十五分，埃莉已经睡了。雷切尔收拾了丧礼派对（又一个"探望时间"之类的荒谬名词，可是也没有别的更准确的词汇来形容他们今天下午的活动）留下的剩菜，又吞了颗烦宁。刘易斯从班格尔回来后，她一直有点恍惚……刘易斯的一句话让她突然清醒过来。

"要你们跟你的爸爸妈妈回芝加哥。"刘易斯耐心地重复一遍。"你的爸爸妈妈明天起程，如果你现在打个电话给他们，然后再打电话给达美航空，你们很可能可以跟他们坐同一班飞机。"

"刘易斯，你失去理智了吗？你跟我爸爸打过架之后——"

刘易斯发觉自己满口圆滑的说辞，这一点也不像他。能讲出这番话让他有种振奋的感觉，他从来就不擅长撒谎，这件事也没经过仔细盘算，但此刻他竟滔滔不绝地说出一连串言之成理的谎话。

"打过架就是我要你和埃莉跟他们回芝加哥的理由之一。雷切尔，现在正是弥补裂痕的时候。我知道……我感觉得到……在殡葬公司我就想到了。动手之前，我其实正打算和你爸尽弃前嫌。"

"可是，去芝加哥……刘易斯，我不认为这是个好主意。我们需要你，你也需要我们。"雷切尔用疑惑的眼神打量着他。"至少我希望你需要我们。再说我们目前不适合——"

"——不适合留在这里。"刘易斯坚决地说。他觉得自己好像发着高烧。"你们需要我，我很高兴，我也需要你和埃莉。可是亲爱的，目前这里对你最不利。这屋子的每个角落都有凯奇的影子。对你对我都不好，对埃莉更糟糕。"

刘易斯看见雷切尔眼中闪烁着痛苦,他知道自己说动了她的心。他一部分的良心为这可鄙的胜利深感愧疚。他所读过有关死亡的书曾告诉他,凡是遭遇丧亲之痛的人,都具有尽快离开死亡发生地点的冲动……向这种冲动屈服可能会对当事人造成最深的伤害,因为当事人会借此机会避免面对新的现实。书上说,应该留在当地对抗悲伤,直到悲伤随着时间化成回忆为止。但是,刘易斯不敢让妻女留在家里,他要做的实验必须把她们弄走,最起码要让她们暂时离开。

"我明白。"雷切尔说,"凯奇无处不在。你去班格尔的那几个钟头……我搬动长沙发,用吸尘器吸地……我发现椅子下面有四台他的玩具小汽车……它们好像还在等着凯奇回来玩它们……"雷切尔的声音本来就有点颤抖,说到这里她便哭了起来,泪水沿着脸颊流下。"当时我就吞了颗烦宁,因为我跟现在一样忍不住想哭……这完全是场该死的悲剧……刘易斯,抱着我,抱着我好吗?"

刘易斯抱着雷切尔,但他觉得自己是个骗子。他只顾着动脑筋让对方的眼泪变得对自己更有利,他可真是个大好人。嗨!唷!我们走!

"这种情况要持续多久?"雷切尔哭着问。"难道永远不会结束吗?刘易斯,如果我们能让他复活,我发誓一定会看紧他,永远不让他发生意外。卡车司机虽然车开得太快,可这不表示我们就没有责任。我想不出还有什么比这更让人伤心的事。刘易斯,那个场景一直在我眼前出现,我的心好痛。刘易斯,连我睡觉时它都不放过我,就算我睡着了,还是一直梦到这件事,我看见他往公路上跑……我叫他,拼命地叫……"

"嘘……"刘易斯说,"雷切尔,冷静一下。"

雷切尔抬起浮肿的脸面对他。"刘易斯,凯奇不是坏,他只是喜欢玩……像在玩游戏……卡车来得不是时候……刚才我正哭个不停,米西打电话过来,她说在《美国人报》上读到那个司机企图自杀。"

"什么?"

"那个司机企图在他的车库里上吊,报纸说他受惊过度,而且情绪非常低落……"

"可惜他妈的没把自己吊死。"刘易斯狠狠地说,他觉得自己的声音听起来很遥远,他感觉一股寒气弥漫全身。刘易斯,那个地方有魔力,那股魔力曾经达到极盛,我怕现在又是它的极盛期了。"是啊,我儿子被撞死了,那个司机只缴了一千块钱保释金,他的情绪会一直低落,想要自杀,直到法官判决吊销他的驾照九十天,从轻处罚为止。"

"米西说他太太带着孩子离开他了。"雷切尔沉闷地说,"米西不是从报上读来的,是她认识的人从埃尔沃斯的熟人那里口中听来的。米西说当时那个司机没有喝醉,也没吸毒,以前也没有超速驾车记录。司机说开到绿洛镇的时候,他只想把油门往下踩。他说他自己也不知道到底为什么会想踩油门加速。"

他只想把油门往下踩。

那个地方有魔力。

刘易斯撇开这些念头。他温柔地握着妻子的手腕。"打电话给你爸爸妈妈。马上打。你跟埃莉没必要守在这里,一天都不要。"

"你不走我们也不走。"雷切尔说,"刘易斯,我需要你……我们一家人需要守在一起。"

"三天——最多四天后——我就去芝加哥找你们。"如果一切顺利的话,四十八小时内,雷切尔和埃莉就可以回家了。"我得找个代理人,至少在学校找个人代理我的工作。我有病假和休假,不过我不想让苏伦达拉·哈杜一个人坐冷板凳。我们不在这儿的时候,老贾可以替我们看房子,可是我还要办停电手续,把食物搬到米西家的冰箱去。"

"埃莉上学……"

"管它的。反正还有三个星期就放假了。这种情况学校会理解的,他们会帮她安排提前停课。一切都不成——"

"刘易斯?"

刘易斯的话没说完。"什么?"

"你在隐瞒什么?"

"隐瞒!"刘易斯坦然地望着雷切尔。"我不知道你在说什么。"

"不知道?"

"我不知道。"

"好吧。我现在就打电话给我爸爸妈妈……如果你真的想这么做。"

"真的。"刘易斯说。这句话就像他脑子里的回音。

"这可能对埃莉有帮助。"雷切尔用泛红的眼睛望着他。"刘易斯,你看起来在发烧,好像快生病了。"

刘易斯回答前,雷切尔便已拿起电话,打到父母下榻的旅馆。

古德曼夫妇对雷切尔的提议喜出望外,却对刘易斯将在三四天后跟来这个消息反应有点冷淡。其实他们大可不必为此担心,因为刘易斯一点都不想去芝加哥。刘易斯不知道这么晚了还能不能买到机票。但他运气不错,从班格尔到辛辛那提的达美航空班机还有空位,由辛辛那提飞芝加哥这段航程的班机刚好也有两位乘客取消了预订的机票。因此雷切尔与埃莉可以和古德曼夫妇一起飞到辛辛那提,然后双方搭乘不同班机,她们比古德曼夫妇晚一小时抵达芝加哥。

这简直就像魔术——刘易斯挂上电话时心里这么想。贾德森的声音立刻在他脑中响起:魔力曾经达到极盛,我怕现在又……

哦,滚你的蛋!刘易斯粗鲁地对贾德森的声音说。虽然过去十个月我学着接受了许多奇异的事物,但难道我会相信那鬼地方也能影响航空公司的机票?我想不会吧。

"我得去收拾行李了。"雷切尔说。她边说边看着刘易斯记在便条纸上的航班时间和航班号。

"带个大行李箱就够了。"刘易斯说。

雷切尔睁大眼睛看着他,显得有些诧异。"两个人用?刘易斯,你在开玩笑吧。"

"那就再带两个手提袋。只要别为了离家三个星期而费劲再多装个箱子就好。"刘易斯说道,同时心想:也许你很快就会回绿洛镇了。"带够一星期……十天穿的就行。支票簿在你那里,信用卡也在,需要的话到那边再买。"

"可是我们没那么——"雷切尔拿不定主意,此刻的她似乎对一切都没了主意。

"我们有钱。"刘易斯说。

"这个……也许我们可以动用凯奇的大学教育基金,不过要一两天才能提出来,还有政府债券也要一星期后才能兑现——"

雷切尔的脸上又开始露出将要落泪的表情,刘易斯急忙抱着她。雷切尔说得没错，悲伤就是会一直打击你，不让你有翻身之日。"雷切尔，别哭。"刘易斯说，"别哭。"

她当然哭了——她必须要哭。

雷切尔在楼上收拾行李时，电话铃响了，刘易斯跳起来抓起话筒，怕是达美航空打来说弄错了，没有空位。我早该料到的，不可能每件事都这么顺利。

不是航空公司打来的，是欧文·古德曼。

"我去叫雷切尔。"刘易斯说。

"不用叫她。"对方突然沉默无语。刘易斯心想：他大概坐在房里难以决定究竟要先用什么话开骂。

古德曼再开口时，声音有点紧张。他好像在内心的阻力下逐字逐句把话推挤了出来。"我要跟你讲话，多丽要我打电话向你道歉……为我的鲁莽行为赔不是。我想……刘易斯，我想我自愿向你道歉。"

怎么啦，欧文！你真是大丈夫！我的天，我想我刚才尿湿裤子了！

"你没必要道歉。"刘易斯的声音冰冷且毫无感情。

"我那天的行为简直不可原谅。"古德曼说。他现在不是把话推挤出来，而简直就是喷涌而出。"你建议雷切尔和埃莉暂时离家，我才发现你有多宽容……而我的度量又是多么狭窄。"

古德曼的话里带着某种十分熟悉的成分，出奇的熟悉——

刘易斯突然明白了，于是立刻闭紧嘴唇，像是刚咬了一口酸透的柠檬。那是雷切尔后悔时的语气（她自己从未发觉，但刘易斯意识得到）：刘易斯，对不起，我真是个爱抱怨的女人。每逢需要得到满足时，雷切尔就会这么说。现在，同样的语气——只是少了雷切尔的洋洋得意——在对刘易斯说：对不起，刘易斯，我真是个混蛋。

这老头子得到了女儿和外孙女，她们离开缅因州，回到她们所属的地方，回到欧文·古德曼要她们去的地方。所以他愿意表示宽宏大量。刘易斯，请忘了我在殡葬公司打你、踢你，忘了我撞翻凯奇的棺材，让你瞧见（或是你自以为看见）你儿子的小手。过去的事就让它过去吧。

欧文，你这老混蛋，要不是顾虑到我的计划，我一定要诅咒你马上死掉。

"古德曼先生，算了，事情都过去了。"刘易斯平静地说。"那天……那天大家都太感情用事。"

"不能这么算了。"古德曼坚持道。刘易斯发觉——虽然不是出于自愿——古德曼不是在耍外交辞令，也不是因为达到了目的才说对不起、才骂自己混蛋。这老头几乎要哭出来了，他用缓慢而颤抖的哭音说："那天对我们来说都是最难受的一天。都怪我，怪我这愚蠢、顽固的老糊涂。在我女儿最需要我的时候，我伤了她的心……我伤害了你，刘易斯，也许你也需要我的帮助。现在你这么做……承受了我那么粗暴的行为后，你还这么做……让我觉得自己是个垃圾。我想这是我应得的。"

哦，叫他住嘴吧！在我开始大叫，放弃全部计划之前，叫他住嘴吧！

"刘易斯，雷切尔可能告诉过你，我们还有个女儿——"

"泽尔达。"刘易斯说，"是的，她对我说过泽尔达的事。"

"我们很难过。"古德曼的声音颤抖着。"我们的日子都很难过。

尤其是雷切尔，她更难过——泽尔达死的时候，雷切尔就在她身边——多丽和我本人也难过无比。多丽还差点精神崩溃——"

刘易斯想大吼：那雷切尔呢？你以为小孩就不会精神崩溃吗？事隔二十年，雷切尔只要一见到死亡的阴影还是会吓得坐立不安。现在又发生了这件事，这件最悲惨的事。雷切尔没住进医院简直就是个小小的奇迹。所以别对我说你跟多丽有多难过。老混蛋！

"泽尔达去世后，我们就……我们就想紧紧守着雷切尔……时时刻刻保护她……补偿她……补偿她自以为背有毛病……补偿她因为泽尔达死时我们不在家。"

这老头真的哭了起来。他为什么一定要哭呢？这一哭，刘易斯就不能彻底恨他了。不，是变得困难，但不是不可能恨他。他看见古德曼将手伸进外套口袋，掏出厚厚的支票簿……这时泽尔达出现在背景中，那躺在发臭床上吵嚷不休的幽灵，她的脸上满是怨恨与痛苦，她伸出鸟爪般的手，哦，古德曼家的鬼魂，伟大而恐怖的欧兹魔法师。

"请你别再说了。"刘易斯说，"古德曼先生。欧文，不要再说了。我们别把事情弄得更糟好吗？"

"刘易斯，我到现在才相信你是个大好人，过去我判断错了。哦，听我说，我知道你的想法。我会那么愚蠢？不，我笨，但还没笨到那种程度。你在想，我会说这些话是因为我现在达到了目的，得到我要的东西。可是……可是刘易斯，我发誓……"

"够了。"刘易斯温和地说，"我不能……我实在没法听你说下去了。"刘易斯的声音也在发抖。"不说了，好吗？"

"好。"古德曼叹了口气，说道。"不过请允许我再向你道歉，你不一定得接受，我打电话给你的目的就是道歉。"

"好吧。"刘易斯说道。他闭着眼睛，脑袋在颤动。"欧文，谢谢你，我接受你的道歉。"

"谢谢你。"古德曼说，"还要谢谢你……让她们去芝加哥。也许她们需要这趟旅行，我们会在机场等她们。"

"好极了。"刘易斯说。这时他心里突然冒出一个念头，如此明智的念头既奇特又富吸引力。刘易斯可以让过去的事随它去……他可以让凯奇长眠悦景墓园。他可以照着他对妻子说的去做：把这里的事安顿好，搭飞机去跟她们会合。他们一家可以在那里度过整个夏天，他们会去逛动物园、天文台，到湖上划船，他可以带埃莉去希尔斯摩天大楼楼顶饱览一望无际的中西部风光。待到八月中，再返回这座目前笼罩在愁云惨雾中的房子，然后也许再重新开始。

但是，那么做是不是等于谋杀他儿子呢？等于第二次杀了他？

他内心的声音反驳道：才不是这样。但刘易斯不听，他迅速把那声音关掉。

"欧文，我得挂电话了。我要上去看雷切尔行李打点好了没有，再让她好好睡一觉。"

"好的。刘易斯，再见。让我再——"

要是他再说对不起，我真他妈要叫了。

"再见，欧文。"刘易斯说完随即挂断电话。

刘易斯上楼来时，雷切尔正站在衣服堆中。她打点行李的动作虽然缓慢，但有条不紊。刘易斯发现至少需要三个行李箱才够她装，但他不打算与雷切尔争辩，反而帮忙一同整理。

关上最后一只行李箱后，雷切尔说："刘易斯，你确定没有什么事要告诉我？"

"亲爱的，天知道还会有什么事。"

"我不知道有什么事。"雷切尔平淡地回答，"所以我才问你。"

"你以为我打算干什么？偷偷嫖妓？加入马戏团？还是干别的什么勾当？"

"我不知道，可是我觉得不对劲，我觉得你好像想故意把我们支开。"

"雷切尔，你的想法太荒唐了！"刘易斯半是激动，半是恼羞成怒。

雷切尔惨然一笑。"刘易斯，你从来就不会撒谎。"

刘易斯正要抗辩，但雷切尔不让他开口。

"埃莉梦见你死了。"雷切尔说，"昨晚她从梦中哭醒，我到她房里去陪她睡了两三个小时。她说梦见你坐在厨房，两眼睁得大大的，可是她知道你已经死了，因为她听见斯蒂夫在哭喊。"

刘易斯沮丧地望着她。最后终于开口说："雷切尔，弟弟刚去世，埃莉梦见其他亲人也死了很正常。"

"不错，我也那么想。可是她对我说的梦境……似乎像是征兆。"

雷切尔无力地笑了笑。

"或许，说不定你必须出现在梦中。"

"也许。"刘易斯说。

似乎像是征兆。

"来，跟我一起睡。"雷切尔说，"烦宁的药效已经退了，我不想再吃药。可是我怕,我也做噩梦……"

"梦见什么?"

"泽尔达。"雷切尔说,"凯奇死后一连几个晚上,我一睡着,泽尔达就出来。她说她来接我,说这次我跑不掉了,她和凯奇都要找我算账,说是我让他们死的。"

"雷切尔,那只是——"

"我知道,那只是梦,很正常的现象。来跟我一起睡吧,刘易斯,如果你有本事,就别让噩梦来骚扰我。"

他俩挤在刘易斯那半边床上。

"雷切尔?你醒着吗?"

"醒着。"

"我想问你一件事。"

"问吧。"

刘易斯犹豫着,他不打算增加雷切尔的悲痛,但他需要知道。

"你还记得凯奇九个月大时把我们吓得半死的事吗?"刘易斯终于发问。

"记得,记得,我当然记得。你为什么问起这件事?"

凯奇九个月大时,刘易斯特别关心他儿子的脑袋。刘易斯有张图表,说明幼儿头部正常发展的尺寸。凯奇的头部过大,刘易斯带他去看中西部最负盛名的脑科专家乔治·戴迪夫。雷切尔想先了解原因,于是刘易斯告诉她可能是脑积水。当时雷切尔的脸色立刻变得惨白,不过她仍勉强保持镇定。

"他看起来蛮正常的。"雷切尔说。

"我看也是,但是我不能忽略任何征兆。"

"不能，绝对不能。"雷切尔说。

戴迪夫测量过凯奇的头部后皱起眉头。他用两根手指戳凯奇的脸颊，凯奇身体往后一缩。戴迪夫笑了。他给凯奇一个皮球让他抱着，凯奇抱了一会儿后球掉在地上。戴迪夫捡起皮球拍着，同时注意凯奇的眼睛。凯奇的眼睛也跟着皮球移动。

"我判断脑积水的可能有百分之五十。"戴迪夫说，"不，也许还更高一点。但就算这样也不算严重。新的静脉分流手术很容易就能解决这个问题……如果真有问题的话。"

"你说的是脑部手术吧？"刘易斯说。

"小手术。"

自从发现凯奇的脑袋过大后，刘易斯便开始研究有关脑积水治疗的书，手术的目的是抽掉脑中过多的水分，他可不认为这是个小手术，不过他没表示意见，只对自己说如今有这种手术已经算是幸运了。

戴迪夫继续说："当然，很可能你儿子只是天生头大了点。我看最好先用计算机做断层扫描检查，你同意吗？"

刘易斯同意。

凯奇在医院住了一晚，全身麻醉，他的整个头被塞进一架像烘干机的仪器里。雷切尔和刘易斯在楼下等待消息，埃莉住在外公、外婆家看"芝麻街"。刘易斯觉得等待的时间无限漫长，他胡思乱想，想着那些可能发生的可怕后果。麻醉过程中死亡，脑积水分流手术过程中死亡，脑水肿导致轻微智障、重度智障、羊痫风、眼盲……哦！有太多种可能的后果。刘易斯记得当时自己心想：所有灾难的最后一步就是——转到地区医疗中心。

戴迪夫终于走进候诊室，他手里拿着三支雪茄。他把一支塞进刘易斯嘴里,一支往雷切尔嘴里塞(她目瞪口呆,不知如何抗议),再把剩下的一支放进自己嘴里。

"这孩子一切正常,没有脑积水现象。"

"谁来帮我点燃这玩意儿。"雷切尔又哭又笑。"我要抽到吐为止。"

戴迪夫笑着点燃三人的雪茄。

刘易斯此刻在想:戴迪夫医生,上帝其实是把凯奇留给了十五号公路。

"雷切尔,假如凯奇真的得了水脑症,假如手术不成功……你还会爱他吗?"

"刘易斯,你问的话多奇怪!"

"你还会爱他吗?"

"当然照样爱他。不管发生什么事情我都会爱凯奇。"

"哪怕他变成白痴?"

"当然。"

"你愿意送他去疗养院吗?"

"我不愿意。"雷切尔慢慢地说,"我想,也许凭你现在的收入,我们有能力负担……送进理想的疗养院……不过我想我更希望他跟我们住在一起……刘易斯,你为什么问这问题?"

"为什么,大概是因为我还在想泽尔达,怀疑你能不能再经历一次。"

"那可不一样。"雷切尔说,"凯奇是凯奇,他是我们的儿子。单凭这一点就跟其他人不一样。虽然很难……我想,可是……你愿意把他送进松园疗养院那种地方吗?"

"不。"

"我们睡觉吧。"

"好主意。"

"我觉得现在睡得着了。"雷切尔说,"我要把这天丢在脑后。"

"阿门。"刘易斯说。

过了好一阵子,雷切尔以睡意甚浓的声音说:"刘易斯,你说的话不错……只有梦和烟雾……"

"没错。"刘易斯吻吻她的耳垂。"睡吧。"

那个梦似乎像是征兆。

一直过了很久,刘易斯都没睡着。他睡着前,那宛如弯弯骨头的一牙新月正从窗口俯视着他。

43

第二天,天气阴沉沉的,但很暖和。刘易斯托运了雷切尔和埃莉的行李,从柜台取到机票后已是满头大汗。他想:有得忙就是幸福,想到去年感恩节送妻子儿女去芝加哥的情景,他心里感到些微悲痛。

埃莉态度冷淡,而且有点古怪。当天早上,刘易斯好几次看见她脸上露出可疑的表情。

他告诉自己:阴谋家的心思总是特别活。

刘易斯对埃莉说全家要去芝加哥,但她和妈咪先去,可能要住上一整个夏天。埃莉听了一句话也不说,只管吃她的早点(可可熊麦片)。吃完后,她仍然一声不响径自上楼,换上母亲替她找好的衣服和鞋。埃莉带着那张她拖凯奇坐雪橇的照片到机场,静静坐在候机楼的一张塑料靠背椅上,刘易斯排队替她们换位,广播不断报告班机到达和起飞的消息。

古德曼夫妇在起飞前四十分钟出现在候机楼。欧文衣着整齐，尽管气温有摄氏十六度，他照样穿着羊毛大衣；他到租车柜台交车，多丽走到雷切尔和埃莉身边。

刘易斯和古德曼同时走到她们坐的地方，刘易斯生怕重演昨晚那幕戏。古德曼跟他勉强握握手，咕哝了一句哈啰。他对女婿那难为情的仓促一瞥，让刘易斯确信自己到今早才想通的事情：这老头昨晚一定喝醉了。

他们搭扶梯上楼，坐在登机休息室，大家都没说什么。多丽神经紧张地用大拇指翻弄手上一本埃里卡·琼①的小说，但始终没有真正翻开来读，她还不断以不安的眼光扫过埃莉捧着的那张照片。

刘易斯问女儿要不要和他一起到那边的书店买本书在飞机上读。

埃莉又用满怀心机的表情望着他，刘易斯不喜欢那表情，他开始紧张起来。

"你在外公、外婆家会乖乖的吗？"他们往书店走时，刘易斯问道。

"会的。"埃莉说，"爹地，督学会抓我吗？安蒂说督学专门抓逃学的学生。"

"你不要担心督学。"刘易斯说，"我会处理学校的事，秋天开学的时候你再回学校上课，我保证没问题。"

---

① 埃里卡·琼（1942—　），美国诗人、小说家，代表作有诗歌集《水果与蔬菜》和小说《怕飞》等。

"我希望我能上秋季班,我只读过幼儿园,不知道一年级的学生都做些什么。大概有很多作业。"

"你没问题的。"

"爹地,你还讨厌外公吗?"

刘易斯瞪着她。"你怎么会觉得我……我不喜欢你外公?"

埃莉耸耸肩,好像表示对这件事不太感兴趣。"每次一讲起外公,你就一脸大便样。"

"埃莉,那是粗话。"

"对不起。"

埃莉向刘易斯投来一道奇怪、仿佛能预卜吉凶的眼神,然后转头去看书架上的童书。小孩是怎么发现秘密的?难道他们凭直觉就能知道?埃莉知道多少?对她会产生什么影响?

"爹地。"埃莉举着一本苏斯博士的书和一本《小黑桑波》。"我可以要这两本吗?"

"可以。"刘易斯说。他们挑了比较短的队伍等着付钱。"你外公跟我很要好。"刘易斯说,同时他想起他母亲告诉他的话:一个女人如果真想要孩子,她就会"捡到"一个。刘易斯记得他对自己发过誓,永远不对儿女撒谎。但过去几天,他已经成了潜力无穷的说谎专家,可是现在,他不愿多想这件事。

"哦。"埃莉只哦了一声便不再说话了。

埃莉的沉默让刘易斯不安。为了打破沉默,他问:"你想你在芝加哥会很开心吗?"

"不会。"

"不会?为什么?"

埃莉抬头又用那预言式的眼神望着刘易斯。"我怕。"

刘易斯用手摸着埃莉的头。"怕？宝贝，有什么好怕的？你该不是怕坐飞机吧？"

"不是。"埃莉说，"爹地，我也不知道在怕什么。我梦见我们都在凯奇举行丧礼的地方，殡葬公司的人打开他的棺材，里面空空的。后来，我又梦见回到家来，我看凯奇的小床也是空空的，可是床上有泥土。"

拉撒路，你出来。

这么多月来，刘易斯第一次再度想起帕斯考死后他做的梦——梦醒时，他发现自己两脚沾满泥土，床尾尽是松针和烂泥。

刘易斯颈背的汗毛竖了起来。

"那只是梦而已。"刘易斯对埃莉说，他觉得自己的声音听起来完全正常。"很快你就会忘了。"

"我希望你跟我们一起去。"埃莉说，"爹地，或者我们不要走，我们可以留在家里吗？我不想去外公外婆家……我只想上学。好不好？"

"埃莉，只要几天时间。"刘易斯说，"我有些事——"他吞了口口水。"那些事处理好了，我就去找你们。然后，我们再决定下一步该怎么做。"

刘易斯已经准备好要听埃莉和他争辩，甚至发场埃莉式的脾气。结果只有了无生气的沉默。刘易斯可以多问埃莉几句话，但他发觉自己不想再费唇舌，埃莉告诉他的已经比他想听的要多了。

刘易斯与埃莉走回休息室，不久后广播便通知乘客登机。他们四人拿着登机牌排队。刘易斯拥抱雷切尔并用力吻她。雷切尔抱着他，过了好一会儿才放开。刘易斯又抱起埃莉，亲亲她的脸颊。

埃莉用她女巫般的眼神盯着刘易斯。"我不要去。"她用只有刘易斯听得到的声音低声说道。

"埃莉，听话。"刘易斯说，"你会玩得很开心。"

埃莉说："我开心，可是你呢？爹地，你呢？"

排队的乘客开始移动，大家从登机桥登上波音七二七客机。雷切尔拉拉埃莉的手，但她拒绝往前走，使得后面的乘客无法前进。埃莉的两只眼睛盯着父亲——刘易斯想起上次去芝加哥时她迫不及待的表情，嘴里直嚷：快走……快……快呀。

"爹地？"

"埃莉，去吧。"

雷切尔第一次看见埃莉脸上出现那种隐晦恍惚的神情。"埃莉？"雷切尔也觉得诧异，刘易斯则觉得埃莉的表情中还带着点害怕。"宝贝，你挡住大家了。"

埃莉的嘴唇发白颤抖。她让母亲牵着走上登机桥，她回头看着刘易斯，刘易斯瞥见她一脸恐惧。刘易斯朝埃莉挥挥手，装出高兴的样子。

埃莉没有对他挥手。

44

刘易斯离开班格尔国际机场航站楼时，心里好像罩上了一袭冰冷的大衣。他知道自己即将把计划付诸实施。他是个绝顶聪明的人，读医学院时靠奖学金付完大部分学费，另外还靠雷切尔从清晨五点到十一点在咖啡馆打工赚的钱补贴。他会动脑筋把课业问题拆解成若干零件，有组织有系统地解决。而目前这个问题就像应付考试一样，他下定决心这次一定要拿到A^+。

刘易斯驾车过了佩诺布斯科河，开到布鲁尔镇，在沃森五金店对面的街边找到一个停车位。

"需要什么吗？"店员问。

"我要买一支强光手电筒——那种方形的——和可以罩住手电筒的东西。"

个子瘦小的店员有个很宽的额头，还有一双机灵的眼睛。他的脸上堆着笑，可是他的笑让人觉得不舒服。

"打猎吗？老兄。"

"什么？"

"晚上去猎鹿吗？"

"不是。"刘易斯说，"我没有打猎执照。"

店员眨眨眼笑着说："换句话说，不关我的事，对吗？好吧，你买不到那种手电筒罩，不过你可以拿块毡布在中间剪个洞罩在手电筒上，亮光就会缩小到跟笔式手电筒一样。"

"那很好。"刘易斯说，"谢谢。"

"不客气。还要别的什么吗？"

"是的。"刘易斯说，"我需要一把鹤嘴锄、一把小铁铲和一把铁锹。短柄小铁铲，长柄铁锹。一条八英尺长的绳子，一双工作手套，一块八乘八英尺防水帆布。"

"我们全都有。"店员说。

"我要挖个化粪池。"刘易斯说，"看样子我可能会违反土地开发条例，我邻居又爱管闲事。不知道罩起手电筒干活有没有用，不过不妨试试。搞不好会被罚一大笔钱。"

"哦——哦。"店员说，"最好用个晒衣夹夹住鼻孔，否则那臭味够你受的。"

刘易斯敷衍地笑了笑。一共五十八元六角,他付现金。

汽油不断涨价,所以他们越来越少开那辆旅行车。旅行车的轮轴有点问题需要修理,刘易斯一直拖着不修。一方面暂时可以省下两百块钱,另一方面也因为修车是件麻烦事。但现在,他真的需要一辆大车,不过他不敢冒险。思域车小,后面又是舱形玻璃门,刘易斯不太放心就这样载着鹤嘴锄、铲子和铁锹开回绿洛镇。贾德森·克兰德尔的眼睛很尖,头脑也不迟钝,一见就明白了。

刘易斯转念一想,他根本没必要开回绿洛镇。于是刘易斯再驶过张伯伦桥回到班格尔,然后到霍华·琼森汽车旅馆开了个房间。旅馆在靠近机场的奥林路上,离悦景墓园也不远。他用的登记名是迪·迪·雷蒙德①,用现钞付房钱。

刘易斯打算睡一下,可是他的脑子不肯休息。

整个计划在他脑子里不停旋转,刘易斯从各个不同的角度检查、试行、推敲,寻找漏洞或弱点。他觉得,事实上他几乎等于从一条窄梁上走过疯狂的深渊。他被疯狂围绕着,像只夜枭,睁着金色的大眼,轻轻拍动翅膀,飞进疯狂之中。

疯狂,四周全是疯狂,逼近他,抓住他。

刘易斯在理性的平衡杠上行走,他仔细审查着自己的计划。

歌手汤姆·洛许的声音梦呓般回荡在刘易斯脑中:哦!死神你的双手冰冷……我感觉到你的双手绕住我的膝盖……你来到将我母亲带走……你会不会再来抓我呢?

今晚十一点钟左右,他要去挖儿子的坟,把尸体从棺材中弄

---

① 朋克乐队雷蒙斯贝斯手的名字。

出来，用一块防水帆布裹着，放在思域的行李厢，再盖好棺材，填好墓穴。然后他开车回绿洛镇，把凯奇搬出来……之后他就先散散步。不错，他要散散步。

如果凯奇复活了，这条窄路就将一分为二。一条可能的路是他看见复活之后的凯奇仍是原来的凯奇，也许行动不灵活，甚至变成智障（刘易斯只在心底深处才敢指望复活后的凯奇仍和生前的凯奇完全一样——这种可能性当然存在，不是吗？），可是他还是刘易斯和雷切尔的儿子，埃莉的弟弟。

另一条可能的路就是：刘易斯会看见房子后面的森林中出现一个怪物。

不管是哪种可能，只有刘易斯与儿子两人在一起时，他会……

我会诊断。

没错，这是刘易斯能做的事。

我要诊断他的身体和心智。我要为他曾经遭遇车祸而放宽英尺度，他也许记得、也许不记得那次不幸的车祸。以啾吉为例，我会预期他的智能有可能退化，可能很轻微，也可能很严重。根据二十四到七十二小时中观察到的状况为基础，我必须对我们能否适应凯奇重新与家人生活的能力加以判断。如果差距太大——或者当他像蒂米·巴泰门一样成了恶鬼——那我就要杀死凯奇。

刘易斯觉得自己身为医生，有能力杀死凯奇。他不允许自己被凯奇的恳求或欺骗动摇，他会像杀死一只感染了鼠疫的老鼠一样杀死凯奇，绝不感情用事。一颗毒药，最多两三颗。或者一枪解决；他的医药包里还有吗啡。第二天晚上，他再把尸体送回悦景墓园，再埋葬他一次，他相信自己第二次进出墓园也会很幸运地不被发现（刘易斯提醒自己：其实他连自己第一次会不会那么幸运都还不知道）。刘易斯也考虑过比较容易和简单的途径：埋在宠物公墓，但他不愿那么做。原因很多，其中之一就是隔了五年、十年或二十年后，去那里埋葬动物的孩子可能会发现凯奇的尸骨。但最主要的原因是，宠物公墓太……太近了。

再次埋好尸体后，刘易斯便飞往芝加哥与妻女相聚。雷切尔和埃莉都没必要知道他做的实验失败了。

现在，再来看成功的那条路：诊断完毕后，刘易斯就带着凯奇立刻动身离家。他计划只带一些重要文件，不准备再回到绿洛镇。他和凯奇当晚可以先住旅馆——也许就住现在这间。

第二天上午，刘易斯去把存在银行的钱全领出来，统统换成旅行支票（他想到一句广告词：带着复活的儿子出门，别忘了旅行支票）和现金。他和凯奇搭飞机去——最可能是去佛罗里达州。再从佛州打电话给雷切尔，告诉她地址，叫她不要对她爸爸妈妈讲要去什么地方，然后带着埃莉飞来团聚。刘易斯相信他能说服雷切尔照他的话做。别问问题，雷切尔。来就是了，现在就来，下一分钟就出发。

刘易斯会告诉雷切尔他（们）住什么地方，多半是汽车旅馆。她和埃莉可能会租辆车开来，她们敲门时，他会把凯奇带到门口，也许会让凯奇穿着泳裤。

然后——

接下来如何，刘易斯不敢想。于是他又从计划开头再想一遍。他想如果一切顺利的话，就得为新生活安排新身份，以免欧文·古德曼用金钱的力量找到他们。

刘易斯仿佛记得自己那天开着车到达绿洛镇，他紧张、疲乏，而且还有点害怕。他当时幻想自己驾车直抵佛州，到迪士尼乐园当医护员。其实，这也没那么异想天开。

刘易斯看见自己一身白袍，正在急救一名怀了孕还跑去坐魔术山云霄飞车、结果昏厥过去的笨女人。退后！退后！给她点空气！刘易斯听见自己这样喊着。那名妇人睁开眼后，感激地对他微笑。

刘易斯就在幻想之际睡着了。刘易斯睡着时，他女儿正在尼加拉瓜瀑布上空因为噩梦而惊叫，空中小姐急忙过去看发生了什么事。刘易斯睡着时，烦恼不安的雷切尔正设法让埃莉安静下来。刘易斯睡着时，埃莉不停惊叫：是凯奇！妈咪，是凯奇！凯奇活了！凯奇拿着爹地医药包里的刀子！不要让他来杀我！爹地，不要让他来杀我！

刘易斯睡着时，埃莉终于平静下来，贴着她母亲的胸膛发抖，两眼睁得大大的，没有一滴泪水。多丽在想：这一切对埃莉实在太残忍了。多丽不禁想起泽尔达死后雷切尔所受的苦。

刘易斯睡着了，他睡到下午五点一刻才醒来。午后的光线偏斜，昭示黑夜即将降临。

45

联合航空四一九次班机在芝加哥的俄亥俄机场着陆，乘客下机时是美国中部时间三点十分，埃莉·克里德已陷入歇斯底里状态，雷切尔则惊慌万分。

随便碰埃莉肩头一下，她会被吓得跳起来，同时睁大两眼瞪着你。她整个人不停抖动，好像浑身是电。在飞机上做噩梦已经很糟了，现在又这样……雷切尔根本无法应付。

出机场时，埃莉绊到自己的脚跌坐在地上。她坐在地毯上不站起来,下机乘客从她身边走过(有人勉强用同情的表情看看她),雷切尔只好把她抱起来。

"埃莉,你怎么啦?"雷切尔问。

埃莉不回答。她们穿过候机楼,走向行李转盘,雷切尔瞥见她爸爸妈妈站在那里等她们。雷切尔朝他们挥手,古德曼夫妇走上前来。

"他们告诉我们不要去出入境门口等。"多丽说,"所以我们就……雷切尔?埃莉怎么样?"

"不大好。"

"妈咪,这里有女厕所吗?我要吐了。"

"哦,天啊!"雷切尔拉着埃莉的手绝望地说。幸好候机楼有女厕,雷切尔急忙带她过去。

"雷切尔,要我一起去吗?"多丽问。

"不需要,去拿行李吧,你认得我们的箱子。我们没问题。"

幸好女厕所里没有人。雷切尔把埃莉带向其中一个隔间,一面在皮包里掏零钱准备投币开门上的锁。她这时才发现——感谢上帝——三间的门锁都坏了。

雷切尔迅速拉开门,埃莉正捧着腹部呻吟。埃莉呕了两次,但吐不出东西,只是神经性的干呕。

等埃莉觉得舒服点了,雷切尔牵着她到洗手台帮她洗脸。埃莉脸色惨白,眼下出现黑眼圈。

"埃莉,你怎么了?可以告诉我吗?"

"我也不知道。"埃莉说,"可是,爹地告诉我要去旅行以后,我就觉得怪怪的。所以是他的问题。"

刘易斯,你隐瞒了什么?你在隐瞒我们,我看得出来,连埃莉都看出来了。

雷切尔发现自己这一整天都很紧张,好像在等着即将承受某种打击。她觉得自己就像月经来前的两三天那样紧张烦躁,随时会哭或笑,或者突然头痛发作,但两三小时后头痛又消失了。

"什么?"雷切尔对镜中的埃莉说,"宝贝,你爹地会有什么问题?"

"我不知道。"埃莉说,"是梦,跟凯奇有关,不然我就是梦见凯奇,我记不起来了。我不知道。"

"埃莉,你梦见什么了?"

"梦见我在宠物公墓。"埃莉说,"巴克斯考带我去的,他说爹地要去宠物公墓,会发生很可怕的事。"

"巴克斯考?"恐惧如闪电般击中雷切尔。这名字,这名字为什么听起来很熟?她好像曾经听过,可是记不得是在哪里听到的。"你梦见有个叫巴克斯考的人带你去宠物公墓?"

"嗯,他说他的名字叫巴克斯考。而且——"埃莉的眼睛突然睁大。

"你还记得别的事吗?"

"巴克斯考说他是被派来提出警告的,但是他不能干涉。他说他曾经……我不记得了……曾经跟爹地很接近,因为当他的灵魂脱……脱——我记不起来了——他和爹地在一起!"

雷切尔说:"宝贝,我想你梦见宠物公墓,是因为你还在想念凯奇。我相信你爹地在家里好好的。你觉得放心了吗?"

"不放心。"埃莉低声说,"妈咪,我怕。你怕不怕?"

"不怕。"雷切尔带着笑直摇头——但其实她很害怕,怕那个听起来好熟的名字。她好像在几个月前,也许是几年前,听过一桩和这个名字有关的骇人事件,那紧张的感觉就始终没有离开过她。

雷切尔觉得体内有某种东西——就像怀胎一样,逐渐膨胀,好像即将爆开。她必须阻止某件可怕的事物。是什么事情?什么东西?

"我相信一切都会没问题的。"雷切尔告诉埃莉,"去找外公外婆好吗?"

"好吧。"埃莉无精打采地说。

"来。"雷切尔说,"我们到外公家以后,就给你爹地打电话。"

"他穿短裤。"埃莉突然冒出一句。

"宝贝,谁穿短裤?"

"巴克斯考"埃莉说,"在我梦里,他穿的是一条红短裤。"

这下子,雷切尔对巴克斯考这名字似乎有点印象了,她觉得双膝发软……但那印象顷刻间又消失无踪。

她们无法挤近行李转盘,雷切尔只能看见她父亲戴的那顶插着羽毛装饰的帽子。多丽坐在靠墙处,还替她们占了两个座位。

"觉得舒服点了吗?"多丽问。

"一点点,"埃莉说,"妈咪——"

埃莉转头对着雷切尔,话还没说完,雷切尔却突然坐得笔直,两手合拢捂着嘴,脸色发白。雷切尔想起来了,全都连起来了。她应该马上就想到的,但她曾经竭力想把那件事忘掉。

"妈咪!"

雷切尔放下双手,慢慢转头望着埃莉。

"埃莉,你梦中那个人告诉过你,他的全名吗?"

"妈咪,你——"

"你梦见的那个人全名叫什么?"

多丽看看女儿和外孙女,觉得这两个人似乎都快疯了。

"他告诉过我,可是我记不得……妈咪,你把我捏痛了。"

雷切尔低头,看见自己的一只手像铁钳似的钳住埃莉的手腕。

"是不是叫维克托·帕斯考?"

埃莉猛吸了一口气。"没错,维克托!他说他叫维克托·巴克斯考!妈咪,你也梦见他了?"

雷切尔说:"不是巴克斯考,是帕斯考。"

"我讲的就是巴克斯考。"

"雷切尔,怎么回事呀?"多丽问道。她握着雷切尔的另一只手,但雷切尔的手冷得让她身子一缩。"埃莉怎么了?"

"埃莉没事。"雷切尔说,"我想是刘易斯有事,不然就是要出什么事了。妈妈,看着埃莉,我去打电话。"

雷切尔起身走向公用电话亭,在皮包里摸索两角五分的硬币。零钱不够,于是她拨对方付费的长途电话,可是那头的电话一直无人接听。

"请您稍候再拨吧?"接线生说。

"好的。"雷切尔说完挂上话筒。

她站在原地望着电话出神。

帕斯考说他是被派来提出警告的,但是他不能干涉。他说他曾经……曾经跟爹地很接近,因为当他的灵魂脱……脱——我记不起来了——他和爹地在一起!

"脱离躯壳。"雷切尔低声自语,"哦,上帝,是脱离躯壳这几个字吗?"

雷切尔企图抓住思绪并加以整理。凯奇之死引起的哀痛之外,这趟逃亡般的长途旅行之外,正在发生什么事情吗?埃莉到底对那个刘易斯第一天上班时死掉的年轻人知道多少?

埃莉什么都不知道。雷切尔在自己心里坚决回答。你不让她知道,凡是与死亡有关的事你都不让她知道——哪怕是埃莉那只猫总有一天会死这件事。记得我们那次的争吵吗?你不让她知道。因为那时候你很害怕,现在你仍然害怕。他的名字叫维克托·帕斯考。雷切尔,目前的情况有多糟?多坏?到底发生了什么事?

雷切尔的手抖得厉害,试了两次才把零钱塞进公用电话投币孔。这次她打到学校医务室,乔安妮觉得有点奇怪,但还是接了这通受话人付费的电话。她说没见到刘易斯,又说如果刘易斯今天来上班才是意外呢。雷切尔请她如果见到刘易斯,叫他打电话到雷切尔的父母家。刘易斯知道电话号码——雷切尔这样回答乔安妮。雷切尔不愿表示自己父母住得很远(也许乔安妮早就知道了,雷切尔觉得这位护士不知道的事情很少)。

雷切尔挂上电话,觉得自己全身发热并不住颤抖。

埃莉只是在别的地方听过帕斯考的名字而已。拜托!你不可能把孩子养在玻璃缸里,像养……仓鼠或什么动物一样。埃莉可能只是在广播里听到什么事情,或是学校里的其他孩子提到,然后她就记在脑子里了,就算是她会讲些自己也不清楚的东西,像"脱离躯壳"这种拗口的词汇又怎样?那只证明了周日报纸副刊说的没错:潜意识就像一张黏得要命的捕蝇纸。

雷切尔记得一位大学心理学教授曾经断言:在理想状况下,你的记忆力能让你记得自己曾见过的每一个人的姓名、每一顿饭吃下的食物以及每天的天气状况。这位教授告诉学生,人的头脑就是计算机,里面有无数芯片,不过每片的容量可不止十六K、三十二K或六十四K，也许是十亿K。而每片"有机"芯片究竟能储存多少容量？没人知道。不过他说，因为脑子里芯片很多，所以无须把任何一块洗掉重复使用。事实上，理智会决定关掉某些芯片，以免信息过多而让人陷入疯狂。这位心理学教授说："你可能不记得你的袜子放在什么地方，但附近的两三个记忆细胞中，却可能储存了整套《大英百科全书》。"

班上同学听了这句话后都敷衍地笑了笑。

但这里不是心理学教室，没有日光灯，没有写满黑板的艰涩术语、也没有耍帅的助理教授天马行空、喋喋不休。这里出了可怕的问题，而且你知道——你感觉到了。我不知道这一切和帕斯考、凯奇或啾吉有什么关系，但一定和刘易斯有关。是什么呢？难道……

突然间，有个冰冷的念头冒了出来，她立刻再度拿起话筒。难道刘易斯打算自杀？他是不是打算自杀，所以才把她和埃莉哄走？而埃莉有种……有种……哦，该死！难道埃莉有超自然感应力？

雷切尔这次打电话给贾德森·克兰德尔。电话铃响了五下……六下……七下，她正要挂电话时，听见贾德森气喘吁吁的声音："喂？"

"贾！老贾，我是——"

"请等一下。"接线生说，"你愿意接这通克里德太太的受话人付费电话吗？"

"呃。"贾德森说。

"对不起，先生，是接受还是拒绝？"

"接受吧。"贾德森说。

"好了,请通话。"

"老贾,你今天见到刘易斯没有?"

"今天?雷切尔,我想没有,不过我一早就到布鲁尔镇去采购了。整个下午又都在屋子后面弄菜园。有什么事吗?"

"哦,也许没什么,不过埃莉在飞机上作了个噩梦,我想打个电话确认好让埃莉安心。"

"飞机上?"贾德森的声音似乎变得尖锐了些。"雷切尔,你在什么地方?"

"芝加哥。"雷切尔说,"埃莉和我回娘家住一阵子。"

"刘易斯没跟你们一道去?"

"他准备周末来。"雷切尔说道,现在她很难保持语调平稳,贾德森的语气让她十分不安。

"叫你们先去是不是他的主意?"

"这个……没错。老贾,有什么问题吗?一定出了什么事,你一定知道点什么。"

"也许你应该先把你女儿的梦告诉我。"贾德森隔了片刻才说,"我希望你能说给我听。"

46

与雷切尔通完电话后,贾德森穿上薄大衣准备穿越公路——外面是多云的阴天,开始刮风了。他先站在自己家这边,看清楚没有卡车驶来,才开始穿越公路。这一切都是卡车惹出来的,该死的卡车。

其实不然。

贾德森觉得宠物公墓在吸引他——同时吸引他的,还有宠物公墓另一边的那个地方。那里曾经发出催眠曲般的声音，可以抚慰心灵的声音，那里还有梦一般的力量。但如今，那里充满了不祥——凶险而残酷。你，别多管闲事。

可是贾德森不能不管，他有责任。

贾德森看到刘易斯的思域不在车库里，里面只有那辆福特大旅行车，车身满是尘土，看样子已经很久没人开过了。他试着走向后门，发现门没锁。

"刘易斯？"贾德森叫道，虽然他明知刘易斯不会答应，但他需要打破这空屋的寂静。哦！人老了真是没用，他的四肢经常觉得沉重麻木。他在菜园才搞了两个钟头，背就又酸又痛，他的左大腿里好像有把螺丝起子在钻着。

贾德森开始一间间房仔细查看——他是世上年纪最大的闯空门贼，他不带幽默感地想。他没发现任何特别让他担心的东西：墙边有些准备送给救世军的玩具，在门后、床下和衣柜里有些小男孩的衣物。不过这屋子依旧给人一种不舒服的空虚感，好像在等待着什么东西来把它填满。

也许我该去悦景墓园跑一趟，说不定会碰见刘易斯·克里德。我可以请他吃顿晚饭，或者干点别的。

危险不在班格尔的悦景墓园，危险就在这屋子里，在屋子后面。

贾德森仍旧从后门出来，穿过公路，回到自己家。他从冰箱里取出一箱六罐装啤酒拿到客厅。他坐在落地窗前，面对着刘易斯的房子，拉开一罐啤酒，点起一支烟。午后天光在他周围变暗，最近几年贾德森发觉自己的脑子总绕着往事打转。如果他知道刚才雷切尔脑子里想的事情，他会告诉雷切尔她的心理学老师讲的没错。不过当你变老时，关闭记忆芯片的功能就会一点点地出现故障，就像身上其他部分也退化了一样。你会神奇地发现，自己开始想起某些地方、某些面孔和某些事件。某些暗淡的记忆会重新点亮，色彩变得更加浓烈，声音则带着岁月的共鸣而不再锐利。这不叫信息泛滥，贾德森可以告诉那位心理学教授，这叫作衰老。

贾德森的脑子里又出现了莱斯特·摩根的公牛，它的两只眼睛血红，会对着任何在它面前移动的东西猛冲。风吹树摇时，它就攻击树。莱斯特·摩根下决心除掉那头公牛前，摩根家牧场牛栏里的每棵树上都有牛角撞出的眼洞，而公牛汉拉蒂则满头是血，两只角上全是缺口。当莱斯特·摩根把公牛杀掉时，贾德森怕极了——贾德森此刻也很怕。

他喝着啤酒、抽烟。白昼逐渐消逝，他没开灯，烟头在黑暗中变成一个红点。他坐在那里喝啤酒抽烟，注视着刘易斯的车道。当刘易斯从不管什么地方回到家时，他一定会去找刘易斯谈谈。贾德森要确认刘易斯没有计划做什么不该做的事。

贾德森仍然觉得有股不怀善意的力量轻轻拖着他，那股力量从有着圆锥石堆的岩顶直通魔鬼所在的地底。

你，别管闲事，要敢多事，你就要倒霉，而且是倒大霉了。

贾德森尽可能不去理会那声音，只是坐着喝酒，抽烟，等待。

47

在贾德森坐在高背摇椅上、从大玻璃窗观望克里德家动静的这段时间，刘易斯正在霍华·琼森汽车旅馆的餐厅里，吃着毫无滋味的晚餐。

晚餐分量不小但卖相不佳，不过却是这时他的身体需要的。

外面天色黑了,过往车辆的车灯像指头般在黑暗中探索。刘易斯把一块牛排、一个烤马铃薯和配菜中绿得完全不自然的青豆全扫进肚子里。餐后甜点是加了冰淇淋的苹果派。他坐在角落,一面吃一面看着进出的客人,看看是否会碰到认识的人。在他模糊的意识中,刘易斯倒希望碰见熟人。熟人不免会问起:雷切尔在哪儿?你在这里做什么?近况如何?这些问题也许会把事情弄得更复杂,也许刘易斯正需要一些复杂的状况,好有借口打退堂鼓。

凑巧来了一对刘易斯认识的夫妇,他们进来时,他刚吃完苹果派,正在喝第二杯咖啡。这对夫妇是在班格尔市行医的罗伯·格林内尔和他美丽的妻子芭芭拉。刘易斯在角落的单人座位等着被他们发现,不料带位女侍把他们带到餐厅另一边的雅座。刘易斯看不见他们,只能偶尔瞥见罗伯提早转白的头发。

女侍送上账单,刘易斯在上面签名,又在名字下面加上房间号码,然后从侧门出去。

外面风势增强了,呼呼的风刮得电线发出嗡嗡声。刘易斯抬头,看不见星星,不过可以感觉到阵阵乌云从头顶飞奔而过。刘易斯在走道上站了一会儿,双手插在裤袋里,抬头迎向强风。然后他转身回到自己房间,打开电视。时间还太早,不宜采取任何行动,刮着大风的夜里,什么事都有可能发生。他觉得全身神经紧绷。

刘易斯看了四个钟头电视,连看了八集半小时的喜剧节目。他发现,自己很久没有这样连续看上几小时的电视了,而他认为,所有喜剧节目里的女主角都是他中学时的哥们口中的"风骚女郎"。

此时在芝加哥，多丽流着眼泪大叫："飞回去？好女儿，你为什么要坐飞机回去？你才刚到呀！"

此时在绿洛镇，贾德森坐在客厅落地窗前，一动不动地喝着啤酒，抽着烟，脑子里翻阅着这一生的剪贴簿，等着刘易斯回家。刘易斯迟早要回家，就像电影中的灵犬莱西。到宠物公墓和与另一边的坟场有别的路径，但刘易斯不知道。如果刘易斯打算做那件事，他得从自己家门前出发。

等到十一点新闻开始时，刘易斯关掉电视，起身走出房间，他要去完成那件从他一见到公路上凯奇那顶血污的运动帽时，就决心要做的事。寒气又将他裹住，比之前感觉到的更冷。不过寒冷中却带着一种渴望，或是热情，或是生之欲。不管是什么，都让刘易斯觉得温暖，使他不畏强风。他发动思域的引擎时，想到贾德森的话可能没错，那地方的魔力正在增长，刘易斯确信自己已受到魔力的影响，魔力正引导（或强迫）他往那条路上走。刘易斯心想：

我能停下来吗？假如我想停止，办得到吗？

48

"你要做什么？"多丽又问一遍，"雷切尔……你心情不好……休息一晚就……"

雷切尔自顾自地摇着头，她没办法向母亲解释为什么必须回绿洛镇。那种逐渐从心底滋生的感觉宛如刮风——开始时只见草叶微动，接着，空气的流动渐快渐强，打破了周遭的宁静。然后风势更强，呼啸而过，震动屋宇，你这才发现风暴将至，如果风势威力继续增强，可能会摧毁一切。

这时候，芝加哥是下午六点。刘易斯正在班格尔吃那顿食之无味的晚餐，雷切尔和埃莉晚餐时也只吃了一点。雷切尔每次抬头时都会遇上埃莉暗淡的目光，埃莉仿佛在问她：爹地有麻烦了，你打算怎样办？

雷切尔在等贾德森的电话，等贾德森告诉她刘易斯已经回家。电话铃响了，她吓得差点跳起来，埃莉则几乎打翻了牛奶。结果是多丽在桥牌俱乐部的朋友打来的，问多丽是否一路平安。

他们喝咖啡时，雷切尔突然把餐巾丢在餐桌上说："爸，妈……很对不起，我得回家去。如果有班机的话，我今晚就走。"

雷切尔的父母望着她发愣，埃莉则像大人似的眼睛一闭，松了口气。

他们完全不了解，雷切尔也没办法解释。因为她不相信埃莉之前听过维克托·帕斯考死亡的新闻，并将这个信息储存在她的潜意识中。

她父亲慈祥而缓慢地说："雷切尔，这都是凯奇去世引起的反应，你和埃莉的反应都很强烈，这不能怪你们。不过，再这样下去你会崩溃的，如果你要——"

雷切尔没理她父亲，她走到电话机旁，从黄页电话簿上找出达美航空的电话。雷切尔拨号时，多丽站在一旁，叫她仔细想想，大家应该先谈谈……埃莉站在餐厅里，脸色依旧暗淡——但她眼中露出的微弱希望给了雷切尔勇气。

"达美航空，"线路另一头的人以明亮的声音说道，"我能为您服务吗？"

"希望如此。"雷切尔说，"我今晚要从芝加哥飞班格尔，我有非常要紧的事。你能帮我查一下转机情形吗？"

"好的,不过您这么晚才通知……"

"这个,请你帮帮忙。"雷切尔的声音有点沙哑。"候补或任何方法都行。"

"好的,小姐,请稍等。"接着线路另一头便陷入沉默。

雷切尔闭着眼等了一下,她觉得有只冷冷的手搭着她的手臂。雷切尔睁开眼,看见埃莉靠在她身边。欧文和多丽站在一起轻声交谈,同时打量着母女两人。雷切尔疲惫地想着:你们看我的样子,好像我疯了一样。然后她对埃莉挤出一个微笑。

"妈咪,别让他们阻止你。"埃莉悄悄对雷切尔说道,"拜托。"

"他们阻止不了,大姐姐。"雷切尔才脱口就发现自己说错了话——因为自从凯奇出世后,他们就叫埃莉大姐姐。但如今,埃莉再也不是谁的大姐姐了。

"谢谢。"埃莉说。

"这件事是不是很重要?"

埃莉点点头。

"宝贝,我相信这很重要。不过如果你能多告诉我一点,会对事情更有帮助。只是做梦吗?"

"不是。"埃莉说,"现在……我全身都是那种感觉。妈咪,你感觉不到吗?就像……"

"像一阵风。"

埃莉无力地叹了口气。

"可是你不知道那是什么?梦中的事你只记得那些吗?"

埃莉竭力思索,然后无可奈何地摇摇头。"爹地、啾吉、凯奇,我只记得他们。妈咪,我不记得他们为什么会在一起!"

"我相信一切都会没事的。"她紧紧地抱着埃莉,但心头沉重的感觉并未因此减少。

"喂，小姐？"航空公司的职员说。

"喂？"雷切尔同时抓紧了话筒和埃莉。

"我想我可以替你安排飞到班格尔——不过到那边的时间会蛮晚的。"

"没关系。"雷切尔说。

"你手边有笔吗？情形比较复杂。"

"有的。"雷切尔说着，从抽屉里拿出半截铅笔，又找到一个用过的信封，准备写在信封背面。

雷切尔仔细听对方说明，一一记下。等航空公司职员讲完后，她向埃莉比了个 OK 手势，表示成功了。但她在心里想：也许吧。转机时间卡得非常紧……尤其在波士顿转机时。

"那就请你帮我订位。"雷切尔说，"谢谢。"

对方记下雷切尔的姓名和信用卡号。雷切尔放下电话，觉得全身乏力但同时也放松了点。她望着父亲说："爸爸，你可以开车送我去机场吗？"

"也许我该说不可以。"古德曼说，"我认为我有责任阻止这疯狂的一切。"

"你敢！"埃莉厉声尖叫。"这不是发疯！这不是！"

古德曼被埃莉凶恶的吼叫声吓得退了一步。

"欧文，送她去吧。"多丽说，"我也开始觉得有点神经紧张。等知道刘易斯没事，我也可以放心了。"

古德曼先看着多丽，再转向雷切尔。"你要我送我就送。"古德曼说，"我……雷切尔，如果需要，我陪你一起去。"

雷切尔摇着头说："谢谢，可是最后一个机位已经被我订了。"

简直像是上帝特地留给我的一样。"

欧文·古德曼叹了口气。这时的他看起来真是苍老,雷切尔也忽然发现,父亲看起来好像贾德森·克兰德尔。

"你还有点时间整理行李。"古德曼说,"如果照我刚和你妈结婚时那样开车,四十分钟就到机场了。多丽,把行李袋找出来给她。"

"妈咪。"埃莉说。雷切尔转身面对埃莉,只见她脸色发亮。

"宝贝,什么事?"

"妈咪,你要小心。"埃莉说。

49

在机场灯光反照的阴霾天空背景下,树木看起来只是许多摇动的影子。刘易斯将思域停在悦景墓园南面的梅森街上,这一带的风势更猛,差点把车门从他手中吹走,他用了很大力气才将车门推回来关上。他打开行李厢,取出包在帆布里的工具。

刘易斯站在两根路灯柱之间的阴暗处,腋下夹着裹成一捆的工具,在穿过马路到对面的墓园铁栅门之前,他先看看两边是否有来车,他不想被任何人看见。他身旁有棵高大的榆树在风中低吟,他很害怕。这已经不是冒险,他要做的这件事简直就是发疯。

路上没有车,在梅森街这边,路灯沿路发散着白色光晕照耀着人行道。白天时,费尔蒙小学放学后,男孩会在人行道上骑自行车,女孩会在人行道上跳绳或玩跳房子。没人会特别注意旁边的墓园,也许万圣节时除外,墓园总是会有鬼故事。说不定会有胆大的孩子过街来,在生锈的铁栏杆上挂上一具纸骷髅,然后说些老笑话:这是城里最受欢迎的地方,每个人全都拼"死"往里面挤。为什么不可以在墓园大笑？因为住在墓园的人永远"死"气沉沉。

"凯奇。"刘易斯咕哝。凯奇就在里面，在生锈的铁栏杆后面，被关在黑暗的泥土下，而且这不是开玩笑：凯奇，我要把你救出来。刘易斯心想：我一定要把你带出来，拼死也要做到。

刘易斯带着沉重的工具过街，踏上对面的人行道，再往两边看看，然后把帆布包裹抛过铁栏杆，工具掉在地上时发出轻微的叮当声。刘易斯拍拍手上的灰尘走开。他要牢记这个地方，就算忘了，也可以从里面沿着铁栏杆走到他的思域轿车正对面，这样自然也会被帆布包裹绊到。

但这么晚了铁门是不是还开着？

刘易斯沿梅森街走向一块"停车"的路牌，风跟着他，追赶他，咬着他的脚踝，许多晃动的阴影在路上飞舞旋转。

刘易斯转上普雷森街，继续沿着铁栅栏走。有辆汽车的头灯照了过来，刘易斯立刻仿佛漫不经心地闪到一棵榆树后面。结果不是警车，只是一辆可能要往哈蒙街或高速公路走的厢型车。等那辆车过了很远之后，刘易斯才继续前进。

铁门当然没上锁。一定没锁。

刘易斯走到铁门前，在路灯照耀下，尖顶教堂式的铁栅门细长优雅的阴影在风中摇曳着。他伸手推门。

锁上了。

你这蠢蛋，当然上锁了——你真以为全美国还有哪个市立墓园晚上十一点钟过后会不上锁的？现在没有那么信赖别人的人了，再也没有了，老兄。现在你该怎么办？

现在，刘易斯只能爬过去，他唯一的希望就是不要被人看见他爬上铁门,像这个世界上年纪最大、动作最慢的儿童。

刘易斯继续沿着普雷森街走,走到下面一个十字路口后右转。高高的铁栅栏与他并肩而行。风吹凉了他的额头,也吹干了额上的汗。他的身影在灯光下时聚时散。偶尔他会望望铁栏杆,现在,他干脆停下来看个仔细。

你要爬过去?别逗我笑了。

刘易斯算得上高个子,身高一百八十六厘米,可是铁栅栏约有二百七十厘米高。而且每根铁栏杆顶端都有箭头般的尖锐装饰。别以为那尖尖的装饰只是好看,如果你抬起腿准备跨过去时脚一滑,整个两百磅重的身体突然坠落的话,箭尖就会戳进你的裤裆,戳破你的睾丸,那时候你就会像烤乳猪一样挂在那里喊救命,直到有人叫来警察,把你救下来送进医院为止。

刘易斯全身直冒汗,衬衫粘在背上。此时除了远处的车声,一切都很平静。

一定有别的办法进去。

一定有。

刘易斯,算了吧,面对现实。你也许在发疯,可是不至于疯到这种程度。就算你有本事爬过去,但你如何能够把凯奇的尸体弄出来?

刘易斯不断走着,模糊地意识到自己在绕着墓园兜圈子,想不出妥善的办法。

有了!今晚我不妨先回家,明天下午再来。我四点钟进去,找个地方躲起来,等过了午夜再露面。换句话说,就是要拖到明天。

好主意,伟大的刘易斯……可是那包已经抛进墓园的工具该如何处理？铁锹、铲子和手电筒，你干脆在每件工具上打着"盗墓工具"的字样好了。

掉在灌木丛中，有谁会发现？

很有道理，但刘易斯现在在做的事就不是什么合理的事。他打心底里知道，他明天不可能再来。如果今晚不下手，他就永远不会做了，他不会再让自己产生如此疯狂的念头。要干就是今晚。

这一带的房屋比较少——间或可见街道对面亮着方形的黄光，刘易斯还看见另一幢房子里有架黑白电视机在闪烁。他隔着铁栅栏望进墓园里，发现这里的坟年代比较久，有的墓碑已朝前或向后倾斜。前面又有一块"停车"路标，再往右转，刘易斯便走上一条与梅森街平行的街道。等到走回起点时，他又该怎么办？承认失败吗？

车灯从街道一头照射过来，刘易斯急忙躲到树后等车子驶过。这辆车的速度很慢，一道白光从前座射出，沿着铁栅栏探照，刘易斯的心紧张得发痛。原来是辆警车正在巡查墓园。

刘易斯将身体贴紧树干，脸部摩擦着粗糙的树皮，一心希望树身够大，可以掩护他。刘易斯低下头，避免露出白皙的脸，警察的小型探照灯照到榆树，稍一停留，又移向刘易斯右边，他在树后滑了一下。他瞥见警车车顶的灯光，他期待着车尾的红灯一亮，车门一开，探照灯像根大白手指突然指着他说：喂！你，躲在树后面的！出来让我看看清楚，我要看到你空着两只手，马上出来！

警车没有停下，继续驶向街口，然后闪着方向灯左转开走了。刘易斯靠着树干，全身都吓软了。他呼吸急促，嘴里酸得发干。他想警车会经过他的思域，但那不要紧，梅森街从下午六点到早上七点可以合法停车,现在街上就停着不少车辆,车主可能就住在沿街的几幢公寓里。

刘易斯发觉自己正对着大树出神。

就在他头顶,这棵大树有道分枝。他想他一定能够——

不用再往下想了,刘易斯伸手抓住树枝,做了个引体向上,他那双穿着网球鞋的脚蹬着树干,被踩脱的树皮纷纷掉在人行道上。他的一只膝盖先上,接着整只脚牢牢踏着榆树树枝的分叉。如果警车这时开回来,探照灯一定会照到一只怪鸟,所以他得加快行动。

刘易斯爬上另一根较高的粗树枝,这根树枝刚好延伸到铁栅栏上方。他觉得自己就像个十二岁大的男孩一样疯,这根树枝并非静止不动,风不停地吹,树枝不停地摇摆,树叶沙沙作响。刘易斯分析情况,在自己可能临阵退缩前,用两手交叉握着树枝,双脚离开使身体悬空。这根树枝大概比一个壮汉的手臂稍粗,他悬空的网球鞋与人行道相距八英尺,他一手接一手攀着树枝向铁栅栏爬近。树枝逐渐下沉,但还没有断裂的迹象。刘易斯模糊地觉察到自己的身体投影在水泥人行道上,就像个形状不定的黑人猿。风吹凉了他的腋窝,尽管他的脸和脖子在出汗,可是他感觉到自己在发抖。每次他的身体随着手移动时,树枝便朝下沉一下,他越接近铁栅栏,树枝便沉得越厉害。此刻他的指头和手腕都很疲累,他很担心出汗的手会滑脱。

刘易斯终于攀行至铁栅栏处,他的网球鞋在箭头之下大约一英尺。从他的角度看来,那些箭头十分尖锐,他突然意识到,他一旦这时跌下去,牺牲的将不只是他的睾丸,他的体重恐怕会让箭头插进他的肺里都绰绰有余。巡逻车再回来时,警察将会目睹悦景墓园的铁栅栏上，挂着提早出现的万圣节恐怖装饰品。

刘易斯呼吸加速，但不是气喘。他用脚找寻栏杆的端点，以便踩在上面休息一下。有这么一会儿，他吊在空中，双脚不停探索，却找不到端点。

这时一道光线扫过刘易斯的身体。

哦，耶稣基督！有车来了，是辆汽车！

刘易斯试图将手往前移，可是他的掌心打滑，交握的手指也分开了。

他还在找踏脚点，他的头向左转，从疲乏的左臂下方看过去，是辆汽车，不过在经过十字路口时完全未曾减速便飞驶而过。真幸运。如果——

刘易斯的手又滑了，他觉得有树皮掉在头上。

他的一只脚终于找到踏脚点，可是他另一条腿的裤管钩在了一根装饰箭箭头上，而且他撑不下去了。刘易斯抽腿，树枝往下一沉，然后他听到了裤子被撕破的声音，他踏在两个箭头上，尖尖的箭头戳着他的脚掌，他穿着网球鞋的脚被戳痛了。不过刘易斯宁可这样站上一会儿，因为他的手掌和手臂所承受的痛苦远超过双脚。

刘易斯用左手抓住树枝，右手在夹克上揩干汗水，然后再换手将左手擦干。

他在箭头顶端站了一会儿，再重新开始顺着树枝往前滑，枝丫越来越细，这时他已能轻易交握手指箍住树枝。然后他像泰山一样，两脚离开箭头，身体往前荡，树枝骤然下沉，他听见断裂声，于是急忙松开双手，完全凭着信心往下坠。

刘易斯降落得不太漂亮，一个膝盖撞到了墓碑，剧痛瞬间直达大腿根部。他在草地上抱着膝盖打滚，希望自己的膝盖没有撞破。然后剧痛逐渐减轻,他终于可以慢慢伸展膝关节,并想着如果继续这样保持活动,也许膝盖就不会伤得太厉害。

刘易斯站起来,沿着铁栅栏朝梅森街方向走。刚开始他的脚步还不太稳,但觉得膝盖没那么痛了。他一边行走一边注意外面经过的车辆,每当有车开过时,他便往墓园里面躲。

梅森街上往来的车辆较多,因此刘易斯尽量远离栅栏,只走在墓园里面,一直走到可以看见停在对街的思域为止。刘易斯正想走近栅栏去拿先前抛进来的工具时,突然听见人行道上有脚步声,还有一个女人的笑声。他坐在一块石碑后面——但他一蹲下膝盖就作痛——瞥见一男一女搂着彼此的腰,从人行道上走来。

他们停步站在路灯的灯光下,正好停在刘易斯的车的前面,两人亲热地拥抱着。刘易斯望着他们,突然有种自我憎厌的感觉。他躲在墓碑后面,就像漫画里偷窥情侣的低等生物。我有这么脆弱吗?刘易斯怀疑道,而这个念头又引发一连串想法:遇到这么一点点麻烦就要放弃了吗?爬棵树,攀过树枝,掉进墓园,偷窥情侣……挖个洞?这么简单?愚不愚蠢?我花了八年时间当上医生,现在却如此轻易就变成了盗墓者——人们还会怎么称呼偷挖坟墓的人?

刘易斯握紧双拳抵住嘴巴,以免发出声音,同时感觉到内心深处的寒冷和与世隔绝的感觉。刘易斯用这与世隔绝的感觉把自己包裹起来。

那两人终于继续往前走了,刘易斯不耐烦地望着他们的背影。他们走上一幢公寓的台阶,男的掏出钥匙,顷刻间他们便进门消失了。街上又安静了,只有风吹树摇,也吹动刘易斯前额上汗湿的头发。

刘易斯快步奔至栅栏旁边，弯腰在灌木丛里摸索帆布包裹。他摸到了，并立刻捡了起来。他夹着包裹来到一条较宽的碎石路上，先停了一下，辨清方向后直走，然后在岔路口往左走，没错。

刘易斯紧靠着路边走，这样榆树的阴影就能掩护他，以防万一墓园里有值班守卫在四处巡逻。

来到岔路口时，刘易斯选择左边那条。现在他就快到凯奇的坟墓了，但他突然觉得十分震惊，因为他已记不清楚儿子的模样了。刘易斯停下脚步，注视着一排排坟墓与墓碑，竭力回忆凯奇的形象。儿子的面貌陆续呈现——凯奇的金色头发仍然柔软光滑，眼睛有点斜，牙齿细小白净，下颚有条不太明显的疤痕，那是他们还在芝加哥时，凯奇跌下后门的石阶留下的。刘易斯能看清这些单独的特征，却无法把它们组合成一个完整的整体。刘易斯看见凯奇奔向公路，急速与奥林科化工厂卡车的相会，但凯奇的脸孔却朝着另一个方向。刘易斯试着回忆父子俩一起放风筝的那天晚上，凯奇睡在小床上的模样，但心中的眼睛所见的只是一片黑暗。

凯奇，你在哪里？

刘易斯，你有没有想过这样做并不是为他好？也许现在他去的地方能带给他快乐……也许他正和天使在一起，或者正在安睡。假如他在安睡，你知道把他弄醒会有什么后果吗？

哦！凯奇，你在哪里？我要你回家来。

刘易斯真的能够控制自己的行动？他为什么记不起凯奇的模样？他为什么不听警告——包括贾德森的话、梦中的帕斯考，以及自己内心的慌乱？

刘易斯又想起宠物公墓里那些排成圆圈的墓碑,那些朝向一个神秘中心旋转的圆圈。接着,寒气再次袭击刘易斯。他为什么要站在这里回想凯奇的模样呢?

他马上就会亲眼看见了。

墓碑已在眼前,上面简单地刻着两行字,"凯奇·克里德"以及出生与逝世日期。今天有人来凭吊过了,因为坟前摆着鲜花。是谁呢?米西吗?

刘易斯的心沉重而缓慢地跳着。这就是了,如果要做,立刻动手。否则几小时后黑夜一过,天就要亮了。

刘易斯对自己的内心作了最后一次审视,他所看到的是:是的,照计划进行。刘易斯轻轻点点头,摸出一把小刀。之前他用封箱胶带把这个帆布包裹缠了起来,现在他拿刀割断胶带。他把包裹像铺盖一样在凯奇坟墓的一头摊开,然后将工具像准备动手术似的一件件排好。

刘易斯依照五金店员的建议,用一块毡布罩着手电筒的玻璃面,周围再用胶带贴牢。他先拿一枚一分钱硬币放在毡布中央,划出一个圆形,再用解剖刀挖开一个洞。短柄鹤嘴锄是买来以备不时之需的,目前还不至于用到它,因为他不会遇到牢封的棺盖,新坟中也不会有任何坚硬的石块。刘易斯面前放着铁铲、铁锹、绳子和工作手套。他戴上手套,抓起铁锹开始行动。

地很松,挖起来不怎么费力。下棺的位置十分明显,因为当时铲起来倒在一旁的泥土比较松散。他在脑中拿这里的泥土与他准备埋葬儿子的另一个地方较难挖的岩石土质比较,等到了那里,他就需要鹤嘴锄了。

刘易斯将泥土堆在坟墓左侧，洞越挖越深，要保持稳定的节奏也越来越难。他站在刚挖开的坑中，闻着新鲜泥土的气味，而这种气味，他很久以前在暑假替卡尔叔叔打工时就闻到过。

掘墓工，刘易斯想到这个名称便停了下来，揩掉额头的汗。卡尔叔叔曾经告诉他，在美国，墓园管理员的外号就叫掘墓工。他们的朋友也这么叫他们。

刘易斯继续挖掘。

他又停了一次，这次他看看表，十二点二十分。刘易斯觉得时间就像沾了油的东西，从他手中不停滑走。

又过了四十分钟，他的铁锹碰到东西了，那一瞬间，刘易斯牙齿往下一咬，咬得嘴唇都出血了。他拿起手电筒向下照。在泥土的掩盖下，出现一道长长的倾斜的银灰色线条。那是墓箱的盖子。刘易斯连忙将泥土拨开，同时担心自己发出的声音太大，会引人注意，但其实在这死寂的夜里，现场只有铁铲刮着水泥箱盖时发出的一点声响而已。

刘易斯爬出坟坑，拿着绳子下去穿进一节箱盖的铁环再爬出来，摊开防水帆布后趴在上面，抓紧绳子两端。

刘易斯，我想这就是了，你的最后一个机会。

你说得没错，这是我的最后一个机会，我绝不放过。

刘易斯将绳端缠着双手用力往上拉。水泥箱盖一拉便开，箱盖成了垂直的墓碑，竖立在漆黑的洞中。

刘易斯把绳子拉出铁环，暂时丢在一边。他不需要再用绳子去拉另外半个箱盖，他只要下去用手搬开就行了。

刘易斯又下到坑里，他小心移动着，以免碰倒竖起的水泥石板而压断他的脚趾或打破棺材。碎石不断滚进坑里，他听见有几粒石头落在凯奇的棺盖上。

刘易斯弯着腰,两手抓住另一半箱盖朝上抬。他用力竖起水泥盖时,觉得手指下有个冷冰冰的东西,他往下看,原来是条很肥的蚯蚓正懒懒地蠕动着。刘易斯压抑住恶心感觉,没有叫出声来,一挥手便将蚯蚓扫落坑中。

他拿着手电筒往下照。

眼前就是刘易斯在凯奇下葬时见到的棺材。这是个保险箱,里面埋藏着他投射在儿子身上的一切希望。他感到愤怒,炽热的怒火自心底升起,与先前的冷漠恰成对比。真蠢!我绝不接受!

刘易斯抓起铁锹,举过肩头对准棺材的弹簧扣劈下,一次,两次,三次,他愤怒地连劈四次。

凯奇,我要把你救出来。你等着吧。

劈第一次时,弹簧扣就已经裂开了,但刘易斯不仅要劈断弹簧扣,他还要劈烂棺材。最后,刘易斯终于恢复理智,他再次举起铁锹,但没再往下劈。

刘易斯将铁锹抛在地上,爬出坟坑,双腿疲软无力。他觉得反胃,这怒气来得快也去得快。取而代之的是浑身发冷,这一生中,刘易斯的思想从来不像此刻这样支离破碎。他觉得自己就像脱离了宇宙飞船的航天员,在茫茫的黑暗宇宙中漂浮。他揣度,比尔·巴泰门也有类似的感觉吗?

刘易斯仰身躺在地上,想着自己是否能够控制情绪以继续下一步的工作。等双腿恢复气力后,他又坐起来再攀下坟坑。他用手电筒照着,发现自己刚才在盛怒中一阵乱劈,但每次都正中目标,弹簧扣周围已完全被他劈碎了,仿佛有人在暗中引导他一样。

刘易斯用腋窝夹着手电筒,微蹲着,双手摸着棺材盖的凹槽,将手指伸进去。他暂停片刻——但没人会说那是犹豫——然后揭开棺盖。

50

雷切尔·克里德差点就赶上了波士顿飞波特兰的班机，只差一点。从芝加哥起飞的班机准时起飞（真是奇迹），直飞拉瓜第亚机场，再从纽约起飞时只迟了五分钟（又是个奇迹）。晚上十一点十二分抵达波士顿，只比预定时间晚了一刻钟。雷切尔还有十三分钟。

她本来有足够时间转机的，可是接驳巴士却在洛根机场里兜着圈子迟迟不来。雷切尔等得心急无比，不停移动双脚，仿佛急着要上厕所，还不时把母亲借她的行李袋从这肩换到那肩。

等到十一点二十五分还不见巴士踪影时，雷切尔开始跑向达美航空的柜台。她的鞋跟虽不算高，但还是不适合跑步。鞋子扯着她一只脚踝好痛，于是她干脆停下把鞋子脱掉。她穿着尼龙丝袜快跑，先跑过两三家航空公司柜台，她喉咙呼出的气息很热，她经过了国际航线柜台，前面就是达美航空。雷切尔冲进玻璃门，一只鞋几乎从手中掉下，被她接个正着。十一点三十七分。

在柜台后值班的两名职员之一朝雷切尔瞥了一眼。

"一〇四号班机。"雷切尔喘着气说，"飞波特兰的，起飞了吗？"

职员回头看看背后屏幕上的信息。"这上面说还没起飞。"他说，"不过五分钟前已经发出最后一次登机广播了。我可以先用电话通知他们。有没有行李要托运？"

"没有。"雷切尔还在喘气，同时用手把挡着眼睛的汗湿头发拨开,她的心跳快如奔马。

"别等我打电话了——我会通知他们的,你快跑吧。"

雷切尔已经没有快跑的力气了,不过她还是奋力向前奔跑。这时航站楼内的电动扶梯已经停了,她沉重的脚步登上一级级阶梯,跑到安全检查口,她把肩袋扔在输送带上,吓了女检查员一大跳,她的两只手忽而紧握、忽而放开。肩袋刚通过X光机,她立刻抓起就跑,袋子吊在她身后,拍打着她的臀部。

雷切尔对着一台布告屏幕看了一眼。

一〇四号班机　波特兰　下午十一时二十五分起飞　第三十一号门　登机中

三十一号登机门在这座航站楼的尽头——就在雷切尔一瞥屏幕的刹那,"登机中"几个字迅速变成了"起飞中"。

雷切尔绝望地大叫一声。她跑到三十一号登机门时,看见服务员正取下那块"一〇四号班机——波士顿至波特兰下午十一时二十五分起飞"的牌子。

"起飞了?"雷切尔难以置信地问道,"真的起飞了?"

服务员同情地望望雷切尔。"十一点四十分才刚滑上跑道。很抱歉,如果这么说能让你觉得安慰点的话。"服务员指指玻璃窗外,雷切尔看见一架漆着达美航空标志的波音七二七客机,起落灯像圣诞树的彩灯一样亮着,正滑向跑道。

"柜台没人打电话通知你吗?"雷切尔叫道。

"楼下电话打来时,一〇四号班机已经上了滑行跑道。如果我通知叫它掉头转回来,一定会挡到其他滑向三十号跑道的飞机,驾驶员不骂死我才怪。更别提机上一百多位乘客的抱怨了。我只能说抱歉,如果你早到四分钟——"

雷切尔不听服务员说完掉头就走。但走向检查口途中便感觉一阵晕眩，再也支持不住，连忙蹒跚走向最近的一排椅子坐下，等待眼前不再发黑，头不再发晕。雷切尔穿上鞋子，满肚子不高兴地想着，我的脚脏了，可是我他妈不想管了。

她走回候机大厅。

有个机场警卫同情地对她说："没赶上？"

"没赶上。"雷切尔说。

"你要去什么地方？"

"波特兰，再飞班格尔。"

"如果你真的急着赶去，为什么不租辆车？通常我会建议找机场附近的旅馆住一晚，可是如果遇见真的很急的人，我会建议租车，你看起来就是那种人。"

"你说得没错，我真的很急。"雷切尔说道，然后想了想。"我想这应该行得通，对吧？这里的租车公司还有车吗？"

警卫大笑一声。"哦，都会有的。只有洛根机场因为大雾封闭的时候，租车才会有困难。"

雷切尔心里已开始盘算着。

就算她在高速公路上开得像子弹一样快，也没办法赶到波特兰搭上转飞班格尔的班机。那就得直接开到班格尔了。这样需要多久时间？那要看有多远。雷切尔心想，大概是四百公里，她记得贾德森曾经提过。那么，大概午夜十二点半她能办完租车手续启程。走高速公路，她想，一路以一百公里时速行驶，交通警察大概不会抓她超速。同时她脑中计算着：四百除以一百，不到四小时。就算……四小时吧，路上总会需要停一下上个厕所。她虽然不想睡，但她中途还是需要停车灌一大杯咖啡，这样算来，天亮前就能开到绿洛镇了。

她心里一面想着，一面开始往楼下走，因为租车柜台都在下一层。

"祝你好运。"警卫叫道，"小心开车。"

"谢谢。"雷切尔说。她的确很需要好运。

51

刘易斯先闻到气味，他的喉头立刻一呛，身体也立刻往后缩。他抓着坟坑边缘，觉得呼吸困难，当他以为已控制住反胃时，却哇的一声，把晚餐吃下的那一大堆食之无味的东西全吐了出来。他喷吐在坟坑较远的另一边，头贴着地面不住喘气。胃里的难过终于停止了。他咬紧牙关，从腋下拿出手电筒，照亮已经打开的棺材。

一股只有最可怕的噩梦中才会出现的——几近畏惧的恐怖感迎面扑来。

凯奇的脑袋不见了。

刘易斯的手抖得厉害，他得用双手握着手电筒，但细窄的光柱仍摇摆不定，过了好一会儿，光线才终于对准目标。

不可能，刘易斯对自己说：记住，你以为自己看见的那东西，事实上不可能存在。

刘易斯将细如铅笔的光线慢慢扫过凯奇九十厘米长的身体，从新皮鞋到裤子，到上装，到衣领，再到——

刘易斯从后裤袋里摸出一条手帕，一手握着手电筒，同时身子往前倾，结果差点失去平衡。如果这时箱盖倒下来，一定会砸断他的脖子。他拿手帕轻轻揩掉长在凯奇脸上的苔藓，原来是因为苔藓颜色暗淡，刘易斯吓得以为凯奇的头不见了。

苔藓虽然潮湿，但只有薄薄的一层。他早该料到的。前几天下过雨，而这箱盖也并非完全密封不进水。刘易斯拿手电筒往两边照照，看见棺材下面有浅浅一摊水。他揩掉苔藓后，终于看清楚儿子的样子。殡葬公司虽然不会开棺让人瞻仰死者遗容，但也没有马马虎虎敷衍了事。刘易斯看着儿子，觉得自己正看着一个做工很差的娃娃。凯奇的头有些地方鼓了出来，眼睛嵌在很深的眼窝中，一根像是白色舌头的东西掉在嘴巴外面。刘易斯猜想，也许这是因为装殓小孩时很难估算适当分量，于是用了太多防腐液，凯奇便成了这副样子。

紧接着，刘易斯便认出掉在嘴外的是条棉花，他伸手把棉花条从凯奇嘴里拉出来。凯奇的嘴唇松松的，看起来又小又黑又宽，刘易斯拉出棉花，凯奇的嘴唇合拢时发出啪的一响。他把棉花投入坟墓的水坑中，现在凯奇像个老头似的面颊凹陷下去。

"凯奇，我马上就带你出去，好吗？"刘易斯悄声说道。

刘易斯祈祷不要有任何人走到这里来。现在的问题已经不是会不会被人撞见，而是如果有谁用手电筒照见他站在坟坑里盗尸的话，他一定会抓起铁锹对准来人的脑壳用力劈下。

刘易斯把手伸到凯奇身子下面，但他的尸体好像没有骨头般往两边滚动。突然间，他觉得只要自己一把凯奇抱出棺材，凯奇的身体就会散成许多碎块。然后他就会站在坟墓的箱盖边望着尸块狂嚎，接着就会被人逮个正着。

继续，胆小鬼，不要停下来！

刘易斯用两只手臂抱着凯奇，触摸到那带着恶臭的潮湿感，他就像以往常从浴缸里抱起凯奇一样将凯奇抱出棺材，凯奇的头搭在他肩上,他看到了殡葬公司的人缝合头部与肩部的环状线纹。

刘易斯喘着气,恶臭和儿子松软无骨的尸体使他胃部阵阵痉挛。他将儿子抱出棺材后,坐在坟坑边,暂时把尸体搁在腿上,让两脚悬在坑边。他脸色铁青,眼睛像是黑洞,嘴角下垂,脸上充满恐惧、悲伤和怜悯。

"凯奇。"刘易斯边说边摇着儿子的身体。凯奇的头发仿佛无生命的铁丝,碰触着刘易斯的手腕。"凯奇,一切都会没事的。凯奇,我发誓,你的苦难到此为止。凯奇,我爱你,爹地爱你。"

刘易斯抱着儿子,不停地摇晃。

大约一点四十五分,刘易斯准备离开墓园。把儿子的尸体搬出棺材让他腰酸背痛、精疲力竭。但他现在觉得似乎又看到了能将一切挽回的希望。

接着,他把凯奇用防水帆布包起来,用胶带捆牢,再把绳子割成两段,将包裹两头也捆好。他盖上棺材,然后稍稍思索一下,再次打开棺盖,把铁锹丢进去。因为他不能把儿子留在这里,所以他要给悦景墓园留件纪念品。再次盖上棺盖后,他本来想把水泥箱盖直接推下坑里,但又转念取下腰带,穿过铁环,将箱盖平整地放回原位,再拿铁铲把泥土铲进坟坑,不过泥土不够,无法填满坟坑。而这凹陷部分可能会,也可能不会被人发现。但刘易斯不容许自己今晚为这点小事操心——接下来还有很多事情要做,而他已经疲惫不堪了。

嗨!唷!我们走!

"走吧。"刘易斯咕哝着。

风势变大了,尖啸的风声穿树而过,刘易斯不安地环顾四周。

他把铁铲、尚未派上用场的鹤嘴锄、工作手套和手电筒一起放在包裹旁边。刘易斯离开帆布包裹和工具，径自走回栅栏边，他望向对面，他的思域仍停在街边，可望而不可即。

刘易斯看了一会儿，然后转身朝另一个方向走去。

但他这次不是往铁门走，而是沿着栅栏边直走到角落右转离开梅森街。这里有个排水沟，刘易斯仔细往里看，沟里的东西令刘易斯胆战心惊。里面是成堆的腐烂花朵，一层又一层，被经年累月的雨雪冲刷。

耶稣基督！

不，不是耶稣基督。这些残渣是敬奉给比基督更老的神，在不同的时代，人们对他有不同的称呼。而我想，雷切尔的姐姐给了他一个很贴切的名字：伟大而恐怖的欧兹魔法师，地底死物之神，沟中烂花之神，神秘之神。

刘易斯仿佛被催眠似的盯着排水沟看。最后，他倒抽一口气，慢慢把目光移开——就像催眠师数完十后醒过来的人。

刘易斯继续往前走，再走不远便发现了他要找的东西。他在想，自己是不是在埋葬凯奇那天，就已经将这些资料都贮藏在脑子里了？

在风声呼啸的黑夜中，刘易斯看见了墓园里的停尸窟。

每当冬天来临，土地被冻僵了，不适合挖坟时，他们就会把棺材停在窟里过冬。或者，死人太多来不及埋葬时，也会暂时把棺材存放在停尸窟。

进入窟中的一道双扇门开在一片青草坡上，草坡的形状十分自然，看起来就像女人的乳房一样悦目。坡顶距栅栏的装饰箭端仅一两英尺高，因为与环绕公墓的栅栏高度一致，所以并不随地形的起伏而有改变。

刘易斯向四周扫视一眼,爬上坡去。草坡的另一面有一片约两亩大的空地……不完全是空地,有间孤立的小屋。刘易斯想:可能是墓园的工具棚。

路灯照着一整排榆树和枫树,风吹叶动。大树像屏风,将这一带与梅森街隔开。刘易斯看看外面,没有任何动静。

他担心这时跌倒的话会再伤到膝盖,所以从坡顶溜下来,走回儿子的墓地。他衡量了一下,他得跑两趟才行,第一趟搬裹着的尸体,第二趟拿工具。刘易斯弯腰抱起帆布包裹时,背痛得让他的五官都皱了起来。他可以感觉到凯奇在包裹中晃动,同时坚决不理会内心那股一直说他疯了的耳语。

刘易斯将包裹抱上草坡。他知道要怎么做才能把这二十公斤重的包裹弄过栅栏。他先往后退了几步,再以前倾姿势往上跑,让冲力带他跑到能力极限的高度为止。刘易斯几乎跑上了坡顶,但滑溜的青草使他稳不住脚,就在他要朝下滑的一瞬间,他把包裹用力一抛,差一点便落在坡顶上。他再爬上去,将包裹滚去靠着铁栅栏。

刘易斯第二趟带着工具爬上坡顶。他戴上手套,然后将手电筒、铁铲和鹤嘴锄堆在包裹旁。他坐下来,背靠栅栏休息,双手搁在膝上。雷切尔圣诞节送他的电子表显示出两点零一分。

刘易斯给自己五分钟休息时间。然后他先把铁铲抛过去,听见工具掉在草上的声响。他试着把手电筒塞进裤腰,但塞不进去。于是把手电筒从栅栏空隙间滚出去,只希望不要碰着石块摔破了。他心想:要是带着背包来就好了。他从夹克口袋掏出胶带,把帆布包裹捆在鹤嘴锄的一端,用胶带将包裹和金属锄柄紧紧缠在一起，缠了又缠，将胶带全部用完，再把空的胶带轴放回口袋。他举起锄柄，将包裹举过栅栏顶端（他的背发出激烈抗议，想来今夜的行动够他受上一星期的罪）。刘易斯松手让包裹连着鹤嘴锄落下，触地的声响令他向后退缩。

接着，他先将一条腿跨出栅栏，两手抓着两根装饰箭头，再跨出另一条腿，然后顺着栅栏滑下，鞋尖先触地，整个身体也跟着落下。

刘易斯立刻找到了铁铲，因为铲面在透过树叶的街灯照耀下反射着微光，但找手电筒却费了番工夫——在草地上它能滚多远呢？他趴在厚厚的青草中摸索，耳中只听见自己的呼吸和心跳。

终于，在他推测之处的五英尺外找到了。刘易斯捡起来，用手遮住毡布罩，手指将塑料开关往前推，他的手掌立刻亮了起来，然后他立刻将手电筒关掉。手电筒没摔坏。

刘易斯拿出小刀把帆布包裹和鹤嘴锄分开，然后带着工具走向大树，站在一棵最大的树后左右张望。梅森街上一片空寂，无人无车，一眼望去，只看到一幢房子的楼上还有灯光，那房间里的人若非失眠便是病重。

刘易斯快步走上人行道。从黑暗的墓园到路灯普照的大街上，他觉得自己的样子太招摇了——此刻他所站之处距班格尔第二大墓园仅数码之遥，手中握着铁铲、铁锄，腋下夹着手电筒，任谁看见他现在的样子都会得出相同的结论。

刘易斯迅速穿越马路，鞋子沿路发出哒哒声。往前五十码便是他的思域，然而对刘易斯来说，这短短一段路却犹如五英里长。他冒着汗，边走边注意聆听车声、别人的脚步声，以及突然开窗的声音。

他走到思域车旁，将铁铲、铁锄靠着车身放下，伸手去掏钥匙。但两个口袋都没有。刘易斯急得满脸冒汗，心脏又开始狂跳，他咬紧牙根，压抑着呼之欲出的恐慌。

他的钥匙掉了，极可能是之前从树枝上跳下来、膝盖碰到墓碑、痛得他在地上翻滚时掉出了口袋。所以一定还在草地上。但如果连找手电筒都要费上那么大工夫，钥匙就更不用指望了。完了，整件事就因为这样一点差错而前功尽弃。

嘿！等一等，等他妈的一等。再掏掏你的口袋。零钱都在——零钱没掉，那钥匙怎么会掉出来呢？

这次刘易斯慢慢把口袋中的零钱全掏了出来，甚至把整个口袋也掏出来看。

没有钥匙。

刘易斯斜靠着车身，思量着该怎么办。想来只有留下儿子，再爬进去，带着手电筒回去找钥匙，找到天亮也——

这时刘易斯疲乏的脑子里突然闪起一道希望之光。

他弯身往车内一看，钥匙还好好地插在引擎开关上。

刘易斯的喉咙轻哼一声，接着便跑到驾驶座旁拉开车门，取出钥匙。再绕到车尾打开行李厢，把铁铲、铁锄和手电筒扔进去，然后再关上。跑开二三十英尺后，他又想起自己又把钥匙忘在了行李厢的锁孔里。

糊涂！他在心里骂道，你再这么蠢的话，干脆就别干了吧！

刘易斯走过去取下钥匙。

他抱着凯奇走了一段路，忽然听见狗叫。而且不是随便叫叫，而是狂嚎。凶恶的嚎声响彻整条长街。

刘易斯站到一棵大树后面，他不知道为什么会这样，也不知道下一步该怎么走。他站在树后，准备看着街道两边的住户点亮屋里的灯。

幸好只有一家开灯，就是在刘易斯正对面那家。过了一会儿，他听见粗哑的人声吼着："阿福，不许叫！"

"斯坎伦，叫它住嘴，否则我要报警了！"有人在刘易斯站的这边对吼，吓了刘易斯一大跳。这下他才发觉，他以为这条街上一片空寂的印象错得有多离谱。他的周围全都是人，有几百双眼睛，而那只坏狗正在攻击刘易斯唯一的朋友——睡眠时间。他在心里骂道：该死，阿福，你去死吧。

阿福又叫了起来，正当它又要开始狂嚎时，一记重重的打击声使它的嚎叫变成了低哼。接着是关门声，梅森街再度陷入寂静。阿福家的房子侧面还亮着灯，但一会儿后也关掉了。

刘易斯抱着包裹穿过马路，回到他的思域车旁，他在一路上没有看见任何人影。他一手紧抓着包裹，另一手掏出钥匙打开行李厢。

行李厢放不下凯奇。

刘易斯试着直放、横放、再斜着放，但都放不进去。思域的行李厢太小。他得把包裹折弯才行——凯奇不会在乎——但刘易斯不肯这么做。

快！快！快！我们快离开这里，别再出状况了！

刘易斯站在原地进退不得，手上还抱着儿子的遗体。这时他听见由远而近的车声，顿时他不假思索，立刻抓起包裹，抱到前面，拉开车门塞进后座。

刘易斯关上车门，再到后面关行李厢。一辆车飞驰穿过十字路口,刘易斯听见醉汉的吆喝声。他坐到驾驶座上,发动引擎,正要伸手打开车头灯,突然有个可怕的念头冒了出来:包裹里的凯奇是不是面朝后座?他的膝盖有没有弯错方向?他深陷的眼睛是不是望着后面的玻璃?

不要紧的!刘易斯怀着疲乏的愤怒回答自己,拜托你别乱想,这根本没关系好嘛!

不,绝对有关系。座位上是凯奇,不是一捆毛巾。

刘易斯伸手过去,开始轻轻按摸防水帆布,用手指感觉里面的轮廓,就像盲人用手辨识物体。终于,他摸到一个凸起的东西,是凯奇的鼻子,对着正确的方向。

确定之后,刘易斯才打进排档,开上回到绿洛镇的二十五分钟车程。

52

那天凌晨一点钟,贾德森·克兰德尔的电话响了,在深夜的空屋中尖叫,惊醒了贾德森。他坐在椅子上睡着了,正梦见自己二十三岁在铁路的工棚里值夜班,跟两个同事围着炭炉取暖,喝着佐治亚牌威士忌,漫谈各人藏在心底许久的故事。

电话铃声吓了他一跳,他觉得脖子僵硬,转动困难,觉得有个恶心的重物像石块一样压在心上——他心想:大概就是从二十三岁到八十三岁这六十年的岁月在压着自己。

贾德森从椅子上里站起来,挺直身体抵抗背部的僵直。他穿过客厅,来到电话机旁。

是雷切尔打来的。

"老贾,他回家了吗?"

"还没有。"贾德森说,"雷切尔,你在哪里?听声音好像很近。"

"我是离得不远,在缅因州高速公路的贝德福德休息站。"

"贝德福德!"

"我不能留在芝加哥。我担心……不管让埃莉不安的是什么事,现在我也感觉到了。我知道你也感觉得到,从你讲话的声音就听得出来。"

"呃。"贾德森掏出一支烟塞在嘴角。他擦亮火柴,注视着火光,他的手在发抖。在这不幸的事件发生前,他的手从未抖过。他听见夜风在屋外逞凶,好像想抓住这房子猛力摇晃。

魔力在增强,我感觉得到。

"老贾,请你告诉我发生了什么事?"

贾德森认为雷切尔有权知道——也必须知道。他会告诉雷切尔,一五一十全盘托出。他会指出这一串连环事件让雷切尔看清楚。诺玛心脏病发,猫儿之死,刘易斯的问话(曾经有人被埋在那里吗?),凯奇去世……只有上帝知道,刘易斯此刻为这一系列事件建立了什么联系。贾德森会向雷切尔说明,但不是此刻,不是在电话里。

"雷切尔,你怎么不搭飞机?怎么会在公路上?"

雷切尔解释她如何在波士顿错过了班机。"我租了辆车。不过我看我没办法照预计的时间赶回家了。我从洛根机场开上高速公路时迷路了,我现在才刚进入缅因州界。我猜在天亮前还开不到家。老贾……老贾,请你告诉我。我怕极了,可是却又不知道自己到底在怕什么。"

"雷切尔,听我说。你开到波特兰后先停下来,听见了吗?找家汽车旅馆,住——"

"老贾,我不能那——"

"住下来休息。雷切尔,别烦恼。今天夜里可能有事发生,也可能没有。如果发生了我意料中的事,你最好不要出现在这里。我想我有能力应付,也应该由我来应付,因为这场祸是我惹出来的。但如果没发生什么事,你明天下午回来正好,我想刘易斯一定会喜出望外。"

"老贾,我睡不着。"

"睡得着。"贾德森说,"雷切尔,如果你开车打瞌睡,把租来的车翻下公路送了性命,那时候刘易斯该怎么办?埃莉该怎么办?"

"告诉我究竟怎么回事!如果你告诉我,我也许会听你的劝。我一定要知道!"

"等你回到绿洛镇,我要你直接来我家。"贾德森说,"先来我这里,不要回家。我把我知道的全告诉你。雷切尔,我会守着等刘易斯回来。"

"告诉我吧。"雷切尔说。

"不,我不在电话里讲。雷切尔,我现在不能告诉你。现在你就开到波特兰找旅馆休息。"

电话另一头沉默许久。

"好吧。"雷切尔终于开口,"老贾,也许你是对的。我只请你告诉我一件事,情况有多糟?"

"我能应付得来。"贾德森镇静地说,"虽然情况是够糟的。"

外面出现了车灯,正慢慢移动着。贾德森欠身往外看,等车子驶过克里德家,出了视线之后,他才又坐下来。

"好吧。"雷切尔说,"可是剩下这段车程里,我会觉得头上压了块大石头。"

"让石头滚下去吧。"贾德森说,"请你先为了明天保重。一切都会没事的。"

"你答应告诉我整个故事吗?"

"我答应。到时我们一块喝啤酒,我全部讲给你听。"

"那,再见了。"雷切尔说,"暂时再见。"

"暂时再见。"贾德森同意,"雷切尔,我们明天见。"

在雷切尔还想再说些话前,贾德森挂断了电话。

贾德森记得药柜里还有咖啡因片,可是他找不到。他把没喝完的啤酒放进冰箱,冲了杯黑咖啡。他端着咖啡回到落地窗前坐下,喝着咖啡,看着屋外。

咖啡以及和雷切尔的对话让他保持了四十五分钟的警觉,然后,他又打起瞌睡。

老头子,站岗不能打瞌睡。你买了东西,现在该付出代价了。所以站岗不准睡觉。

贾德森又点了支烟,深深吸了一口,然后咳个不停。他将烟搁在烟灰缸的凹槽里,用两只手揉着眼睛。外面的公路上一辆十轮卡车急驶而过,车灯雪亮,穿透了起风的不宁之夜。

他发觉自己又昏昏欲睡,于是急忙睁眼,同时打了自己几记响亮的耳光,打得都耳鸣了。这时他心里开始恐惧:有个隐秘的访客踏进了那块神秘之地。

那魔力让我打瞌睡……它在催眠我,不许我醒着,因为刘易斯快回家了。我感觉得到,它要把我赶开。

"不行。"贾德森不肯屈服,"绝对不行。你听见了吗?我要阻止这件事。这太过分了。"

风沿着屋檐呼号,对面路边树上的枝叶摇摆着,引人入眠。贾德森的心思又回到六十年前与两位友人值夜班时围炉倾吐心事的情景。如今只剩他一个了,雷尼被夹在两节车厢间死了,乔治去年心脏病发刚去世。只剩他还活着。人老了就犯糊涂,有时候糊涂会佯装成慈祥,有时候又佯装成自豪——老爱把古老的秘密讲出来,告诉别人,传下去、从旧瓶倒进新瓶里……

所以这个犹太商人走进来说:"我有样东西你们一定没见过。这些明信片上,看起来印的是穿着泳装的女人,但只要你用湿布一擦,就会……"

贾德森的头垂下,下颚慢慢与胸口接触。

"……就会全身光溜溜!但等干了之后,泳衣又会跑回来!我还有其他东西……"

烟灰缸凹槽里的烟快烧完了,留下长长的一节烟灰。

贾德森睡着了。

当车尾红灯一闪,刘易斯将思域轿车开上自家车道时,贾德森没听见,动都没动一下,也没有醒来。正如同罗马士兵抓走一个名叫耶稣的游民时,彼得沉睡未醒一样。

53

刘易斯在厨房抽屉里找到一卷没用过的包装胶带,又在车库放冬季轮胎的角落发现一卷绳索。他用胶带把铁铲和鹤嘴锄捆在一起,又用绳子做了个简单的网袋。

他用网袋装工具,手上抱着凯奇。

刘易斯拉开思域车门，拖出帆布包裹。凯奇比啾吉重多了，等到他把凯奇弄到米克马克古葬场，恐怕他已经是爬着走了——而且还得挖坟，同坚硬的石头和很多的泥土奋斗。

他想：船到桥头自然直。

刘易斯走出车库时，用手肘关了电灯开关。他在柏油路面和草地相接处站了一会儿，黑暗中他可以辨认出通往宠物公墓的小径。小径上的短草正闪闪发光。

风像手指般拉扯着他的头发，一时间，刘易斯有种小孩怕黑的感觉，他突然觉得软弱而恐惧。他真要抱着尸体进入森林，从黑暗走向黑暗？而且独自一人？

别想了，要干就干。

刘易斯开始移动脚步。

二十分钟后，刘易斯到了宠物公墓，他的四肢已累得开始发抖，他就地坐下，不停喘气，膝上横放着包裹。他坐在地上休息了二十分钟，还差点睡着了，但他不再觉得害怕——好像疲惫已将害怕驱逐殆尽。

刘易斯起身再往前走，连自己都不敢相信刚才是如何翻越了树冢，心里只麻木地觉得他得试着爬过去。手里抱着的帆布包裹好像不是二十公斤，而是九十公斤重。

然而曾经发生过的情景再度出现了。就像突然间，你重新记起一个做过的梦。不，不是记起，而是再经历一次。当刘易斯踏着树冢上的死树干时，一种奇异的感觉涌进他的身体，那种几乎令人振奋和欢欣的感觉。疲乏并没有离开他，但变成了可以忍受的疲乏——无关紧要的疲乏。

跟着我。刘易斯，跟着我走，别往下看。别犹豫，别往下看。我知道路，但行动要快，要稳当。

是的，快速稳当——就像贾德森拔出蜂刺一样。

我知道路。

刘易斯心想，这是唯一的路。不管过不过得去，都只有这条路。他曾一度打算独自爬过树冢，但爬不过去。但这次他迅速而确实地爬了上来，就跟那晚贾德森带他过去一样容易。

一步步往上爬，不往下看。刘易斯像抱婴儿似的抱着帆布包裹。爬到上面，风在他的发间吹开一条秘密通道，吹得他的头发往逆时针方向翻飞。

他在树冢顶上站了一会儿，然后像下楼梯般快步爬下树冢，网袋里的铁铲和鹤嘴锄拍打着他的背。不到一分钟，他就已来到覆着松针、踩在上面颇有弹性的小路上。身后的树冢比墓园的铁栅栏还高。

刘易斯怀抱着儿子继续前行，风在林间呜咽。现在，风声不足以使他胆怯。今晚的任务就快完成了。

54

雷切尔·克里德驾车驶过"八号出口往波特兰"的路标，她立刻打方向灯，将租来的车转上高速公路的出口弯道。她可以清楚看见假日酒店的绿色霓虹灯招牌。找张床，睡一觉，结束这不曾停止、痛苦而又无以名状的紧张。同时，也暂时结束她怀中爱子已经不在的悲哀。雷切尔发现：这悲哀就像拔牙，刚开始觉得麻木，但即使在麻木中还是能感到痛楚，而等到麻醉药效过后，那就更有罪受了。

帕斯考告诉埃莉，他是被派来提出警告的……他不能干涉。他告诉埃莉，他和爹地很接近，因为当他的灵魂脱离躯壳时，他们在一起。

贾德森知道，但他不愿明讲。一定会出事。出什么事呢？

自杀？是自杀吗？刘易斯不会自杀，我不相信他会自杀。可是他在撒谎，在隐瞒什么。从他眼中看得出来……哦，他妈的！他一脸撒谎的表情，好像是故意要让我看出他在撒谎……然后阻止他……因为他自己也害怕极了……

害怕？刘易斯一向什么都不怕！

雷切尔将方向盘猛力往左打，这辆租来的小雪佛兰反应也很迅速，轮胎摩擦地面发出尖啸声。雷切尔以为会翻车，但幸好没有。她继续往北开，将假日酒店的招牌撇在身后。另一块油漆发光的路牌进入视线："下一出口十二号公路，往耶路撒冷镇"。她心想：耶路撒冷镇，这名字真古怪。不是个让人觉得舒服的地名……来吧，来耶路撒冷安睡。

但今晚雷切尔无法安睡，她不顾贾德森的劝告，决定一路开车回家。贾德森知道会出什么事，他答应会去阻止，可是他已经八十出头，而且三个月前又失去了老伴。雷切尔不能指望贾德森。要不是凯奇的死削弱了她的意志，她根本不会被刘易斯说服离开家的。有时候，在黑夜的守望下，她真想恨刘易斯，恨他在她体内种下悲痛却又不给她安慰（也不允许她付出所需付出的安慰）。但是，她不能恨他，因为她太爱他，他的脸色是多么苍白……多么戒备……

速度表上的指针刚过九十六公里的刻度。一分钟一点六公里，也许再开两小时十五分钟就能开到绿洛镇，也许日出之前她就能到达目的地。

雷切尔摸索着收音机开关并打开，找到一家播放摇滚乐的电台。她开大音量，跟着广播一起唱，以防自己打瞌睡。半小时后，这家电台结束今天的节目，她换了家电台，同时摇下车窗，让流动的空气吹拂她的头发。

雷切尔怀疑，不知这漫漫长夜究竟有无止境。

55

刘易斯再度被梦境支配。每隔几分钟，他便低头察看，他要确定自己抱着的是包裹他儿子的防水帆布，而不是个绿色塑料袋。他记起贾德森带他去埋啾吉的第二天早晨，他对前夜所做的一切只留下模糊的印象——可是此刻，他对那天晚上的感受却清清楚楚，他的每一种官能是如此敏锐灵活，仿佛能通过某种心电感应与活生生的树木接触一样。

刘易斯沿着小径时而向上时而向下地走着，他再度发现那几处宽如十五号公路的地方，还有窄得必须侧着身体以避免包裹两头被矮树绊住的地方。他闻到那强烈的松脂味，听到松针在他脚下碎裂的声响。

小径逐渐变成往下倾斜的陡坡。刘易斯又走了一段路，一只脚踏进了水坑，顷刻间水化为淤泥，没到脚踝……如果贾德森没说错的话，这一定是流沙。刘易斯低头查看，看见芦苇和低矮树丛间的一潭死水，这里的矮树形状很丑，树叶很宽，像是热带植物。刘易斯记得这里的天色较亮，仿佛充满了电。

前面这段路就像树冢——你得放稳脚步。跟着我走，不要低头看。

好吧,遵命……但顺便请教一下,你在缅因州或是其他地方看到过这种植物吗?这种植物到底叫什么啊?

不管它,刘易斯。走吧……我们走。

刘易斯继续前进,望着潮湿的沼泽植物,他看见了第一堆草丛,他的眼睛往前看,脚步自然地踏上一堆接一堆的草丛。

刘易斯承认,米克马克古葬场具有使死者复活的能力,所以他抱着儿子踏入小神泽,不回头也不往下看。现在,这片沼泽比晚秋时节嘈杂得多。芦苇里虫儿唧唧,偶尔响起蛙鸣。踏进小神泽大概二十步时,刘易斯遭到袭击——可能是只蝙蝠。

地雾缓缓升起,开始时盖过他的鞋,接着又盖过他的小腿,最后,他整个人全被包在一个发光的白色胶囊之中。刘易斯觉得四周很亮,闪耀的光辉像是跳动中的奇异心脏。他从来不曾如此强烈地感觉与自然的结合,他觉得那是个实体……甚至可能具有知觉。这沼泽是活的,但不是因为虫叫蛙鸣。如果要他解释"活"的意义与性质,他无法解释。他只知道这"活"具有丰富的可能和巨大的力量。刘易斯置身其中,只觉得自己渺小而平凡。

接着他听见了上次也曾听见的那些声音:尖笑转变成啜泣,然后归于沉寂。笑声再起时,犹如疯狂的尖叫,听得刘易斯血液似乎为之冻结。雾气围着他飘浮,笑声消失了,只剩下风声,听得见但感觉不到。当然感觉不到,因为这里的地形就像个杯子。如果风能吹到这里,一定早就把地雾吹散了……刘易斯也不知道自己是否愿意看看这片沼泽的真面目。

你可能会听见像说话的声音,不过那是由南面传来的潜鸟的叫声。那声音能传得很远,真奇怪。

"潜鸟。"刘易斯说着,几乎无法分辨自己口中嘶哑难听的声音。

他脚下犹豫了一会儿,然后又往前走。犹如是在惩罚他停步一样,他踏向下一堆草丛时,脚下立刻一滑,一只鞋差点陷进了淤泥里。

那好像在说话的声音一会儿在他左边,一会儿又出现在他背后……仿佛只要刘易斯一转身,就会看见背后一英尺处有个血淋淋的怪物,露出牙齿,两眼发光……刘易斯这次没有放慢脚步,笔直地继续往前走。

雾气的光亮突然消失,刘易斯发现眼前吊着一张面孔,正嘲笑着他,并发出叽咕声。它深陷的眼睛就像中国古画上的人物那样往上吊,发出很深的黄灰色光芒。它张开大嘴,下唇向外翻,露出黑黄色的牙齿。让刘易斯吃惊的是那对耳朵,那根本不是耳朵,而是两只弯弯的角……但不像魔鬼的角,而是公羊的角。

这个面目狰狞、悬在半空的脑袋好像正又说又笑。它的嘴在动,不过下唇始终没有恢复原状,唇上的血管是黑色的,它的鼻孔外张,好像正在呼吸般吐出阵阵白气。

刘易斯再走近一点,那张脸上滚出一条舌头。舌头尖而长,又黄又脏。舌头上有许多鳞甲,刘易斯正瞪着看时,一片鳞甲像盖子般掀了起来,下面钻出一条白色的蛆。舌尖缓缓扫过应该是喉结的位置……它还在笑。

刘易斯好像要保护凯奇似的紧紧抱住他,结果一个没站稳,脚下一滑,幸好草丛挡住了刘易斯的下滑之势。

你可能会看到圣艾尔摩之火——也就是船员说的幽光。这火光会以奇怪的形状呈现,如果看见令你不安的东西,你往另一边看就行了……

贾德森的话给了刘易斯很大的勇气。他继续往前走，没有掉头看其他地方，他注意到，那张面孔——如果那是张面孔，而不是雾气加上心理作用形成的幻象——始终与他保持一定距离。一两分钟后，那张脸便消失在飘忽的雾气中了。

那不是圣艾尔摩之火。

不，当然不是。这地方充满阴魂。打量四周，你会看见让人发狂的怪物。他试着不让自己想这些事，没必要想这些，没必要——

有东西过来了。

刘易斯站定，仔细聆听……那逐渐逼近的声音。刘易斯张大了嘴，每一块使他嘴巴闭上的肌肉都失去了作用。

那是种他从来没听过的声音——一种活跃而洪亮的声音。就在不远处，越来越近了，树枝噼啪作响，矮树在无以名状的脚下断裂，冻糊般的土地也在刘易斯脚下动摇了起来。他发现自己开始呻吟出声。

哦！上帝，我亲爱的上帝，到底这雾里会钻出什么样的怪物？

刘易斯将凯奇贴胸紧紧抱着；他发现昆虫和青蛙都不叫了，潮湿的空气中有股难闻的烂猪肉味。

不管那是什么怪物，总之一定很大。

刘易斯抬起充满疑虑与恐惧的脸，像在跟踪刚发射的火箭的弹道。那沉重落地的声音朝刘易斯逼近，夹杂着断折的声响——不是枝丫断折，而是整棵树木——断折的树干就倒在附近。

刘易斯看见了。

有一瞬间，雾气变成暗沉沉的灰色，他看见的庞然大物身形模糊而朦胧，大约有六十几英尺高。不是鬼魂，也不是妖怪。刘易斯可以感觉到它通过时被排开的空气，也能听见它落脚时发出的巨响，行进时吸起的大堆泥土。

下一瞬间，刘易斯相信自己看见，在头顶上方某处，有对橙黄色的火光，那对火光好像是某种东西的眼睛。

接着，它的声音开始转弱，它离开了。一只青蛙犹豫地叫了一声，第二只跟着应和，然后三只、四只、五只、六只一齐叫着。那庞然大物继续移动往北而去。声音逐渐变小……更小……终至消失。

刘易斯这才继续往前。他的肩膀和背已经痛得麻木了，脖子到脚踝也全被汗水湿透，连这个季节新生的蚊子也开始在他身上觅食。

是食人怪，天哪！那就是食人怪——在北方出没的鬼怪，只要被它摸了，你就会变成吃人肉的人。一点都没错，刚才从不到五十米外走过的就是食人怪。

刘易斯告诉自己，别鬼扯了，要像老贾那样，不要以为过了宠物公墓就会看见什么或听见什么——它们是潜鸟，是圣艾尔摩之火，是纽约洋基队的救援投手。它可以是任何东西，可以是上帝，可以是星期日清晨，可以是穿着白袍的微笑着的圣公会牧师，但总之不是那会跳会爬会滑行或走起路来摇摇晃晃的怪物……不是来自黑暗世界的恐怖玩意儿。

刘易斯抱着儿子继续走，地面开始变得坚实了。走了不久，他碰见一株倒塌的树，在薄雾中可以清楚地看到树顶，看起来就像巨人的仆妇丢下的一支灰绿色羽毛扫帚。

那棵树折断——不，是碎裂了，裂口处还淌着浅黄色的树浆，刘易斯跨过去时用手一摸，还带着热气。跨过断树后，另一边的地上有个巨大的凹洞，刘易斯必须爬过去，许多松柏矮树皆被踩进泥土里，刘易斯不相信那个凹洞是脚印。他可以回头查看是否具有脚印的外形，但他不愿回头。他继续往前走，他的皮肤发冷，嘴里又热又干，心跳如飞。

刘易斯脚下咯吱咯吱的泥泞声消失了。取而代之的是踩在松针上的轻微声响，再走一段后脚下又变为岩石。他就快到目的地了。

地面坡度开始变陡。一块石头碰痛了他的胫骨，刘易斯动作笨拙地伸出一只手去摸，但碰到的不是石块。

这里是石阶，从岩石上开凿出来的。跟我来，爬到顶上就到了。

于是刘易斯开始登上石阶，那令人振奋的感觉又回到他身上，再次将疲乏击退……至少是象征性的退却。他直身迎向寒气，爬进河流般不曾间断的风势中，那强劲的风吹得他的衣服起褶打皱，吹得包裹凯奇的防水帆布像扬起的船帆，发出如开枪般的断续响声。

刘易斯抬头往回看，只见密密麻麻的星斗，但没有他能辨认的星座，他不自在地望向别处。在他身边就是有裂缝和凿孔的岩壁，壁面有的地方呈船形，有的是獾的形状，还有戴兜帽、眯着眼的人脸。唯有石阶是平整的。

刘易斯登上岩顶，低着头站在那里，他的身体在摇摆，肺部拼命吸气。风像舞者掠过他的头发，像条龙般在他耳中吼叫。

今晚的光更亮了些。那么上次是阴天，还是当时他没注意？不要紧。现在他能够看清楚，这就足以让他再次浑身发冷了。

正如宠物公墓一样。

刘易斯观察那些岩石砌成的锥形石堆，心中低语着，你当然知道啰。你应该知道的——不是同心圆，而是螺旋……

不错。在这面对寒冷星光，对着黑暗的遥远星辰间的岩石平顶上有个巨大的螺旋，老前辈会说这是集体创作。不过刘易斯看那上面并没有完整的锥形石堆；好像每一个石堆都被某种东西冲破，葬在石堆下的尸体钻了出来……复活了。

刘易斯心想，有人曾经从空中看到这景象吗？如果有人从空中看见，他会怎么想？

刘易斯跪着将凯奇放下，大大松了口气。

他用小刀割断用胶带捆着的工具，铁铲和鹤嘴锄从他背上掉到岩石地面上，发出当啷一响。刘易斯躺下来，伸开四肢，仰望着星空。

林中的怪物究竟是什么东西？刘易斯，你真以为这场戏若包括林中的角色，会有好结局吗？

可是他已无法回头，他自己知道这一点。

刘易斯对自己嘟哝道：也许会有圆满的结局，不冒风险就不会有收获，不冒险也得不到爱。何况家里浴室的架子上还有我的医药包。里面有注射器，万一出了问题……变坏了……就只有我知道。

刘易斯的思想化作喃喃的祈祷，同时他的手摸着鹤嘴锄……他仍然跪着。刘易斯开始挖掘。他每掘一锄，身体便往前一倾，就像个老迈的罗马人要倒在自己的剑上。他一点点地掘，渐渐掘出一个坑。他用手扒出石块，大多石块被他连泥土推到一边，但他留了一些下来。

准备砌个锥形石堆。

56

雷切尔拍打自己的面颊,打得发痛,可是她仍在打盹。她曾一度骤然清醒,高速公路上只有她一辆车,刹那间,她仿佛看到几十只发出银光的冷酷无情的眼睛注视着她,那目光闪烁如火。

但一转眼,这些眼睛就变成嵌在公路护栏上的反光片。雷切尔驾驶的这辆小雪佛兰已经开上了最靠边的紧急停车道。

雷切尔将方向盘向左扳,轮胎擦着地面发出尖锐刺耳的声音,她听见咔嚓一声,可能是车子的前保险杠右侧刮过护栏。她的心脏猛跳,像在肋骨之间撞击,撞得她眼前随着心跳出现了很多忽大忽小的黑点。但是,尽管她侥幸没有翻车,尽管她自认好险,尽管收音机里罗伯·哥登正高唱《热辣辣》,她却又打起瞌睡来。

雷切尔的头脑中生出一个离奇的狂想。"不错,是狂想。"她在摇滚乐的吼声中嘟哝着。她想笑——但不能笑。因为狂想仍在脑海中,在黑夜的眼中,更增加了它阴森森的可信度。她开始觉得自己是个跑进巨型弹弓橡皮筋的卡通人物,可怜的家伙发觉前进越来越困难,直到橡皮筋的势能与她奔跑的动能相等……惯性变成……什么?基本物理……有什么东西企图阻挡她……不关你自己的事……静止的物体恒静……譬如说,凯奇这个物体……一旦动起来……

这次轮胎的摩擦声更响,也更危险。这辆小雪佛兰正擦着护栏的钢缆,刮得车身吱吱作响,刮掉喷漆,露出闪光的金属;方向盘突然不听指挥,紧接着,雷切尔直起身子站在刹车上,吓得哭了出来。这一次她不只是打盹,而是真的睡着了,做梦,而车子正以每小时九十六公里的速度急驶。如果没有护栏……如果撞上立体交叉道的支柱……

雷切尔将车开到路边停下，埋着头哭泣，感到既惶惑又害怕。

某个东西正企图把我跟刘易斯隔开。

雷切尔觉得能够控制自己的情绪时，才继续开车。方向盘不像失灵了，不过她想，等她到班格尔国际机场还车时，租车公司的人一定会问她的。

管它的！一样样来。首先得去灌些咖啡。

开到皮茨菲尔德镇出口，雷切尔便开下高速公路。再往前走一点六公里就是休息站，那里弧光灯雪亮，柴油引擎的响声不辍。雷切尔开到加油机前将油箱加满（"有人在汽车的侧边敲了个痛快！"加油站工人用几乎是羡慕的语气说），然后走进充满油煎味、炒蛋味……以及浓郁咖啡香的餐厅。

雷切尔连喝了三杯咖啡——不加牛奶，放了许多糖。几名卡车司机正在跟女侍调笑。

雷切尔付过账，回到她停在外面的雪佛兰上。引擎发不动，转动钥匙时，发动机只发出两声干响。

雷切尔用拳头拼命捶打方向盘。某个东西正存心阻止她。这辆只跑了五千多英里的新车没有发不动的理由，可是却怎么也发不动。她被困在皮茨菲尔德镇，一筹莫展，离家还有五十英里远。

雷切尔听着连续不绝的低沉卡车声，突然非常肯定地觉得那辆撞死她儿子的卡车也在这里……卡车非但不低声诉怨，反而自鸣得意地大笑。

雷切尔垂下头，伤心地哭了起来。

57

刘易斯脚下绊到了某个东西,整个人跌在地上。当时他觉得,自己大概再也爬不起来——连爬起来的劲都没有了。他只能躺着,聆听身后从小神泽传来的蛙鸣,感受全身的痛楚。他将躺在这里直到昏然入睡,或者直到死去。

刘易斯记得自己把帆布包裹送进掘好的土坑里,并且还用手将泥土推下回填。他还记得自己堆砌石块,底部宽、顶部尖……

砌好锥形石堆后的情形他就记不大清楚了。他明明从巨岩的石阶上走了下来,否则他不会在这个地方……什么地方?刘易斯扫视周围,他觉得自己认得出这片松林,这里距离树冢不远。可能是他已经越过了小神泽,却连自己都不知道?想来很有可能。

我走得够远了,今天不妨就睡在这里。

这个令人安慰的错误念头,也正是促使他爬起来再往前走的动力。因为如果他躺在这里,那怪物可能就会发现他……那怪物可能正在森林中寻找他。

刘易斯举手往脸上抹了一下,惊慌地发现手上有血……不知何时,他流鼻血了。"他妈的谁在乎?"刘易斯念叨道,同时在身旁四周摸索,摸到了铁铲和鹤嘴锄。

十分钟后,树冢出现在他眼前。他开始往上爬,脚下一再绊着朽木枯枝,可是他没有跌倒。快接近地面时,他往下一瞥,一根树枝立刻折断(贾德森说:别低头看),另一根树干开始滚动,刘易斯的脚往外一滑,跌下去时他的侧脸先着地,几乎当场跌晕过去。

该死!这是今晚让我摔倒的第二个坟墓……如果再摔一次,

就表明我一定是被诅咒了!

刘易斯回过神,再次四处摸索,终于摸到了工具。他开始借着星光观察周遭环境。"猫儿斯麦吉"的碑就在他附近,还有"命丧公路的吹希"。风仍旧刮得起劲,刘易斯听见叮叮叮的铁皮声——那块铁皮原先可能是只西红柿罐头,被伤心的小主人用父亲的工具敲成碑牌,再钉在一块木板上——这铁皮声响让刘易斯顿时心生恐惧。

他在宠物公墓中穿行,经过"我们的乖兔玛塔"和旁边的"巴顿将军"。他踏过一块破烂的厚木板,那儿是"波丽西雅"长眠之处。此刻,金属片的声音更响亮了,刘易斯驻足俯视,看见一块长方形铁片钉在微微倾斜的木板上。在星光下,刘易斯认出上面写着"白鼠林哥一九六四~一九六五"。不断发出叮叮响声的就是这片插在宠物公墓外围入口处的铁皮。刘易斯伸手将铁皮朝内扳……他突然僵在当场,头皮瞬间发麻。

后面有东西在动,就在树冢的另一边。

刘易斯听见的是种诡秘的声音——松针压碎,枯枝骤断,矮树轻摇。风飕飕地刮过松林,几乎将那诡秘的轻微响声盖了过去。

"凯奇?"刘易斯哑声叫道。

意识到自己的行为后——站在黑暗中呼喊死去的儿子——刘易斯不禁立刻毛骨悚然。他开始发抖,像是生了大病或发着高烧。

"凯奇?"

诡秘的响声消失了。

还不到时候。别问我怎么知道,我就是知道。那边的响动不是凯奇……是别的东西。

刘易斯忽然想起埃莉告诉过他的——耶稣喊道:"拉撒路,出来吧……"因为他要是不指明拉撒路的名字,那么坟地里的人都会出来。

树冢那头又开始传来声响,好像是什么盲目的物体凭着直觉在暗中跟踪他。在刘易斯被刺激过度的脑子里,幻想出许多恐怖而令人厌恶的景象:一只斗大的鼹鼠,一只从树丛中跳出而不是飞出的大蝙蝠。

刘易斯急忙倒着退出宠物公墓,不敢背对树冢——以及那鬼魂般的忽隐忽现于黑暗中的青紫色崖壁——直到在小径上走了相当一段路后才转过身来。他加快脚步,大概还剩四百米小径便会穿出与他家房子后面相接的树林,他觉得自己还有往家里飞奔的余力。

刘易斯随手将铁铲和鹤嘴锄丢进车库,在车道上站了一会,先朝他刚才跑出来的地方看了看,然后再仰望天空。现在是凌晨四点十五分,黎明即将来临。大西洋彼岸已经是白昼了,可是黑夜仍紧抓着绿洛镇,风仍不停地刮着。

刘易斯走进车库,沿着墙壁摸到与车库相通的后门,开门进屋。他走过厨房,没有开灯,再走到餐厅与厨房间的一个小厕所。他打开厕所灯,第一眼看见的就是啾吉,它蜷着身子卧在马桶水箱盖上,用那双泥浆般浑浊的黄绿色眼睛注视着他。

"啾吉。"刘易斯说,"我以为你在外面。"

啾吉在马桶水箱盖上专注地看着他,不错,有人把它放到屋子外面,那人就是刘易斯自己。他记得很清楚,正如他清楚记得已经换过地下室那扇破窗的玻璃。当时刘易斯对自己说问题解决了。其实,他在骗谁呢?啾吉想进屋时就能进,因为现在的啾吉已经不一样了。

没什么了不起的。在这意识模糊、筋疲力尽的状态下,似乎什么都无所谓了。刘易斯觉得,现在的自己只是徒有人形,就像活尸电影里的僵尸。我应该是双粗糙的脚爪,匆忙穿越小神泽,爬上米克马克族古葬场。刘易斯如此想着,并发出咯咯干笑。

"啾吉,戴满一头干草。"刘易斯用嘶哑的声音说着边解开衬衫纽扣。"那就是我,你最好相信。"

刘易斯的身体左侧有一道青肿,就在肋骨的中间。他脱掉裤子,撞到墓碑的膝头已经肿得像个气球并呈紫黑色。他心想,如果现在停止伸展运动,关节就会立刻变硬——就像在水泥里浸过一样。看来在他有生之年,这个伤每逢阴雨天都会来向他诉苦了。

刘易斯伸手去抚摸啾吉,想寻求一点慰藉,可是啾吉笨拙地跳下水箱盖,迈着蹒跚的步子径自走向别处去了。

镜箱里有筋骨及肌肉的止痛药膏。刘易斯放下马桶盖坐在上面,挤出一段药膏,抹在肿胀的膝头,然后又挤了些在手上,抹在下背部——那地方不容易上药。

他出了厕所,走进客厅,打开走廊上的灯,在楼梯下面站了一会儿,傻兮兮地环顾四周。多奇怪!圣诞节前夕,他就站在这里把蓝宝石项链掏出来送给雷切尔。那里有他常坐的沙发,诺玛逝世后,刘易斯曾坐在那张椅子上尽他所能地为埃莉解释死亡的含义。客厅一角摆着圣诞树。窗上贴着埃莉做的纸火鸡——刘易斯把它当成未来世界的乌鸦。几个月前,客厅里堆着搬家公司卡车从中西部横穿半个美国运来的纸箱,里面装满全家人的衣物。

这一切多么奇怪……刘易斯多希望他们不曾听过缅因大学、绿洛镇、贾德森和诺玛,或任何有关的一切。

刘易斯穿着内衣裤上楼，在浴室里，他拿了张小板凳，站在凳子上，从柜子最上一层架子取下他的黑色医药包。他把医药包拿到卧室，坐下开始在里面翻找。他找到了注射器，万一到时需要的话——以防万一。在一卷卷的胶带、手术剪刀，以及一包包外科缝合羊肠线当中，有几小瓶致命的毒药。

万一需要的话。

刘易斯关上医药包放在床边。他关掉头上的电灯躺下，两手枕在头下。平躺下来休息，真舒服。他又想起迪士尼乐园，看见自己穿着白制服，驾驶一辆白色的小救护车，车身漆着米老鼠耳朵的标记——当然，从外表看不出是辆救护车，以免花钱游园的游客受到惊吓。

凯奇坐在他身边，皮肤晒成棕色，眼白微带健康的蓝晕。外面，人扮的卡通动物正和一个小男孩拉着手，小男孩惊喜得目瞪口呆。这边，跳跳虎坐在两位祖母之间，由第三位笑哈哈的祖母替他们拍照，一个穿漂亮衣服的女孩叫喊着："跳跳虎，跳跳虎，我爱你！"

刘易斯和儿子一起驾车巡逻。他们父子是这座乐园的警卫，开着白色小救护车日夜不停地在园中巡行。他们不想找麻烦，不过万一出了麻烦，他们随时可以应付。即使在这个倡导纯洁娱乐的地方，有时也会暗藏麻烦。那位在大街商店买胶卷的带笑男士可能会突然心脏病发作，一位刚走下空中战车的孕妇忽然感到产前阵痛，一个美丽的少女会突然倒在地上发羊痫风，有人中风，有人中暑，也许在闷热的夏日午后，还有人会被雷电打中。此地甚至还会出现伟大而恐怖的欧兹魔法师——可以看见他在开往魔术王国的单轨火车入口处走来走去，或者看见他用迟钝而无生气的眼神从空中飞车上往下凝视——刘易斯和凯奇知道他是乐园的人物之一,就像笨老虎、米老鼠和唐老鸭。不过没人愿意跟欧兹魔法师一起拍照,也没有父母亲愿意把欧兹魔法师介绍给儿女认识。刘易斯和凯奇认识他,在新英格兰时就跟他见过面了。伟大而恐怖的欧兹魔法师会伺机让你吞弹珠噎死,用干洗塑料袋使你窒息,再不然就要你触电。他无处不在,无时不在,他监视着死亡与永生之间的每一个站口。

我们巡逻……我和我儿子……我们巡逻的本质既非战争,也不是性爱,只是为了要与伟大而恐怖的欧兹魔法师作崇高而无济于事的战斗。他和我,在佛罗里达州的艳阳下,驾着这辆白色小救护车巡逻。车上的红色闪光信号灯被罩子盖着,但需要用它的时候,我们就把罩子掀开……除了我们自己,不必让任何人知道,因为男人心园中的泥土里石头很多,一个人种他能种的……细心照顾。

刘易斯想着这些似梦非梦的情景,坠入睡乡,将联结清醒现实的线路一根根拔断,直到思想全完停顿。极度的困乏使他陷入黑暗无梦的酣睡中。

东方即将透露曙光之前,楼梯上有脚步声传来。步子极缓慢而笨重,但很有决心。一抹影子在走廊的阴影中移动,随影子而来的是股恶臭。刘易斯睡得很沉,但臭味使他的喉咙发出咕噜声,同时翻身避免面对臭气。

影子走到主卧室门口停下不动,站了一会儿才走进房间。刘易斯的脸埋在枕头下。两只苍白的手伸过来,接着,床边的黑色医药包咔的一声便打开了。

包里的物品、药品因为被翻动而发出极细微的声响。

苍白的手在包中探寻,将药物、小瓶和注射器推向一边,丝毫不感兴趣。终于找到了,苍白的手举起所找到的东西,那东西在初露的曙光中闪着银光。

影子走出卧室。

第三部　　　　伟大而恐怖的欧兹魔法师

于是，耶稣忧心忡忡、满腹忧愁地来到坟墓之前。眼前是个洞穴，洞口有块大石挡着。耶稣说："把石头移开。"

马大说："主啊，这个时候，他应该开始腐烂了。他已经死了四天啦。"……

而耶稣祷告了一会儿后，扬声叫唤："拉撒路，你出来！"接着，这个已死之人走上前来，手脚都缠着裹尸布，脸上覆盖着纱巾。

耶稣对众人说："解开他，让他走。"

——《约翰福音》(改写)

"我现在才想到！"老妇人歇斯底里地说，"我早先怎么没想到呢？你怎么没想到呢？"

"想到什么？"丈夫问道。

"还有两个愿望啊！"老妇人很快地回答，"我们只许了一个愿望。"

"刚才那样还不够吗？"丈夫严厉地斥责她。

"不够。"老妇人得意扬扬地说，"快点下去抓住猴掌，我们再许个愿望，让我们的儿子复活！"

——W. W. 雅各布(《猴掌》)

58

贾德森·克兰德尔的身体猛然一震,醒来时差点跌下椅子。他不清楚究竟睡了多久。可能只睡了十五分钟,也可能是三个小时。他看看手表,再过五分钟就五点了。他觉得这房间里的每样东西好像都离开了原来的位置,由于坐着睡觉的缘故,他的背部从上痛到下。

哦!你这糊涂的老头子,瞧瞧你干的好事!

贾德森心里明白,他心里非常明白。他知道自己不是在守望时打瞌睡,他是在某种力量的驱使下才睡着的。

这样一想,贾德森开始恐惧起来。不过还有别的原因更令他恐惧万分:是什么惊醒他的?在他的印象中,似乎有某种响动,有……

贾德森屏息留神静听,聆听心跳之外的声音。

听到了——跟惊醒他的声音不同。是门上活叶的吱嘎声。

贾德森对自家的一切声响都很熟悉——地板和楼梯的吱嘎声,风吹屋外檐槽发出的尖啸声。他对刚才所听到的声音也同样熟悉,是门廊与前面走道间的那扇厚重大门开了。把已知的这点和惊醒他的声音加起来,贾德森知道,刚才发出声音的是门廊的纱门弹簧扣。

"刘易斯?"贾德森往外叫道。不是刘易斯。那是被派来惩罚他这骄傲虚荣老头子的什么人,或者什么东西。

脚步声慢慢从走道靠近客厅。

"刘易斯？"贾德森试着再叫一声，但冒出喉头的只是低微的哀鸣，因为他已闻到来者的气味，是肮脏的沼泽味。

贾德森能够辨认昏暗中的臃肿形状，可是看不清细节。他试图站起睡麻了的两条腿，脑子里拼命要求着多给他点时间，他需要多点时间，因为他太老了。面对蒂米·巴泰门已经够可怕的了，而那时候他还年轻力壮。

门一开，进来了两个影子。其中一个影子比另一个看来更具体些。

我的上帝！好臭。

贾德森在黑暗中拖着脚移动。

"凯奇？"贾德森终于恢复了双脚的力气。"凯奇，是你……"

一阵夺人魂魄的呜呜声，顷刻间吓得贾德森全身的骨头都结成了冰。从坟墓回来的不是刘易斯的儿子，而是邪恶的鬼怪。

不，都不是。

是啾吉。它蹲伏在走道上的进门处，发出那阵骇人的叫声。它的两只眼睛像对燃烧的混浊灯笼。接着，它的目光转向另一边，盯住与它一起进屋的那个身影。

贾德森往后退，试着运用他的头脑，企图在面对臭味的情况下保持理智。哦！好冷——这东西连寒气一并带来了。

贾德森脚下一阵不稳——是猫正绕着他的两条腿转圈子，弄得他站不住。猫又开始叫了，贾德森一脚把它踢开。猫儿龇牙咧嘴，对贾德森发出恫吓的嘶嘶声。

思考，快点思考！你这糊涂老头，可能太迟了……可能还来得及……它活着回来了，但可以再杀死它……如果你能下手……

如果你能思考……

贾德森退向厨房方向,他忽然记起水槽旁的抽屉里有把切肉刀。

他的胫骨碰上厨房的活动门,便顺势推门进去。他仍看不见来者的真面目,不过贾德森可以听见他的呼吸,可以看见一只苍白的手前后摆动——手里有样东西,但贾德森分辨不出是什么东西。贾德森一进厨房,门便自动合拢,他转身急忙跑向置物抽屉,拉开后在里面摸到切肉刀的木柄。贾德森抓起刀子再奔向厨房门,他总算恢复了一些勇气。

记住,它已不再是个小孩。它看到你手上拿的家伙时也许会哭,但可千万别上它的当。老头子,你已经上过许多次当,这是你的最后一次机会。

厨房门开了,猫先进来,贾德森看看猫,然后抬头瞭望。

厨房面东,第一道曙光透过窗户照射进来,淡淡的,带着乳白色。虽然不太明亮,但已足够看清一切。

凯奇·克里德身着下葬时穿的衣服走了进来,上装的肩部和胸前翻领上长满青苔,白衬衫已被苔藓弄脏。凯奇细柔的金发上沾着泥块,一只眼睛往上翻,注视着空中,另一只眼睛则牢牢盯着贾德森。

凯奇对贾德森咧嘴冷笑。

"哈啰,贾德森。"凯奇对贾德森说出童音未改但足以听懂的话语。"我来把你这又臭又烂的老灵魂送进地狱。你曾经跟我过不去。你以为我不会来找你算账,操你的老屁股吗?"

贾德森举起切肉刀说:"来吧,不管你是谁,把你的玩意儿亮出来,看看我们谁操谁。"

"诺玛早死了，没人会为你哭丧。"凯奇说，"她真是个贱婊子。贾德森，她和你的每一个朋友都睡过。她让他们搞她的屁股，她最喜欢开后门，如今她在地狱受火刑。贾德森，我在地狱里亲眼看到她。"

它蹒跚地朝贾德森走近两步，鞋子在塑料地板上留下两道泥痕。它伸出一只手来，好像要和贾德森握手，另一只手藏在背后。

"贾德森，你听着。"它先低声说着——接着突然张大嘴巴，露出细小的乳牙，它的嘴唇虽然不动，口中却冒出诺玛的声音。

"我嘲笑你！我们都嘲笑你！我们笑呀，笑呀——"

"住口！"切肉刀在贾德森手中颤抖。

"就在咱们的床上搞，老郝和我，我和乔治，我和你的一伙朋友全搞过。我知道你在外面嫖妓，可是你不知道你家里的老婆就是妓女，贾德森，真好笑！我们在床上一面享受，一面笑你这——"

"住口！"贾德森大声喊道，跃身扑向面前这个穿着入殓衣服、身体摇晃不稳的小怪物。啾吉突然从它一直蹲伏的暗处冲出来，对贾德森发出凶恶的嘶嘶声，耳朵向后贴着脑壳。这只猫凭着一股冲劲将贾德森绊倒，切肉刀飞出手中，落在褪色而不平的地板上，刀口及刀柄在滑转中换了方向，当啷一声碰到墙板，再滑到冰箱下面。

贾德森知道自己又被骗了，唯一值得安慰的是：这会是他最后一次受骗。张着嘴的猫在他腿上，两眼火红，像滚水壶般叫着。接着，凯奇走上前来，露出得意的鬼笑，血红的眼睛睁得如月亮般浑圆。这时，它的右手从背后伸出来，贾德森这才看清它手里握着刘易斯的解剖刀。

"哦,耶稣基督!"贾德森支起身体,抬起右手准备抵挡。此刻他眼前出现一个幻象:那把解剖刀好像同时出现在凯奇手掌的两面。贾德森觉得脸上开始滴下湿湿温温的东西,他明白那是什么。

"老头子,我要操你!"这披着凯奇躯壳的鬼怪哈哈大笑,对着贾德森的脸吹出臭气。"我要操你!我要操你们全部……我要!"

贾德森挥手抽打,同时抓住凯奇的手腕,凯奇的皮肤像碎纸般脱落,掉了贾德森满手都是。

解剖刀在他手上一拉,划出一条长长的伤口。

"你们全部……我……我要!"

解剖刀往下砍,一刀。

再一刀。

又一刀。

59

"太太,现在再试试看。"卡车司机说道。他正伏在雷切尔租来的汽车引擎盖下检查。

雷切尔一转钥匙,引擎就发动了。卡车司机盖上引擎盖,绕到驾驶座窗边,用一块大蓝布手巾揩着手。卡车司机有张和气而红润的面孔,头戴棒球帽。

"非常谢谢你!"雷切尔说时差点掉下眼泪。"我刚才真不知道该怎么办。"

"哦,这连小孩子都会修。"卡车司机说,"可是奇怪,从来没见过新车会出这种毛病。"

"什么毛病?"

"有根电瓶线松脱了。应该不是有人故意捣鬼吧?"

"没有。"雷切尔说道,同时她又想起那种感觉,觉得像是奔进一个巨形弹弓的橡皮筋里。

"我猜一定是车子颠簸中把电瓶线震开的,我已经把它锁紧了。"

"我能付你钱吗?"雷切尔怯生生地问。

卡车司机哈哈大笑。"太太,我不需要报酬。我们卡车司机就是公路骑士,别忘了啊!"

雷切尔露出微笑。"那么……谢谢你了。"

"别客气。"卡车司机满脸笑容,带来了与这凌晨时分不甚协调的阳光。

雷切尔回以一笑,然后小心地开出停车场,开上交流道。五分钟后,她已回到高速公路上,继续往北行驶。现在她觉得完全清醒,毫无睡意,眼睛睁得大大的,就像一对球形门把手。她的心神又开始不安,好像被什么力量操纵着。好好的电瓶线竟会松开……

所以她被耽搁的这段时间已经足够——

她神经质地笑笑。足够做什么?

足够让无法挽回的事情发生。

这个想法愚蠢、荒唐。然而,雷切尔却踏下油门,加快速度。

凌晨五点钟,当贾德森正在抵挡那把来自他好友克里德医生黑色医药包里的解剖刀时,当她的女儿被噩梦吓醒,僵直地坐在床上尖叫时,雷切尔开下高速公路出口,抄近路经过离墓园不远的哈蒙街,再驶过班格尔市与布鲁尔镇之间的大桥。五点十五分,她开上十五号公路,直奔绿洛镇。

雷切尔决定先去贾德森家。至少她答应贾德森的这件事可以先办。思域轿车不在家里的车道上,她想,也许是停进车库里了。她发现他们的房子看起来像是睡着了,看起来好像无人居住。于是雷切尔凭直觉认为:刘易斯不可能在家。

雷切尔将雪佛兰停在贾德森的小卡车后面,下车后仔细看看四周。厚厚的青草上缀满露珠,在曙光中闪烁着。附近传来鸟鸣声,但只叫了一声便停止了。这恬静的早晨使雷切尔感觉清新、舒畅。但心神不安的感觉依旧存在,而她不能将此完全归咎于过去二十四小时的波折以及最近的丧子之痛。

雷切尔踏上门廊的台阶,拉开纱门,正想转动那老式门铃。她记得自己和刘易斯第一次一起上门拜访时,就喜欢上了这个门铃。你以顺时针方向转动门铃,它就会发出有点过时但愉悦的嘈杂音乐声。

这时她低头一看,不禁皱起眉头。外面地垫上有泥巴脚印,很小,像是小孩的脚印。她开了一夜的车,经过的地方没下雨。有风,但没下雨。

雷切尔站在那里对着脚印注视良久,她发觉必须强迫自己的手去转动那蝴蝶式门铃,但她的手按住铃后随即又放开。

我只是在期待。期待那铃声能打破这片沉寂。贾德森最后可能还是去睡了,所以这铃声会吵醒他。

不过,雷切尔并不是怕惊醒贾德森。她觉得神经紧张,自从昨夜发现不打瞌睡竟如此困难后,她便深怀恐惧。然而此刻她心里产生了新的恐惧,而且是与那些小脚印有关,那大小正像——

雷切尔的脑子试图排除这个念头。

——像凯奇的脚。

哦！别再乱想了！你可以别再乱想了吗？

雷切尔再次伸手转动门铃。

铃声比她记忆中的更响，但并不悦耳——在寂静中发出刺耳的哑叫。雷切尔吓得往后一跳，冒出毫无幽默感而激动的笑声。她等着贾德森来开门，可是始终听不见他的脚步声。四下一片沉静。雷切尔心里在争辩，是否有必要再转动一次那蝴蝶形门铃。忽然，门后传来了声音，那声音完全出乎雷切尔意料之外。

喵呜！……喵呜！……喵呜！

"啾吉？"雷切尔问道，在原地怔住不动。她将身体向前倾，但不可能看见里面，因为诺玛生前在门玻璃后面加挂了一层白布帘。"啾吉，是你吗？"

喵呜！

雷切尔试着推门，谁知门竟没有上锁。啾吉坐在走道上，尾巴卷着脚。猫身上的毛有暗色痕迹。雷切尔心想那应该是泥土，但她又看到猫须上沾着成串的红色液体。

啾吉抬起一只脚爪，用舌头舔着，它的目光始终没有离开雷切尔的脸。

"老贾？"雷切尔有点发慌，她大声叫道，然后跨进大门。

空屋子，无人回答，寂静无声。

雷切尔打算动脑想想，可是逐渐浮现在她脑中的却是她姐姐泽尔达。不该在贾德森可能出事的时候想泽尔达。他是个老人，他可能跌伤了？

往这方向去想，别老想着小时候的梦——在梦里打开衣柜，泽尔达会顶着一张龇牙咧嘴、发黑的脸跳出来。梦里洗澡时，排水口内会有泽尔达的眼睛盯着你看。梦里在地下室，泽尔达会潜伏在家具后面。梦里……

啾吉张开嘴，露出尖细的牙齿，又是喵呜一声。

刘易斯是对的，我们根本不该把它阉掉，动过手术后它就从来没正常过。刘易斯说阉割后的猫会失去猎杀的天性。这一点他倒说错了，啾吉还是照样喜欢猎捕小动物。它——

喵呜！啾吉又叫一声，然后转身朝楼梯跑去。

"老贾？"雷切尔再喊，"你在楼上吗？"

喵呜！啾吉在楼梯最上一级叫道，好像要证实贾德森确实在楼上，叫完后它便跑走了。

啾吉怎么进来的？是贾德森放它进来的吗？为什么？

雷切尔在原地移动双脚，左前右后，右前左后，不知该怎么办。好像一切都是预先安排好的，引她到这里来。而且……

楼上有呻吟声，微弱而充满痛苦的呻吟——是老贾，不错，是老贾的声音。他在浴室里跌跤了，可能跌断了腿，或者闪到了腰，上了年纪的人骨头容易断裂，那你还站在这里磨着脚呆想什么？你该赶快上楼，啾吉身上沾的是血，老贾跌伤了，你还不动！你怎么不动呀？

"老贾！"又听见呻吟声，雷切尔飞奔上楼。

她从来没有上来过，楼上走廊唯一的一扇窗子朝西面对小河，这时候的光线依旧阴暗。走廊笔直宽阔，直通屋后，樱桃木造的栏杆闪着柔和雅致的光彩。墙上挂着一幅古希腊雅典卫城的图片。

多少年来，泽尔达一直要找你算账，现在时机到了。打开右边的门，你就会看见她弓着弯曲的背，浑身都是尿液和死亡的气味。是泽尔达，她找你算账的时机到了。

她又听见一声呻吟，发自右边第二扇房门。

雷切尔朝那扇门走去，鞋跟敲得地板当当作响。她仿佛在一种变形器中行走，越走人就变得越小。那幅古城图像在空中飘浮，越飘越高，那个雕花玻璃门把手很快就与她眼睛齐平。雷切尔伸出手去抓门把……就在她碰到门把前，门突然打开。

泽尔达站在雷切尔面前。

她驼着背，身子扭曲，由于身体过度变形，她已经变成了一个侏儒，不过六十厘米高。不知为何，泽尔达身上穿的是凯奇的殓服。但的确是泽尔达，她的眼睛露出疯狂般的喜悦，她的脸色暗红，的确是泽尔达在叫："雷切尔，我终于回来找你算账了，我要把你的背扭得跟我一样，我要你永远下不了床，永远下不了床，永远下不了床——"

啾吉蹲在泽尔达一侧肩头，泽尔达的面容在游移、变化。在不断增长的恐惧中，雷切尔认出眼前不是泽尔达——她怎么这么糊涂？原来是凯奇。他的脸色不是暗红，他满脸都是血。他的脸肿得厉害，好像受了重伤后被一双笨拙而漠不关心的手把脸皮勉强缝合起来。

雷切尔呼唤凯奇的名字，同时张开双臂。凯奇跑进她怀里，但是他一手藏在背后，好像那只手里握着一束刚从园里采来的鲜花。

"妈咪，我带了东西给你！"凯奇尖叫道，"妈咪，我带了东西给你，带了东西给你！带了东西给你！"

60

刘易斯·克里德醒来时，只见满眼阳光。他试着坐起身来，但背痛有如刀刺，痛得他脸孔扭曲。他又倒在枕头上，朝下一瞥，哦，天！他没脱衣服就睡了。

刘易斯躺了很久，然后忍住每寸肌肉的僵痛坐起身来。

"哦，他妈的！"刘易斯低声诅咒。他刚坐起来的头几秒间，整个房间微微摇晃。他的背像颗蛀掉的牙齿阵阵抽痛，当他转动头部时，觉得脖子里的筋全换成了生锈的锯子。他的膝盖最糟，消肿止痛药膏一点用都没有，早知如此，他应该给自己打一针可体松。膝盖现在在裤管里肿得像个气球。

刘易斯慢慢弯腿，坐到床边，他把嘴唇咬得发白。然后他一伸一屈活动膝部关节，按照疼痛程度来判断到底有多严重，也许——

凯奇！凯奇回来了吗？

一想到凯奇刘易斯忘了痛楚，立刻站起身来。他歪歪倒倒地走出卧室，走到对面凯奇的房间。他兴奋地朝四壁张望，颤动的嘴唇念着儿子的名字。房间空无一人。他又拐着脚走到埃莉房间，没人，再走进那个朝向公路的空房间，也是空荡荡的。

他望向公路那边，有辆陌生的车子停在贾德森的小卡车后面。

那又如何？

陌生车子可能表示出了麻烦，所以值得大惊小怪。

刘易斯用手撩起窗帘看个明白。是辆蓝色雪佛兰。蜷卧在车顶的显然是啾吉。

刘易斯仔细看了半响才放下窗帘。贾德森家里来了客人——值得大惊小怪吗？这时候担心凯奇究竟会不会回来未免太早。啾吉那时候差不多到下午一点才回来，而现在才早上九点。一个美丽的五月清晨。他不妨下楼煮壶咖啡，取出热敷软垫包裹膝盖，再——

——啾吉卧在车顶上做什么？

"别疑神疑鬼了。"刘易斯大声自言自语，然后开始跛行下楼。猫随遇而安，爱睡哪里就睡哪里，这是它们的天性。

但是，啾吉早就不去公路那一边了，记得吗？

"别啰嗦。"刘易斯停在楼梯中途喃喃自语道（他几乎是侧着身体下楼）。一个人老跟自己讲话已经够糟的了。那个——

昨夜在森林中出没的那个是什么怪物？

刘易斯昨晚梦见了森林中的怪物。从迪士尼乐园梦到林中怪物似乎极其自然。刘易斯梦见怪物接触到他，破坏了一切美好的梦境，丑化了一切善良的意愿。那是食人怪，它不止让刘易斯变成吃人的人，而且也变成食人者之父。在梦中，刘易斯又来到宠物公墓，不止他自己，比尔和蒂米也在那里。贾德森也在场，看起来像死人一样，用布条做的绳子牵着他的斑斑。莱斯特·摩根和那头用一截拖车铁链套着的公牛也在。不知为何，雷切尔也在，她可能用餐时打翻了西红柿酱，或是弄翻了蓝莓果酱，因为她的衣服上溅了许多红色污点。

就在树冢后方，升起一个高大无比的食人怪，它烂黄皮肤，眼如带罩雾灯，耳似羊角。一个源出女人、状如蜥蜴的怪物。它用尖角指甲指着正伸着脖子观看的每一个人。

"够了！"刘易斯低声说，这声音令他震颤。他决定去厨房给自己弄早餐，就跟往常一样。单身汉早餐，两个煎蛋，面包上抹蛋黄酱，里面再夹片洋葱。他闻到身上的汗味及泥土味，先别忙着洗澡，稍后再说。现在要他脱掉衣服洗澡似乎太费事了，他想也许应该从医药包里拿出解剖刀把裤管割开，让肿胀的膝头透透气。用制作精良的解剖刀割裤管未免太糟蹋，可是雷切尔的红色缝衣剪刀太钝了。

先弄早餐。

因此刘易斯穿过客厅，但又改道走向前门，再看看停在贾德森家车道上的蓝色雪佛兰。车身上有层露水，这表示车已经在那里停了一段时间。啾吉还在车顶上，不过没有睡觉，它似乎正用丑陋的黄绿色眼睛注视着刘易斯。

刘易斯连忙后退，好像被人发现了自己在偷窥。

他转弯走进厨房，取下一个煎锅放在炉子上，从冰箱拿出两个鸡蛋。厨房的光线很好，清新又明亮。刘易斯想要吹口哨——口哨可以让这个早晨更好——但他吹不出来。周围的景物看来正常，但又令人不安。这幢房子空洞得可怕，昨夜的工作沉重地压在心头。周围的一切都不对劲；他觉得有个阴影在盘旋，他感到恐惧。

他蹒跚地去厕所拿了两片阿司匹林，用一杯橙汁冲下肚里。他正走向炉子时，电话响了。

刘易斯没有立刻过去接听，只是看着电话，自觉是个笨蛋。直到此刻，他才慢慢发现自己在玩个连自己都不懂的游戏。

不要接电话，不要去接，因为是坏消息。电话线伸到拐角再通往黑暗，我不认为你会想看到线路另一头，刘易斯。我真的不认为你会想看，所以别接电话。跑，快跑！车子在车库，开车就跑，千万别去接电话——

刘易斯穿过厨房，拿起话筒，跟以往许多次一样，他把一只手放在烘衣机上。是欧文·古德曼打来的，当听见欧文说"喂"时，刘易斯发现了厨房地板上的泥迹——小脚印——他的心脏好像立刻停止跳动，他觉得眼球在眼窝里向外膨胀；他相信如果前面有面镜子，他一定会从镜中看见一张十七世纪疯人院的人像。那是凯奇的脚印，凯奇已经来过了，天还没亮他就来过了，现在他在什么地方？

"刘易斯，我是欧文……刘易斯？哈啰，你在听电话吗？"

"哈啰，欧文。"刘易斯说，他已经知道欧文要讲的话。他明白了那辆蓝色小车的来头。他全明白了。线路……通往黑暗……他可以在看见线路的另一头前放手。但这是他的线路，是他买来的。

"我以为电话断了。"古德曼说。

"没有，话筒从我手里滑掉了。"刘易斯声音镇定地说。

"雷切尔昨晚赶回家了吗？"

"哦，赶回来了。"刘易斯在想那辆蓝色小车，啾吉卧在车顶。他的视线在跟踪泥迹。

"我要跟她讲几句话。"古德曼说，"马上，是埃莉的事。"

"埃莉？埃莉怎么了？"

"我想我得跟雷切尔——"

"雷切尔现在不在家。"刘易斯粗声说道，"她去买面包、牛奶去了。埃莉怎么了？快说吧，欧文！"

"我们必须把她送进医院。"古德曼不情愿地说，"她做了一连串噩梦，她像发神经一样大叫大闹。她——"

"医院给她镇静剂了没？"

"什么？"

"镇静剂。"刘易斯不耐烦地说，"给她服过镇静剂了没？"

"哦，有，有给她一片药，服下去后她就睡着了。"

"埃莉说了些什么？她说过是什么吓得她这么厉害吗？"刘易斯用力握紧话筒，指关节都变白了。

古德曼那头没有回应——一段好长的沉默——刘易斯很想打破沉默，但他没有作声。

"多丽被她的话吓坏了。"欧文终于开口道，"埃莉大发神经前讲了很多话。多丽也几乎……你知道的。"

"她讲了什么？"

"她说伟大而恐怖的魔法师杀了她妈妈，跟我们另一个女儿泽尔达常说的完全一样。刘易斯，所以我说我得跟雷切尔说话。你和雷切尔究竟告诉过埃莉多少关于泽尔达病死的事？"

刘易斯闭着眼睛，整个世界仿佛在他脚下摇荡，古德曼的声音像是来自浓厚的雾中。

你可能会听见像是说话的声音，不过那是从南边传来的潜鸟叫声，声音能传得很远。

"刘易斯，你还在吗？"

"埃莉会没事吧？"刘易斯问道，他自己的声音听起来也很遥远。"她会没事吗？医生怎么说？"

"说是丧事引起的迟发性震荡。"古德曼说，"是我们的家庭医生作的诊断。医生说她还在发烧，等她睡醒时大概就不会记得发生的一切了。我想应该叫雷切尔回来，刘易斯，我很担心，我想你也该来一趟。"

刘易斯没有立刻回答，他的眼睛注视着那些泥脚印。

"刘易斯，凯奇已经死了。"古德曼继续说，"我知道这是很难接受的事实——你和雷切尔都很难接受——可是你们的女儿还好好地活着，她需要你。"

是的,我承认。欧文,你也许是个老糊涂,可是一九六五年四月发生在你两个女儿之间的事总该对你有点启发。埃莉需要我,但我不能去,因为我害怕——怕得要命——怕我的双手沾满了她母亲的血。

刘易斯瞧着自己的双手,看见指甲里的泥垢和厨房地板上脚印的泥土极为相似。

"好的。"刘易斯说,"我了解。欧文,我们尽快赶来。如果可能的话今晚就到。谢谢你。"

"我们已经尽了最大努力。"古德曼说,"也许我们老了。刘易斯,也许我们早就老了。"

"埃莉还说过别的什么吗?"刘易斯问。

古德曼的回答就像在刘易斯心上敲响了丧钟。"还说了很多,可是我只能听清楚一句:巴克斯考说已经来不及了。"

刘易斯挂上电话,神情恍惚地走向炉子,显然他打算继续做早餐,或把煎锅放回原处。他犹豫不决。走到半路时一阵头晕,只见眼前一片浮动的灰色,他突然昏倒在地。好像从云雾中跌下,不断翻覆旋转。然后他肿痛的膝盖先着地,一股剧痛直冲脑门,痛得他大叫一声,从昏厥中醒来。但他只能蜷缩着身子,眼泪夺眶而出。

过了一会儿,刘易斯总算又能再站起来,但脚步不太稳。他的头不昏了,这倒奇怪,不是吗?

刘易斯再次产生想逃跑的冲动,这股冲动比先前更强——实际上,他的手已经触到口袋里的车钥匙。他可以钻进思域,直接开往芝加哥。他可以先接埃莉,然后再决定去什么地方。

刘易斯的手又离开车钥匙。令他抑制住这股冲动的不是什么白费心机的感觉，不是内疚，不是绝望或心力交瘁，而是厨房地板上的那些泥脚印。在心里的眼中，他能看见一条横贯全国的泥脚小径——先到芝加哥，再到佛罗里达。你买了什么，什么就属于你。属于你的，终会回到你的家。

那一天总会到来：刘易斯开门时，凯奇站在门口，但是从前那个凯奇的拙劣仿冒品，笑时脸颊凹陷，清澈的蓝眼睛已变得浑黄，愚笨代替了聪明。或者，埃莉早晨进浴室淋浴时，她看见凯奇坐在浴缸里，遍体都是隐约可见的致命伤痕；凯奇洗干净了，但坟墓的臭气犹存。

哦，那一天总会到来——刘易斯绝不怀疑。

"我怎么会这么糊涂？"他对着空房间说，再度开始自言自语。"怎么会这么糊涂？"

刘易斯，是哀伤，不是糊涂……两者之间有小小的、但非常重要的区别。使坟场继续存在的那股力量正逐渐增强，贾德森说得对——而今你是那股力量的一部分。那股力量靠你的哀伤滋长……增加一倍、三倍、无数倍。它不止靠你的哀伤滋长，而且吞噬了你健全的心智。哀伤的缺陷就是不能接受现实，这个缺陷害死了你的妻子，还很可能害死了你的好朋友。深更半夜有东西来敲门，而你迟迟不希望它离开，结果就是：全面黑暗。

刘易斯心想：我若是现在自杀，这也是命中注定的吧？我的医药包里有足供自杀的物品。它安排了一切，从头到尾。它把我们的猫逼上公路，又把凯奇逼上公路送死，它算好时间将雷切尔带回家。我是注定要自杀的。

不过，事情必须补救，不是吗？

是的，没错。

还得处理凯奇的事情。凯奇还在外面，还在某个地方。

刘易斯随着泥脚印从厨房、饭厅、客厅，直到楼上。他之前没看到，他自己把泥印弄模糊了。脚印把刘易斯引进自己的卧室。刘易斯猜想：凯奇来过这间房，他就站在此地。接着，刘易斯瞥见医药包没扣好。

刘易斯一向会把袋中物品排放齐整，但现在里面是一团糟。不过刘易斯很快就发现解剖刀不见了。他用双手蒙脸坐着不动，坐了许久，喉头冒出轻微的、绝望的响声。

刘易斯再次打开医药包，找到他要找的东西。

他又下楼去。

餐具间的门打开了。开关碗橱的声音。开罐头时机器发出的转动声。打开和关上车库门的声音。之后，这幢屹立在五月阳光下的房子便空洞无声，就和去年八月一样，静候新屋主来临。也许来的是对新婚夫妇，年轻、没有孩子（正在希望和计划中）。这对前途光明的年轻夫妇，爱喝名牌葡萄酒和啤酒。丈夫可能是东北银行信用部主任，妻子则有牙齿保健专家资格，或者有曾任验光师助手三年的经验。丈夫砍劈烧火炉用的木材，妻子穿着高腰的绒布裤，在温顿太太的田野中漫步，采集秋日花草作为桌子中央的摆饰。她绑成马尾的秀发在阴沉沉的天空下光耀夺目，完全没有察觉一只看不见的秃鹰正随着气流从头顶飞过。他们庆贺自己不迷信，庆贺他们头脑精明，买下这幢出过惨事的房子——他们会告诉朋友房价有多便宜，还会讲阁楼闹鬼的笑话，于是大家再喝杯葡萄酒或啤酒，然后下棋消遣。

他们说不定还会养条狗。

61

刘易斯走到公路边停下来，让一辆载肥料的卡车飞驰而过，然后他才穿过公路，走向贾德森家。他的人影拖在后面，他手里拿着一罐猫食。

啾吉见他走近，坐起身来，目不转睛地望着他。

"嗨，啾吉。"刘易斯说，同时查看静悄悄的房子。"想吃吗？"

他把罐头放在汽车行李厢盖上，啾吉从车顶跳下，开始吃猫食。刘易斯将一只手伸入上衣口袋；啾吉神态紧张地打量着他，好像识破了他的心机。刘易斯微笑着走开，啾吉又继续吃。刘易斯从口袋里掏出注射针管，抽取七十五毫克的吗啡，再把小玻璃瓶放回口袋。他走近啾吉，猫儿又用不信任的眼光望着他。刘易斯笑着对猫说："啾吉，吃呀。嗨！唷！我们走！对不对？"刘易斯伸手抚摸它，觉得猫的背往上拱。啾吉继续吃时，刘易斯一把抓住它发臭的腹部，将针头插进它的腰腿之间。

啾吉在刘易斯紧抓的手中挣扎着，刘易斯紧紧抓住它，将一管吗啡全部打进去。他松开手，啾吉跳下雪佛兰，对他发出嘶嘶叫声，两只黄绿色眼睛睁得大大的，充满了痛苦。啾吉跳跃时，针管还吊在它后腿上，然后掉到地上破碎。但刘易斯毫不在乎。

啾吉走向公路，又转身走回房子，好像忽然想起了什么事情。但才走到一半，它的身体就像酒醉一样开始摇晃。最后，它终于走回台阶处，才蹦上第一级便倒了下来。啾吉侧身倒在门廊台阶底层的地上，呼吸逐渐微弱。

刘易斯探头向雪佛兰车内查看。座位上有雷切尔的皮包、头巾,还有一大把机票。

等刘易斯转身回到台阶时,啾吉侧倒的身体已停止颤动。它死了,又死一次。

刘易斯跨过尸体,踏上台阶。

"凯奇?"

前面走道很凉,光线较暗。"凯奇"两个字像石头落下深井,听不见回响。刘易斯再投一块石头。

"凯奇?"

还是没有下文,连起居室的滴答钟声也不响了。今天早晨没人上发条。

可是地上有泥印。

刘易斯走到客厅,室内还有烟味。他看见落地窗前那张贾德森的椅子,椅子歪了,好像贾德森起身时十分突然。窗台上放着一只烟灰缸,里面有一排成卷的烟灰。

老贾坐在这椅子上守望。守望什么呢?当然是为了我,等我回家。只有他关心我。

刘易斯又看见排成一排的四个啤酒罐。四罐啤酒还不至于让他昏睡,只能让他起身上厕所。

泥迹直达窗前的椅子。在人类的脚印间夹杂着不太清楚的猫爪印,好像啾吉曾在凯奇鞋子留下的坟土上走来走去。泥迹从客厅延伸到厨房的活动门。

刘易斯跟着泥迹,心跳如雷。

他一推开门就看见贾德森呈八字形向外伸开的双脚,看见贾德森的绿色旧工作裤、棉布格子衬衫。这个老人摊开身子躺在血泊中。

刘易斯举手遮脸,像要遮断自己的视线。但已无济于事,他看见了贾德森的眼睛,贾德森睁着眼谴责他,或许也在谴责自己不该惹来杀身之祸。

是贾德森惹出来的吗?刘易斯表示怀疑。真是贾德森惹出来的祸?

"老贾啊,我真对不起你。"刘易斯低声说。

贾德森那对了无生气的眼睛注视着刘易斯。

"真对不起你。"刘易斯重复一遍。

刘易斯的脚仿佛自有意志地移动着,他忽然想起去年感恩节——不是想到贾德森带他去宠物公墓那件事,而是想到吃诺玛做的火鸡大餐。他们有说有笑,两个男人喝啤酒,诺玛喝白葡萄酒。诺玛从料理台下的抽屉取出一块白色野餐桌布,也正是刘易斯此刻从同一个抽屉拿出来的这一块,诺玛曾把这块白色桌布铺在餐桌上,用漂亮的锡烛台压着,而刘易斯——

刘易斯瞧着桌布像降落伞般冉冉坠下,慈悲地盖住贾德森的脸。顷刻间,雪白的桌布上浸印出深红色的玫瑰花瓣。

"我真对不起你。"刘易斯说了第三遍。"我真……"

在刘易斯头顶上,有个东西发出声音,一种摩擦的声音,让他没把话说完就停下来了。那是种轻轻的、鬼鬼祟祟的声音,但那是故意发出来的声音。哦!刘易斯确信那是故意让他听见的声音。

他的手想发抖,可是他不允许。刘易斯站到厨房里那张铺着格子花漆布的餐桌旁,手伸进上衣口袋。他掏出三支注射针管,撕掉包装,整齐地排在桌上。再摸出三个小瓶子,将针管全部装满吗啡，这分量足够毒死一匹马——或公牛汉拉蒂了。刘易斯再把针管放回口袋。

他离开厨房，经过客厅，站在楼梯下方。

"凯奇？"

楼上的阴暗角落里传来冷冰冰的笑声，刘易斯感觉好像有针在刺他的背。

刘易斯开始上楼。

上楼的这段路似乎很长。他不难想象一个被判死刑的犯人，两手被绑在身后走向断头台时也会感觉路途漫长。犯人知道自己再也吹不了多久口哨时，大概会吓得尿出来吧。

刘易斯终于上了二楼，一手插在口袋里，注视着墙壁。他不知道自己在楼梯口站了多久。他觉得自己清醒的神志开始崩溃。他想象在暴风雪中，一棵被冰霜包裹的树木在倒塌前，大概也会有这种感觉——如果树木也有知觉的话。

"凯奇，要不要跟我去佛罗里达？"

又是一声咯咯的冷笑。

刘易斯一掉头便看见妻子。雷切尔躺在走道中间，死了。她的脚也像贾德森一样，呈八字形向外分开。她的背与头靠墙翘成一个斜角，她看起来像个在床上看书看到睡着的女人。

刘易斯朝雷切尔走去。

他心里想说：哈啰，亲爱的，你回家来了。

血迹溅上壁纸，构成许多莫名其妙的形状。雷切尔挨了十几刀，也许二十几刀，谁知道呢？反正是刘易斯的解剖刀干的好事。

突然，刘易斯看清楚了雷切尔的样子，真正看清楚了。他放声狂叫。

刘易斯的叫声贯穿了这幢如今被死亡盘踞的屋子。他两眼暴睁，脸色铁青，头发竖直。他叫了又叫，从他发肿的喉咙进出的叫声仿佛地狱之钟，他的尖声狂叫并非表示爱意的终结，而是他神志崩溃的信号。刘易斯的脑中突然涌现出所有的邪恶景象：维克托·帕斯考躺在医务室的地毯上奄奄一息，啾吉从坟场回来时须上挂着一丝丝的绿色塑料袋，凯奇血渍斑斑的棒球帽掉在公路上，而最邪恶的则是他在小神泽见到的那个推倒大树、眼露黄光的怪物，那个来自北方的食人怪，被它摸过的人会立即产生言语不能形容的食欲。

雷切尔不只是死于解剖刀下。

有什么东西……什么东西咬过她。

（咔哒！）

刘易斯脑中咔哒作响。是保险丝烧断的声音，是闪电击中物体的声音，是开门的声音。

他感觉迟钝地抬起头，凯奇终于露面了。凯奇满口是血，血沿着下巴流淌。凯奇的嘴唇向后缩，露出阴森的笑容，一只手上还握着刘易斯的解剖刀。

解剖刀戳下来时，刘易斯不假思索地往后退，刀尖从他眼前掠过，凯奇的身体失去了平衡。刘易斯心想：凯奇就像啾吉一样笨拙。他挥腿踢向凯奇的脚，凯奇跌倒在地。不等凯奇爬起来，刘易斯就骑在凯奇身上，用膝盖压住握刀的手。

"不要。"刘易斯身下的那个东西说道。它的脸部扭曲，眼露憎恨的凶光。"不，不，不……"

刘易斯抓到一根针管，掏出口袋。他的动作得快，他底下的那个东西像条涂过油的鱼，而且不管他使上多大力气用膝盖压着它的手腕，它都不肯放开解剖刀。同时，它的脸好像在起变化。变成了贾德森的脸，又变成帕斯考那张稀烂的脸，眼球随意往两边滚动，再变成刘易斯自己的脸，刘易斯觉得自己像是在照镜子，脸色白如死灰，像个狂人。接着那张脸又变了，变成森林中的那个怪物——低额、黄眼，分叉的舌头又长又尖，那张脸在狞笑，在对刘易斯嘶嘶地叫。

"不，不，不，不，不……"

那个怪物在刘易斯身体下方猛力拱背一弹，针管从刘易斯手中飞出，掉在走廊另一头。刘易斯抓出第二支针管，立即插进凯奇的腰眼。

怪物厉声尖叫，拼命挣扎，差点就把刘易斯翻倒。刘易斯一边喘气一边用手摸出第三支针管，插入凯奇的臂膀，将管柱推送到底。刘易斯放松双腿站起来，朝后退开。凯奇也站起来了，跟跄地扑向刘易斯。但它只走了五步，解剖刀便从手里掉了下来，刀尖插进地板，刀身微微颤动。走到第十步，凯奇眼中的奇异黄光黯淡了下来。再走两步，它两腿一弯，跪在地上。

这时，刘易斯才看清楚他的儿子——他真正的儿子——凯奇抬头望着他，脸上充满了痛苦的表情。

"爹地！"凯奇叫了一声便扑面倒下。

刘易斯站着不动，过了一会儿才走近凯奇，他很小心，怕中了它的诡计。但终究没有诡计，刘易斯伸出手指，摸着凯奇的喉咙，找到脉搏按着。这是刘易斯这辈子最后一次以医生身份为人测量脉搏，直到觉得脉搏完全不再跳动后，他的手指才移开。

刘易斯站起来，慢慢走到走廊尽头的角落。他蹲下来，缩着身子，缩成一团，紧紧靠着墙角。他发觉如果把拇指放进嘴里，他还可以缩得更小。他果然这么做了。

刘易斯在墙角蹲了两个多钟头……然后，他逐渐想出一个好主意。他把大拇指从口中拔出来，啪的一响。刘易斯复原了。

（嗨！唷！我们走！）

刘易斯再度展开行动。

他来到凯奇藏身的房间，从床上拉下床单。回到走廊上，用床单包着他的爱妻。他在哼着歌，可是自己没有发觉。

刘易斯在贾德森的车库里找到了汽油。汽油就存在割草机旁一个五加仑红色油桶里，这样的分量足够了。刘易斯从厨房开始，贾德森的尸体仍罩在白色桌布下。他对厨房浇过汽油后，又来到客厅，把汽油浇上地毯、沙发、杂志架、椅子上，又一路从楼下的走廊浇到楼上的卧室。满屋都是浓烈的汽油味。

贾德森放在烟盒上的火柴就在椅子旁，他曾坐在那里守望，但徒劳无功。刘易斯拿着火柴走到大门口，划燃一根，往背后一抛，随即走出门去。刹那间，火势熊熊，刘易斯感觉到颈背的皮肤被火势烘得开始收缩。刘易斯将前门拉上关紧，然后站在门廊上，注视了一会门帘后的橙色火焰。他看着门廊，想起他与贾德森在此喝过的无数啤酒，那仿佛已是百万年前的事。

刘易斯迈步走下门廊台阶离去。

62

斯蒂夫·马斯特顿骑着摩托车刚转过刘易斯家门前的拐角，就看见浓烟——不是刘易斯家冒烟，是对面那老头的房子。

斯蒂夫因为担心刘易斯，所以今天早上骑车过来看看情况。

乔安妮告诉斯蒂夫，昨天雷切尔打过长途电话给她，斯蒂夫很好奇刘易斯究竟到什么地方去了……他在忙什么？

斯蒂夫不确定自己在担心什么，但这件事让他不安——若不亲自来探个究竟，他是放不下心来的。

春天的气候像变魔术似的把医务室变得空空荡荡，苏伦达拉·哈杜叫斯蒂夫去看看刘易斯，学校里哈杜一个人就能应付。因此斯蒂夫跳进他那台本田摩托车直奔绿洛镇。也许他没必要骑得那么快，但是担忧啃噬着他的心。而且他有个荒谬的念头，似乎一切都来不及了。这个念头当然很蠢，但斯蒂夫觉得胃里的某个角有种感觉似曾相识——去年秋天帕斯考的那件悲惨的事件让他很惊诧，有了沉重的几近毁灭之感。斯蒂夫不是个有宗教信仰的人（他念大学时曾参加过两学期的"无神论学会"，后来退社是因为指导教授告诉他——私下告诉他，不列入纪录——参加这类社团可能会影响未来入选医学院的机会），但他也像一般人一样不确定生命的本质。而帕斯考的死亡事件似乎为接下来的一整年定了调：从各方面看来，这都不是个好年。哈杜的家乡有两个亲戚因为政治事件入狱，其中一位是哈杜非常关心的叔叔，哈杜告诉斯蒂夫，他觉得这位叔叔应该已不在人世。哈杜哭了，这位平常十分和善的印度人的眼泪吓到了斯蒂夫。另外，乔安妮的母亲罹患乳癌，这位强悍的护士对自己母亲的未来健康状况不甚乐观。斯蒂夫自己则是自从帕斯考事件后已参加了四场葬礼——他太太的姐妹，被车撞死；一个表兄弟，死在一场离奇意外中（在酒吧和人打赌可以爬上电线杆顶，结果被电死）；一位祖父辈的长辈；当然，还有刘易斯的儿子。

斯蒂夫非常喜欢刘易斯，他想确定刘易斯是不是好好地待在家,最近发生的这些不幸事件真把刘易斯折磨惨了。

斯蒂夫将摩托车略一倾斜便骑上了刘易斯家的停车道,这时候有人奔向老家伙的房子,斯蒂夫看见有个人冲上门廊,快接近前门时又忽然退后。幸好那个人往后退了,因为门上的玻璃砰的一声爆炸开来,烈火冲出缺口,如果那个人刚才拉开前门,一定会被火焰像煮龙虾一样活活烧死。

斯蒂夫跨下摩托车,扳开脚架停好车子。他暂时忘记了刘易斯,失火现场吸引着他。房子前面聚集了六七个人,那位想逞英雄的仁兄却在克兰德尔家的草地上徘徊,其他人都和起火的房子保持一段距离。现在窗户也爆裂开来,碎玻璃在火中飞舞。那位想逞英雄的仁兄抱头就跑。烈焰拂着门廊的墙壁,烧得油漆起了泡泡。斯蒂夫眼见一张藤椅着火转瞬爆成火焰升空。

在噼噼啪啪的燃烧声中,那位仁兄用可笑的乐观语调叫着:"完了!一定完了!老贾要是在里面的话肯定变成烧鹅了!跟他讲了几百次,那种木材防腐油很危险!"

斯蒂夫隔着公路大喊,问有没有通知消防队。接着他便听见了消防车的警笛声,已经有人打了火警电话,来了好几辆消防车。想逞英雄的仁兄说得不错,房子完了。火舌伸出十几扇窗子,正面屋檐也烧着了,火像透明的薄膜蒙住漆成绿色的屋顶。

斯蒂夫转身,想起了刘易斯——如果刘易斯在家,难道他不会穿过公路和那些人站在一起吗?

斯蒂夫突然看见某些东西。在刘易斯家车道的另一边,有片延伸向远处的田野。绿油油的牧草已经长得很高,斯蒂夫可以看见一条小径蜿蜒在坡状的田野间,逐渐升高,一直延伸到地平线下茂密的森林里。就在牧草的淡绿色与树林的深绿色会合处,斯蒂夫瞥见一个晃动的白色影子，刚进入他的眼帘旋即又消失，但在那一瞬间，他仿佛看见一个背着白色包袱的男人。

斯蒂夫突然很不合逻辑地告诉自己：那个人是刘易斯，一定是刘易斯，你最好快去追他，否则会发生很糟糕的事。快追上去阻止他。

但他站在车道上犹豫不决。

斯蒂夫，你吓呆了吗？

是的，他是吓呆了，但不知道自己是被什么吓呆了。不过那边有种……某种——

（吸引力！）

是的，那条爬上草坡、深入树林的小径有种吸引力——它必然会到一个什么地方。当然，所有的小径都有个终点。

刘易斯，别忘了刘易斯，你来的目的是找刘易斯，记得吗？你不是到绿洛镇来探察那片该死的森林的。

"兰迪，你发现什么啦？"想逞英雄的仁兄叫道，仍是充满乐观的高亢语调。

兰迪回答的声音几乎被消防车的汽笛盖过。"一只死猫。"

"烧死的？"

"不像。"兰迪说，"就只是死了。"

斯蒂夫心思一转，公路那边的对话似乎与他刚才看见的景象有关联：那人就是刘易斯。

斯蒂夫开始从小径快步走向树林。他来到树林边缘时，已经出了一身汗，树荫让他感觉凉爽舒适。他闻到了松树和云杉的香味。

斯蒂夫一走进树林便开始奔跑，他也不知道为什么要跑，为什么要让心跳速度加倍。下坡时他更是加速飞奔——这条小径一路平坦无阻——等他跑到宠物公墓入口的拱门时便改为步行。他的右边腋窝下方一阵刺痛。

斯蒂夫的目光扫过那些构成环状的坟墓，注意力集中在圆形林间空地上，集中在刘易斯身上——他正在爬树冢，公然向地心吸力挑战。刘易斯一步步爬上陡峭的树冢，两眼注视前方，好像是个被催眠或正在梦游的人。他腋下夹着的就是斯蒂夫瞥见的白色包袱。此刻因为相隔不远，斯蒂夫从形状判断，里面包的无疑是个人体。一只穿着低跟黑皮鞋的脚露在包袱外面，斯蒂夫立即感到一阵恶心，立即明白了刘易斯夹着的是雷切尔的尸体。

刘易斯的头发全白了。

"刘易斯！"斯蒂夫大声叫。

刘易斯既不迟疑，也未停步。他爬到树冢顶端，随即往下走。

斯蒂夫心想：刘易斯会跌倒的，他爬上去没摔跤算他妈的运气，他马上就会跌倒，如果只跌断腿——

可是刘易斯没有跌倒。他安全地走下树冢，斯蒂夫看不见他了。刘易斯继续往前走近树林时，才又进入斯蒂夫的视线。

"刘易斯！"斯蒂夫再喊。

这次刘易斯停了下来，转过身子。

一看到刘易斯的脸，斯蒂夫吓得立即愣住。刘易斯不但头发全白了，脸也完全就像个很老很老的老人。

那一瞬间，斯蒂夫完全认不出那是刘易斯，过了一会儿，他才慢慢认出来。刘易斯的嘴角抽动着，又过了一阵子，斯蒂夫才明白刘易斯在微笑。

"斯蒂夫。"刘易斯的四声音嘶哑而不稳定。"哈啰，斯蒂夫。

我要去埋葬她。我得亲手埋葬她,也许要弄到天黑。那边的土地里石头很多,我想你应该不会想来帮忙吧?"

斯蒂夫张大了嘴,却说不出一句话。尽管他又惊又怕,但他确实想帮刘易斯。总之,在这座森林里,这似乎是极其自然的事。

"刘易斯。"斯蒂夫终于说出话来。"发生什么事了?究竟发生什么事了?她……她在失火的房子里?"

"凯奇被我耽误了,我拖得太久。"刘易斯说,"因为我拖得太久,别的东西先占有了他。斯蒂夫,雷切尔就不同了,我知道会成功的。"

刘易斯的身体晃了一下,斯蒂夫发现刘易斯已经精神错乱了——他看得十分清楚。刘易斯不仅精神错乱,而且疲惫不堪。但此刻在斯蒂夫心中,疲惫不堪好像还比较严重。

"我需要人帮忙。"刘易斯说。

"刘易斯,就算我愿意帮忙,我也没办法翻过那一大堆死树。"

"哦,你可以爬过来,只要一步接一步往上走,别往下看。斯蒂夫,这就是秘诀。"

刘易斯转身走进森林,斯蒂夫叫他也不应。再过一会儿,斯蒂夫只能看见白色床单在森林中飘动的影子,然后他便完全看不见刘易斯的身影了。

斯蒂夫跑到树冢前,想都不想便往上爬,开头几步他还会试着用手稳住身体,接着便直起身来,只用脚走。这时,有种冒险犯难的振奋感突然通过他的全身,斯蒂夫迅速稳当地爬到顶端,在上面站立片刻,望见刘易斯仍在沿着小径走,离树冢越来越远。

刘易斯回头望向斯蒂夫,腋下仍夹着用染血被单包裹着的妻子。

"你可能会听见声音。"刘易斯说,"像是说话的声音。不过那只是从南边传来的潜鸟的声音罢了。那声音能传得很远。真奇怪。"

"刘易斯——"

刘易斯转向前方。

斯蒂夫差一点就要跟了上去——就差一点点。

我可以帮忙,如果刘易斯需要的话……我愿意帮他,看样子这里一定有什么名堂。这里好像……好像很重要。像个神秘之地,像个谜。

但突然有根树枝在斯蒂夫脚下弹断,发出的声音犹如运动场上的起跑枪声,把他弹回树冢。他呆住了,笨拙地转动身体,伸出双臂维持平衡。恐惧突然袭上他的心头,他的脸上露出怪相,就像个从梦游中醒来,发现自己走在一座摩天大楼顶楼边缘的人。

雷切尔已经死了,我猜刘易斯可能是凶手,刘易斯精神错乱,他完全疯了。但是——

但是这里还有某种比疯狂更坏的东西——很坏,很坏。这森林好像有磁力,斯蒂夫觉得那股力量在他脑里起作用,吸引着他,想把他吸到刘易斯夹着雷切尔要去的那个地方。

去吧,沿着小径……沿着小径走下去看看。我们要让你开开眼界,斯蒂夫,让你瞧瞧你以前参加的那个无神论学会从来没告诉过你的东西。

也许是因为这一天所经历的已经够斯蒂夫消受,因而对于跟进森林探查秘密失去兴趣,那个在脑中呼唤他前进的声音也干脆停止了。斯蒂夫从树冢侧面急促地退下两步,许多树枝发出磨牙似的咯吱声,他的左脚陷入横七竖八的枯木中,尖利的木条扯掉了他的运动鞋并扎进肉里。斯蒂夫朝前栽倒,跌在宠物公墓的圆圈中,幸好他闪得快,否则一块橙木箱条板可能已经戳进他的肚子里。

斯蒂夫爬起来看看四周,觉得无比惶惑,奇怪自己究竟遇到什么了……或者是否发生过什么事。刚才的一切,似乎都像是在梦中发生的。

这时候,从树冢另一面的森林深处传来低沉的咯咯笑声。笑声传得很远,斯蒂夫无法想象什么生物能发出这种声音。

他拔腿便跑,一脚光着、一脚穿着鞋,他想叫,但叫不出来。他跑到刘易斯家时都还停不下来,他发动摩托车,骑上十五号公路时,还是想叫,但还是叫不出声。他差点擦撞上刚从布鲁尔镇赶来的消防车,安全帽里的头发刹那间全都竖了起来。

斯蒂夫骑回公寓时,似乎已不记得去过绿洛镇的事。他打电话到医务室请病假,吃了颗药,然后上床睡觉。

斯蒂夫不再记得那天发生的事……除了在梦中,多半是天亮之前做的梦中,他会意识到有个庞然大物从他身前掠过——伸出手要触摸他……但就在快摸到斯蒂夫时,它又缩回那非人之手。

那个庞然大物有对巨大的黄眼睛,放射着雾灯般的光芒。

有时,这样的梦会让斯蒂夫尖叫着醒来,他睁大眼睛,接着便会想起:你以为你在尖叫,但其实那是潜鸟的声音,是从南边传来的。那声音能传得很远,真奇怪。

然而斯蒂夫不知道,也记不得:这样的想法有什么意义。第二年,斯蒂夫在圣路易找到工作,离开了缅因大学。

从最后一次看见刘易斯那天,直到前往中西部就职前,斯蒂夫再也没去过绿洛镇。

尾 声

下午，警察来了。他们问了些问题，不过没有表示怀疑。那场火把房子烧了个精光，灰烬还很烫，所以还没用钉耙扒过。刘易斯回答了警察的问话，他们也很满意。他们在屋外谈话时，刘易斯戴着帽子，这样好些。警察如果看到他一头白发，也许会多问他些问题，接着可能就会出纰漏。刘易斯还戴着园艺手套，因为他的两只手上满是伤痕和血渍。

那天晚上，刘易斯独自玩扑克牌，玩到深夜。

他刚摆出一副牌，这时听见后门打开的声音。

你买来什么，什么就属于你，属于你的迟早会回到你身边，刘易斯·克里德想道。

他没有回头，只注视着眼前的牌。这时，有个拖在地面上的缓慢脚步声越走越近。他看见一张黑桃皇后。他将一只手放在那张牌上。

脚步声走到他背后停止。

寂静。

一只冷冰冰的手落在刘易斯肩头。雷切尔粗哑的声音里满是泥土的感觉。

"亲爱的。"它说。

本著作之中文简体字翻译权由皇冠文化集团独家授权使用。